你喜欢我的多美

西方经济学 / 著

百花洲文艺出版社

图书在版编目（CIP）数据

你喜欢我时多美 / 西方经济学著 . -- 南昌 ：百花洲文艺
出版社， 2020.9
ISBN 978-7-5500-3788-5

Ⅰ．①你… Ⅱ．①西… Ⅲ．①长篇小说－中国－当代
Ⅳ．① I247.5

中国版本图书馆 CIP 数据核字（2020）第 131604 号

你喜欢我时多美
西方经济学 著

责任编辑	蔡央扬
选题策划	丐小亥
特约编辑	白 鱼
封面设计	殷 舍
出版发行	百花洲文艺出版社
社 址	南昌市红谷滩新区世贸路 898 号博能中心 A 座 20 楼
邮 编	330038
经 销	全国新华书店
印 刷	湖南凌宇纸品有限公司
开 本	880mm×1230mm 1/32 印张 10
版 次	2020 年 11 月第 1 版第 1 次印刷
字 数	292 千字
书 号	ISBN 978-7-5500-3788-5
定 价	39.80 元

赣版权登字 05-2020-103

网址 http：//www.bhzwy.com
图书若有印装错误，影响阅读，可向承印厂联系调换。

目录
CONTENTS

1

第一章
拯救挑食 boss（老板）

01

温西西骑着单车，前面碎花篮子里放满了她刚买来的新鲜蔬菜。几分钟后，温西西骑车进入楼道，打开地下室的门，将车子放好，拎着蔬菜回了家。这套房子是她毕业后她父亲让她暂住的，一百平方米，精装修，市中心，地段好，值不少钱。

温西西拿着拖布正在拖地板，累得腰酸背痛时，好友槿然的电话打了过来。槿然兴高采烈地在电话那端大叫："你还记得上次我给你投的那个明星助理的面试申请吗？今天对方回复了，让你下午两点去北纺大厦3207面试。"

槿然和她是从大学就在一起的好友，两人毕业后都留在了S市。温西西前两周因为公司破产而光荣下岗，槿然这些天一直在帮她找工作。温西西也没有拒绝好友的美意，两人一起找总比她单打独斗有效率。

简历是槿然托熟人投的，有消息后也是联系的槿然。

温西西的性格太温暾，做明星助理是一种磨炼。槿然倒不指望温西西能变得杀伐果断，只希望她能够硬气一些，别总被人欺负。

这无疑是个好消息，温西西也高兴起来。槿然挂掉电话后就往温西西家赶，温西西刚拖完地板，敲门声就响了，她去开了门，槿然站在门口冲着她笑。槿然留着短发，穿着衬衣、牛仔裤和韩式羽绒服，打扮得像个假小子。她身材瘦小，比温西西矮了八厘米，将将一米六。

"快来快来！"槿然进门换好鞋，拉着温西西就往客厅跑，然后打开电视挑了个综艺节目，认真地对温西西说，"你先看会儿综艺节目，找找感觉。"

如果要去面试，难道不应该先想想面试的人会问什么问题，并准备衣服和化妆吗？温西西无奈地走到沙发前坐好，此时电视屏幕恰好静止了。

屏幕里站了几个人，镜头中只能看到腰部以下的部分。单从腿来看，最长最直的是最中间那位。

"这……这是谁啊？"温西西问槿然。

"尹绛。"

画面一晃，镜头从腿到了脸，温西西瞧见了那两条腿的主人。

在娱乐圈，长相出众的人未必能走红，但能走红的长相必然不差。即使在这么一排高颜值的男人中，尹绛的长相也出类拔萃。他的五官轮廓深邃，宽而深的双眼皮，深情迷人的狭长双眼，浅棕的瞳色，带着猫一样的神秘和慵懒。他鼻梁高挺，薄唇唇形诱人，天生唇色殷红自然。

男人的魅力不光靠长相，身材和气质也缺一不可。尹绛气质清冽谦和，二十六岁的年纪，却带着少年感。他身高一米八六，双腿笔直修长，格外引人注目，声音清亮中带着磁性，握着话筒的手指骨节分明。在场的所有明星中，他的"咖位"是最高的，但他丝毫没有架子，投入地和大家玩着游戏，接着主持人抛出来的话题，偶尔笑起来时清新自然，露出洁白整齐的牙齿。

温西西看着尹绛，问槿然："你说招助理的那个明星是谁？"

"应该是那种刚出道的小明星吧，肯定不是尹绛这种大明星。"槿然边看边说，"给尹绛做助理的人定然是人精中的人精。"

温西西自认与人精搭不上边，只得浅浅一笑。看时间差不多了，她去房间换了套衣服，上身是蓝色竖条纹衬衫，下身是黑色牛仔裤，外面套了一件豆绿色的韩版大衣。简单地化了个裸妆后，温西西抬眼瞧见槿然正趴在门框上看她。

"看什么？"温西西歪头浅笑。

"看你好看。"槿然说，"大眼翘鼻，樱桃小嘴，用微博上的打分标准已经能打个六分，再加上一米六八的身高，36D 的胸，怎么着也能背着翅膀给维多利亚的秘密开场。"

"你这是带了滤镜。"温西西笑着说。槿然的这番话自然是因为好友对她的长相过分自信，温西西是不信的。温西西的长相，用她自己的话来说就是很平淡，这是自卑的人对自己的最高评价。

"哎。"对于温西西的自卑，槿然拧不过来，她说，"等有个大帅哥看上你，你就知道自己多漂亮了。"

两人相视一笑，随即出了门。

北纺大厦是禾辰娱乐集团旗下的工作大厦，一进去就看到即将上映的电影《云端》的海报。海报上，一身军装的尹绎怀抱冰冷的金属枪械，脸上抹着厚重的油彩，双眸中满是凛然正气，一个眼神就荷尔蒙爆棚。

槿然抓着温西西的胳膊，激动地说："你一定要面试成功啊，然后帮我去问尹绎、周然、封卿、白茵……要签名。"

槿然报了一连串的明星名字也没有大喘气，温西西慢半拍刚跟到白茵上。白茵是禾辰娱乐的一姐，这种大明星的签名哪是那么好要的。

乘电梯到了三十二楼，两人稍等了会儿，有个戴着眼镜的男人走过来对两人说："面试的跟我来一下。"

槿然小声地喊了声"加油"，温西西略有些紧张，笑了笑后，起身随着男人走去。走廊墙壁上贴着各色海报，温西西抬眼看着，海报上大多是尹绎，不同的人物角色，尹绎饰演出的感觉也各不相同，他还是挺有实力的。

走廊尽头连接着一个圆形的小客厅，那人指了指客厅正对着的房间，说："面试就在那里，你自己进去吧。"

"谢谢。"温西西柔和一笑道了谢，男人随即离开。她走到男人所指的房间门前，礼貌地敲了敲，里面传来一个清亮的男声，乍听上去有点耳熟。

推门而入后，温西西终于知道为什么那声音耳熟了。

这是一间更衣室，空间宽敞，左边有一面大镜子，后面和右面有两排衣服整齐地挂在衣架上，在衣服和镜子中间，一个身材完美的男人正弯腰往上提着裤子。男人身材不错，肩宽胯窄，锁骨漂亮精致。他微微弯下腰，六块腹肌轮廓鲜明、令人瞩目，修长的双腿紧致有力，深刻的人鱼线……

温西西的反应慢了半拍，在男人神色冷漠地迅速将裤子提上且拿来其他衣服遮挡时，她才惊觉自己刚才看到了什么。

"不好意思，我……我是来面试的。"看着男人冰冷的双眼，温西西目光慌乱，再次说了一声"对不起"后，她迅速退出去并关上门逃跑了。直到站在小客厅里，温西西才回过神来，脑子里还在回放着刚才的画面。她脸红到脖子根，脸颊发烫。

刚才的男人正是尹绎。

这时，尹绎房间旁边的那张门开了，一个矮个子男人从里面走了出来。男人面上略带不耐烦，对温西西说："你是面试助理的吗？还不快过来？！"

温西西这才知道自己刚才进错了房间。她瞳孔一缩，想起尹绎眸中的冰冷与嘲讽，看来自己是被尹绎当成疯狂的追星族了。给别人留下这样的印象，温西西觉得有些尴尬，好在尹绎这样的大明星，日后她未必能见得着，况且就算见着了，也未必能认得出她来。

这样自我安慰一番后，温西西镇定下来，便去面试了。

温西西算是懂然找关系塞进来的，矮个子男人除了开始时对她吼了一句，后面还算客气。面试结束后，矮个子男人便让她回去等通知。道了谢后，温西西出了门，下意识地朝着那间试衣间看了一眼，试衣间房门紧闭，什么都看不到。

温西西拍了拍自己的头，默默地笑了起来，有什么好看的。

告诉懂然面试的过程后，她顺便将这个小插曲和她讲了讲。懂然双眼放光，说："天哪，好想看一眼尹绎的肌肉啊！"

温西西哭笑不得，问道："你说什么呢？"

懂然吐了吐舌头，挽住温西西的胳膊，笑嘻嘻地说："好奇嘛。"

两天后，温西西接到了一个来自 S 市的陌生号码的电话。

一个女声从电话那端传来，声音清脆，语气果断："温西西，你面试通过了。明天早上八点，到南区景云路别墅区报到。对了，带些行李，要去H市拍三天戏。"

"好。"温西西沉浸在"面试通过"的喜悦中，等对方挂掉电话，才反应过来忘了问她要做的是哪个明星的助理，也不知道那个明星好不好相处……

挂掉电话，查雯重重地叹了口气，一双美目瞥向阳台。阳台布置开阔，用横木条铺就，上面挂了两张藤条懒人椅，从她的角度看过去，能看到一双笔直的长腿正闲散地搭在一起。

查雯从沙发上起身，踩着高跟鞋走到阳台。海景别墅阳台可见大海，一望无垠，在阳光下泛着银波。她走到懒人椅旁边站定，懒人椅上的人自然也全部入了眼。一双白皙修长的手骨节分明，左手握着雕刻刀，右手拿着一块木头，白色的衬衫上掉了一层木屑。木头如拳头般大小，隐隐已见轮廓，像一只穿山甲，鳞片排布均匀紧密，由此可见其雕工精湛，空气中有细小的刀片摩擦木头的"嚓嚓"声。

"打电话了，她同意明天过来。"查雯坐在另外一张懒人椅上，说完叹了口气，"也不知道那小姑娘上辈子造了什么孽，这辈子要给我们的尹大明星做助理。"

"嚓嚓"声一顿，懒人椅上的男人抬头，浅棕色的双眸望着查雯，吹掉手上的木屑："那你是造了什么孽，这辈子要给我做经纪人？"

听他这么一说，查雯顿时气血上涌。作为尹绎的同校学姐，她自知资质一般，不准备在银幕前工作，便想要转战幕后，也不晓得怎么就听从了尹绎的建议，做了他的经纪人，这一做就是三年。

尹绎生得一副好皮相，看着挺好相处，然而实际上完全不是这样。他的脾气和生活习惯都极为古怪，查雯刚跟他的时候，差点挺不下去，最后还是尹绎用钱留住了她。这也是尹绎的优点，极其大方，花钱的时候绝对不吝啬。所以，总的来说，做尹绎的助理也算是个肥差。

"你到底看中那姑娘哪儿了？"查雯很好奇。

尹绎不是新人，选择助理要格外慎重，因为助理嘴巴一个不严，说些"黑料"出去，就够她收拾一阵了。一般像尹绎这种"咖位"的明星，生活助理都会找亲朋好友来做。尹绎先前的生活助理是一个中年男人，前些天因为身体不好辞职了。查雯到处给他找合适的助理时，他不知从哪儿找来一张简历，让查雯联系简历上的人。

尹绎埋头刻着鳞甲，悠闲地说："她是大学本科毕业，文化程度高。"

查雯按了按突突直跳的太阳穴："大学本科毕业的助理多得是。"

尹绎抬眸望了一眼桌上的简历，漫不经心地说："她有三年做助理的经验。"

"她毕业才两年。"查雯指了指旁边的毕业时间，漂亮的手指敲了敲。

棕色双眸随着简历往下，尹绎说："她有驾照，还会摄影，期望的工资不高。"

查雯冷哼一声，气都不喘地反驳："有司机，有摄影师，助理工资本来就不高。"

"她会做饭。"尹绎掀着眼皮扫了一眼，语气散漫。

"你吃吗？"查雯不怒反笑。

尹绎这人极为挑食，平时吃饭得查雯拿刀架在脖子上逼。若是温小姐真能做出让尹绎不再挑剔的饭菜来，那她这个生活助理倒没选错。

"那要不……还是辞了她吧？"

查雯："你……"

温西西从人才市场回到家时才下午两点。她被挤得有些困乏，进客厅打开电视看了一会儿。她不怎么看电视，频道还停在上次和槿然看的那个上。

电视上正在重播一档美食综艺节目。一众明星评委坐在长桌后面，温西西的目光一下就定格在尹绎身上。他穿着白衬衫，扣子解了两粒，锁骨若隐若现，透着难言的禁欲感，狭长的棕眸中带着浅淡的笑意，与面试那天的冰冷嘲讽截然不同。

"我最喜欢的菜是糖醋熏鱼。"男人接受主持人的采访，笑着说道。

主持人接过话，面对着屏幕笑着说道："屏幕前的妹子们听到了吗？男神最喜欢的菜是糖醋熏鱼哦，大家快跟着我们现场的张大厨一起学习这道菜吧。"

温西西关掉电视，起身拿了钱包，换上鞋子往门外走。原本还头疼今晚做什么，综艺节目给了她灵感，不如就做糖醋熏鱼吧，不是给尹绎吃，而是给自己吃。

温西西"叮叮当当"地将菜做好，除了糖醋熏鱼，还做了橄榄油西兰花饭团和黄豆烧茄子。碎花桌布平整地铺在条纹圆桌上，温西西挑选了一个白色瓷瓶，插上两根情人草。

三道菜上桌，温西西安装好手机镜头，对准拍摄。她在大学时是摄影社团的副团长，摄影知识还算扎实。拍摄完成后，温西西简单地修了一下，登录厨艺App（手机应用），发布了图片。厨艺App是温西西大四那年出的一款菜谱查询与美食分享的手机软件，温西西刚入驻时，厨艺App还鲜为人知，现在不过三年时间，就已经风靡全国。

温西西擅长做菜，又喜欢分享，加上入驻时间早，如今已是厨艺App上元老级别的用户，坐拥五万粉丝。现在是下午五点，马上就到晚饭时间，正是厨艺App用户最活跃的时候。温西西发布了照片，不过一眨眼的工夫，就有一百多个赞和二十多条评论。

这二十多条评论大多是说菜品诱人的，还有少部分让给出菜品做法的。温西西挑了几个熟悉的ID（账号）回复了一下，回复完一刷新，里面一个ID让温西西笑容一顿，微微抿了抿唇。

如者："佳肴之后必是佳人，神秘的西西。"

如者也是厨艺App上的一个"大V"，是个男人。如者说话做菜慢条斯理，虽是厨师，却不带一丝烟火气，所以他的出现在当时引起了轰动。若说他之前只引起了小范围的波动，那么厨艺App新推出的视频教学功能则让他爆红。如者是第一批用视频教学的，视频里的他温煦优雅、五官出众，做饭时细腻温柔，偶尔会抬头看一眼镜头，黑亮的眸子里带着些许羞涩的笑意，尾音略微上扬。

"懂了吗？"

如者彻底火了起来，粉丝数瞬间超过了当时的元老温西西。

温西西看过如者的视频，平心而论，如者能得到那么多粉丝，不只是因为他的色相。他是有真材实料的，温西西并未有酸葡萄心理，甚至也会去他的个人空间学习新的菜色。

她本来只想默默地做个小粉丝，谁料如者却主动加了她，还表达了对她的赞赏，这让她受宠若惊。后来，两人一来二去熟悉了，就加了微信。温西西性子慢热，真正交好的朋友不多，原本只有槿然，现在又多了个如者。

厨艺 App 举办了两次年会，每次都会邀请温西西，但温西西均以工作太忙为由拒绝了。对于温西西的拒绝，大家的讨论点都在她或许长得对不起粉丝上，但如者反而觉得她更神秘了。

这份神秘感让温西西有些怅然，随着两人对彼此的了解日益加深，她对如者竟起了异样的心思。极度的自卑让她压抑着这份心思，没有表现出来，继续保持着她的神秘感。她的生活向来平淡无奇，如者的出现像是在洁白的餐桌上缀了一朵漂亮的花，她习惯了有花的点缀，不想失去它。

温西西将手机收起来，望着餐桌上的糖醋熏鱼，开始唾弃起自己的自卑和温暾来。

02

景云路是沿海公路，靠着这条路的别墅均是海景别墅。S 市房价常年傲视全国，海景别墅的价格自是高得令人咋舌。温西西按照电话里的女声的指示爬到半山腰，一眼就看到了那幢白色钢琴状的别墅。

到了别墅门前，涂着墨漆的大门打开，温西西走了进去。别墅设计得非常精巧，一楼是三根琴架支撑，四面都是玻璃墙。钢琴踏板的位置实则是通往二楼的楼梯。二楼是整个琴面，三楼楼顶是钢琴的大顶盖。

一楼十分空旷，中央放了一架真钢琴，其他地方挂满了油画。整个一楼透着一股奢华的低调。温西西回过神，觉得她所服务的明星应该不是那种刚出道的小明星。

"在二楼。"熟悉的女声叫了一声。

"好。"温西西浅应一声，顺着楼梯上了二楼。

二楼是开放式客厅，落地窗大敞，温润的海风吹进来，白纱的窗帘随风飘拂。晨光格外明亮耀眼，懒人椅都反着光。客厅中央内陷，纯白色的沙发上坐着一个扎着低马尾的漂亮女人。女人没注意到温西西，只是滑着 iPad（平板电脑）的屏幕，似乎在工作。

"您好，我是温西西。"温西西站在客厅内，简单地做了自我介绍。

查雯抬头，上下扫了温西西一眼，服饰搭配有心思，身高合适，模样还行，气质温柔，看外表倒还说得过去。

将 iPad 放入旁边的包里，查雯站起来，对温西西道："我是查雯，尹绎的经纪人，你叫我查姐就行。日后工作上有什么问题，你都可以通过刚才的那个电话号码联系我。"

"尹绎？"温西西蓦地一惊，隐隐不安地问了一句。

对于温西西的反应，查雯并不惊讶。粉丝中不乏为了接近偶像而做明星助理的，她自然把温西西刚才的惊疑当成了惊喜。

"我们聘请你做的是生活助理，你负责照顾好他的衣食住行，工作和追星要分开。我有工作要忙，现在没法跟你细说，有一点我先交代给你。尹绎的饮食习惯很不好，他很挑食。根茎类蔬菜不吃，菌菇类和豆制品一丁点都不碰。肉类不吃红肉，不吃海鲜河鲜。水果类不吃太硬的，不吃有核的……"

不吃河鲜？他在综艺节目里说最喜欢吃糖醋熏鱼啊。

查雯大气不喘地说完，瞟了一眼温西西，添了一句："我刚跟你说的，每天一定保证要做一样。"

温西西："啊……"

查雯不理温西西的愕然，拎着包往外走："艺人，尤其是尹绎这种当红艺人，每天消耗大，挑食不利于身体健康。你不但要保证做好，还要看着他吃下去。"

"好。"温西西觉得有些头疼，逼着别人吃不喜欢吃的东西，未免有些不人道。

"嗯。"温西西的性格沉稳，是个让人放心的人，查雯看了一眼时间，边往外走边说，"尹绎去跑步了，一会儿回来，你先给他收拾一下，今天上午十点的飞机飞 H 市拍戏。"

雷厉风行的查雯踩着高跟鞋下了楼，温西西才彻底回过神来。她竟然被当成"人精"，要给尹绎做助理了。温西西坐在沙发上，回想着她和尹绎的第一次见面，有种还未工作就得罪了老板的感觉。

但仔细一想，尹绎平日见人多，未必会记得她是谁。因为如果记得的话，他是不会让他印象中的"变态粉丝"做他助理的。温西西的心理建设刚做好，楼下就传来了开门声，她从沙发上站起来，听着"噔噔噔"上楼梯的声音，逐渐紧张起来。

尹绎穿着一身红色的竖领运动服，肤色白皙，双唇殷红，额头上布了一层细密的汗珠，汗珠滚落到脖颈，喉结滚动，透着阳光的性感。男人棕色的瞳仁在看到温西西时，下意识地收缩了一下，温西西不明白那是什么眼神。她整理好思绪，浅浅一笑，说："尹先生，您好，我是您的新任生活助理温西西，您可能没见……"

"又见面了。"尹绎哼了一声，薄唇扬起，笑容清新。

温西西干巴巴地道："尹先生记性真好。"

"对，这是天生的。"尹绎回答道。

温西西尴尬地低下头。尹绎往沙发正对着的房间走去，两条长腿几步就走了过去，临进去前他对温西西说："司机九点过来，你有半个小时的时间帮我收拾行李，进来吧。"

"好。"温西西应了一声，对尹绎的自然表现颇为佩服，随着他进了房间。

尹绎脱掉运动上衣，里面的白T湿了一半。他背对着温西西，抬起手臂直接将白T脱了下来。整个后背露了出来，肌肉线条明显，腰胯有力。他把运动上衣随手一丢，然后转过身来。温西西猝不及防地看到尹绎裸露的上身，眼神躲闪了一下，然后将头别向了一边。

"做了我助理，以后要天天看的。"尹绎的声音里带着笑，进衣帽间挑了换洗衣服和浴巾，然后进了浴室。

温西西及时叫住了他，询问道："尹先生，行李您需要带什么？"

尹绎身形一顿，微微转过头，轻笑一声，棕色的眸子中不带情绪，反问道："温小姐的简历上写了有三年明星助理经验，如果这些小事都要问我的话，我花钱请你来做什么？"

温西西喉头一紧，温和一笑，应了一声。

尹绎拉开门走进去，随即又将门拉上了。花洒里的水喷溅而出，砸在地面上"啪啦"地响，尹绎解开浴袍，闭着眼睛走到花洒下。

这就是撒谎的代价，温西西有些头疼。她当时写好简历后发给槿然，槿然说给她修改了一下，这三年明星助理的工作经验明显就是修改的一处，不晓得她都改了些什么。温西西心中没底，打开手机看了一眼H市的天气，现在冬春交替，H市气温不稳，一天的温差高达十五度。手机邮件提示音响起，温西西点开看了一眼，办事效率极高的查雯已经把尹绎一周的日程表发了过来。

当红艺人都是连轴转的，温西西听着浴室里的水声，倒有些钦佩起尹绎的体力来。

在H市拍戏期间，尹绎还要去一趟B市参加首映礼，礼服也要备一套。温西西心里做着计划，打开了尹绎的衣帽间。望着气势磅礴的衣帽间，温西西再次佩服起尹绎来。

整个衣帽间足足有一百平方米，左右两边都是衣柜，正中央有个高柜，里面摆放着一个陶瓷质地的白天鹅装饰品。

温西西没交过男朋友，对于男装的搭配完全是门外汉。她思索着平日里在娱乐杂志上看过的男星搭配风格，挑了几件衣服，折叠后抱着出了门。尹绎已经洗完澡坐在床上，未干的头发垂在额前，正在看剧本。房间里暖气开得很足，尹绎只穿了灰色的短裤和白色的短衫。他长腿交叠盘坐着，垂头看着剧本，眉头微皱，脊柱微弯，脖颈白皙如玉。

温西西将目光收了回来，将衣服和各类护肤品放入行李箱，箱子已经填了个满满当当。她压着身体好歹将行李箱合上，尹绎一声"慢着"，她立马刹住了车。

尹绎冲温西西笑了笑，伸手在床上摸了摸，从被窝下拉出一条绿油油、毛茸茸的东西来。温西西看着尹绎拎着一条放大版的毛毛虫到了自己面前，勉强一笑，说："行李箱塞不下了。"

"那我怎么睡？"尹绎看了一眼温西西，棕眸中带着些许笑意，问道，"抱着你吗？"

司机开着房车准点到达，温西西抱着毛毛虫想放进后备厢。尹绎低头看着剧本，漫不经心地说了一句："毛毛虫要放在床上的，后备厢太脏了。"

温西西深吸了一口气，抱着毛毛虫上了车，这一抱就从S市抱到了 H 市。

尹绎这次在 H 市拍摄的新戏，是禾辰娱乐集团自己投资的一部古装武侠剧《竹峰》，戏里的演员大多为禾辰娱乐旗下的艺人。作为禾辰娱乐最当红的艺人，尹绎一来，就被安排进了最好酒店的最好套房。

温西西抱着毛毛虫，拉着行李箱，拿着房卡和尹绎一起进了电梯。套房在顶层，尹绎斜靠在电梯上，墨镜遮住了他的眼神。他好像一直在犯困，闭着眼睛时长而卷翘的睫毛能抵着镜片，慵懒撩人。

"叮"的一声，电梯到达二十六层。尹绎直起身体，身材挺拔有型，等着电梯门打开。

"为什么尹绎一来，就住最好的套房，我们还得给他腾地方？这部戏是双男主，主演又不是只有他。"

愤愤不平的声音透过电梯的门缝飘了进来，电梯门一开，外面的两人见到里面的人，俱是一惊。背后嚼舌根被正主撞了个正着，刚才说话的女人惊了一下，朝着身边男人的身后躲了躲。

电梯外的人是《竹峰》的另一个主角周然和他的助理。见尹绎走出电梯，周然眼神中的嘲讽转瞬即逝，笑吟吟地和尹绎打着招呼。

"尹先生，您好。"打完招呼后，他眼神中带着不满，垂头呵斥了一句身边的助理，"以后不要乱说话。"说完后，周然抬头，冲着尹绎一笑，然后冲着尹绎身后抱着毛毛虫的温西西点了点头。

温西西是第一次见到现实中的周然，他的长相挺周正，外貌在娱乐圈里也算拔尖。温西西作为路人粉，见到他心里还是有点激动。

"对生活制片给你安排的房间不满意吗？"尹绎摘掉眼镜，慢条斯理地收好，棕眸中带着慵懒，格外撩人。

"挺好的。"周然神色一僵，笑着应了一声。然而，实际情况是，他的房间比尹绎的差远了，虽然是个套房，但比尹绎的房间小了一半，他心里根本不服气。

"要不，我们换换吧。"尹绎听着周然口是心非的话，将墨镜挂在衬衫的领口上，友好地说。

和颜悦色的尹绎提出的建议让周然有些心动，他嘴上客套了一句："那怎么好意思……"

"不好意思就算了。"尹绎接了他没说完的半截话茬，墨镜后的棕眸里眼神自若，"西西，套房房间多，你不要和他们去挤标准间了，跟我一起住吧。"

温西西："呃……"

周然维持着笑容，牙根紧咬。

目送着尹绎和温西西消失在走廊尽头，进了电梯后，周然的笑容顿时消失了。刚才一个字都不敢说的女助理愤愤然地说："他最后那句话是什么意思？证明他助理住得都比咱们好吗？欺人太甚！"

"你给我闭嘴！"今天的事情都是女助理惹出来的，周然窝了一肚子火，他还真不相信了，尹绎就没有落魄的一天！

"对，张导，我到了。哎，不用为我接风，该我请您和周制片。中午拍摄结束后，我在酒店等您。好，其他剧组成员也一并来吧，开机仪式我生病没赶上，算是赔礼道歉……"

尹绎抱着毛毛虫，通完电话，抬眼看了看时间。马上就到中午了，他没有休息的时间了。

温西西刷卡推门进去，果然是最好的套房，又大又豪华。她拉着行李箱去了主卧，将尹绎的行李放好，然后回头把毛毛虫放到床上。毛毛虫虽是毛绒玩具，但对于从小就怕软体动物的温西西来说，抓着毛毛虫仍旧起了一身鸡皮疙瘩。

收拾完毕，温西西拉着自己的行李箱，准备去找自己的房间。

拿着剧本的尹绎见温西西要出门，问道："去哪儿？"

温西西在沙发边站定，向尹绎报备："去我房间。"

"住这儿。"尹绎垂眸继续看剧本，"我说让你住这儿就住这儿，君子一言，驷马难追。"

温西西："哦……"

尹绎中午约了大半个剧组的人吃饭，周然他们也去了。导演和制片人都是禾辰娱乐的御用班底，这里大部分人和尹绎都是相熟的。尹绎虽然咖位高，但为人亲和，在娱乐圈口碑不错。

温西西也参加了这次聚餐，她坐在尹绎身边，虽然尹绎并未给别人介绍她，但大家都知道温西西的身份，所以对她十分客气，温西西也算是体验了一把狐假虎威的感觉。

酒店的饭菜品相不错，但味道一般，菜一上来，温西西就知道大部分踩了尹绎的雷区。果不其然，整场饭局下来，尹绎几乎没吃什么东西，可按照统筹发给她的拍戏安排来看，今天下午尹绎的拍摄强度很大，不吃东西是撑不下去的。

吃过饭，剧组休息片刻后就准备开工，温西西随着尹绎进了拍摄现场。

《竹峰》是一部武侠剧，拍摄的地方在竹林里。剧组三五十个人在这里安排了一个驻扎点，用帐篷搭了一间办公室。

尹绎一下午的拍摄都是吊在威亚上进行，要用力道控制着方向，还要做出各种武打动作。尹绎的体力渐渐透支，脸色也不太好看。一场戏下来后，化妆助理过来补妆。尹绎坐在椅子上，瞧见不远处温西西拎着个圆形食盒走了过来。

浅棕色的双眸微动，尹绎的视线落在食盒上，看着温西西将食盒打开，端出了两盒点心。

一盒是圆形的酥饼，上面撒了层芝麻，透着一股甜丝丝的香气；另外一盒是淡黄色的糕点，切成细致的三角块，看着香软疏松，令人食指大动。

不知是因为午饭没吃多少，还是这两盒点心太诱人，尹绎向来不在线的食欲突然就上线了。

"我看您中午没吃什么东西，就拿了些点心过来。"温西西说。

温西西扎着低马尾，刘海撩到耳后，露出尖尖的下巴和两只耳朵。她跑得有些急，脸上泛着粉意。

"这是酒店提供的？"尹绎叉起一块柠檬小蒸糕，清淡的柠檬香气在齿间回荡，尹绎又叉了一块。

"不是，是我借了酒店的厨房，自己做的。"见尹绎肯吃，温西西才松了一口气，浅笑着说了一句。

补充了糖分的尹绎，下午拍摄时，气色都好了不少。下午的戏份拍摄完毕后，尹绎换上戏服上了车，准备回房间休息。

"晚饭不在剧组吃了吗？"温西西抱着剧本，站在车外问道。

尹绎坐在车上，闭目养神。为了赶进度，平时三天一集的戏份，导演压缩到了一天半。尹绎累得不想说话，趁着晚饭的时间休息一会儿，晚上还要继续拍摄。

没得到回应，温西西也没再追问，抱着剧本上了车。

尹绎回到房间洗了把脸就上了床，抱着毛毛虫昏睡了过去。现在是下午六点，尹绎晚上的拍摄七点半开始。尹绎不吃饭，温西西也不能真由着他。她去了酒店厨房，一进厨房，她就重重地叹了口气，她的挑战来了。

按照查雯的吩咐，尹绎不喜欢吃的东西，必须每天给他做一样。温西西看了一眼厨房里的食材，最后目光落在一竹筐红薯上。红薯还带着新泥，根须都透着新鲜。红薯属于根茎类，也算蔬菜。

温西西和厨房的人借了围裙，着手开始清理红薯。

红薯切片后，黄油入锅，淡淡的奶香四溢，温西西将切片的西红柿放入锅中翻炒，然后放入红薯片，最后倒入清水，焖煮十分钟。等红薯块熟透，温西西关了火，将锅里的东西连着一盒牛奶倒入料理机。

料理机"嗡嗡嗡"地响起来，打成浓汤之后，重新倒入锅中，加入黑胡椒和盐调味，两分钟后盛出。

放入先前煎好的鸡肉块后，温西西端着汤回了房间，刚打开门，就瞧见尹绎正坐在沙发上看剧本。

见温西西进来，尹绎将剧本一放，坐端正后笑道："小厨娘又做了什么？"

温西西听到这个昵称，顿觉头皮一麻，她将东西放在尹绎面前，看着时间说："快要去剧组了，吃点东西垫垫肚子吧。"

"我不吃。"尹绎的目光在浓汤上停留了一瞬，随即移开，他拿起剧本，边看边说，"查雯肯定让你做我不喜欢的东西了。"

一下就被戳穿，温西西的表情有点尴尬。她低头看了一眼浓汤里的鸡肉块，对尹绎说："原本是要放培根的，我换成了鸡肉。"

尹绎眉眼一挑，看了一眼温西西，将手上的剧本放下，拿起勺子舀了一勺，浓汤带着奶油和鸡肉的香气，还有些番茄的酸甜，格外勾人食欲。口感绵滑，香气怡人，尹绎嚼着鸡肉块，慢悠悠地将浓汤喝完了。

温西西见状，一直悬着的心才重重地落了下来，今天的任务终于完成了。她起身收拾餐具，尹绎拿着剧本搭在她手上制止了她。温西西抬头看他，尹绎一笑，问道："这是什么汤？"

温西西抿了抿唇，诚实地道："红薯。"

半晌后尹绎才说："我不吃红薯。"

温西西咬了咬唇，说："可是……可是您都吃完了啊。"

气氛凝固了半晌，尹绎棕色的眼眸里闪过无数的情绪，末了，他将剧本拿开，拉长声调悠悠地说："西西啊，你这样做可是要被扣工资的。"

温西西着实被尹绎的威胁吓了一跳，尹绎去拍夜戏时，她给查雯打了个电话，交代了一下今天的情况。

查雯有点不信，确认道："都吃了？"

"嗯。"温西西应声，最后吞吞吐吐地问查雯，"查姐，尹先生说我给他做了他不喜欢吃的东西，要……要扣我工资。"

"不扣。"查雯干脆地说，"工资是我给你发的，你放开做就行，要盯着他吃完。"

提着的心终于放下，温西西听话地说："好。"

有了查雯撑腰，温西西的底气也足了些，开始了与尹绎的斗智斗勇。温西西发现，尹绎挑食挑的是味道，只要用其他食材的味道掩盖住他讨厌的食材的味道，他就会吃。

尹绎舌头挑剔，偶尔温西西处理不得当，他也会尝出些讨厌的味道来。若是被尝出，温西西就要被尹绎警告一次"扣工资"，另外还要重新做一遍。

这天早上，温西西起了个大早，用西兰花、玉米粒和一点虾仁做了玫瑰花抱蛋蒸饺。她端着去房间时，尹绎刚起床，正抱着毛毛虫刷牙。

如尹绎所说，他离了毛毛虫就不行，晚上抱着毛毛虫睡觉，起床刷牙时也抱着毛毛虫，不知道以后有了女朋友，他们是不是要一起抱着毛毛虫。

温西西看着那毛毛虫就双腿发软，好在尹绎刷牙洗脸后把它放在了床上，温西西在心里盘算着，走的时候一定要多带个行李箱，她不要再抱着一条虫子坐车坐飞机了。

"早。"尹绎清爽一笑，然后坐在沙发上盯着桌上的玫瑰花抱蛋蒸饺。蒸饺是用四张面皮滚成的玫瑰花状，圆形底盘是黄灿灿的煎鸡蛋，上面还撒了些红色的玫瑰，香气四溢。

"早。"温西西应了一声，说道，"今天早上降温，拍戏前先吃点东西暖暖身子。"

"西西真是贴心。"尹绎夸奖了一句，拿着餐叉叉起一个蒸饺放进嘴里。温西西紧张地盯着。男人的嘴动了两下，抬起了头。

男人刚起床，头发还没做造型，洗脸时浸湿了的刘海垂在额前，眼尾上挑，棕眸中带着似醒非醒的慵懒。

温西西的心一下子就悬了起来。

仍旧是悠悠的长腔，尹绎道："西西啊……"

温西西被叫得头皮发麻："吃出什么东西来了？"

尹绎嘴角微压，盯着温西西看了半晌，又咀嚼了两下，扬起嘴角，给了温西西一抹不露齿的微笑，棕眸中也泛着些许笑意。

"没有，我诈你一诈。"

"……"仅仅三天，温西西就觉得自己像是老了三岁。

03

拍摄的最后一天，查雯风风火火地来到了剧组。尹绎正在客厅看剧本，今天下午拍完后就得去 B 市参加电影《弱水一瓢》的首映式。听电影的名字，就知道是一部爱情电影，赶着二月十四日情人节前上映。这部电影是禾辰出品，由禾辰最当红的尹绎和白茵主演。

温西西做好两人份的午饭，在餐桌上摆着盘，听着尹绎和查雯的谈话，尽量避免发出声音。

查雯来的时候拎了一个礼品盒，应该是给尹绎的。

"今晚首映式的时候戴上这只手镯，另外一只在白茵手上。"查雯将礼品盒收起来后说道。

作为娱乐圈最当红的男女明星，尹绎和白茵一起合作了三部电影。

自《弱水一瓢》开始宣传，"尹绎白茵"这个话题就没有下过热搜。两人是观众眼中最为般配的金童玉女，粉丝整天喊着让他们在一起。实际上，尹绎和白茵顶多算是同事，私下里除了炒作时的摆拍，连饭都没有一起吃过。

尹绎视线从剧本上挪开，瞥了一眼手镯，随即收回，漫不经心地说："不戴。情侣就情侣，非要戴什么情侣款来证明，这是对感情多不自信。"

查雯气得眼睛一瞪："这个必须要戴，是宣传的一部分。"

娱乐圈最让人关注的就是八卦，特别是暧昧的八卦。对于绯闻，尹绎和白茵都闭口不谈，首映式上却戴情侣手镯，又对两人关系讳莫如深，定能引爆粉丝们的好奇心。

"怎么？"尹绎眼皮一掀，嘴角勾起一抹冷笑，"现在我手腕的使用权都不归自己了？"尹绎虽然表面随和，但其实很有自己的原则。

上午拍戏强度太大，尹绎闻着香味，索性将剧本一放，起身走到餐桌旁，看着桌子上的清炝菠菜和照烧鸡腿，对查雯说："过来吃饭吧，西西做好很久了。"

其实刚刚做好。

查雯没再坚持，走到餐桌前坐好，几道菜的色相好看，香味扑鼻。查雯夹了一块鸡肉，微微挑了挑眉，味道果然不错。

尹绎并没有直接吃，他拿着一双筷子，在面前的小瓷盘上一磕："西西啊。"

温西西的心猛地一跳。

尹绎棕眸中带着笑意，嘴角勾起："我吃了这顿，晚饭是不是又要吃我讨厌的东西了？"

"不会的。"温西西回答道，"早上的玫瑰抱蛋煎饺里我已经放了虾仁。"

尹绎被这话噎了一下。

尹绎去拍最后一场戏时，查雯跟着去了，温西西在房间里给他收拾行李。住了三天，行李箱空了些，温西西忍着一身鸡皮疙瘩勉强将毛毛虫塞了进去，舒了一口气。

下午五点，尹绎拍摄完毕，司机开车将他们送到机场，飞往 B 市参加首映式。

尹绎的行程依旧被泄露了，他到机场时，接机队伍人山人海，让温西西有些招架不住。好在有查雯在前面开路，她只要拉着行李箱跟在尹绎后面就行。热情的粉丝伸出手和相机，冲着尹绎大声尖叫。

尹绎红唇勾起，笑容满满，亲切地和粉丝打着招呼。粉丝将手上的礼物塞给他，尹绎一一谢绝，在温西西大喘一口气时，尹绎突然一顿，接过了粉丝递过来的一个绿油油的毛绒玩具。

温西西还没看清那是什么，尹绎已经将玩具塞进她的怀里，并且和粉丝道了声谢，连声说："这一个就可以了，谢谢。"

又抱着一条毛毛虫，温西西再次差点晕过去。

首映式在 B 市一家电影院举行，主创们一个不落全部到齐。《弱水一瓢》的巨大海报就贴在电影院外面的宣传框里。夜色下，宣传框打着灯，照亮了海报上面相拥的尹绎和白茵，男帅女靓，惹人艳羡。

温西西拿着工作证跟着尹绎一起进入影院休息室。尹绎同几个主创打了招呼，白茵坐在一边的沙发上，正和主持人对词，见尹绎过来，她先是一笑，然后看了一眼他的手腕。

温西西见到白茵，终于理解了何为"上天不公"。

在温西西的标准里，女孩长成白茵这个模样，才算是槿然所说的美女。巴掌脸，大眼睛，高鼻梁，双唇粉嫩……五官中任何一项放在别人的脸上都会很出彩，而她自己就占了五项，可见有多漂亮。

长相是一方面，气质又是一方面。

白茵人如其名，气质清冷，穿着一身礼服优雅地坐在沙发上，浑身上下透着一股"可远观不可亵玩"的高洁。

温西西是白茵的颜粉，她也谨记着当初面试时槿然拜托她的事情。在剧组的时候，温西西顾忌尹绎与周然的关系，没向周然要签名。这次见到白茵，她一定要一个。

外面主持人在热场子，里面的演员闲聊的闲聊，补妆的补妆。尹绎来得较晚，还在看词本。白茵拿着手机正在刷微博，温西西踌躇了一会儿走过去，白茵抬头看了她一眼，又低下了头。

"白小姐，我是您的粉丝，能麻烦您给我签个名吗？"温西西鼓起勇气道。

白茵没有理她，尹绎倒是抬起了头。

白茵垂头刷着手机没说话，站在一边的助理开了口："谢谢你的喜欢，不好意思啊，白茵小姐在工作时是不签名的。"

遭到拒绝的温西西脸上微微一红，周围人齐刷刷地看着她。

"好的，不好意思。"觉得自己唐突了，温西西心中满是歉意。在她局促窘迫时，一个声调拉长的慵懒声音响了起来："西西啊。"

温西西眼皮一抖，赶紧走到他身边，俯身问道："尹先生？"

她一俯身，两人之间的距离拉近，尹绎微抬着眼角看她。她脸上带着浅笑，耳根都泛着红，下唇抿紧，嘴角一个小巧的梨涡若隐若现。

尹绎问："你不喜欢我吗？怎么跟了我这么多天，都没问我要过签名？"

温西西："呃……"

活动开始后，尹绎脱了羽绒服，递给了一旁的温西西。他的身材在众男演员中最是出众，宽肩窄胯，长身长腿，丝毫不亚于专业模特。一身绣金高定礼服，剪裁合体，领口佩戴着墨色蝴蝶领结，雅致迷人。

尹绎很高，长款羽绒服格外宽大，温西西抱着羽绒服，仅露出一双眼望着尹绎。台上主持人正说着词渲染着气氛，尹绎微扬下巴，双眼微眯，棕色的瞳仁透着独属于他的慵懒与闲散。尹绎在镜头后一向是这副样子，气质洒脱，像个只管喝酒赏花的散仙。

主持人介绍完毕，台下一片沸腾。尹绎眼梢略挑，唇间带笑，迈腿上台。

只不过几天的工夫，温西西望着台上引爆全场的尹绎，认为他是个天生的明星。

温西西抱着羽绒服看尹绎的工夫，身旁多了一个人，她转头一看，竟是白茵的助理阿珂。阿珂个子不高，身材略胖，短发，戴着黑框眼镜。

"温小姐。"阿珂笑着打了声招呼。

阿珂算是她的长辈，温西西立马带了崇敬，笑着叫了一声："珂姐。"

阿珂是来给温西西送礼物的，一个白色的盒子，用蓝绸带打了个蝴蝶结。将盒子递给温西西后，阿珂笑了笑，说："白茵小姐上场前让我准备的，这是她代言的产品送的小礼物，里面有她的签名。"

温西西受宠若惊，摆手笑道："这怎么好意思，刚才是我唐突了，我应该向白小姐道歉。"

"你拿着就行，我们白茵小姐对粉丝一向不错。"阿珂说着将盒子塞给了温西西，温西西有些无措地收下，阿珂继续道，"刚才你要签名的时候，她在背词，分不得心，还让我给你道个歉。以后咱们两家的艺人还多有合作，经常见面就是朋友了，别说得这么客气。"

阿珂这话说得条理明晰，一来表明了白茵送礼物是因为对粉丝好，二来表明了双方艺人以后合作会多，需要多联系。

温西西越发佩服起阿珂来。

"好，那谢谢了。"温西西没再拒绝，笑着道了声谢。

活动一结束，助理们给各家艺人披上羽绒服，然后各自奔着各自的下一个通告而去。尹绎走到温西西面前，伸出胳膊等着温西西给他穿上羽绒服。

尹绎站在那里，长身而立，高了温西西半个头。温西西拿着白茵送的礼物，给尹绎穿羽绒服有些吃力。尹绎套上袖子，棕眸微动，俯视着她，问道："这什么宝贝？"

白茵和阿珂就站在旁边，温西西笑着看了她们一眼，说："白小姐送我的礼物，还有签名。"

"代言产品送的小礼物，喜欢就好。"白茵接了一句，脸上仍旧没有笑容。

温西西连声说着喜欢，尹绎嘴角一压，朝白茵微一点头，转头问温西西："那还要我的签名吗？"

"要。"想起尹绎上台前说的话，温西西赶紧点头。

尹绎嘴角上扬，亲切地看着温西西，摆了个要签名的姿势。温西西反应过来，赶紧从包里拿出纸笔递给他。

尹绎接过来，装模作样地在小本子上签了两个字，然后递给温西西。温西西笑着接过去，看着上面龙飞凤舞的两个字，一时间没认出来。尹绎侧身站在她身边，见她不明白，朝她身边贴了贴，手指放在小本子上，骨节分明，修长漂亮。

他指着那两个字，一字一顿地念道："不、给。"

温西西："……"

尹绎当晚回了 S 市，他第二天在 S 市有个通告。温西西在台下等他，闲来无聊便刷了一会儿微博。她以前没玩过微博，就连上次做了几道《美食家》内的菜都是粉丝找她要了授权后上传的。做了尹绎的助理后，查雯让她注册一个号，并且时常盯着点尹绎的新闻。

注册了微博后，温西西第一个关注的就是尹绎，后来又关注了几个美食博主。厨艺 App 只是个美食 App，用户的数量比起微博来少得多。她看了几个美食博主的粉丝，几十万、几百万的都有。出于好奇，她搜了一下"如者"。不搜不知道，一搜吓一跳，如者在微博的粉丝竟有三百多万。

如者打理微博显然比打理厨艺 App 用心得多，除了一些菜品，他还会在微博上展示一些外出旅行的照片，他好像每年都会安排时间出国旅行，且去的地方十分冷门。在他拍的各地景色照片中，偶尔会有他本人。沙漠中，耀眼金日，漫漫黄沙，如者站在一株不起眼的绿植旁，笑得格外温柔。

温西西将那张照片保存在手机里，偶尔翻看一下，心里带了些憧憬。

她又搜索了"尹绎"，跳出来的内容一大堆，最新话题是关于《弱水一瓢》的，其中"尹绎白茵在一起"还成了热门话题。

想起昨天的首映式，两人在台上演着电影里的经典告白桥段，男帅女美，确实般配。温西西点进话题，刷了两下，少女心被电得一激灵。

"尹绎白茵在一起"这个话题里，有个动图九宫格，第一张是尹绎和白茵合作的民国电影。两人第一次见面，清冷的女学生白茵眼神中浮动着羞涩，而倜傥浮夸的尹绎棕眸中满是惊艳认真。

刷完所有动图，温西西少女心颤抖地成了尹绎和白茵的 CP（情侣）粉。她正准备继续往下刷的时候，微信通知那里弹出了一条消息，消息是如者发来的，只有四个字。

如者："在上班吗？"

一记重锤砸在心口，温西西从粉红泡泡中回到了现实。

上次如者给她评论后，温西西因为忙着找工作，就忘记了回复。后来如者主动来微信上找她，温西西便和他聊了聊最近失业的事，如者竟主动让她去他的餐厅工作。那时，温西西才知道，如者开了一家私人餐厅，就在 S 市。看如者的视频，厨房摆设都很高端洋气，空间也大，一看就不是一般的私人餐厅。

听到这样的提议，温西西被吓了一跳，自然想也没想便拒绝了。被拒绝之后，如者并没有说什么。温西西开始还有些愧疚，后来想想，他或许只是随口一提。

西西："嗯，有事吗？"

如者："厨艺 App 给我打电话了，问我年会去不去。"

厨艺 App 的年会在三月份，算算时间，离现在只有一个月了。如者刚刚入驻厨艺 App 的时候，虽然有些粉丝，但也不到能被邀请去年会的程度。视频功能的推出，让他粉丝大涨，今年也有了被邀请的资格。

原本会直接拒绝厨艺 App 邀请的温西西看着这条消息，竟然犹豫了。如者为什么会这么样问？他会去吗？去了以后两人会见面吗？温西西只在视频里见过他，还没见过他本人。

说实话，温西西有些心动。

心动归心动，她还是自卑的。温西西抿唇输入了一串文字，即将发送时，手一顿。她犹豫了半晌，又重新输入几个字，然后一咬牙，点了发送。

西西："我考虑考虑。"

尹绎下场时，温西西还蹙着眉头想事情。羽绒服的袖子套了两次才套上，尹绎垂眸看着蹲着给他拉拉链的温西西，叫了一声："西西啊。"

温西西猛地回神。

小姑娘睫毛浓密长卷，双眼黑白分明，眉头微皱。尹绎鼻间一声哼笑，微微低头，让温西西看他时不那么累。他问："钥匙呢？"

温西西不明所以地问："什么钥匙？"

"这儿的。"

尹绎伸出食指戳了戳她的眉头，指腹柔软，力道轻柔："不知道的，还以为我真扣了你工资呢。"

眉间还有尹绎食指的温度，温西西回神，尹绎已经只留给她一个背影。温西西一笑，眉间舒展，小跑着追了上去。

两人去了停车场，司机已经等着了，尹绎今天还要飞 H 市拍戏。

高强度的通告让尹绎身心俱疲，上车后就闭目养神。温西西坐在一旁，查看着查雯发来的尹绎下周的通告。下周除了拍戏，二月十四日情人节，《弱水一瓢》会有一场庆功宴。昨日《弱水一瓢》上映，当晚票房过八百万，在爱情文艺片中，这样的成绩非常骄人。

夕阳斜照进车内，恰好落在尹绎的下巴上。他的五官和气质都很出众，只是略显憔悴。

温西西望着尹绎憔悴的脸，心里想着她前些天在微博上看到的八卦。

尹绎二十岁出道，如今六年过去，他从一开始籍籍无名到现在红遍全国，一直像一个工作狂一样，一刻不停。

某论坛深扒过尹绎的身份，有那么一两个靠谱的。尹绎出道后，他的亲人从未在网上曝光过。其中一条八卦就说尹绎的父亲有可能是某个破产集团的老总，破产入狱，欠了一身的债务，尹绎不得不替父偿还。

这个八卦之所以靠谱，是因为有迹可循。尹绎二十岁以前在国外留学，读的是管理学，还拿了管理学学位。二十岁的时候，他才进电影学院学习表演，而且被扒出的那个破产集团的老总也姓尹。

温西西坐在尹绎旁边，望着他的睡颜，莫名叹息。她跟了尹绎几天，深知他的工作量，连生日都不是和父母一起过，而是举办生日会。如果那篇八卦说的是真的，那尹绎真的很可怜。

尹绎快睡着的时候，身边突然响起了手机振动声，他眉头一蹙，眼皮一掀，一睁眼就看到温西西用怜惜的目光看着他。见他醒来，后者赶紧扭头，这才发现是她手机响了。她连声说着抱歉，刚准备挂断，却在看到来电显示时愣住了。

"接吧。"尹绎说，他刚刚睡醒，嗓音带了些哑，更添了一丝惑人的慵懒。

"好。"温西西抬眼扫了一眼尹绎，按了接听，然后说了一声"喂"。

尹绎头靠在座位上，微微斜睇盯着温西西。小姑娘一直静静地听着那边说话，双眼里的纠结越发明显。等那边的人说完，她微微咬住下唇，上牙洁白好看，被咬住的部位略显发白。

"我再考虑考虑。"待那边又询问了一遍，温西西才松开牙齿，温声回复道。

电话那边不知又说了些什么，温西西应了一声，笑了笑，说了声"谢谢"，然后挂断了电话。

温西西握着手机，指腹在屏幕上摩挲了两下，眉头微微蹙着，像两条小鱼。

电话是厨艺 App 的客服打来的，询问她是否有意参加厨艺 App 今年的年会。温西西自认没有那么优秀，但厨艺 App 每年年会前都会雷打不动地打来电话。往年，她都是一口回绝，今年，她听着电话里好听的女声，心里想着站在沙漠中的如者，想见面的欲望和对自己的自卑让她陷入了纠结。

温西西按亮了手机屏幕，屏幕的锁屏是一张沙漠的照片。她没有胆量把如者的照片设置为锁屏，就选择了一张差不多的。

"西西，我头疼，帮我捏一下。"她正发着呆，尹绎出了声。

"好。"回过神来，温西西放下手机，起身坐到尹绎后面的座位上，手指放在尹绎的头上，给他揉捏了起来。

尹绎的头疼是疲劳引起的，被温西西捏了半晌，竟有所减轻。尹绎闭着眼睛，感受着纤细手指的按捏，笑着问："你以前做过按摩师？"

"没有。"温西西盯着尹绎的头发，淡淡地说道，"我干爹是中医，我跟着他学了点皮毛。"

有个做中医的干爹，技术就是不一般。尹绎闭着眼睛，感受着温西西指腹的力道，开口问了一句："刚才谁打来的电话？"

知道是自己的电话振醒了尹绎，温西西心里觉得很害怕，也很紧张。这么一来，她也没有闲心思去扯谎，只得硬着头皮说了一句："一个 App 的年会，邀请我去参加。"

尹绎起了些好奇心。能参加 App 年会，必然是有过人之处，就他对温西西的了解，她还是有这个实力的，只是不知道是哪个 App。

"什么时间？在哪儿？"尹绎淡淡地问，像是在和温西西话着家常。

温西西只当是尹绎闷了，老老实实地回道："三月十七日，在京韵国际大酒店。"

尹绎坐正了身体，温西西赶紧跟上，一抬头，脑袋撞在车顶上。

"那天我有个私人行程，也在京韵，你要是想去的话，那天也可以过去。"

温西西一听，心里又纠结了。她倒不是担心没时间过去，她是在纠结到底去不去。尹绎抬眸瞧着她，见她一脸愁绪。

"有喜欢的人在那里？"尹绎冷不丁问了一句。

温西西心里一跳，瞪大眼睛，赶紧说："没……没有。"

这个话题就此结束，两人都没有再说话。到达 H 市后，尹绎入住了先前的套房，查雯随即而至，他今晚还有夜戏。见她进来，尹绎说了一句："你去和张导说一下，我今天太累了，今晚的戏先不拍了。"

在温西西看来，尹绎确实得休息了，高强度地拍摄了三天，又赶去参加首映式，再去 S 市参加活动，回来接着参加夜拍，铁打的人都坚持不了。

查雯犹豫了一下，待看了一下尹绎后，点点头走了。

温西西仍旧和尹绎住在一起，她以为尹绎要去睡觉，便也准备回自己房间。她刚走了几步，就被尹绎叫了回来。

"你继续和我住。"尹绎说着，往沙发上一躺，"再帮我捏捏头。"

温西西安静地接受安排，把行李箱一放，拉了把椅子坐在沙发旁，摆开架势给尹绎捏头。

"App 年会，去参加吧。"温西西发呆的时候，尹绎突然说了这么一句，她愣了一下。

尹绎睁开眼，棕色的瞳仁里带着些许疲惫和慵懒。他抬眼瞧了瞧头顶的温西西，又将眼睛闭上，嘴角微勾，漫不经心地补充了一句："西西长得还是挺可爱的。"

温西西回到自己的卧室，洗了个澡，穿着睡衣上床，拿起了手机。

点开微信，温西西看着置顶的如者的头像，是一张餐桌，清新的草绿和奶黄格子桌布，上面摆着一个细颈玻璃瓶，里面插了两朵玫瑰，清新淡雅。这是如者自己拍的，从他平日的搭配风格来看，他应该是一个简单的人。如者活在她的脑海中，她的想象力将他的好发酵，心中对他的喜欢也越发热切。

她戳了两下如者的头像，聊天框打开，她输入了几个字，抿着唇，点了发送。

西西："厨艺 App 的客服给我打电话了，年会我也参加。"

发送过去后，温西西还想再问一句"你去不去"。可拉到上面的聊天记录，如者应该算是模糊地表明自己会去，她再问会不会显得有些多余？这样来回犹豫纠结着，温西西觉得自己真是中了如者的魔咒。

如者并未马上回复，半晌后，"嘎"的一声提示音响起，如者回复了一条语音。温西西的心跳渐渐地加速，手指在语音上抖了两下，点开了。

"是吗？期待与你见面。"

温西西听完，安静地笑了笑，抱着手机贴在心口。她去参加年会的勇气，全靠着尹绎的一句话。樊然说过无数次她长得好看，她没有一次信的。而尹绎一句"西西长得还是挺可爱的"，温西西就真信了。果然，颜值高的人说的话可信度就是高。

04

情人节转瞬即至，庆功宴在禾辰娱乐总部北纺大厦顶楼举行。爱情文艺片是小成本电影，这次大获成功，带来的利润非常可观。

这部电影的主创人员大部分到了，甚至禾辰娱乐的高层也出席了。除了导演和制片人，就连禾辰娱乐的董事之一陆子高也大赞尹绎。陆子高的赞赏虽然只是几句话，但引起的反响不一般，这几句赞赏确认了尹绎在禾辰娱乐的地位。

庆功宴结束时已经晚上九点，司机开车将尹绎和温西西送回了住处。别墅里有专人打扫，今晚尹绎要回来，所以灯都没关。咸湿的海风，黑漆漆的大海，白琴别墅内灯火通明，恍若白日，照亮一方海水，别有一番韵味。

房间里的落地窗是开着的，窗帘鼓动，潮湿的风吹了进来。尹绎进了房间，温西西先去把落地窗关好，然后打算去给尹绎放洗澡水。进门时，尹绎侧身对着她，正站在灯光下打电话。他骨节分明的手指钩住领带拉扯着，嘴角漾着淡淡的笑意，声音清亮好听："谢谢妈，我当然没忘记我今天生日。好……"

温西西停下脚步，尹绎今天生日？不是明天吗？

"嗯，要是回家的话，您会给我煮长寿面啊……"尹绎转身坐在床尾，身体陷下去些，长而直的双腿伸开，抬头对上了温西西的目光。

尹绎脸上带着笑，和他母亲聊得热络，听聊天内容，今天是他生日不假。温西西仔细地回想着今天尹绎的通告，睁眼就是拍戏，拍完后出席商业活动，活动结束就跑到 S 市参加庆功宴，庆功宴结束还应酬到现在。

生日这一天都在工作……想起在论坛上看到的八卦，温西西有些心疼。心里下了决定，温西西把门带上，去了厨房。

尹绎和他妈妈这通电话打了一刻钟，挂了电话后，他将西装脱掉，只穿着衬衫起身出了门。听着厨房里传来的动静，他刚要过去，就见温西西端着一碗面走了出来。

尹绎眸光一动。

温西西见到他，也没避讳，端着面往客厅走，边走边笑着说："要吃长寿面吗？"

刚才和母亲打电话时，尹绎也没有刻意躲着，他知道被温西西听了去。他随着温西西到了客厅，看她将碗筷放好，他屈起双腿坐在了沙发上。

男人双腿修长，黑色的西裤和白色的衬衫相衬，在客厅纯白的水晶灯下显得清冷禁欲。他垂眸看着长寿面，面上卧着一个荷包蛋，白气袅袅。

"偷听我打电话？"尹绎接过温西西递过来的筷子，笑着问道。

"不是故意的。"温西西不好意思地说。

尹绎也没在意，他更在意的是这碗长寿面里是不是加了他讨厌的食物。在动筷子之前，尹绎抬眸望了一眼温西西，眼神略带散漫，食指敲了敲桌面："西西啊。"

温西西头皮一麻，在尹绎问出来前，手指对天，诚实地说："就清水煮面条放了个鸡蛋，你讨厌的东西一概没放。"

尹绎双眸微动，盯着温西西半晌，才放下警惕，拿起了筷子。

"我若是在家，我妈也会给我煮长寿面，谢谢你。"

尹绎这一句话真是太戳人了，戳得温西西的母爱都泛滥了，整天跑通告赚钱还债，过生日连家人都见不着。

温西西的厨艺真是不错，一碗清汤面都做得格外美味。尹绎一边吃，一边和温西西闲聊，询问道："你生日都怎么过？"

温西西思绪一顿，勾了勾嘴角说："就随便过过。"

确切地说，她的生日只是上户口的日子，并不是她真正的生日。她具体几月几日生的，只有她妈知道，可是她从小就没见过妈妈。

尹绎抬眸看了她一眼，没有多问。他晚饭本就吃得不多，一碗面条吃了一半就没再动筷子。温西西收着碗筷，问尹绎："你生日是二月十四日，为什么对外说是二月十五日啊？"

尹绎双腿盘坐在沙发上，掏出手机刷着微博，双眸盯着屏幕，问："二月十四日是什么日子？"

温西西想了半晌，才说："情人节。"

尹绎的视线从屏幕上移开，落在了温西西的脸上，他喉结微动，声音清亮："情人节是要预留出来单独和情人过的，怎么能和粉丝一起过生日？"

落地窗外，海风呼啸，但丝毫吹不进房间。温西西坐在沙发上，看着对面坐着的尹绎。男人穿着洁白的衬衫，袖口挽起，领口的扣子解开了两粒，露出半截漂亮的锁骨。

偌大的房间里，只有他们两个。

温西西的脸瞬间红了。

她收了碗筷进了厨房，然后给尹绎放好洗澡水。尹绎走过来，双手抱臂斜靠在浴室门上。

"你怎么回家？"尹绎望着温西西，浴室有些热，小助理的脸颊透着粉。

"打车吧。"温西西倒没在意，她来白琴别墅，不着急的时候坐公交车，着急的时候才会打车。她住得比较远，想到打车钱，又是一阵心疼。

"现在没车了。"尹绎抬腕瞟了一眼时间，转身往外走，"走吧，我送你回家。"

男人背影高大，一句话说得温西西心惊肉跳。

她只是个小助理，怎么能让尹绎开车送她回去。况且，若是被娱记拍到，查雯又得擦一阵屁股。查雯一不高兴，那可真要扣她工资了。

"不用，我用打车软件叫一辆就行。"温西西腿短，小跑着都没跟上尹绎。她加速跑起来，走到楼梯口的尹绎停住了，她一个刹车不及，撞在了他后背上，疼得她"哎哟"一声。

尹绎慢条斯理地转过身，垂眸看了一眼揉着鼻头的温西西，食指屈起对着她额头一敲，说："我想兜兜风，顺便送你回家。谁家娱记这么晚不睡觉，拍我和助理的绯闻？"

温西西被敲得一怔，随即明白过来。尹绎坚持要做的好人好事，她是拦不住的。无法，温西西拿着包，跟着他下了楼。

白琴别墅后是小花园，鹅卵石铺就的石子路拐弯到了车库旁。夜晚的海边，只能听到波涛的汹涌之声，夹杂着咸湿的味道。

"我妈说给我买了辆车做生日礼物，就开它吧。"尹绎说着，拿着手机遥控打开了车库门。

虽然尹绎说是他妈给他买的车，但温西西心里可不是那么想的。要是尹绎一直在帮家里还债，那他妈的钱估计也是他给的。现在尹绎通告还这么多，债也不知道还得怎么样了。平日出行都是公司派的保姆车和司机，她还真没见尹绎开过车。

温西西的怜悯和母爱越发泛滥，望着尹绎的眼神也越发怜惜。车库门打开，温西西望着车库里摆放得整整齐齐的十几辆车，一口气没喘上来，呛了一下。

车库里停着各种酷炫跑车，色调都为深色，和白琴别墅一楼低调的奢华一致。尹绎进了车库，站在一辆劳斯莱斯跟前，灯光下的他迷人而性感。

温西西呆愣地站在门口，一双眼睛瞪得圆圆的，眼神变幻莫测。

尹绎打开面前白色的幻影。他成年了可以开车后，他妈叶一竹每年送他的生日礼物都是一辆跑车，偏偏今年送了他一辆幻影。跑车是单身的代表，幻影这种高级轿车……他妈这是变相催婚啊。

"上车啊。"尹绎打开车门，手肘撑在车门框上，望着温西西，淡淡地说了一句。

"哦，好。"温西西收起自己的母爱，收回自己的怜惜，打开车门上了车。

尹绎发动车子，开车出了车库。

温西西第一次坐这么贵的车，没出息地多看了两眼。半晌后，她靠在座椅上，侧身看着开车的尹绎。

尹绎开车时，姿势舒服而放松，神色透着少有的认真，漂亮的手指握着方向盘来回滑动，一看就是个老司机。

车是新车，甚至连音乐都没有，只听到地图导航里的女声说着左转右转。

温西西压抑了一晚上的八卦之心最终还是没有压住。她挪了挪身子，踌躇半晌后，开了口："尹先生，那个亿壹集团的尹家……跟你没什么关系吧？"

此时的沿海公路上车不多，海浪拍打着岸边，车子在路上疾驰。尹绎散漫地瞟了她一眼，漂亮的手打着方向盘，车子拐了个弯，然后他开了口："西西啊，以后多看点新闻，捕风捉影的八卦少看一点。"

温西西得了教训，赶紧点头称是，想着自己一个月工资三千多的小助理，竟然心疼一个车库里有十几辆豪车、住着海景别墅、一部电影片酬几百万的大明星，自己真是个大傻子。

开到温西西家楼下，尹绎停车，手扶在方向盘上，侧身看着副驾驶座上的温西西。

"谢谢尹先生。"温西西解开安全带，打开了车门。

下车后，温西西像是突然想起了什么，扶着车门笑着问尹绎："尹先生，要去我家坐坐吗？"

尹绎坐直身子，棕眸中透着复杂的神色，半晌后浮起了一层笑意："西西啊。"

温西西恨不得一口咬掉自己的舌头！

尹绎轻轻地笑了一声，道："这个时间叫男人去你家，一般不是去坐坐的……"

"您慢走。"温西西打断尹绎的话，深鞠一躬，关上了车门。

尹绎笑着冲温西西挥了挥手，然后绝尘而去。直到没了车影，温西西才进了楼道，爬楼回家。

温西西洗漱完毕，腰酸背疼地上了床。她算算时间，给尹绎发了条微信，确认尹绎到家后，便一闭眼睡了过去。

次日上午十点，温西西坐公交车去了白琴别墅。尹绎已经起床了，正坐在阳台的懒人椅上晒太阳。和尹绎打了声招呼，温西西从包里掏出一个精致的小盒，递给了尹绎。

"以为你今天生日，昨天没带，今天补上。"虽说尹绎这么有钱，什么都不缺，但该有的心意还是要送到。

尹绎笑了一声，伸手接过盒子拆开，将礼物拿了出来，是一架木质的迷你秋千。

"小玩意，不值钱。"温西西说。

尹绎摩挲着秋千，木纹的质感划过指腹，随后他将小秋千放在了懒椅旁的圆桌上。圆桌上铺着淡蓝色的桌布，中间放着一个细口白瓷瓶，里面插了一株满天星。

海风吹来，小秋千被吹了起来，尹绎望着来回摇摆的秋千，棕眸中升起笑意，看着温西西说："谢谢，我很喜欢。"

第二章
当然不是什么要求都行，只有能让你开心的才行

01

生日会从下午四点开始，在一家五星级酒店举行，主办方包了整个二十二层。

温西西他们提前到了以后，就在后台的休息室里等着开场。尹绎今天穿了一套黑西装，长腿搭在一起，闲坐在沙发上看着手机，一派高冷禁欲的模样。温西西闲来无聊，便坐在旁边打游戏。

温西西并不擅长打游戏，《快乐消消乐》的第一百八十八关一直过不了。在她连续三次冲关失败后，身边的人动了动，一只手指修长的手拿过她的手机，同时男人清亮的声音响起："我帮你打。"

温西西一抬头，就见尹绎眉梢微皱，棕眸中带着对她智商的疑问，可见刚才她玩的那三次都被他看了去。

温西西有些不服气，看着尹绎开局，说："这一关真的超级难。"

"嗯。"尹绎淡淡地应了一声，手指在屏幕上移动着。他好像没玩过这个游戏，移动了两下后找到规律，后面就十分顺利，三下五除二便过了这一关。

温西西一脸震惊。

"下一关要不要我帮忙？"尹绎说完，发觉手中振动起来，下意识地看了一眼，来电显示"李娇"。将手机递给温西西，尹绎说，"你电话。"

看着来电显示的名字，温西西的表情僵了一下，她微抿嘴角，按

了接听。

"西西，我今天晚上九点会带个朋友去看房子。"继母李娇不容拒绝的声音从电话那端传了过来。

"九点我可能还没下班。"温西西小声说道，一抬眼对上了尹绎的目光，她赶紧躲开。

"那可不行，我这朋友可不能得罪，你要回不来，就给我一把钥匙。"李娇说。

温西西刚要拒绝，门外突然传来一个男人的怒吼声。温西西反应过来，抬头看向门外确认情况时，只听门"砰"的一声被人踹开，一个一米八多的高大肌肉男站在门口。男人就是冲着尹绎来的，看到屋里的尹绎后，他低骂一声，横冲直撞地朝着尹绎走了过来。

"先生！"温西西心下大叫不好，顾不得手机，上去就想拦住他。然而，温西西力量太弱，肌肉男反手一推，她趔趄一下，一头撞到了沙发上，发生"砰"的一声，额前一阵疼痛。温西西眼冒金星地直起身来，手腕突然被人攥住，然后就被尹绎拉到了身后。

尹绎双唇紧抿，眼神冰冷，抬脚对准肌肉男踹去，肌肉男没躲开，结结实实地挨了一脚，跟跄着往后退了两步，一屁股坐在了地上。尹绎这一脚踹得迅速又猛烈，追进来的保镖都被吓了一跳。看尹绎这动作，没练个十年八年不可能有这力度。

温西西坐在沙发上揉额头，尹绎站在她身边，侧颜冷峻，好像十分生气。他将手放在温西西额头上，眉头一蹙，问道："怎么样？"温西西心中有些感动，刚要说没事，尹绎的下一句话让她差点气出血来。

尹绎望着被保镖制伏的肌肉男，棕眸中不带丝毫情绪，原本清亮的声音也压沉，带着股寒意："她本来就够笨了，你还打她的头。"

闹事的肌肉男是个没本事的，女朋友喜欢尹绎，买了生日会门票，不给他买他想要的篮球鞋，他心里不平衡，跑来砸场子，就连门票都不舍得买，还是偷他女朋友的。

此刻，他嘴里还在骂着难听的话，说他女朋友赚的钱凭什么花在尹绎身上，听得温西西一颗心又悬了起来。若不知前因后果的，还以为肌肉男的女朋友拿钱来嫖尹绎呢。

追星是个人喜好，谁不是花钱买开心？尹绎能得到粉丝喜欢，那是他的本事，再说，他平时待粉丝也不错，贵重的礼物从来不收，温西西觉得尹绎有点冤枉。

但一想到刚才尹绎说的那句话，温西西又觉得还是让尹绎继续被冤枉吧。

尹绎一直寒着脸，并未搭理那个肌肉男，他安排酒店工作人员去弄了个煮熟的鸡蛋，按在了温西西的额头上。

刚才撞的那一下不轻，她额头鼓起了一个包。

温西西被鸡蛋烫得倒吸一口凉气，她龇牙咧嘴地接过鸡蛋，开始为自己的智商"平反"："我也没多笨。"

温西西的声音很小，但两人靠得近，房间里没有其他人，空旷的空间将她的声音放大了些。尹绎鼻间一声哼笑，反问道："不笨你还往上冲？"

"我不是……"温西西有些激动，"不是"了半天也没说出个所以然来。当时看到有人进来闹事，她下意识就去保护尹绎。若是非要给这种行为下个定义，那也不是她笨，而是她这个下属对尹绎这个老板忠心无比。

温西西没了动静，尹绎低头看着她滚鸡蛋，嘴角噙着笑。

虽然出了点小意外，但并未影响生日会有序进行，查雯控场，生日会在晚上八点结束。尹绎下了台，温西西拿着羽绒服过去给他披上，尹绎穿着衣服，垂眸看着她额前红彤彤的一片，抬手摸了摸她的头，摸得温西西浑身一震，脸红心跳。

"还疼吗？"察觉到温西西瑟缩了一下，尹绎皱着眉头问了一句。

"嗯……没多疼。"温西西掩饰着脸红心跳，硬着头皮说道。

司机送两人回家，温西西去给尹绎收拾房间、放洗澡水。快到九点时，李娇的电话不断打来，温西西觉得烦，将手机调为静音后扔在了一边。

收拾好房间，温西西便去了客厅，准备和尹绎说一声就走。尹绎端着台相机，正对着桌子拍着什么，见她出来，他招招手说："来，你不是会摄影吗？到你发光发热的时候了。"

温西西走过去，接过尹绎手中的相机，宾得 645D，是温西西最喜欢的一款相机。

"拍这个。"尹绎盘腿坐在沙发上，指了指面前的小秋千。

看到自己的秋千要被拍照留念，温西西有些开心。她端着相机对焦，想了想又转身去了阳台，拿了两株满天星。拍好之后，温西西挑了两张，发给了尹绎。尹绎点开图片看了一眼，照片拍得格外有意蕴：小小秋千旁，一束满天星，清新悠闲。

相机拍出来的效果比手机好了不是一星半点，温西西抱着相机，对准了坐在沙发上的尹绎。镜头里，尹绎正拿着手机敲字，男人身着白色 T 恤和灰色长裤，微卷的刘海垂在额前，长而卷的睫毛微颤，有种让人移不开眼的魔力。

温西西盯着相机里刚拍的尹绎，想着尹绎高中时会是什么样子。

客厅里的挂钟敲响，温西西看了一眼时间，对尹绎说："尹先生，如果没什么事的话，我就先走了。"现在走的话，还能赶上末班公交车。

尹绎一直盯着屏幕，温西西便当他是默认了，拿着包离开了白琴别墅。

温西西到家的时候，已经快十点了。她放下包，活动了一下身体，准备去洗澡，还未走到浴室，就听到"砰砰砰"的敲门声，还伴随着李娇怒气冲冲的声音："温西西，你给我开门！"

没想到李娇会在这个时间过来，听这语气也不像是有什么好事。温西西心里略有点紧张，从猫眼里看了一眼，外面只有脸色铁青的李娇。

温西西开了门："李姨。"

"钥匙呢？"李娇咄咄逼人，伸手问温西西要钥匙。

李娇九点就在楼下等着了，还找了开锁公司，但因为不能证明是房主，开锁公司不给开门。这一个小时等得她一肚子火，她说了让温西西九点回来，温西西竟然十点多才回来。

温西西一愣，随即笑着说："李姨，这房子现在是我在住，钥匙给你不方便。"

"你也知道你只是在这里住。"李娇打断温西西的话，冷嘲热讽道，"房子是你爸的，属于我和你爸的共同财产，我现在要钥匙，你还想不给我？"

　　见李娇一副不达目的不罢休的样子，温西西敛起笑容，说："那也要经过我爸同意。"

　　"温西西。"李娇冷笑一声，"你也知道你爸因为你妈有多烦你，你现在把钥匙给我，你还能在这里住，你要是不给我，你连在这里住的资格都没有了。"

　　像是被人一拳击中软肋，温西西哑口无言。

　　尹绎将抢热门的评论编辑好后，才用大号发了一条"生日快乐"的微博，发完以后，火速切换，用小号评论了一句"男神生日快乐，觉得尹绎帅的点右上角"。发完评论后，他又立马给自己点了个赞。为了上热门，一个赞不够，他点开通讯录，给温西西打了个电话。温西西没有接，尹绎却在卧室里看到了一直亮着屏幕振动的温西西的手机。

　　掐断电话，尹绎带着温西西的手机，下楼去了车库，他今天还非得让温西西给他点赞不可。

　　送走李娇后，温西西就坐在沙发上发呆。回想着李娇说的话，还有她爸甚至所有认识她的人看她时的眼神，温西西仰起头，硬生生把眼泪憋了回去。

　　尹绎到了温西西家，敲了两下门，半晌才听到有拖鞋踩地的声音，门一开，温西西惊讶地看着他，问道："尹先生，您怎么来了？"

　　尹绎拿着温西西的手机，想让温西西帮忙点赞的话因为看到她发红的眼眶而咽了回去。他眸光微动，把手机递给温西西："你手机忘带了。"

　　温西西还在想李娇拿走她家钥匙后，接下来会做什么，对尹绎这个大明星专门跑来给她这个小助理送手机的行为并没有起疑。

　　"进来坐坐吧。"温西西抿唇一笑，强打起精神说了一句，然后转身回了客厅。

　　尹绎抬眼扫了扫温西西的家，装修得很温馨，就像温西西这个人。

　　温西西去了厨房，给尹绎泡了杯果茶。她虽然强撑着笑，但时不时走神发呆，端着果茶的时候还被门撞了一下，差点摔倒。

尹绎下意识地伸手去接，温西西跟个不倒翁似的又站稳了，看着她这个样子，尹绎有些哭笑不得。

"尹先生，你到底有什么事啊？"温西西知道尹绎来一趟绝非送手机那么简单。

"你登录你的微博，帮我点个赞。"尹绎也没兜圈子，直接说道。

温西西打开手机登录微博，这才发现尹绎发了条生日快乐的微博，而这条微博的配图就是刚才她拍的那张照片。

自己送的礼物，拍的照片被发到微博上，温西西开心了一下，眉头也舒展了些。

温西西原本以为尹绎是让她在这条微博下点赞，谁料尹绎道："你找到'2525'，就是评论'男神生日快乐'的那个，那是我小号，点个赞，送我上热门。"

温西西："……"

按照尹绎的指示，温西西给那条评论点了赞。尹绎这条微博才发了半个小时，评论已经破了万，但他小号的点赞数寥寥无几，并且很快就被淹没在上万条评论之中。尹绎将手机一放，沉思半晌，才问温西西："你说我没抢到热门的原因是什么？"

温西西刷着评论看了两眼，回答道："网友都喜欢八卦，你下次抢热门的时候带上'白茵'堆个话题试试。"

听了温西西的话，尹绎双手十指交叉，拉长声调，悠悠地叫了一声："西西啊。"

梦魇一般的声音叫得温西西浑身一颤，她立马指天发誓表忠心："我只喜欢你，只粉你，不粉CP。"

尹绎轻笑一声，笑中带了些温西西品不出的小情绪。

"额头还疼吗？"

温西西愣了一下，没料到尹绎会问这个。说实话，刚被撞的时候还挺疼，现在已经好多了。温西西揉了一下，说："不疼，其实没什么大碍。"

棕眸略微一动，尹绎抬起手放在温西西的头上，轻轻地揉了两下，说："不能让你白疼这么一场，说吧，想要什么奖励？"

温西西抬头看着尹绎，问道："什么都行吗？"

"当然不是什么都行。"尹绎低头看着手机，淡笑着说，"只有能让你开心的才行。"

尹绎的话让温西西的心情好了些，但她不会把家里的事情告诉尹绎，这只会让听者讨厌。况且，尹绎只是她的老板。

温西西喝了口果茶，浅笑一声说："那就给我涨点工资吧。"

这是目前最实际的想法，虽然李娇现在只是要了钥匙，但不知道什么时候就会把房子收走。她要在S市立足，就得自己租房，没有钱是不行的。

"行。"见温西西不想多说，尹绎也没有细问。他端起手边的果茶，轻轻抿了一口，酸酸甜甜，还有微微的花香，味道还不错。

"这是用什么做的？"尹绎又喝了一口，就着手上的瓷杯看了一眼，茶水是淡橙色的。

"玫瑰果茶。"温西西是泡好后倒在杯子里端出来的，尹绎也分不清里面具体放了些什么，温西西抿了抿唇，笑着说，"有柠檬和香梨。"一个有籽，一个太硬，都属于尹绎不喜欢吃的水果，今天"拯救挑食boss（老板）"大作战也完美成功。

尹绎轻轻叹了一口气，声调再次拉长："西西啊。"

温西西笑起来："你说要给我涨工资的，你还说君子一言，驷马难追。"

盯着温西西看了半晌，尹绎说："这么牙尖嘴利的小姑娘，游戏怎么就玩不过呢？"

温西西："……"

家里的钥匙给了李娇，温西西将卧室的门重新换了锁。她没法进攻，只能退守。自那以后，李娇一个多月都没再给她打电话。

温西西让尹绎给她涨工资，她以为只是涨个几百块钱意思意思，没想到下个月工资一到，足足多了一万块。

这让温西西有些惶恐，简直像吃最后的晚餐一样，以为尹绎因为自己老做他讨厌吃的东西，所以最后给她发点慰问金，然后把她遣散。

她给查雯打电话探口风，查雯听她吞吞吐吐地说了几句，顿时笑了："放心，不会辞退你，尹绎挺喜欢你的。"

挂了电话，温西西咂摸着那句"挺喜欢你"的意思，最后总结出来，这种喜欢应该说的是老板对下属的器重吧。不管是上学还是工作，温西西从未被器重过。这让她信心大增，决定以后多做些尹绎讨厌的东西给他吃。

日子一晃到了三月，温西西心里充满了期待与忐忑。也许是快要见面的缘故，如者与她聊天的频率越发频繁，甚至给她发了几张在厨房的照片。

斜阳透过厨房窗户照射到厨房门口，戴着棉麻围裙的如者斜倚在门框上，笑得温柔。

如者的长相与尹绎比起来算不得什么，但他胜在气质温柔，让人觉得他很随和，和他在一起绝对不会受到一丁点的伤害。

温西西很向往如者的生活，她从小的梦想就是开一家私人餐厅，研究自己喜欢的菜，给喜欢吃她做的菜的人吃。除了早午晚饭，其他时间都泡在厨房，或是研究菜谱，或是学习插花，或是钻研新的摆盘。闲暇时，约两三个志同道合的好友，去没去过的地方，感受从未有过的感受……

但这也只是个梦想，她没有钱去租餐厅，也没有自信能够经营得好。

02

年会眨眼即到，司机将尹绎和温西西送到酒店。尹绎这次是私人行程，帽子、墨镜和口罩一个不落，连衣服都是暗色的，就为了不让人认出来。他不只脸好看，身材也修长挺拔，气质清冷，一身暗色调的衣服，透着一丝神秘，让人忍不住多看两眼。

年会在酒店二十二层举行，温西西先下了电梯，把邀请函交给门口的登记人员，然后接过了自己的名牌。门口的工作人员是酒店的服务员，递给温西西名牌后，两人又继续刚才中断的闲聊。

"那个如者不仅是大厨，还是一家私人餐厅的老板，又帅，又有钱，还会做饭，简直是完美老公啊！"

温西西听着两人的闲聊，嘴角渐渐上扬，心里既期待又紧张。

京韵酒店二十二层大厅是专门承接公司年会的，最前面是平台，后半圈是排椅，靠近台前的地方是圆桌。工作人员领着温西西到了最前排的圆桌前，温西西道了声谢，便坐下了。她抬眼扫了扫桌子上放置的名牌，都是厨艺App里粉丝数超过五万的"大V"，在她斜对面，"如者"两个字安安静静地躺在那里。温西西看了一眼，心里莫名有些紧张。

她来得比较早，大厅内灯光璀璨，亮如白昼，只有零星的几个人。

温西西坐了一会儿，然后起身去了卫生间。她刚进隔间，还没来得及锁门，就听外面突然"砰"的一声，接着传来了男女激烈的亲吻声。

"有人怎么办？"一个女声娇笑着问了一句。

"这样才刺激。"一个男声沉声笑道，声音低沉而好听。

温西西站在隔间里，听着两人的声音，耳鸣阵阵，像是在做梦一样。

门外两人耳鬓厮磨了一会儿，整理了一番后就推门出去了。没过一会儿，有人进来了，那人拉开温西西所在隔间的门，看到里面站着的温西西时，吓了一跳。

"吓死我了，你怎么也不出声啊！"那人说完后，盯着温西西看了两眼，随即惊喜地问道，"你是不是西西啊？"

女人身材微胖，扎着马尾，长相敦厚，穿着也十分舒服。温西西被她一叫，回过神来，胸腔内的心脏却像是被狠狠剜了一刀，后知后觉地疼了起来。如果她没听错，刚才那个男人的声音，就是如者的声音。

她有些站不稳，女人赶紧扶住她，然后自我介绍道："我是白楷，厨艺App的，给你空间留过言。刚才我在大厅就看到你了。"

自来熟的白楷拉着温西西说了一通后，随即道："你用完洗手间了是吧？你稍微等我一会儿，我跟你一起去大厅。"

温西西的脑袋嗡嗡直响，她还没想好接下来该怎么做，白楷就上完厕所，拉着她去了大厅。

大厅内，人已经渐渐到齐了。温西西被白楷拉到了桌前，朝着已经入座的人说："哎，介绍一下，这是西西。"

桌边的人大多是女人，只有两个男人，其中一个就是如者。

白楷话音刚落，就有人笑着说了一句："这不是长得挺漂亮的嘛，前两次年会怎么没来？"

温西西抬头，对上了对面坐着的如者的目光。如者比视频里看着还要清瘦些，也帅气些，安安静静地坐在那里，眼里带着惊艳，正温柔地笑着，笑得温西西脑子有些卡壳。

她今天确实悉心打扮过，还让尹绎的化妆师助理帮忙化了个淡妆。她并不觉得自己好看，然而，在外人眼里，她五官清秀、气质温和、眼神清澈，浑身上下散发着清纯的气息。

"你是没见过美女吗？"一道熟悉的女声响起，温西西下牙一抖，抬头看过去，一个长得十分好看的女人端坐在如者身边。温西西认出她来，是厨艺 App 的后起之秀琳琅。她长得很漂亮，主攻烘焙，开着一家淘宝店，专卖烘焙产品，视频教学让她收获了一大批粉丝。

想到刚才洗手间里的情景，温西西觉得眼眶有些酸涩，她像是一粒沙子被人从沙漠中捡出来，放在了一堆大石之间，孤独而自卑。

"抱歉，我……我还有事……"温西西吞吞吐吐地说着，起身要走，却被琳琅拦下了。

"来都来了，为什么要走？"琳琅笑着问道，"你还没说呢，前两年都没来，今年怎么来了？我也好奇。"

说完之后，琳琅用胳膊捅了捅旁边的如者，冷笑一声："该不会是为了如者来的吧？"

四周八卦的目光落到了她身上，温西西心里一落，心像是被人偷走了。

如者轻笑一声，他低沉温柔的声音像一把利剑穿透了温西西的耳膜："我哪有那么大的魅力。"

"哎哟，你们两人，啧啧……"琳琅红唇带笑，眼中却满是不屑。

其他人也附和起来，讨论着两人的关系，这个人说如者每次都在温西西的空间留言，那个人说温西西亲自指导如者做菜……

乱哄哄的声音涌进耳朵，温西西只想逃走。她缩在椅子上，大家七嘴八舌的声音像是将她千刀万剐。在温西西快要支撑不住的时候，肩膀蓦地一沉，一只手压在了她头上。温西西双眸一颤，头顶响起一道熟悉的声音，清亮悦耳。

"宝宝，咱们该走了。"是尹绎。

尹绎的出现引起了桌上所有人的注意。他仍旧戴着帽子和口罩，穿着灰色的长款大衣，身体微微前倾，身材挺拔，气质出众。

温西西抬眸看着尹绎，鼻子一酸，应了一声："好。"

尹绎右手握住温西西的左手，跟同桌其他人点了点头，然后就拉着温西西离开了。

尹绎的手骨节分明，颇有些硬朗之气，掌心温度偏低，温西西琢磨着自己给他搭配的这身衣服是不是不够保暖。

待离开那桌后，温西西才渐渐冷静下来，有了些心思去想其他的事情。尹绎的及时救场，让她不再那么尴尬，而刚才尹绎的一声"宝宝"，叫得她心里一颤，少女心萌动。温西西后知后觉地红了脸。

待走到大厅里的 VIP 休息室，尹绎松开了温西西的手。手里一空，温西西手指一颤，抿了抿唇。尹绎刚才和她在二十二楼分别，他明明去了上面的楼层，怎么现在又跑到了二十二楼，是专门下来的吗？

温西西这么想着，尹绎已经推开了 VIP 休息室的门，里面传来一声笑，询问道："你怎么才来？"

尹绎转头示意温西西跟上，然后边往里走边说："我记错了楼层。"

两人一前一后走进，温西西这才看清里面的人。里面有四个男人，年纪都与尹绎相仿。温西西认识四个人里的一个，叫郁泽，是厨艺 App 的老板。

郁泽见到温西西，眼中闪过一丝惊讶，他先和尹绎打了个招呼，随后看着温西西说："这可是你第一次带女伴来。"

休息室里的四个人皆是尹绎在 Y 国留学时的同学，回国后各自有了各自的事业。今天郁泽公司举办年会，几个人过来相聚一番。平日的聚会，尹绎都是独来独往，这次竟然带了一个女伴。

温西西听出了郁泽话里的暧昧，浅笑一声，解释道："我是尹先生的助理。"

"对。"尹绎附和道，又补充了一句，"她还是厨艺 App 的'大 V'。"

"我知道了。"在温西西心里七上八下时，郁泽认出了她，"'拯救挑食 boss'的话题是不是你发起的？原来那是为尹绎弄的啊。"

作为厨艺 App 的 CEO，郁泽会时刻关注厨艺 App 上的"大 V"的动态。温西西推出了"拯救挑食 boss"这个话题，里面详细写了如何让挑食的人吃掉自己讨厌的食物，实用性非常强，在 App 上热度很高，他也时时关注。关注时间久了，他渐渐发现温西西的 boss 讨厌的食物与尹绎不喜欢的颇为相似。

今天尹绎带温西西过来，温西西又是厨艺 App"大 V"，郁泽就对应起来了。

温西西回过神来时，尹绎已经摘掉口罩，帽檐下的双眸亮而有神，眉梢一挑："什么'拯救挑食 boss'？"

郁泽说："就是她……"

"没没……"温西西急忙打断，绷着脸说，"那不是我。"

温西西在话题里写了不少对付尹绎的方法，还有尹绎每餐的食材也都写得一清二楚。若是让尹绎知道了她的 ID，那以后可就不太好办了。

尹绎垂眸盯着她，半晌后叫了一声："西西啊。"

温西西顿觉头皮一麻。

尹绎说："你这演技，真是一点长进都没有。"

温西西："哦……"

年会开始，郁泽要上去致辞，休息室里的几个人也都走了出去，坐在另外一张桌子上。这一桌全是郁泽的好友，所以都是贵宾。温西西刚想回到自己的座位，就被尹绎压着肩膀坐下了。郁泽被主持人点名上台时，尹绎拍了拍郁泽的肩膀，两人相视一笑。

如者他们和尹绎坐的那一桌中间隔了一张桌子，见温西西和尹绎坐在郁泽那桌，又看到了尹绎和郁泽的互动，桌上的几个人便热火朝天地讨论起来。

虽然尹绎又戴上了帽子和口罩，但这完全没有影响到他的帅气。白楷盯了他半晌，然后和桌上其他人说："都叫西西'宝宝'了，应该是她男朋友吧？没想到西西的男朋友竟然是郁总的朋友，太厉害了！"

"对啊。"旁边一个姑娘接过话，她叫知溪，是某菜系大师的传人，性格比较冷淡，她瞟了琳琅和如者一眼，"西西那么漂亮，男朋友肯定也帅。"

"在这种地方还包得那么严实，八成很丑。"琳琅冷哼一声，鲜红的蔻丹敲击得屏幕"嗒嗒"作响。

一旁的如者只是抬眼瞧着温西西。温西西与他想象中完全不同。他喜欢温西西做的菜，看中了她的才华，所以才与她来往。从她的言语之中，他知道她很自卑，再加上前两次年会她都没来，他原以为她定然长得很一般，没想到竟然这么漂亮。

温西西随着尹绎坐下后，就感受到了如者他们那一桌人投射过来的目光。她下意识地紧张起来，就连动作也僵硬了不少，正襟危坐在座位上，身体绷得直直的。突然，她搭在腿上的手被另外一只手戳了戳，她僵着脖子转过头，看着旁边的尹绎。

"怕什么？"尹绎眼中带笑，"你不仅长得比她们漂亮，厨艺还比她们好，有什么可自卑的？"

温西西心里一暖，绷紧的神经放松下来，原本被涂满胶水的身体像是被剪开了，瞬间活泛起来。她因为极度自卑，有些社交恐惧症，最应付不来别人七嘴八舌地与她说话的场面。尹绎的一番话，却将她解救了出来。

向来自卑的温西西仍旧信了尹绎的话。还是那句话，颜值高的人说的话可信度也高。

尹绎今天来只是为了给郁泽捧场，与郁泽几人见面后，他就带着温西西先走了。

等上了车，尹绎的厨艺App也下载完毕，他注册了一个账号登录后，搜索了一下"西西"。温西西的ID非常好找，一搜就搜到了。最近她发布的"拯救挑食boss"话题热度很高，进去之后，尹绎就看到了熟悉的早午晚餐，还有熟悉的菜谱。

温西西坐在车上，心里还在想着洗手间里的如者和琳琅。她的思维有一个固定的旋涡——每每碰到这种事，她想的不是对方的错误、对方的为人，而是自卑。如者和琳琅在长相上相配，各自又在所处的领域有一番作为，事业上也相配，两人真是天生一对。

虽然不想承认，但温西西知道自己的暗恋悲苦地结束了。她正黯然神伤，尹绎声调悠长的一声"西西啊"，叫得她耳膜一震。

温西西瞬间回过神，问道："怎么了，尹先生？"

"昨天的鸡汤里面放了我不喜欢的东西吗？"尹绎双臂搭在一起，手机捏在一只手里，微笑地看着她。

温西西顿时就心虚了，想起昨天炖的鸡汤来，里面其实是放了杏鲍菇的，只是熬煮完后，她将杏鲍菇捞出来扔掉了。

"没有啊。"当时尹绎都没喝出来，温西西只得硬着头皮撒谎。

"哦？"尹绎的微笑变得慈祥起来，温西西后背起了一层冷汗。

他打开手机，点开一个菜谱，然后笑着说："来，我给你念念昨天的杏鲍菇鸡汤菜谱……"

温西西心里一紧，一时无暇去想如者和琳琅，犹豫了半晌，才说："那是我瞎写的。"

尹绎将手机收起，笑着看向温西西。温西西被他看得发毛，眼神躲闪，下一刻，鼻子就被刮了一下。

温西西抬头看着尹绎，后者双眸含笑，说："西西啊，撒谎鼻子是会变长的。"

温西西："哦……"

03

司机载着两人回了白琴别墅，收拾一番后，温西西乘坐末班车回了家。今天虽然没跟着尹绎跑通告，但温西西仍旧觉得累。她的累大部分来自心情不佳，而心情不佳则是因为如者。

温西西垂着头拿出钥匙，拉着门把手准备开门，钥匙还未插入钥匙孔，门就从里面打开了。她眸光一紧，握住门把，心如擂鼓。

家里有人。门开了一条缝，透出细细一线光芒，温西西垂眸看了一眼门锁，锁是完好的，可见是用钥匙打开的。这套房子的钥匙原本只有她有，后来她给了李娇一把。李娇才消停了一个月，现在又开始了。

确认没有危险后，温西西才推开门走了进去，客厅里开着灯，但没人。温西西将门关好，打起精神叫了一声："李姨？"

洗手间里传出冲水的声音，温西西嘴角一抿。她很讨厌别人用她的洗手间，尤其是她不喜欢的人。她拿出卧室的钥匙，走到卧室门口，悄悄把卧室的门锁上了。

洗手间的水声停下后，温西西盯着洗手间的门，见一个男人从里面走了出来。那男人见到温西西，先是一惊，随即了然。他大约三十岁的年纪，身材瘦弱，长相却很油腻，透着一股猥琐气。

温西西心里一紧，将钥匙插入了卧室门锁，询问那人："李姨呢？"

男人见温西西很紧张，油滑一笑，问道："你是西西吧？李娇跟我说过你。呵呵，这么紧张干什么？我还能吃了你啊。"

男人的目光像胶水一样粘在温西西的脸上和身上，眼神中带着不加掩饰的欲望。男人名叫徐峰，是李娇的牌友，生意做得不大，赚的钱要么赌要么嫖。

平日打牌聊天，李娇就埋怨自己的老公温作延留了个祸害。

"还以为她过得多苦呢，前些天居然看到她坐着劳斯莱斯回来，啧啧，有心机有手段啊。"

徐峰上了心，他就喜欢这种给钱就行的拜金女。从李娇那里拿了钥匙，徐峰专挑了晚上过来，等了两个小时，上个厕所的工夫，温西西就回来了。

徐峰的目光太过赤裸，看得温西西浑身发毛。她不想和这个男人过多接触，她以为李娇拿了钥匙，顶多带几个人来看房，没想到竟然让陌生男人进入她家，而且还是晚上。

"没事的话，请您先离开吧，我要休息了。"温西西不卑不亢，手指捏着钥匙，浑身紧绷。

"李娇要卖掉这套房子。"徐峰神色悠闲地道，"卖掉之后，你可就没地方住了，怎么办？"

李娇这几个月做的这些动作，温西西都当缩头乌龟没去细想。被徐峰这么一说，温西西就像被敲了一记闷棍，她咬着牙，半晌没出声。

"我买下这套房子，你陪我住在这里好不好？"徐峰趁温西西没反应，双手抱住了她的腰。

温西西猛地反应过来，冷声道："请你自重，我不需要……"

温西西太温柔，就连生气的时候都那么诱人，徐峰没等她说完，就抱住她的脸亲了下去。温西西心里恐慌，耳鸣阵阵，在徐峰的脸凑过来的时候，她抬起脚猛地踢向徐峰的胯下。

徐峰哀号一声，温西西浑身发抖地打开卧室门，然后"砰"的一声把门关上了。

徐峰骂骂咧咧地拎起一把椅子，对准温西西卧室的门恶狠狠地砸了过去。门一震，温西西一个不稳跌坐在地上，眼泪像断了线的珠子一样掉了下来。

"贱人！"徐峰疼极了，气得要命，忍住疼痛后，他拿起椅子对准卧室的门又砸了一下。

卧室里没有开灯，男人的辱骂声和打砸声不断传来，温西西眼前一片漆黑，耳鸣阵阵，就像坠入了地狱。

她颤抖着打开手机，拨打了110。

徐峰显然没有料到温西西会报警，警察冲进来时，他还有点蒙。反应过来后，徐峰大骂一声，将椅子重重地砸在了卧室的门上，新装的门锁就这样被砸开了。

温西西环抱着自己，号啕大哭起来。

出警的有个女警察，听到温西西的哭声，二话不说就将徐峰押解了，然后走进卧室安慰地拍了拍温西西的肩膀，温西西边哭边吓得往后躲。

女警叹了口气，说："别怕，跟我们去趟派出所吧。"

温西西回过神来，压制住哭声，跟着女警出了门。

徐峰不惧怕警察，从他在警察来后仍旧砸门就可以看得出来，因为他有合适的理由，警察也不能奈何他。

"那是我朋友的房子，说是要卖，给了我钥匙让我自己去看看。我看房子的话，当然各个房间都要看看。卧室门锁着，我打电话问了我朋友，我朋友让我砸开，我就砸咯。"

徐峰平时没少做擦边球的事，派出所也拿这种赖皮没办法。

"那你的意思是，你不知道房间里有人？"女警问道。

"不知道。"徐峰看了一眼温西西，扬头问道，"小姐，您在房间里怎么不出声啊？"

温西西后退一步，浑身哆嗦。

"你给我闭嘴！"女警见温西西这个模样，对徐峰更是恨，敲着桌子厉声道。

"你报警说他闯进你家，并且猥亵了你，是吗？"女警问温西西。

温西西点点头："是，他没有经过我的允许就进入我家，我让他走，他不走，还企图猥亵我。"

"我说这位小姐，这种罪名可不能乱扣！"徐峰从椅子上站起来，冲温西西说，"怎么就是你家了？房产证上写的是你名字吗？我为什么要经过你的允许？"

徐峰一站起来，温西西就浑身一紧，立马逃得远远的。

"你给我坐下！"女警厉声道。

女警将温西西叫进了审讯室，给她倒了一杯水，然后说："温小姐，那房子确实不是你的，我们查了户主的名字，并与她取得了联系，她的说辞与徐峰的一致。你……就是你有没有证据，可以证明徐峰猥亵你？语音或者视频都行。"

女警这样一问，也觉得犯了难，谁会在被猥亵的时候想到录音啊。温西西还算运气好、脑子反应快的，知道给卧室上锁并且报警。若是他们出警晚一点……

"我没有。"温西西有些无力，她抬眼看着女警，眼睛哭得有些肿。看到女警无能为力的眼神，温西西只觉眼前发黑，有些眩晕。

出了审讯室，温西西坐在外面的椅子上发呆。突然，手机振动起来，她低头看了一眼，接了电话。

"西西啊，老规矩，2525 的评论给我点赞！"尹绎的声音里透着焦急与兴奋，但依然清亮悦耳。

听到熟悉的声音，温西西心里一酸，哽咽着应了一声："好……"

尹绎听到电话那端隐隐的哭腔，一下子从沙发上站了起来："你怎么了？你在哪儿？"

"派出所。"温西西的声音带着鼻音，眼泪滴落在大腿上，她无助地说，"我被人猥亵了。"

"把地址发给我。"尹绎说完就挂了电话。

温西西将地址发给尹绎后，心里瞬间安定了下来。审讯室里，徐峰吊儿郎当的语气像针一样扎在她的心口。他知道她没有证据，他今晚就会被放走。他以后还会去那个家，他会不会报复她？

在这个狭小的派出所里，温西西觉得自己的人生充满了绝望。

审讯室内审讯了半个小时，温西西就靠在墙上发了半个小时的呆。半个小时后，一个西装革履、戴着金丝边眼镜的帅气男人站在了她面前。

来人五官轮廓深刻，唇边带着笑，双眸黑亮，浑身上下透着精英气。

"温小姐是吗？我叫薄衍，是尹先生的律师。尹先生在外面的车上等您，您先过去吧。剩下的事情，我会处理好。"

温西西动了动身体，她脖子有些僵硬，抬眼看着那人，眨了眨。

薄衍气质温柔，他冲温西西笑了一下。温西西回过神，从座位上站起来。她双腿有些发麻，站起来后差点摔倒，薄衍伸手扶住了她。

"谢谢。"温西西说。

薄衍笑了笑，敲门进了审讯室。

温西西听从薄衍的安排，出了派出所。现在已经午夜十二点，一阵寒风刮来，温西西冻得一个哆嗦。汽车响起鸣笛声，同时车的大灯打开，晃了温西西的眼。温西西看到那辆熟悉的幻影，驾驶座上坐着一个戴着帽子、墨镜和口罩的人。

那人见到她，摘掉眼镜和口罩，冲她温柔一笑，用口型说了一句"西西啊"，然后招了招，说："过来。"

原本压下去的眼泪再次在眼眶里蓄积，温西西的委屈随着眼泪决堤，眼泪"吧嗒吧嗒"地掉在衣服上。

有尹绎在真是太好了。

温西西上了车，用手背擦了两把眼泪。尹绎拿了纸巾递过去，温西西小声说了"谢谢"，用纸巾擦着眼泪，却越擦越多。

她还是去参加年会时的那身打扮，今天为了见如者，她专门化了妆，现在也哭得花了一片，眼睛四周黑漆漆的，格外狼狈。

一个二十多岁的姑娘，大晚上的被人猥亵，温西西本就性子软糯，被猥亵后受到的惊吓和打击比其他人都要大。

温西西想止住眼泪，但眼泪根本不受她控制，开始还是抽噎，后面竟然开始号啕大哭。尹绎打开了音乐，舒缓安宁，温西西听了一会儿，用完最后一张纸巾，擦干了最后一滴泪。

"谢谢。"温西西肿着眼睛，带着浓浓的鼻音道谢。她不知道该说什么，尹绎只是她的老板，但听说她有难，立马开车来接她，她觉得尹绎简直比天使还温暖。

"不用谢。"尹绎将口罩戴上，斜靠在椅背上，垂眸看着她，"这是员工福利。"

哪里有这么好的员工福利，尹绎简直是她的贵人。

薄衍从派出所里出来，敲了敲车窗。尹绎将车窗打开，薄衍看了一眼温西西，说："定罪不难，温小姐想给他定什么罪？"

温西西有些蒙，刚开始女警问她有没有证据，说若是没证据就无法立案，现在又可以定罪了？而且还能有选择性地定罪？

"他是猥亵。"温西西实事求是地说，然后做了个徐峰搂住她腰的动作，"他搂我的腰，我躲开后跑进卧室锁了门。"

薄衍看了尹绎一眼，征询他的意见。尹绎垂眸看着温西西，棕眸中的情绪晦暗不明，半晌后道："按照她说的做。"

薄衍点头表示了解，随后走向一辆停在门口的宾利，开车离去。

"去哪儿？"尹绎转头问温西西。

时间已经很晚了，尹绎还需要休息。但温西西害怕，这么晚她不敢自己坐车。她硬着头皮说："我不敢回家了，能顺路送我去酒店吗？"

尹绎嘴角一压，想要说什么，看着温西西缩在副驾驶座上，最终没有说出让她去他家住下的提议。现在温西西缺乏安全感，不能让她和他独处一室，毕竟他也是个男人。

送温西西去了一家五星级酒店，尹绎在前台给她开了房间，然后让酒店保安护送她去了房间。临走前，温西西对着尹绎深深鞠了一躬，今晚要不是他，她不知该多绝望。

确认温西西进了房间，尹绎才出了酒店，给薄衍打了个电话："入室抢劫加强奸未遂。"猥亵罪名太轻，出来后徐峰还会找温西西报复。

"好。"薄衍应声，"那套房子不是温小姐的，属于温小姐的父亲。徐峰是温小姐继母的朋友，钥匙是她给徐峰的，入室抢劫顶多能做个擦边球。"

上次去温西西家时，尹绎还想过温西西这种工薪阶层的小姑娘，怎么住得起那么好的房子，没想到房子竟然是她父亲的，继母不仅有钥匙，还把钥匙给了陌生男性。

真是好手段啊。

尹绎挂了电话，又拨了另一个电话，安排道："你帮我看套房子……"

温西西不敢独自在酒店待着，打电话叫了槿然过来。槿然听说了今晚发生的事情后，气得要去和李娇拼命，被温西西拉住了。

"你怎么不让律师给他定入室抢劫和强奸未遂的罪名啊？"槿然气愤地问温西西。

"没那么好定罪。"温西西说，"我不想太麻烦尹先生。"

"你！"槿然气呼呼地说，"他大晚上跑来给你处理这档子麻烦事，你觉得他还会在乎多帮你这一点吗？"

尹绎半夜跑来帮她，她已经感恩戴德，再帮她更多，她怕以后没办法偿还。

即使有槿然陪着，温西西也没睡安稳，一闭眼就是徐峰拿着椅子砸门的情景，她抱着被子，听着槿然的呼吸声，恐惧得想哭却哭不出来。

温西西一晚上睡了不到两个小时，第二天槿然去上班，她头昏脑涨地起床，尹绎的电话就在这时打了过来。听着电话里尹绎叫她"西西"，温西西心里的恐惧瞬间就消失了。

"你今天好好休息，不用来上班了。"尹绎平静地说。

温西西松了一口气，但还是坚持了一下："我还可以……"

"先把事情处理好。"尹绎说，"让我过一天不吃讨厌的东西的愉快生活吧。"

尹绎的语气里带着期待和雀跃，温西西听着一笑，淡淡地应了一声："好。"

挂了电话，温西西打电话给先前找的几个房子的房东，有的告诉她房子已经租出去了，有的房东要求预付押金和半年房租，她手上没有这么多钱。

温西西叹了口气，准备先回家收拾东西，然后找房子，再搬出去。

穷就穷吧，即使吃不上饭也比受那种侮辱和惊吓来得好，她不搬走，李娇是不会放弃的。

办理退房手续时，前台小姐告诉她："昨晚跟您一起来的先生给您预付了一周的房费，您确定要现在办理退房手续吗？"

这样的酒店，一晚的费用不下一千，尹绎竟然预付了一周的房费？

"先不退了。"温西西和前台小姐说完，便拿出手机想给尹绎打个电话。尹绎这样的老板实在是太好了，她除了感激，什么也做不了。

电话还没拨出去，手机屏幕就亮了，"李娇"两个字让温西西又惊又怒。她还未找李娇，李娇竟然先找来了。

温西西接了电话，开口时声音平而冷："喂。"

李娇像是撕去了伪装的恶皇后，阴阳怪气地说："西西，你爸让你来一趟。"

挂掉电话后，温西西带着愤怒和无助去了那个"家"。

温西西的父亲温作延是一家食品公司的老总，手下有上千名员工，资产雄厚。他们的家在S市南区的别墅区，虽然不是海边别墅这种天价别墅，但在S市也算不错了。

算起来，温西西已经有大半年没来过了。

下了公交车后，温西西在别墅小区里找到自家所住的那幢，敲门之后，保姆开了门。一看是温西西，保姆眸中带了些错愕，随后翻了个白眼，让她进去了。

刚进大厅，温西西就听到了温妍妍和温作延的声音。温妍妍在撒娇，温作延的声音中带着慈爱和宠溺，李娇在一旁附和着笑着，好一派温馨的景象。

"爸，给我买辆SL400吧，我好几个闺密都换跑车了，就只有我还开着一辆宝马三系。"

"行，你喜欢就买，只要你要，爸爸就给！"温作延爽快地答应了。

"哎呀，爸，您真是太好啦！"温妍妍抱住温作延的脖子撒娇。

李娇见状，赶紧拍了拍温妍妍，嗔怪道："你想把你爸勒死啊，勒死了看谁还这么宠你！"

"我爸是世界上最好的爸爸。"温妍妍说着，亲了温作延一口，一家三口的笑声快要溢出房间了。

温西西站在客厅玄关处，笑声扎着她的心，让她的脸色有些苍白。她定了定神，走了过去。客厅里的三人看到温西西后，都敛起了笑容，神色也在一瞬间变了。

温妍妍坐在沙发上抱着温作延，挑衅地看着温西西。温妍妍是舞蹈学院大四的学生，从小学舞蹈，身材很好。她小时候长得一般，长大后去做过微调，现在看着就是个大美女，尤其是气质，十分出众。

"爸，你大女儿回来了。"温妍妍说道。

温作延没说话，李娇站起来，看着温西西，恨不得上去抽她两巴掌。她前些天刚筹了些钱和徐峰一起投资了一家KTV，结果徐峰就被温西西弄进了监狱。

"西西，你想要那套房子就直说，至于把我朋友弄进监狱吗？你跟你金主说一声，让他把人放了。"李娇看着她道。

温西西气得浑身发抖，咬住下唇忍住怒火，唇色惨白地说："不可以，他违法犯罪，就应该进监狱。"

"你装什么纯真啊？"李娇哼笑一声，语气不屑，"你自己被男人包养了，别人碰你一下倒装起了贞洁烈女，你心机别这么深行吗？"

"什么包养？"温作延"啪"地将报纸扔到桌子上，怒道，"你要什么我给你什么，你的羞耻心都被狗吃了吗？"

温作延的话像一根针，一下扎破了温西西心里越鼓越大的气球。她浑身发抖，正面对上温作延，开口时声音很轻，却带着压迫感："我努力工作，花的每一分钱都是自己挣来的，我没有糟蹋自己。您除了辱骂和指责我，并未给过我任何东西。不管我妈跟您之间发生了什么事，您都不应该把怨气发泄在我身上。您现在告诉我，我除了是我妈的女儿，我做错什么了？"

脾气温和的人发起火来，往往更有震慑力，客厅里的三人看着温西西，均是一脸错愕。温作延最先反应过来，一张脸涨得通红，也不知是气的还是怎么的，他指着门口大声道："你给我滚！"

"我本来就要走。"温西西沉声说，抬眸对上温作延的目光，"这次走了，以后就再也没有联系了。"

温西西说完，看了一眼客厅里的三人，眼神冰冷决绝，然后转身出了客厅，开门走了出去。

"你！"温作延习惯了温西西逆来顺受的样子，今天这样的温西西挑战了他作为一家之主的权威，全然不把他放在眼里。

"果然人不可貌相，看着挺温暾的，没想到是个烈性子。"李娇埋怨着温西西，又说道，"你跟她生气，伤了自己的身体，人家说不定还挺高兴呢。她既然这么有骨气和你断绝关系，估摸着市中心那套房子也不会再住了。咱们现在住这套房子就够了，那套不如直接挂网上卖掉吧？"

"对啊。"温妍妍一听，神色一喜，拽着温作延的胳膊撒娇道，"爸，卖掉吧卖掉吧，卖掉就有钱给我买车了。"

温作延看着自己的宝贝乖女儿，又有温西西做对比，自然她说什么就是什么，抬头对李娇说："你去联系着卖掉吧，给妍妍买辆车，剩下的钱也给妍妍做零花钱吧。"

"爸，您真是太好啦！"温妍妍高兴地给了温作延一个熊抱。温作延看着二女儿，长得漂亮，气质又好，真是越看越喜欢。

一家三口其乐融融，李娇接了一个电话，电话那端的人声音清亮，听着颇为年轻："你们家的房子卖吗？"

"卖！"李娇兴奋地应了一声，好房子就是不愁卖，这还没把消息挂网上呢，就有人来问了。

04

温西西从温家出来后，就坐车去了槿然上班的电视台。

槿然从电视台出来，戴着工作证，一脸疲惫。他们台最近正在筹备一个综艺选秀节目，大家都忙得焦头烂额。温西西看到槿然这么疲惫，想说的话便咽回了肚子。

对于温西西大闹温家并且和温家断绝关系一事，槿然拍手称快，但转瞬也想到了温西西没地方住的问题。

"要不，你先住我家吧？"

槿然母亲去世早，父亲把她抚养大。她父亲一直没有再娶，就和她住在一起。槿然的父亲是个公职人员，平日不苟言笑。温西西一来怕他，二来若是槿然不在家，自己和她父亲住一起也会很尴尬，所以就拒绝了。

"我自己找房子。"温西西说，"尹绎先生给我付了一周的房费，我先在酒店住一周。这一周的时间我抓紧找房子。"

"尹绎人这么好啊。"槿然对尹绎简直刮目相看。

温西西也觉得尹绎很好，尹绎对她的好，她未来都是要还的。

"我必须马上搬家。"温西西说，"东西如果放在酒店，到时候还要再搬一次，我想先把行李放在你家。"

"行啊。"槿然一口答应，看了眼时间说，"你先回家收拾东西，我下班后就去你家。如果有什么事，你就给我微信留言！"

温西西应了一声，然后便回了家。

温西西在这套房子里住了将近两年，她对这里已经有了感情。这里有她爱的厨房，能给她安全感，她也在这个家里第一次感受到温暖。

但是现在全没了，她没钱买下这套房子。

温西西一边收拾着东西，一边唾弃着自己的无能，若是她再努力一些，再努力一些……但不管怎么努力，她也不可能在这么短的时间里攒够这套房子的首付。她每个月勤勤恳恳地工作，也只存了几千块钱。而温妍妍撒一句娇，就能得到一辆价值上百万的跑车。

谁能想到，两个人的父亲竟然是同一个人。

温西西的眼眶有些发酸，但她强忍着没有哭。以后她连这个"家"也没有了，她要比现在更坚强。

温西西进了厨房，先从厨房开始收拾。厨房里都是她亲自添置的用品，每一件都是她配合着这个厨房精挑细选的。

小心翼翼地将碗碟放进箱子里，温西西还不忘放了些泡沫防震，以免东西磕坏了。正收拾着，门口传来一阵响动，温西西心里一惊，站起来跑到门口看了一眼。

李娇带了一个男人来，两人正边说话边走进客厅，抬眼瞧见温西西站在厨房门口，神色紧张地抓着厨房门。李娇翻了个白眼，说："放心，人家是来看房子的，光天化日之下，你也不看看你什么样子。"

李娇话里带刺，温西西听着，连和她争论的力气都没有，反正都要走了，再忍这一次，以后就彻底没瓜葛了。

　　温西西继续收拾着厨房，任凭他们在客厅里谈着房子。随后，李娇拍拍门，不耐烦地道："收拾好了吗？厨房里多少东西啊，还收拾个没完没了了。"

　　看房子的人是个中年男人，长相一般，但衣着考究，一看就是个有钱的主儿，李娇不想因为温西西收拾东西，耽搁人家看房，而错失这个买家。

　　"马上就好。"温西西说，"可以先去其他房间看看。"

　　李娇刚要发火，买家制止住她，说："你是要卖房子，还是让我来看你教训别人的？"

　　"不是。"李娇满脸堆笑，解释道，"这是以前的房客，跟我们家没什么关系的。"

　　"没关系你对她吆五喝六的？人家小姑娘也是父母养大的，你对她这么没礼貌，她父母听到了该多伤心啊。"买家说。

　　温西西手上捏着瓷碗，听着买家的话，心里一阵酸楚，紧紧咬着牙才没让自己哭出来。

　　李娇领着买家看完其他房间，开始和买家谈价格，这个买家非常爽快，李娇开了个价，他也没有还价，看来是真的看中了这套房子。价格一谈妥，李娇心里别提多高兴了，对温西西说："你尽快搬出去，我们办完手续，这位先生就要入住了。"

　　"我今晚就搬出去。"温西西说。

　　当天晚上，温西西就将所有东西都搬走了，然后用同城快递把钥匙寄给了李娇。以后，她就与这套房子、与温家彻底没关系了。

　　当晚，槿然来接了温西西，先把东西放去了她家，然后两人一起找了一晚上房子，到晚上十点的时候，忙了一天的温西西最终没有撑住，睡了过去。

　　她再醒来时，已经是第二天了。

　　昨天没有通告，尹绎给温西西放了一天假。今天通告排得比较满，温西西也不好开口请假去找房子。她收拾了一番后，就去了白琴别墅。

尹绎今天最重要的通告是在晚上，Z台一年一度的国剧盛典。尹绎去年和白茵一起拍了一部古装电视剧，两人入围了"最佳男演员奖"和"最佳女演员奖"，电视剧是根据网络小说改编的，一播出就大火。

国剧盛典开始前，演员们都要走红毯。尹绎提前到了，被安排在大厦的休息室里休息。温西西头昏脑涨地站在旁边，想着今天晚上回去继续找房子的事。

"你这关过了吗？"尹绎手指灵活地点着手机屏幕，说话的工夫，手机里响起一阵音效，他游戏又过了一关。

温西西盯着屏幕上的第五百三十六关，原本昏涨的脑子一个激灵，瞪大了眼睛。

"你打得好快。"温西西不可思议地说。上次尹绎说这个游戏好玩，让她给他下载一个，这才下载了多久啊，他已经过到了五百三十六关了？她玩了大半年，还没过第一百八十八关呢。

"不快……"尹绎刚开口，温西西的手机就响了。

温西西掏出手机准备挂断，但一看是她看中的那套房子的房东打过来的，便没有挂断。她抬头看了尹绎一眼，尹绎眉梢一挑，示意她接电话，她感激一笑，赶紧接通。

房东打电话来是和她说房子情况的，听房东说完，温西西面露难色："我能不能先付三个月的押金，房租一个月交一次，我现在没那么多钱。啊，好多人问这套房子啊……那……那您等我一会儿。"

温西西挂断电话时，尹绎正在玩第五百三十七关。他垂眸盯着屏幕，脸上没什么表情，漂亮的手指来回移动着，动作迅速而利索。过了这一关后，尹绎抬头，发现温西西正站在他跟前，目不转睛地看着他。

见尹绎打完了游戏，温西西小心翼翼地说："尹先生，我现在准备租房子，但我没那么多钱预付房租。您……您可不可以预支给我几个月的工资啊？"

说完后，温西西也觉得自己有些过分了，又补了一句："我一个月工资是四千，您预支给我三千五就行，可以吗？"

尹绎轻轻敲了一下手机屏幕，抬眼看着她："西西啊。"

温西西被他叫得一阵心虚，咬着下唇低下了头。

男人从沙发上站起来，伸出食指敲了一下温西西的额头，然后沉声一笑："其实生活助理这份工作，是可以包住的。"

温西西的脑子里仿佛打了个结，过了半晌才捋顺了。天无绝人之路，在她就要露宿街头的时候，尹绎帮她付了一个星期的房费，在她没钱租房时，尹绎又说可以包住。

从小很少体会到善意的温西西，想说感激的话，却笨拙得说不出来。她不太善于表达，但她会努力工作。如果尹绎能包住，她就省下了一笔不小的开销，最起码现在她不用到处找房子，也不用担心被中介骗，更不用去找人借钱了。

温西西感激地一笑，握紧手机，认真地说："谢谢您，尹先生，您对我真好。"

接到好人卡，尹绎也就收下了，点开下一关游戏，听着音效声，他抬头看着温西西，棕眸中带着浅淡的笑意："我对你这么好，你能不能对我也好点？"

尹绎能为她做的事情有很多，但她能为尹绎做的事情实在太少。听了尹绎的话，温西西点点头，承诺道："我以后会做更多有营养的菜给您吃。"

有营养，就代表他不喜欢。尹绎淡淡地叹了一口气，低头继续打游戏："你还是别对我好了。"

温西西理解了他的意思，抿唇浅笑起来。

国剧盛典的休息室是按照剧组分的，这次尹绎入围的电视剧是和白茵合拍的那部。白茵因为要参加其他活动，所以来得比较晚。她还没推门进去，就听到了里面两人的谈话声。交谈的内容没什么营养，语调轻松，像是好友间的闲聊，但又比闲聊多了些暧昧。

白茵站在门口听着，握紧了手袋。

阿珂前段时间查过这个叫温西西的助理，确实有些特别的地方。有人托了关系让她来面试明星助理，本来是要安排给新入公司的一个叫程曦的女演员，谁料中途被尹绎截和，钦点她做了自己的生活助理。

白茵性子清高，这与她的出身有关。她家境优渥，又是科班出身，进娱乐圈之前就没想着在圈子里找男朋友。圈子里的人多多少少有些黑历史，她不喜欢。

但见到尹绎后，这个原则就被打破了。她喜欢尹绎，不管是他的长相，还是他的性格，抑或是他的演技。但白茵自己也是明星，有架子端着，从不表露对尹绎的喜欢。她自信尹绎对自己也并不是没有感情，毕竟，两人合作的次数比尹绎与其他女星合作的次数要多得多。

国剧盛典开始，"最佳男女演员奖"由尹绎和白茵分别摘得。尹绎和白茵上了台，主持人没少打趣两人。尹绎笑得淡淡，白茵也讳莫如深，引来更多人的猜测和八卦。

这次国剧盛典，查雯也来了。回去的路上，查雯看着尹绎大爷似的躺在车座上让温西西捏头，说道："公司新投资了一部电视剧，仙侠题材的，暂定你和白茵主演，还未官宣，公司让我问问你的意见。"

"你下半年的通告接得很谨慎，现在还没多少，这部电视剧也是由很火的小说改编的，能增加你的人气。"查雯补充道，"你和白茵的CP效应，也能为这部剧加分不少。"

又是和白茵一起演戏，温西西替尹绎捏着头，心里暗喜。

尹绎闭着眼睛享受着温西西的按摩，神色不变道："还炒CP，也不怕到最后炒糊了。"

"娱乐圈里的小情侣有几对能长久的？你们两人就算现在一起炒作，一年后炒糊了再分道扬镳也没什么可诟病的。"查雯说。

要炒CP了吗？温西西手上的速度快了些，隐隐有点兴奋。

"拍戏可以，炒CP就算了。你们觉得没什么，以后我们两人'分手'，总有CP粉要难受。"尹绎抬头盯着温西西，笑道，"西西，你说对不对？"

温西西正色道："我不是CP粉。"

尹绎笑起来，又闭上了眼睛。

今天的通告跑完，温西西随着尹绎去了白琴别墅。回到家后，尹绎换了T恤和短裤，窝在沙发上玩游戏。温西西去了厨房，给尹绎准备晚餐。

早餐和午餐尹绎都没好好吃，晚餐温西西做得很有营养。主食是吐司太阳蛋比萨，培根换成鸡肉，搭配蔬菜沙拉，她还用白瓷盘盛了些酸奶，并且做了漂亮的酸奶拉花。

做好之后，温西西用手机拍了照片，然后端着去了客厅。

尹绎闻着晚餐的香味，先打开了厨艺 App，找到温西西的主页，里面上传的是中午的菜单和做法，晚餐的做法还没有发出来。

盯着桌上的晚餐看了两眼，尹绎抬眸看着温西西，叫了一声："西西啊。"

"今天中午做的金钱小面包里塞了山药泥。"温西西对上尹绎的目光，浅笑一声，安抚道，"所以晚餐您就放心地吃吧。"

尹绎："嘿……"

中午的小面包那么好吃，里面竟然塞了他讨厌的山药？温西西就是有这样的能力，能把他讨厌的食物变成他不认识的模样，然后再喂他吃进去。

尹绎笑了笑，低头开始吃晚餐。

吃过晚餐，温西西将餐盘收起来，尹绎看着她说："餐盘不用洗，明天会有阿姨来收拾。你搬完家了吗？要不要我去帮忙？"

尹绎的热心肠再次让温西西受宠若惊，能包住她已经感恩戴德，竟然还要帮忙搬家。温西西把餐盘放下，说道："东西都收拾好了，放在我朋友家，过会儿我打个车去拿就行。"

说到这里，温西西抬头看了尹绎一眼，犹豫着道："不过尹先生，我住在哪儿啊？"

尹绎是禾辰娱乐的艺人，艺人的助理应该有专门的宿舍。只是，宿舍具体在哪里温西西不知道。她今晚就得搬进去，不然又要花钱住酒店了。

"这儿。"尹绎一只手拿着手机，一只手指了指沙发。

温西西："啊？"

尹绎看着她紧绷的神色，哼声一笑，沉声道："你是我的生活助理，为了方便照顾我的生活，当然要和我住在一起。"

打车去槿然家的路上，温西西还在想着自己一个小姑娘能不能和一个单身男性住在一起。仔细想了一下，温西西觉得自己完全是杞人忧天。孤男寡女共处一室会不会不安全的问题，应该由尹绎去想才对。

有了地方住，温西西心里的大石头算是落下了。她相信尹绎的人品，也感谢尹绎的帮助，心中还隐隐觉得兴奋——她要住别墅了！

　　温西西的行李不多，也就三个行李箱，其中一个行李箱里都是厨具。这些东西陪着她度过了两年，温西西对它们已经有了感情。

　　她拉着三个行李箱走进白琴别墅时，尹绎刚好从二楼走了下来，他顺手接过她手里的行李箱，她一个趔趄差点摔倒，赶忙说："我自己拿就行。"

　　"我一个大男人，怎么能让你拿这么笨重的东西。"尹绎扔下一句话就上了楼，只留给温西西一个背影。

　　男人的身材很高大，灯光将他的身影放大拉长，笼罩着温西西。温西西站在楼梯下，默默地看着。她暗恋如者失败，和家人断绝关系，没地方住的时候，尹绎收留了她。以后，她就要住在这里了，有尹绎真好。

　　白琴别墅二楼有客房，装修好后几乎没人住过。房间布置得颇为用心，温西西拉着行李箱进去，着手开始收拾东西。

　　尹绎在旁边搭手，温西西也没拒绝。将东西都放置好后，温西西站在房间里四处打量，有种做梦时来过这里的感觉。温西西抬头看着尹绎，笑着说："这里比我原先住的地方更有安全感。"

　　她说的是实话，但说出来后又觉得有些暧昧，于是挠挠头说："我之前一直漂泊……"

　　尹绎抬手敲了敲墙，"咚咚"两声响，温西西抬眼看他。

　　尹绎收了手，嘴角漾了丝笑："我这里挺牢靠的，你可以一直住在这里，绝对不会再漂泊。"

　　心像一个鼓面，被鼓槌敲响。温西西抬眸看着尹绎，后者仰头看着天花板，正在调节室内灯光的亮度。忽明忽暗的灯光将男人的五官轮廓打得忽浅忽深，不管哪一种，都帅气得让人移不开眼。

　　温西西将这种心动定义成感激，尽管她的脸红到发烫。她低头整理着早就整理好的东西，室内很温馨，没有人再说话。

　　突然，尹绎的手机响了，打破了这片寂静。电话是查雯打来的，现在不过晚上八点，查雯打电话来多是询问工作，尹绎按了接听。

　　"公司和卫视新合作了一档明星选秀节目，咱们公司想在节目中后期时签几个人气高的艺人。等到淘汰赛时，会让你去做嘉宾。"

这种综艺选秀，选秀名次一般是内定的，只有签约的艺人才能走到最后。

选秀能给选手带来超高的人气，人气能换来票房和收视率，演技和人品则是次要的。尹绎不喜欢这种选秀节目，劳民伤财地耍着观众玩。

"我不参加。"尹绎直接拒绝。

"你得参加。"查雯以退为进地说道，"这样吧，节目已经播出一期了，你先去看看第一期，好吧？"

和查雯说完，尹绎挂断了电话，他垂眸看了一眼正在收拾东西的温西西，说："我去客厅看电视，有事叫我。"

"好。"温西西累得腰酸背疼，应了一声后，低头继续整理。

客厅里，尹绎打开了电视，然后坐在沙发上看。那档选秀节目叫《橙光少女》，录制之前已经海选过，晋级的都是有一定能力的人。

温西西收拾好东西后，准备去厨房收拾她的厨具。

路过客厅时，她抬头看了一眼屏幕。屏幕上，一个身段柔软的少女正听着音乐，跳着舞。

温西西盯着那个少女，手渐渐握紧。

"你认识吗？"见温西西被吸引了过来，尹绎回头看了她一眼。

"嗯……"温西西下意识地应了一声，随即一笑，说，"现在不认识了。"说完，温西西便撸起袖子去了厨房。

尹绎重新看向屏幕，少女跳完舞，露出甜美的笑容，然后开始自我介绍："各位评委老师好，我叫温妍妍……"

温妍妍，温西西……尹绎微微挑了挑眉。

第三章
西西啊，你这是不够喜欢我啊

01

尹绎没有通告的时候，早上六点半就会起床跑步，跑一个小时。温西西起了个大早，在厨房里准备着他的早餐。做好早餐，温西西摆好盘，去客厅拿了相机，拍了几张照片，导入手机，然后打开了厨艺App。

"拯救挑食boss"热度不减，已成了温西西每日必更的话题。她登录账号，看到厨艺App发来一条私信。

温西西斜靠在厨房的吧台上，看了一眼标题后，便将私信打开了。

私信的内容是关于一场比赛，厨艺App筹办了一场"厨艺大赛"，参赛的厨师可以将菜品拍照上传到自己空间。比赛持续一个月，厨师需要发布九十道菜品，比赛结束后，点赞总数最高的人获胜。

将私信往下拉了拉，温西西在看到获胜者的奖励时睁大了眼睛。

特等奖设置一名：奖金……

"十万？"温西西被震惊了。

她继续往下拉，一二三等奖依次是一二三名，奖金为五万到一万不等。之后还有优胜奖，共二十名，送的东西都是由和厨艺App一起承办的厨宝公司提供的精致餐具一套。重新把界面拉到上面，温西西盯着特等奖奖金后的一连串"0"，心动不已。

私信通告按钮一直闪烁，温西西回过神来点开。给她发私信的人是白楷，温西西疑惑了一瞬，然后点开了私信。

白楷："西西，厨艺大赛的介绍你看了吗？你要参加吗？"

温西西对白楷的印象还停留在上次年会时拉开卫生间隔门的那个微胖的女孩。女孩有着北方人的爽快，说话做事都很利索。上次年会后，温西西没再和如者联系，也没和其他人联系。

温西西对白楷的印象还不错，她点开打字键盘，输入了信息。

西西："想参加，但我赢不了吧。"

白楷正在线上，很快就回了她一长串叹号。

白楷："你赢不了谁赢得了！你知道'拯救挑食boss'这个话题现在有多火吗？！"

西西："呃……"

白楷："刚刚太激动了，嘻嘻，你就参加吧。这次比赛，个人空间展示旁边有两个空橱柜，我和知溪联系了，咱们三个可以互相推荐。我们主推你，我和知溪热度都不高。"

西西："我真的没什么信心。"

白楷："第一次见面时，我就觉得你太自卑了，你说你厨艺这么好，长得又漂亮，有什么可自卑的啊？咱们三个联手，不说拿特等奖，一等奖总是可以挑战一下的。"

温西西被白楷说动了。

这段时间，她先是暗恋失败，又和家里断绝关系，一方面是因为她太自卑，另一方面也是因为她性格太软了。虽然尹绎说她在白琴别墅住多久都行，但她不能老让别人帮忙。她不能继续做缩头乌龟，她也该有自己的人生规划，为了自己的梦想而往前迈出一步。

特等奖是十万，一等奖是五万，二等奖是三万……拼一把，就算得个二等奖，她也能得到三万块钱。

有了三万块钱，她再慢慢攒一些，到时候租一个店面，开一家私人餐厅。

万事开头难，但总是要有个开端的。

温西西下了决心，便和白楷商量起来。

西西："我参加，谢谢你们肯和我组队。"

白楷："你可拉倒吧，我们俩是沾你的光，你的'拯救挑食boss'多火啊。我和知溪对钱没什么兴趣，但我俩都看中了厨宝公司提供的那套餐具。"

西西："还是谢谢你们肯和我一起。"

温西西和白楷还稍微熟悉一些，至于知溪，温西西只看过她发布的菜品。知溪是蒋氏菜品的继承人，出自书香门第，平日里接待的人都是非富即贵。知溪其实挺高冷的，平时做菜拍照上传图片就算完，评论让她传做法，她理都不理。

没想到知溪会和她组队，温西西心中既紧张又隐隐有点期待。

白楷："你有微博吗？你最好开个微博宣传一下。如者和琳琅组队了，我看如者已经开始在微博上拉票了。"

提到如者和琳琅，温西西的心思又飘远了。她打开微博，搜了一下如者和琳琅，果然两人已经开始发图拉票了。

不过短短一个月的时间，如者的粉丝又多了几十万。他和琳琅的粉丝数加起来，已经超过五百万了。

整个厨艺 App 都未必有五百万用户，若是利用好这五百万粉丝，优胜者定是如者和琳琅。

温西西又看了一下如者的微博，他和琳琅已经公布恋情了。

白楷："他俩现在搞夫妻档，炒 CP 呢，这样除了各自的粉丝，再加上 CP 粉，人气又高了一些。你说年会这才过去几天啊，两人就确立关系了。"

看着白楷的吐槽，温西西腮帮子咬得有点酸，没有回复这条消息，只是说，她会尽快开通微博。如者和琳琅都已经是过去式了，她现在要收拾好心思，用心参加这场比赛，不然对不起白楷和知溪这么看得起她。

厨艺大赛的开始时间是四月一日，温西西填了参赛表，点了提交。

三月底的时候，尹绎最终还是接了和白茵合作的那部仙侠剧。相比起温西西刚来的时候，尹绎现在的通告已经少了很多。自从上次看到尹绎那么多豪车，否定了她在论坛上看的尹绎赚钱还债的八卦后，她越来越觉得尹绎这个明星当得可真是随性啊。

想忙起来了，就多接几部戏，反正肯定有人约。想闲下来了，就少接几部戏，反正人气肯定不会跌。尹绎长得好看、气质出众，又善于经营，这样的人只会成功。温西西对他是既羡慕又佩服。

仙侠剧的名字叫《温言》，讲的是一个不怎么说话的高冷神仙和一个格外会撩人的小荷花妖的故事。尹绎刚拿到剧本时，温西西就去把小说看了一遍，觉得这俩角色应该换一下，白茵高冷，尹绎撩人……

尹绎进入《温言》剧组后，一住又是小半个月。渐渐入夏，虽然衣服减少了一些，但毛毛虫仍旧没地方塞。尹绎没它睡不着，温西西只好胆战心惊地抱着毛毛虫从 S 市去了 X 市。

这次剧组安排的酒店颇为不错，电梯是观光电梯，到十楼以上后，能看到绵延的江景。温西西抱着毛毛虫，盯着电梯外的景色，努力忽视怀里的东西。

"喜欢这里的江景吗？"尹绎戴着墨镜，穿着白色 T 恤，阳光帅气。他虽然已经二十六岁了，但演个十八岁的少年也不违和。

"挺好看的。"温西西说，"我第一次来 X 市。"

电梯到了二十六楼，温西西随着尹绎出了电梯。她看着两边的房间号说："偶数的房间号是在江边，奇数的房间号不在江边，我的房间号是奇数。"

温西西说到这里，心里有些失落。如果每天早上打开窗户就能看到江景，看着红日从粼粼江面升起，一整天的心情都会不错。

"你跟着我住。"尹绎说，"我这不是偶数号吗？"

温西西脑子里又打了个结，她刚要说话，就瞧见白茵和阿珂从房间里走了出来。两人刚才说话旁若无人，白茵把两人的话听了个八九不离十。她的神色依旧冷淡，但看向温西西的眼神晦暗不明。

"尹先生好，温小姐好。"阿珂先打了招呼。

尹绎和白茵的房间只隔了半条走廊，这是一种暧昧又清晰的安排方式，能让两人之间的关系更加难以捉摸，从而引起更高的关注度。

"白小姐好，珂姐好。"温西西见到阿珂，笑着打招呼。

双方助理热络，双方艺人则是互相点点头。尹绎先走了一步，他怕被跟拍的记者拍到，就算有助理跟在身边，记者也能将两人的关系描写得让粉丝摸不清。

温西西赶紧跟了上去。

白茵转身，盯着两人一前一后的背影，冷哼了一声，这个温西西的手段真高。

　　尹绎的房间是套房，温西西听从他的安排住了进去。她住的侧卧，小而精致，落地窗外是一个小阳台，可以在阳台上看日出。

　　这家酒店的菜品仍旧是只有卖相没有味道，舌头挑剔的尹明星几乎没吃什么东西。温西西从饭局上下来后，就撸起袖子进了厨房。

　　查雯和尹绎也在房间里，尹绎坐在沙发上，正在勾画着剧本。剧本一共有六本，他已经全部看完，现在正在勾画明天拍摄时需要注意的地方。

　　"《橙光少女》现在录制到多少期了？"尹绎勾画着台词，头也不抬地问了查雯一句。

　　综艺节目类是周播，一般会提前三周录制。《橙光少女》的赛程很紧张，前期东西南北四个赛区海选出前二十名，四个地区共八十名，然后进行全国总决赛。

　　《橙光少女》是由S市电视台主办，尹绎看的那期是S市地区代表的南方战队五十进二十。

　　上次让尹绎看了比赛后，查雯一直没再提，现在听他主动提起，她顿时很高兴。《橙光少女》一经播出便大热，现在的五十强选手中，已经有几个人脱颖而出了，公司也准备签约了。

　　"录制五期了，下一次录制三十六强。"

　　"什么时候录制？"尹绎问。

　　查雯说："这周周六。"

　　"定了吧，三十六强我去一趟。"尹绎淡淡地说。

　　查雯原本热切如火的心顿时被兜头浇灭，"拔凉拔凉"的。她一着急，脱口问道："你现在不用去，现在去的嘉宾都是'小咖'……"

　　尹绎这种身价的，可是要最后压轴出场的啊。

　　"你不是说要接地气吗？"尹绎抬眸盯着查雯问。

　　查雯被他看得心里一跳，无奈地说："我是说让你接地气，但没让你趴在地上啊！"

比赛虽然已经到了三十六强，但各路牛鬼蛇神也还是存在的。而且，现在台里邀请的嘉宾都是些二三线艺人，他去做什么？宣传都没做呢！

"那就麻烦查姐帮忙安排一下了。"尹绎淡淡一笑，然后继续埋头看剧本。

查雯气势汹汹地出了门，迎面撞上了端着晚餐的温西西。温西西见查雯怒气冲冲，连招呼都没敢打，站在门口等她先走。

查雯盯着餐盘里的晚餐，问道："今晚放他讨厌吃的东西了吗？"

"放……放了一点。"温西西没敢说，其实三道菜里都放了尹绎讨厌的东西。

"一点怎么够？下次多放点！"查雯说后，便风风火火地走了。

温西西一时无语，端着餐盘进了房间。尹绎正在看剧本，他最近几天都在熬夜看剧本，非常敬业。温西西曾经看着尹绎想，她根本不用看鸡汤文，只看看尹绎的工作状态，她就会变得斗志满满。

尹绎晚上没吃什么东西，一心念着温西西开的小灶。温西西一进来，尹绎闻着香味就把剧本放下了。

温西西递了湿巾给尹绎擦手，尹绎拿着筷子，临吃饭前，想起了什么，将身边的剧本递了过去："我画红线的那段台词，你念念。"

助理的工作，也包括和演员对词。不过温西西做了这么久助理，一直是厨娘，没想到今天竟然要和尹绎对词。

温西西隐隐有些兴奋，但在看到画红线的台词时，那点兴奋就烟消云散了。

"念啊。"尹绎吃了一口芝士焗土豆泥。他虽然讨厌土豆，但芝士的香浓盖住了土豆的味道，而且这个土豆丝毫没有土腥气，反而带着一丝淡淡的甜味。

温西西握着剧本，干咳一声，硬着头皮遵从老板的安排。

"我……我是喜欢你的，像是竹笋刚冒了尖，像是红日刚挑了头，像是嫩柳刚抽了芽……我这么喜欢你，怎么会做你不喜欢的事情呢？"

温西西抬眼扫了扫尹绎，顿觉大事不妙。

尹绎正慈祥地看着她，眼里满是温润的笑意，他悠悠地说："西西啊，你这是不够喜欢我啊。"

温西西："……"

虽是这么说，但尹绛还是将东西吃了个七七八八，然后继续窝在沙发里看剧本。温西西对词对怕了，坐在一边的椅子上看手机，努力减弱自己的存在感。

她用厨艺 App 的 ID 开通了微博，微博名称叫"厨娘西西"。她注册后，白楷和知溪转发了她的微博，第二天就挂上了 V 认证。

温西西开通微博几天后，才深知经营微博不易。她将厨艺 App 上的"拯救挑食 boss"菜单上传到了微博。有了白楷和知溪的转发，她的微博粉丝才突破一万，连人家的零头都不到。她的"冷体质"真是走到哪儿冷到哪儿。

温西西和白楷聊天，询问白楷应该怎么吸引粉丝。

白楷："去营销号那里做广告吧，那种几十万的营销号，一条推荐微博的广告也就一千块钱。"

温西西没想过花钱推广自己，一来她没钱，二来她觉得推了也就能得到一时的热度，后面该取消关注的还是会取消关注。

和白楷聊了半天，白楷最后总结了一句。

白楷："你就是太没自信了，西西，你真的很厉害的，我和知溪都很喜欢你。"

被白楷这样夸奖，温西西心里一暖，笑了笑，回了句"谢谢"。

她很感谢白楷和知溪同她一起参加这次比赛，就算得不到名次，她也收获了两个朋友。

温西西随着尹绛进剧组拍戏，与阿珂和白茵的接触也多了起来。温西西渐渐感觉到，白茵和阿珂好像不太喜欢她。

X 市在南方，这个时候的气温已经很高了，尹绛经常会请剧组的人喝冰水。温西西将冰水递给阿珂的时候，阿珂总是不咸不淡地说声"谢谢"，而到了白茵这里，则看都不看一眼，温西西只能将水放在一边。因为极度自卑，温西西很敏感。开始的时候，她也以为是自己太敏感了，可后来看到阿珂和其他的明星助理笑着打趣的样子，温西西觉得自己应该是得罪了她们。

可她到底哪里得罪了她们呢？温西西绞尽脑汁也想不明白。

她们的接触本来就少，若说稍微亲密一点的接触，还是第一次白茵给了她一份礼物和签名。

想到礼物，温西西突然就明白了。

人家给她礼物，她却从来没有回礼。白茵可是大明星啊，她给了自己礼物，自己却没有回礼，肯定是怠慢了人家。

想明白后，温西西有些焦虑。

她该送什么给白茵呢？用钱能买到的，白茵肯定不稀罕，但她又买不起贵的。自己做的，她就只会做一些小点心之类的。

想到这里，温西西给尹绎做下午茶时，另外给白茵做了一份。

温西西给尹绎做了一份花环泡芙，又另外做了一些钻石饼干。钻石饼干做了两份，一份给尹绎，用料十足，另外一份少放了糖和黄油。女明星都比较在意体重，热量太高的话，温西西怕白茵不吃。

她用一个牛皮纸袋将那份钻石饼干装好，然后拎着小餐盘去了剧组。温西西每天都会给尹绎开小灶，剧组的人都很羡慕，而尹绎通常会大方地说："一起来吃啊。"

这么热情的邀请，大家基本上回绝了，尹绎则会感慨一句："都太客气了。"

温西西站在一边，不知道该说什么好。尹绎是剧组里"咖位"最高的，虽然他平时经常请大家喝冰水，说话做事也都平易近人，但大家还是有所顾忌。而且，请人家吃东西的时候，能不能不要护着半个餐盘啊，一点诚意都没有好吗？

尹绎礼貌性地让了一圈，见没人敢跟他一起吃，他满足地吃着泡芙，补充着一下午的糖分。拍仙侠剧需要整天飞来飞去，有温西西开的小灶，拍戏时也有了些期待。

"那是什么？"尹绎嘴里吃着泡芙，眼睛却盯着温西西手里的牛皮纸袋。

温西西下意识地将袋子藏在身后，说："钻石饼干，我做了一些，给白小姐……"

尹绎眸光一闪，温西西赶紧解释："我没有粉CP，她上次给了我签名和礼物，我只是回礼。"

"嗯。"尹绎应了一声，低头继续吃东西。

白茵还在拍戏，是和配角的对手戏。这部电视剧开头大虐女主，后来女主反杀。现在刚开始拍，白茵受了不少罪。

"尹先生。"尹绎吃完后，温西西收拾好餐盘，问道，"我能问你一个问题吗？"

"问。"尹绎打开剧本，手指在书脊中间压了压。

"我每次送来的点心，你都会让这个吃让那个吃，你怎么没请白小姐吃啊？"白茵拍完落水戏，阿珂正在给她擦身体，好在现在天气不冷，拍落水戏不会太难受。

"我让别人吃，别人肯定不吃。我让白小姐吃，白小姐说不定就吃了。"尹绎说着，视线离开剧本，望着温西西笑了笑，"这是西西给我做的，我怎么舍得真的给别人吃。"

他穿着一身白衣，长发散在后背，只在头顶插了一枚翠绿的玉簪，温润如玉，风流儒雅。他的话让温西西心里一跳，脸都红了。

白茵换了衣服，坐在椅子上休息，准备下一场戏。温西西走过去，先小声地打了招呼。

刚刚跳水戏跳了三次没过，白茵本就心情不佳，看到温西西后，她眉头一下就蹙了起来。温西西见她眉头一紧，心想自己来的时机不对，刚想回去，就被白茵叫住了。

"什么事？"白茵淡淡地问。

"啊。"既然白茵主动问了，温西西也没啰唆，将手里的饼干递过去，"我见你拍戏挺累，就做了些饼干给你。"

温西西每天给尹绎开小灶这事，白茵也是知道的。想着温西西或许就是顶着这样一脸人畜无害的笑容和天真的表情，加上有那么点厨艺，才让尹绎对她如此特别，白茵就觉得很烦。

"我要维持体重，不吃饼干。"白茵冷淡地说。

"哦。"温西西应了一声，"这一份是我单独做的，糖和黄油放得很少，热量不高。"

温西西之所以坚持说了这一句，是因为她发现白茵的脸色发黄，双唇若不是有口红掩盖，估计也会很惨白。

这是低血糖的症状，应该补充一些热量。

她的好心却点燃了白茵的怒火。白茵觉得温西西这人一点眼色都不会看，像狗皮膏药一样黏人。

"阿珂！"白茵愤怒地叫了一声。

温西西心里顿时"咯噔"了一下。

阿珂已经走了过来，神色中带着嫌弃，张嘴想要赶温西西。她还未开口，身后突然响起尹绎的声音："西西做的饼干挺好吃的。"

白茵脸上的神色一僵，随即切了嗓音，尹绎一来，她的心又放了下来。

白茵刚才绝对是生气了。温西西觉得自己太没有眼色了，刚才白茵说不要的时候，自己就应该走的，即使对方低血糖，阿珂也会给她买东西吃的。

温西西要走，却被尹绎扶住了肩膀。温西西抬眼看着尹绎，尹绎笑着说："你看我做什么？你不是说看到白茵拍戏有些累，可能犯了低血糖，要给她做点饼干补充糖分吗？"

温西西还没回过神来，白茵已经语气平缓地开了口："原来是这样，阿珂，去拿过来吧。谢谢温小姐，有心了。"

阿珂接过饼干，尹绎冲着白茵和阿珂笑了笑，然后扶着温西西的肩膀回到了自己的位置。

她本是好心，但这样就像是硬塞给人家一样。温西西觉得自己真是太自信了，几块破饼干而已，谁稀罕啊。经过这次，温西西也知道白茵是真的不喜欢自己，以后能少接触就少接触吧。

02

这次的拍摄比上次拍《竹峰》要轻松得多，拍摄了一周后，日子也迈入了四月份。

四月一日，厨艺大赛正式开始。

温西西当天做的三餐都要上传，她更加用心。一经发布，她就稳定在前三名，并且带着知溪和白楷也进入了前十。

第一名和第二名，如白楷所说，是如者和琳琅。

　　温西西微博的定位是美食博，平日系统也会推荐美食博主的营销号给她。她刷了几天，美食博主营销号几乎全在宣传如者的菜品。

　　她虽然是第三名，但和如者之间的人气相差巨大。

　　温西西在微博上卖力地宣传着，但是收效甚微。

　　"西西，老规矩，2525点赞！"尹绎看剧本看累了，休息一会儿后就去《温言》的官方微博下面抢热门。

　　官方微博今天发布了几张剧照，尹绎有单独的特写，一身白衣，负手而立，黑发玉簪，仙气飘飘。

　　"哦哦。"温西西回过神来，赶紧去给他点赞。

　　尹绎收到一个赞后，往下一刷新，系统提示"厨娘西西点赞了您的评论"。尹绎嘴角一勾，点进了厨娘西西的微博。厨娘西西的微博简直斑斓多彩，每一条微博都发了满满九张图，每一张图片都精致诱人。

　　尹绎翻到最早的一条微博，是一条认证微博，三月下旬发布的。除了那条认证微博，其他全是美食，连一条转发的微博都没有。尹绎看了一眼粉丝数，少得可怜，才两万多。再看看点赞和评论数，加上温西西回复的评论，也不过才十几条，其中还有四五条是来找温西西要授权的。

　　温西西的回复基本一致："可以直接转发哦，我最近在参加比赛。"

　　比赛？什么比赛？

　　洗完澡后，尹绎没有马上睡觉，他拿出手机翻到通讯录，给郁泽打了个电话："郁泽，你们公司最近在搞什么？"

　　郁泽还在办公室加班，接到尹绎的电话，回道："厨艺大赛。你怎么会问这个？西西参加了？"

　　"嗯。"尹绎应声，"一顿恨不得给我做八种不重样，原来是你们公司在搞鬼。"

　　郁泽"哈哈"笑了起来。

　　到了周六，尹绎和温西西回了S市。尹绎中途接了《橙光少女》的嘉宾通告，查雯告诉节目组后，官方微博秘不宣传，就等待着录制的时候给观众一个惊喜。

能和尹绎一起参加这个节目的录制，温西西非常高兴，因为槿然也是这个节目组的，前段时间槿然忙的就是这个。

录制之前，趁着尹绎化妆的工夫，温西西跑去录制现场，找到了槿然。槿然早就知道尹绎要来，看到温西西，和上司说了一声后就跑了过来。这档《橙光少女》选秀节目是 S 市电视台策划的，槿然是台本策划之一，用她的话来说就是小跟班，负责修改错别字的。

虽然槿然这么说，但温西西很替她感到高兴。什么工作都是从小干起，慢慢来，总会进步的。

"我只能跟你说一会儿话，等下还要去忙。"槿然仍旧穿得像个假小子，头发比先前更短，显得更精神了些。

"不错嘛，槿然作家。"温西西笑嘻嘻地调侃道。

槿然哼了一声，和好友相聚的喜悦让她眼睛里都闪烁着兴奋。和温西西说了一会儿话后，槿然突然想起什么来，神神秘秘地对温西西说："你猜这次《橙光少女》进全国三十六强的有谁？"

"谁啊？"温西西还真猜不出来。

"温妍妍。"槿然冷哼一声，"温妍妍这次进三十六强很稳，你爸……她爸为了她找台里领导了。"

听到"温妍妍"的名字，温西西想起了上次尹绎看的一档节目，温妍妍就在里面跳舞。她当时没仔细看，没想到竟然是《橙光少女》。

温妍妍长得漂亮，身材又好，温作延又肯出钱培养，若是进娱乐圈的话，肯定能火。

想到这里，温西西心里一拧。说实在话，她是真不想让温妍妍火。温妍妍平日在家没少拿她出气，她不想对方过得好是正常人的反应。而且，温妍妍若真成了明星，以后指不定怎么羞辱她。

温西西的好心情荡然无存，这时有人叫槿然，槿然拍拍她的肩膀说："我先去忙了，你注意点，别碰到她就行。"

"去吧。"温西西应了一声，为避免碰到温妍妍，她准备去休息室待着。但事情往往就是这么不凑巧，你想碰到的时候碰不到，你不想碰到的时候，偏偏撞上了。

在尹绎上场前，温西西去了一趟后台的卫生间，在盥洗台前洗手时，她听到背后有一个女孩打电话的声音，嗲里嗲气到让她起了一身鸡皮疙瘩。

温西西眉头一挑，一转身，就对上了刚挂掉电话的温妍妍。

温妍妍穿了一身民族舞蹈服装，上身是橙黄色紧身小马褂，勾勒出迷人的线条，下身穿着紧身长裙，右侧开衩到大腿根，显得俏皮性感。

她化了浓妆，脊背挺得很直，一副青春靓丽很有自信的样子。

温妍妍见到温西西，眼神轻蔑，冷笑了一声，说："你在这儿干什么？工作？就你那能力，能进得来吗？观众？你有那钱吗？"说到这里，温妍妍眉眼间全是轻视，"你不会是参赛的吧？海选没把你淘汰了？"

温妍妍很会拿捏人的心理，她知道温西西自卑，每一句话都像一把尖刀扎在温西西的心口上，带出一汪鲜血，让她都来不及反驳。

温西西稳住心神后，望着温妍妍，淡淡一笑，说："你先关心关心你自己吧。"

"我不用你关心。"温妍妍昂着头越过她身边，打开水龙头洗了洗手，笑着说，"禾辰娱乐已经准备和我签约了，禾辰娱乐知道吗？尹绎的经纪公司。我以后会像他一样红得发紫，你就等着瞧吧。"

温妍妍说完，又冷笑了一声，然后离开了洗手间。

温西西转身，盯着镜子中的自己看了半晌，随即也走了出去。

录制开始，五十个选手一起上台，看到嘉宾是尹绎时，小姑娘们控制不住地激动起来。

先是选手的才艺展示，按照抽签顺序来表演。

嘉宾一共三位，都坐在观众席前。查雯怕尹绎身价受损，特意让公司找了一线的老戏骨陪着他。老戏骨坐在中间，尹绎坐在右边。温西西坐在观众席上，看着台上的表演。

选手们表演的才艺大多是唱歌，所以舞蹈和魔术这种才艺会更容易胜出。温西西看着台上的表演，有几个选手确实不错，但大多不如温妍妍。

虽然温西西心底不想让温妍妍胜出，可温妍妍长得好看又有实力，不管比赛公不公平，她都能胜出。

很快，表演次序到了温妍妍。她一上场，观众席上就有应援的举起了牌子。现在只是五十进三十六，她们还没有特定的粉丝，这是电视台为了制造热度，给她们准备的。

温妍妍上场之后，眼神瞟向了尹绎，冲着尹绎点了点头。嘉宾里中间坐着的虽然是老戏骨，但现在最当红的是尹绎。她是墙头草，知道该往哪边倒。

"大家好，我叫温妍妍……"

"温西西……"在温妍妍做自我介绍时，尹绎突然开口叫了一声。

听到"温西西"的名字，温妍妍神色一僵，压下心底的愤怒，僵笑着解释道："不是的，尹老师，我叫温妍妍。"

"哦。"尹绎淡淡地说，"我在叫我助理。"

刚才尹绎突然叫自己的名字，温西西还愣了一下。现在听尹绎这么一说，温西西赶紧猫着腰走到尹绎身边，轻声询问道："怎么了？"

尹绎握住自己的麦克风，身体微微后仰，脸贴着椅背，离着温西西很近，近到温西西能闻到他身上好闻的香水味。

男人声音不大，但足以让她听到，语气中带着淡淡的笑意，声音轻而缥缈："你俩名字差不多，但你怎么比她好看那么多。"

温妍妍表演结束，在掌声和笑声中下了台，去了后台化妆间。化妆间里没人，温妍妍重重地把门甩上，尹绎打断了她的自我介绍，还让她闹了笑话，都怪温西西。

温妍妍一把拉开椅子，椅子在光滑的地板上发出刺耳的声响，像是一根铁丝挠着她的耳膜，温妍妍心里更烦，将桌子上的东西都推到了地上，"噼里啪啦"一阵响，她才出了点气。她气呼呼地坐在椅子上看着镜子里的自己，渐渐从怒气中回过神来。

她之所以生气，一来是气自我介绍被尹绎打断，而且尹绎叫的是温西西的名字；二来是她以为温西西胆怯懦弱，没想到她竟然是尹绎的助理，而且还和尹绎那么亲密。

平静下来后，温妍妍仔细一想，觉得自己刚才太冲动了。

温西西就算和尹绎亲密一些，也只不过是个小助理。小助理再能干，也掀不起什么大浪。但她就不一样了，她这次进了三十六强，签约禾辰娱乐，就已经算是个小明星了。后面再让她爸给操作一下，进个十强不成问题。

等她进了禾辰娱乐，让她爸投资几部电影带带她，她很快就能出名。到时候，她再和尹绎一起拍电影。温西西这个小助理，处理起来就像捏死一只蚂蚁那么简单。

温妍妍回过神，抬眼看着镜子中的自己，冷笑起来。化妆间刚才被她弄得一团糟，温妍妍懒得收拾，又不想背锅。她起身离开化妆间，准备去后台的休息室休息。她只表演完了节目，最后宣布名次的时候还要上台。

三十六强还是挺好进的，温妍妍充满了信心。

她穿的是舞蹈鞋，走路像小猫一样，不会发出一点声响。

走到休息室门前，温妍妍正想推门进去时，听到里面传出声音，又将手收了回来。

"禾辰娱乐已经签了好多人，三十六强进十八强特别难，那些进了的都是签约的。"说话的是和温妍妍同组的王尽然，外号"小喇叭"。

"那我没戏了，我没接到禾辰娱乐的通知。"

"没戏的是大多数。据说禾辰娱乐已经签了三个人，后期三十六进十八后，还会签。但要是十八强都没进去，肯定就是没戏了。"

"温妍妍呢？温妍妍签了没？"有个小姑娘问了一句。

温妍妍顿时屏住了呼吸。

"没听说。"王尽然说，"本来她在咱们同期里算是厉害的，但今天看尹绎那样子，好像不怎么喜欢她。"

"明星不喜欢不影响公司的决定吧？"

"一般明星是影响不了，但尹绎……"王尽然压低声音道，"据说是禾辰娱乐的股东，高层都特别喜欢他。"

温妍妍牙根一咬，又恨起温西西来。

尹绎不喜欢她，指不定就是因为温西西和尹绎嚼了舌根。

做节目嘉宾这个通告是临时接的，尹绎当晚还要赶回 X 市拍戏。

下午五点多录制结束后，司机来接，温西西带着尹绎上车，马不停蹄地赶去机场。

尹绎许是累了，一上车就闭目养神。温西西虽然也有些疲惫，但她闭上眼睛，耳边就响起尹绎在录制大厅说的那句话，心狂跳不已。温西西微红着脸睁开眼，盯着尹绎看。

"看不够吗？"

尹绎头一歪，朝向温西西的方向，然后睁开眼，长而卷的睫毛下一双棕眸格外深情好看。

温西西的心跳又漏了一拍，她赶紧收回视线，压下激动，舌头有些发颤，吞吞吐吐地说："嗯，你……你太帅了。"

她没抬眼看尹绎，但听到尹绎在她说完这句话后发出一声轻笑。尹绎是个谜，既能幼稚地跟你开玩笑，也能撩得你心肝直颤。

到达 X 市后，尹绎拍了一场夜戏，然后才回了酒店。吃过夜宵后，尹绎坐在沙发上看剧本，温西西将碗筷收好，坐在沙发上将夜宵图片上传到厨艺 App。

点开总人气看了一眼，她和如者还有琳琅的人气差距越来越大了。不但如此，她还有可能会被挤出前三名，因为琳琅找了一个微博人气美食博主和他们一起参赛，三个人互推，那个人气博主马上就要追上她了。

温西西咬着指甲想着该如何增加热度的时候，尹绎将剧本递了过来。先前的戏份尹绎都没有找温西西对过词，但自从接了这部戏，他便几次三番地找温西西对词。若是一般的词也就罢了，《温言》里白茵饰演的小妖精太会撩了，说出来的话，就算是语气平和地说出来，温西西也会脸红。

温西西低头看了一眼剧本，心里又是"咯噔"一下。

尹绎说："把这词和我对一对。"

尹绎的台词功底很强，记忆力也惊人，但在这部戏里，这两个优点好像被他塞进了黑洞，没了踪影。

"你长得这么好看，喜欢你的神仙肯定不少，但喜欢你的……"温西西强压下一口气，继续念道，"但喜欢你的小妖精就只有我一个。不如，你就从了我，跟我一起去我的洞里生活吧。"

"小妖精都没有羞耻心吗？"尹绎靠着沙发，手指在沙发靠背上轻轻地敲着，他语气散漫、神色慵懒，透着难以言说的性感。

"没有小妖精……"温西西指着台词本说，"是'你都没有羞耻心吗'。"

"我记错了。"尹绎看了一眼台词本，说，"再来一遍。"

"你长得这么好看，喜欢你的神仙肯定不少，但喜欢你的小妖精就只有我一个。不如，你就从了我，和我一起去我的洞里生活吧。"

"好啊。"尹绎说。

温西西："……"

见温西西一脸无奈，尹绎眼梢一挑，问道："我又记错了？"

"你不能答应的。"温西西看过小说，知道后续，解释道，"小妖精是妖神后裔，不能与神仙两情相悦，否则她体内的妖神之血就会觉醒，那对天地来说都是灭顶之灾。"

"哦。"尹绎了然地点点头，垂眸看着温西西，轻笑一声，"我觉得小妖精可爱，就动了凡心。"

温西西心里又是一抖，她望着尹绎棕眸中淡淡的笑意，觉得自己马上就要不行了。

就在这时，温西西的手机突然振动起来。她说了一句"抱歉"，拿出手机看了一眼，待看清楚屏幕上显示的人名后，立马将电话掐断了。她拉黑了李娇，拉黑了温作延，却没舍得拉黑家里的座机。

"有电话就接。"尹绎拿着剧本，头也没回地说。

温西西的手机又振动起来，她仍旧掐断了。尹绎抬眼看了看她，又看了一眼她的手机，眼中略带不解。

"骚扰电话。"刚刚和尹绎之间的温情被一个电话浇灭，温西西身心都有些冷，淡淡地说完后，就将手机放在了一边。

温西西的表情变了些，明显有了心事，而且也不是什么好事，因为小姑娘眉眼间带着些忧郁。尹绎将剧本放在桌子上，然后坐正身体，修长的手指翻着剧本，发出轻微的摩擦声，他问："那个温妍妍，和你有关系吗？"

说起来，温妍妍和温西西长得一点也不像。温西西长得乖巧，温妍妍长得张扬，再加上她做了微调，除了名字有些联系，根本就看不出两人是同父异母的姐妹。

温西西有点惊讶，抬眼看向尹绎。

尹绎手指压在剧本上，抬头看着她，说："你们若是有关系，她如果想和禾辰娱乐签约，我可以帮忙。"

温西西听槿然说过，只有和禾辰娱乐签约，《橙光少女》的选手才能进入决赛环节。她一点都不想让温妍妍继续晋级，她恨不得五十强进三十六强的时候就将温妍妍淘汰了。但是，温妍妍有实力，若是把她淘汰了，这个节目的名声就败坏了。

温西西陷入了沉思，手指来回搅动，指腹都泛了白。

尹绎盯着她泛白的指腹说："我只能让她签约，后续的比赛，还得她自己努力。每年禾辰娱乐签约的新人上百个，能出名的没有几个，让她自己做好心理准备。"

温西西抬起头，半晌后说："谢谢尹先生，我先打个电话。"

她拿着手机进了房间，然后拨了一个号码。电话里，李娇一反常态，轻声细语地询问着她最近的工作。

温西西没和她啰唆，直接说："你要是想温妍妍签约禾辰娱乐，就把我先前住的那套房子过户到我名下。"说完之后，温西西没等李娇反应过来，就将电话挂断了。

她还是舍不得那套房子。李娇若是答应了她这个要求，那套房子就相当于是尹绎给她要回来的。对尹绎，温西西真不知道该怎么感谢才好。

至于温妍妍，她签约了禾辰娱乐也没什么，就她那种性格，迟早是要吃亏的。她在家里横行霸道，让她进禾辰娱乐，和那些新晋的小明星横横试试。这对她也是个教训。

当晚挂断电话后，温西西一直没再接到李娇的电话。第二天，她抱着剧本等尹绎拍戏，手机振动起来，她还以为是自己的，结果掏出来一看，却是尹绎的手机。

是薄衍给尹绎打来的电话。

温西西记得薄衍，上次她出事，就是他去处理的。薄衍人很温柔，也很随和。当时他处理完徐峰的事情后，就给温西西和尹绎反馈了。薄衍说法院最后判定徐峰的罪名是入室抢劫加强奸未遂。她不知道薄衍是怎么办到的，但从这件事就能看出来，薄衍的能力很强。

尹绎拍完戏，温西西递了冰水给他，尹绎喝了一口解暑，温西西又将手机递给他。

"薄先生找你。"温西西说。

尹绎接过手机，坐在座位上给薄衍打了回去。电话接通后，薄衍在那边说了些什么，尹绎的嘴角渐渐勾了起来。

"房子可以卖回去，但价格定为原价的三倍。"

尹绎交代了一番，挂掉电话后把手机递给了温西西。温西西接过手机，脑子里还在想着刚才尹绎说的话。只听尹绎的话，温西西隐约猜到牵扯到房子，便不免上心了些。尹绎说的房子，不会是白琴别墅吧？要是白琴别墅卖了，她是不是又没地方住了？

"什么房子啊？"温西西还是没忍住，索性问了出来。

"先前买了一套市区的公寓，现在卖家想买回去。"尹绎低头看着剧本，语气云淡风轻，"我出原价的三倍。"

温西西眼睛一瞪，S市的房价一直居高不下，一套房子少说也要三四百万，翻三倍的话就要一千万了，那得多少钱啊！

温西西觉得尹绎应该是不想卖，不然怎么可能出这么高的价格。

"傻子才会买回去。"温西西喃喃道。

尹绎眼梢一挑，指尖压着剧本，抬眸看着温西西，棕眸中带着淡淡的笑意，问道："你说什么？"

"没事。"温西西就着手里的杯子喝了一口冰水。

尹绎盯着温西西手里的杯子看了一眼，神色慵懒地往后靠了靠，手指敲着剧本，轻声道："西西啊。"

温西西从沉思中猛然回神，抬眼看向尹绎。

尹绎俯身，一张帅脸在温西西面前放大，温西西心跳加速，下意识地往后躲。只是她还没来得及动作，尹绎就伸手拿走了她手里的杯子，无奈地说："你刚刚喝的是我的冰水。"

温西西："哦……"

尹绎休息片刻后又投入拍戏之中，温西西还在想刚才自己喝了尹绎的冰水，是不是代表两人间接接吻了。尹绎吃了这么大亏，竟然没有生气，他的脾气真是太好了。

李娇的电话就是在这时候打来的，温西西定了定神，按了接听。

李娇似乎刚发完火，语气并不怎么好，但她又不能对温西西表露出来，只能找碴一般厉声骂了保姆两句。

"西西，我和你爸商量了，原先那套房子太旧了，我们给你在同一个小区买套新的，房产证上写你的名字，装修也按照你先前的房子来，钱我和你爸出。你看怎么样？"

李娇没答应把原先那套房子过户给她，而是要给她买一套新房子。按照李娇的性格，这绝不是因为她好心。先前李娇带人去看房子，那套房子应该已经卖了，隔了这么久才给她回电话，多半是没和那个买家谈妥。

"我只想要那套房子。"温西西淡淡地说。她对那套房子有感情，并不在乎新旧，否则她完全可以提更高的筹码。

李娇还要说什么，温西西直接将电话挂断了。希望那个买家多磨磨李娇，她卖房子时那么迫不及待，现在想买回来可没那么容易了。

再次被温西西挂了电话，李娇压抑的火气一下上了头，"啪"的一声将手机扔到了地上。原先那破房子有什么好，温西西非得揪着那套房子不放。还有那个买家，竟然要三倍的价格才卖。想想当时看房时，那买家还替温西西说话，李娇越想越觉得他们是一伙的。这个温西西，真有心机！

母亲打电话的时候，温妍妍一直焦急地等在一旁。若是不和禾辰娱乐签约，十八强她是进不去的，现在录制就要开始了。等一切尘埃落定，她的理想、她的野心就全没了。

"妈，怎么样了？"温妍妍问李娇。

"咱们被温西西耍了！"李娇很心烦，但看着女儿的脸，她又心疼得发不出火来。三倍啊，三倍可是要六七百万。

"妈，你别生气，等我成了明星，看我不整死她！"对于温西西，温妍妍也是恨得咬牙切齿，她垂下头，哀声道，"妈，不管多少钱，先答应了吧。我若是做了明星，一千万也不过是拍一部电影的事，您就当这是对我的投资吧。"

"别哭了。"李娇头疼地抱着哭出声来的温妍妍，无奈又憋屈地说了句，"我买。"

03

在十八强赛开始录制前，李娇答应了温西西的要求。温西西高兴不已，找到尹绎，尹绎既然说了能帮忙，便也没有推脱，让查雯联系其他经纪人，准备把温妍妍签到禾辰娱乐旗下。

因为时间比较紧，过户手续没经过李娇，直接从买家过户到了温西西名下。李娇先将定金转给了买家，然后所有的手续都跟着跑。和温西西在一起时，李娇没有了平日里的盛气凌人，变得十分客气。

手续花了一个星期才办好，温西西都是抽时间出来办的，买家一直非常配合。办完手续后，温西西和那个买家说了声"谢谢"。这声谢不只是谢谢他愿意将房子卖了，更感谢当时他去看房时，在李娇呵斥她时，帮她说话。

买家笑着接受温西西的谢意："房子确实挺漂亮，尤其是厨房，布置得很温馨，看得出你是个很热爱生活的女孩子。现在，房子是你的了，希望你仍旧像以前那样，好好生活。"

一番话说得温西西心里一暖。男人是自己开车过来的，上车后和温西西挥手告别。

李娇看着两人假模假样地装作不认识，怄气了半晌，但她还要装作很高兴的模样，亲切地说："西西，你现在去哪儿，要不要我送你？"

"不用了。"温西西拒绝道，"我坐公交车就行了。"

温西西客客气气，绝口不提签约的事情。李娇有些着急，客气地笑着应声后，提了一句："那你妹妹签约的事……"

温西西顿住脚步，回头对李娇说："签约的事，尹先生已经帮忙提了，十八强录制之前就会签约。"

"哎哟。"李娇放下心来，高兴地说道，"有个可靠的姐姐真是妍妍的福分啊。"

温西西面无表情地哼笑一声，站在站台上等着公交车。

"西西，尹绎是个大明星，你天天跟他在一起，关系肯定不错吧？"李娇瞅准机会，说道，"但关系再不错，也是没有血缘关系的，他们随时都能换掉助理。你趁现在他对你不错，多让他帮扶帮扶妍妍啊。她可是你的亲妹妹，妍妍成名后，就算尹绎不要你了，你还可以去做妍妍的助理。"

"李阿姨。"温西西在李娇继续描绘她亲生女儿成名后的美好蓝图时打断了她，她望着这个一身名牌的薄情女人，有一肚子的话想和她说。然而，她也知道，就算说出来，对方也不会听，反而还会在背地里耻笑她。她也懒得多费口舌，只说了一句，"尹先生不可能不要我。"

温西西说完，又说了一声"再见"，公交车一到，她就上了车，再也没看车外。

李娇看着公交车远去，半晌才反应过来，气得一脚踢在公交站牌上。

温西西坐在公交车上，怀里抱着房产证，窗外蓝天白云，天气正好，她忍不住笑了起来。

尹绎这两天没有通告，也给了温西西去办理手续的时间。回到白琴别墅时已经是正午，温西西心情不错，边上楼边思索着中午给尹绎做什么午餐。

刚到二楼，她就感受到了一阵湿润的海风。她抬眸一看，外面阳光正好，落地窗大开，海风吹来，白纱窗帘飞舞。海风吹着懒人椅，它们慢悠悠地摇晃着。一张懒人椅上空空如也，另外一张上面坐着一个人。

四月的 S 市已是暮春时节，万物吐芽，透着生机勃勃的朝气，而所有的朝气都比不上懒人椅上的那个男人。温西西放轻脚步，走到了落地窗前。

尹绎脚尖触地，踏在木质地板上，发出轻微的"嗒"声。他正聚精会神地看着双手间的东西，没发现温西西过来了——他在做木雕。

他的手指修长漂亮、骨节分明，拿着细小的雕刻刀，在木头上轻轻地划动，动作连贯娴熟。木雕已经成型，是一只硬币大小的蜗牛，大大的壳子，长长的脖子，两只眼睛伸出来，栩栩如生。他正在做着最后的润色。

　　都说认真工作的人最迷人，这样的尹绎是温西西见过他所有的样子中最为帅气的。

　　雕刻刀划完最后一刀，尹绎将蜗牛放在手里，轻轻摸了摸，然后轻笑一声。待回头将雕刻刀放在桌子上时，他看到了站在落地窗前的温西西。棕眸中带着讶异，男人眉梢微挑，身体坐直后，望着温西西，双唇一勾。

　　"忙完了？"尹绎没问她偷看的事，柔声问了一句。

　　"忙……忙完了。"温西西从呆愣中回过神来，浅笑一声，回了一句。

　　温西西向尹绎请假的时候，说了要去做什么。对于温妍妍，温西西并未多说，只说了她是自己同父异母的妹妹。这种家庭关系复杂，人人都知道。尹绎并未多问，只在听温西西说有房子时，恭喜了她。

　　"你竟然会木雕。"温西西走到尹绎面前，望着他手里的小蜗牛。

　　小蜗牛憨态可掬、温暾可爱，倒挺像她的，性子慢慢悠悠，遇到事情喜欢往壳子里缩。但蜗牛是幸福的，它还有壳子，她连个可以缩进去的壳子都没有。

　　尹绎将手伸了过来，蜗牛就趴在他掌心："送给你的，你和它一样，都有自己的房子。"

　　温西西心里一震，她将被海风吹乱的头发别到耳后，然后伸手将蜗牛接了过来。木雕很精致，尹绎的雕刻技术很好。小蜗牛安静地趴在她掌心，海风凉湿，她心内却很温暖。

　　"尹先生，这次温妍妍签约的事麻烦您了。要不，我请您吃顿饭吧？"温西西将小蜗牛收了起来，冲尹绎笑着说道。

　　请客吃饭只是一般的礼仪往来方式，对尹绎这种挑食王来说未必适用。可温西西也想不出其他法子来报答尹绎，她平时说要对尹绎好，但细想下来，尹绎哪用得着她对他好。

　　"行啊。"出乎意料，尹绎答应得格外爽快，"前段时间查雯推荐了一家私人餐厅，说让我有时间去尝尝，就定在那里吧。"

　　尹绎有想去的餐厅，那自然再好不过，还省得她费心思去找。私人餐厅虽贵，但比起尹绎对自己的帮助来，这都算不了什么。

"好。"温西西柔声道，"是哪家？S市的吗？"她要看尹绎的通告，确定去吃饭的时间，然后提前预约。

"林语餐厅。"尹绎从懒人椅上站起来，朝客厅走去，"S市的，离你住的地方不远。"

温西西随着尹绎进了客厅，想着自己从没听说过这家林语餐厅。

尹绎到客厅沙发上坐好，将雕刻刀放入工具盒收好。这套雕刻刀非常精致，各种大小的雕刻刀一应俱全。

他手指漂亮，收拾起来格外利索，温西西看着他手指翻飞，想起刚才他坐在懒人椅上雕刻蜗牛时的样子，心里觉得甜丝丝的，微红了脸，对尹绎说："我去做午饭。"

"啪"的一声按好纽扣，尹绎转头叫住了温西西："西西，你房子要回来了，要搬回去住吗？"

温西西停下脚步，转身看着尹绎。回不回去住这个问题，温西西还真没有想过。现在尹绎这么一问，温西西倒愣住了，她仔细一想，尹绎问这个问题，多半是想让她回去吧。

想到这里，温西西心里一凉，说："搬回去吧。"

尹绎把工具盒往旁边一放，手指敲了一下桌子，神色认真地说："你还没问我同不同意你搬回去呢。"

温西西眨眨眼，哭笑不得，她只得问了一句："尹先生，您同不同意我搬回去？"

尹绎立马回了一句："不同意。好了，你去做午饭吧。"

见温西西站在原地没动，尹绎抬眸看着她，双唇微抿，解释道："你是我的生活助理，要照顾我的生活起居，所以理应和我住在一起。你要是想回去，就跟我请假，我会让你回去的。"

尹绎顿了一下，又补充了一句："我像是那种不答应员工要求的老板吗？"

温西西腹诽：刚刚不是还不同意她搬回去吗？

她回了一句"不是"，就去了厨房。

温西西在厨房里做着午餐，尹绎在客厅玩游戏，两人现在的相处方式就像一对小情侣一样。想到这里，温西西及时让思绪刹住了车。她拍了拍额头，觉得自己现在越来越会做白日梦了，有些人是她万万攀不上的。

温西西做好午餐，拍了照片后便给尹绎端了过去。尹绎吃过午饭，司机恰好来接，温西西又同他一起去了 H 市拍戏。

在车上的时候，尹绎靠着座椅休息，温西西将今天中午拍的图片上传到网上。此时已是四月下旬，距离厨艺大赛结束还有一周时间。最后的一周里，各个参赛选手都拼着最后一口气大力做宣传。

温西西进入比赛页面，页面显示了目前选手的排名。如者第一，琳琅第二，温西西暂居第三，第四名是如者和琳琅的合作伙伴骨峥，和温西西只差了几百票。

对于每个菜品，厨艺 App 里的每个用户可以投一次票。现在如者已有一亿票，也就是说他至少有一百万粉丝，他晒的每一餐粉丝都会点赞。琳琅的票数相对少一些，只有六千万。温西西的则更少，刚过四千万。

温西西觉得自己进攻无望，现在就只能守擂。可骨峥来势汹汹，让温西西有些焦虑。温西西去问过一些营销号合作事宜，营销号表示，他们已经被垄断了，如果出不了比原主更高的价格，他们不会转发她的微博。

这肯定是如者和琳琅他们做的，简直不给人活路。

在 H 市拍了三天戏后，尹绎回 S 市参加了一个活动。活动结束后，他便和温西西坐车回了家。上楼前，温西西准备去做饭，被尹绎叫住了。

温西西现在对做饭特别上心，一天恨不得翻出九九八十一朵花来，尹绎觉得自己的体重都被温西西喂上去了一些。

"西西啊。"尹绎一叫她，温西西就站住了，转头望着他。

尹绎见温西西一脸茫然的模样，颇为无奈："你先前说请我吃饭，还作不作数了？"

温西西赶紧点头说："作数的。"说完后，她犹豫半晌，问道，"现在去吗？"

"嗯。"尹绎应了一声，然后边往卧室走边说，"我去换衣服，你也把衣服换好，然后在客厅等我。"

尹绎说着就进了卧室，把门关上了。

温西西看着紧闭的卧室门，发了会儿呆。完了，她本来已经想好了今晚要放个大招给尹绎做顿好吃的，然后上传到厨艺 App 上呢。

比赛已经进入了倒计时，温西西每天都绞尽脑汁想着做什么菜，不知死了多少脑细胞。纠结了一会儿，温西西决定，和尹绎吃饭回来，再给他做一顿夜宵。今晚，两人就暂且去那家林语餐厅吃。

尹绎换了一身黑色服装，上身连帽卫衣，下身黑裤子，搭了一双运动鞋。

他将棒球帽戴好，修长的手指捏住帽檐正了正，然后对温西西说："走吧。"

温西西也穿了一身休闲服，她穿的是浅粉色卫衣，因为皮肤白，卫衣衬得她脖颈更加修长白皙，气质温柔。

在尹绎换衣服的时候，温西西就火速联系餐厅预约了位置。路上，温西西作为一个老 S 市人，指挥着尹绎开车。半个小时后，车子在一家餐厅门前停了下来。

林语餐厅处在市中心，占了一个院子。院子里全是各色绿植，现在这个时节，整个院子都散发着郁郁葱葱的生机。

"走。"尹绎停好车，便朝着院子里走去。温西西从美景中回过神来，随即跟了上去。

两人一进餐厅，瞬间像进入了雨林。餐厅全部是用真的绿植装修的，一进门就能感受到幽幽的凉意。服务员领着他们去包厢，有些地方因为有藤蔓还要低头行走。

温西西预约的是最好的包厢，在餐厅的天台上。夜风温柔，天台上搭着架子，四周满是绿植，像在森林间用餐一样，透着诗情画意。

"这家餐厅的老板太厉害了吧。"温西西拿着菜单，抬眼望着四周，"这些植物的装修和打理，不知道要耗费多少人力和物力。"

"这和老板厉不厉害没关系。"尹绎拿着菜单，手指捏着页脚，抬眸看着温西西说，"这都是设计师和装修工人的功劳。"

尹绎说的确实在理，温西西一笑，低头研究菜单。

她望着菜单上的分类，大多是尹绎不喜欢吃的。挑了半晌也挑不出来，她便问服务员："你们这里可不可以自己点餐，让厨师做？"

服务员的职业素养很高，立马回道："菜单上的菜品不合您胃口吗？VIP包厢的晚餐是我们老板亲自下厨做哦，每一道菜品都保证好吃到您想忘都忘不了。"

服务员这话说得有些夸张了，但出于礼貌，温西西仍旧笑着，指着菜单上的菜品说："那我可以要求这道菜里不放什么东西，是吗？"

"可以倒是可以，但那样味道就不如原来的好了。"服务员笑着说。

尹绎听着她们的对话，视线落在一直和服务员交流的温西西身上。她穿着一件款式简单的卫衣，歪着头和服务员说话时脖颈扭转，连接锁骨的那块细骨凸出，精致漂亮。

"你跟着她去厨房看看吧。"尹绎听温西西仔细交代着服务员，眼看着服务员就记不住了。温西西将他不喜欢的食物研究得那么透彻，一丝一毫都记得清清楚楚，这么一说，确实有些多。

"也好。"温西西担心尹绎这餐吃得不愉快，问服务员，"可以吗？"

"啊，可以。"服务员回过神来，忙道。她早就认出坐在对面的男人是尹绎，至于这个女人的身份，她没猜出来。不过，两人这么没有顾忌地一同吃饭，她应该是尹绎的助理吧。

温西西将椅子拉开站起来，随着服务员去了厨房。

厨房在一楼，温西西下楼梯时，发现楼梯的设计比较复古，上面攀附着藤蔓。她扶着楼梯，隐约觉得有些眼熟，仔细想来，却没什么具体印象了。直到随着服务员进了厨房，温西西才记起自己在哪儿见过。

厨房里，如者正戴着围裙在做菜，服务员叫了一声"老板"，他回过头来，看到了站在门外的温西西。如者脸上闪过一丝讶异和尴尬，随即他便冲着温西西打了声招呼："好久不见。"确实有些久，久到温西西再见如者，心中都没了丝毫波澜。

服务员见两人认识，就没再多说，退出了厨房。

温西西扫了一眼厨房，浅笑一声，说："我和老板过来吃饭，我老板有点挑食，所以我想交代一下。"

她细心地将尹绎的用餐习惯交代清楚，甚至说了一些如何将东西处理到尹绎不讨厌吃的方法。说完后，她惊觉自己这样不礼貌，便道歉道："我习惯了。"

她确实是无心的。

"没事。"如者笑得温柔，灯光下的他很是帅气，"你这么一叮嘱，我还能偷学两招。"

温西西浅笑一声，和如者道别后，便离开了厨房。

如者望着她的背影，心里一动。

温西西出了厨房，刚才领她过来的服务员已经不见了踪影。无奈，她只能顺着原路返回，当走到一楼前的藤架下时，被人叫住了。

"西西。"

一个女人的声音，带着一丝愠怒和嘲讽，温西西记得这个声音，是琳琅。

温西西回头，看到了踩着高跟鞋的琳琅。现在还没到夏季，琳琅已经穿得很清凉，下身热裤，露出笔直雪白的双腿，上身穿着露背系带背心，热辣性感。

"你来干什么？"没等温西西说话，琳琅已经抱臂站在温西西面前。她个头不高，但鞋跟高，现在俯瞰着温西西，眼中满是轻蔑和嘲讽。

没人会喜欢这样被人审视，温西西不想搭理她，只说了一句："我和老板过来吃饭。"

"去哪儿吃不好，偏偏来这儿吃？什么时候来这儿吃不好，偏偏在比赛最后三天来吃？"琳琅的声音有些尖，"你是来打探敌情的？营销号不帮你转发微博，着急了？"

温西西觉得既荒谬又可笑，她懒得理琳琅，转身就往楼上走。

琳琅轻笑一声："被我踩到痛脚了呀？最后三天，想不想让如者帮你拉票？想让他帮你拉票的话，我倒是有个法子。你和他好，他就帮你拉……哦，想起来了，他可能看不上你。"

"琳琅。"温西西转过身，紧咬住下唇，她脸色有些白，向来柔和的脸上带着冷意，琳琅都被她吓了一跳，"我曾经很喜欢你的烘焙，也觉得你是一个很有特色的烘焙师。但现在以及以后，我都不会这么想了。做菜就像做人，最重要的是品质好。一道精美的菜若是很难吃，你一开始能因为它好看而忍下去，但日复一日，你最终是绝对忍不了的。"

温西西说完就转身上楼，一个没注意，撞进了从楼上下来的尹绎的怀里。男人为避免她撞到鼻子，双手扶住了她的肩膀。温西西一抬头，对上了尹绎的目光。他棕眸中略带着笑意，轻笑一声说："伶牙俐齿。"

这四个字让温西西心头一跳，低下了头。

尹绎拉着温西西的胳膊，走到琳琅身边，看都没看她一眼，越过她后对小跑着过来的服务员说："去忙其他桌的客人吧，我们不吃了。"

直到被尹绎带着上了车，温西西才稳下了心神。刚才那番话她说得格外豪气，尹绎就在楼梯上，肯定被他听了去。

温西西觉得有些窘迫，她抬眼瞧着尹绎，对方正在发动车子。温西西收回目光，心里正忐忑时，就听尹绎笑着说了一句："不错啊，哲学大师。"

温西西："……"

两人回家后，温西西重新给尹绎做了一餐，待尹绎吃完，她便把图片上传到了厨艺 App。她看着排在前两位的如者和琳琅，想着如者和琳琅做的小动作，还有琳琅说的话，她从没有像今天这样迫切地想超过他们。

04

可能是愿望太迫切，温西西做梦都梦见自己成了厨艺大赛投票的第一名，后面是白楷和知溪。

第二天早上一醒过来，温西西从被窝里伸出手拿过手机，点亮屏幕后进入了厨艺 App。自从比赛开始以来，她每天醒来都会先看一看排名。

按照骨峥的上升速度，今天应该就会把她挤出前三了。一大早，温西西就有点垂头丧气。然而，今天的投票排名惊得她掐了自己一把。

她……她好像梦想成真了。

刚刚掐自己的一把，还在冒着丝丝的疼痛，温西西确定自己不是在做梦。她抱着手机，一下躺在了床上，心里十分满足。

待喜悦过后，温西西莫名有些心虚，她开始思索自己为什么会有这么多票。若是几千万也就算了，她现在的票数是八亿多，甩了如者几个亿。不但她的票数多，白楷和知溪的票数也跟了上来，两人的票数也把如者压得死死的。

白楷显然也是一早就发现了，给温西西发了一连串震惊的表情。

白楷："西西，你找大神转发你的微博了吗？这么多票，大神粉丝数不下千万啊！"

西西："我不知道啊……你说会不会是有人恶意给我们刷票？"

白楷："放心吧，票数排行榜每十分钟刷新一次，我已经刷了两次了，咱们的票数只增不减，厨艺 App 那边也没发警告，所以票肯定没问题。"

悬在心口的大石落下，阳光透过窗户照射进来，温西西掀开被子，赤脚跑了出去。她想去阳台上看日出，吹海风，还想大吼两声。

尹绎跑完步回来，一上楼就看到温西西赤着脚从房间里跑了出来。她脸上挂着兴奋的笑容，眼中闪烁着亮光，头发有些乱，还穿着长袖的睡衣，上衣的胸口处是一个大大的笑脸。

温西西也看到了尹绎，脸上笑容一顿，想起这是尹绎的房子，连忙刹住车，脸微微一红，冲着尹绎羞窘一笑。

"挺活泼嘛。"尹绎只穿了一件短袖的运动服，头发用黑色的运动发箍箍起，露出光洁漂亮的额头。他最近将头发染黑了，衬得肤色越发白皙。

温西西心里满是喜悦，她看着尹绎，心跳越发急促起来。

"我有一件特别高兴的事。"温西西笑着说，脚趾在地板上动了动，格外可爱。

视线从温西西的脚丫上收回，尹绎浅浅一笑，问道："什么高兴的事？"

温西西一直没告诉尹绎她参加比赛的事，本来尹绎就挺忙的，而且她未必能得到好名次。但现在，她肯定是第一名了，她要把这个好消息分享给尹绎。也不知道是哪个好心人转发了她的微博，她过会儿得上微博看一看，然后好好谢谢人家。

"厨艺大赛……"温西西刚开口，就听查雯在楼下吼了一声，打断了她接下来的话。

查雯穿着高跟鞋踩着木地板"噔噔噔"地往上走，气势汹汹，来者不善。

温西西心里一紧，盯着楼梯口，看到了一脸怒气的查雯。

"尹绎！"查雯又叫了一声，语气中带着愠怒和无奈。

"你好久没这么早来过了。"尹绎说完，伸手拍了拍温西西的肩膀，盯着她的脚，温声说了一句，"先回卧室把鞋穿上。"

"哦，好。"她将厨艺大赛的事咽进肚子里，赶紧回了卧室。

温西西回房间穿了鞋，又赶紧跑了出来。尹绎要是犯了错，肯定是她的疏忽，她不能让尹绎单独被查雯骂。

"我强调过多少次了，不能乱转微博！不能乱转微博！你怎么就是不记事啊！"查雯气得差点用指头戳尹绎了。

温西西一听是微博的事，赶紧打开微博，一点开就发现消息通知那里已经多得成了三个点。温西西无暇顾及这个，先找到尹绎的微博，点开后，就愣在了当场。

尹绎最新的一条微博是昨晚十点转发的一条美食微博。那条美食微博配了九张图，是她大号发的微博，尹绎转发时编写的文字是"请各位点进这个链接帮西西投票，谢谢啦"。

心中像是有温好的茶水妥帖地流过，温西西心里又暖又过意不去。她走到沙发跟前，刚要说话，查雯就又开口了。

"你怎么不拦着？"艺人的微博大多是公司派专人打理，若是艺人自己打理，为防止艺人做出一些冲动的行为，经纪人也会让助理时刻盯紧。

这条微博转发，查雯今早才看到。按理说也不算多大的事，但厨艺大赛这次的合作方是厨宝公司。厨宝公司前段时间和禾辰娱乐一个艺人的代言合约产生了纠纷，现在还在打官司。尹绎转发了这条微博，就像是间接为厨宝公司做了宣传。

"其实……"温西西刚想把所有责任往自己身上揽，谁料却被尹绎打断了。

"微博密码我自己改了。"尹绎说，"我微博下都是我的粉丝，我还不能转发我自己喜欢的东西了？"

尹绎语调平平，几句话说出来，却带着让人难以反驳的力量。

"公司高层若是追问起来，就让他们直接来找我。"尹绎淡淡地说。

"他们怎么敢找你！"查雯气结，最终叹了口气，"算了算了。西西，以后你得时刻注意着点。"

待查雯走后，尹绎跟个没事人似的，拿着手机继续玩游戏，还云淡风轻地安排道："去做早餐吧。"

"好。"温西西领命，刚要走，但又没忍住，问尹绎，"尹先生，您……您知道您转发的那条微博是我的吧？"

查雯这么生气，她害怕查雯和尹绎之间产生误会，她想去告诉查雯，尹绎是为了帮她才转发那条微博的。

尹绎抬眸看着温西西，一副恍然大悟的样子，棕眸中带着浅浅的笑意："是你的啊？怪不得我看着那些菜都想吃，果然西西做的菜最合我的胃口。"

温西西的心猛地一跳，她望着面前笑着的尹绎，意识像是飘浮在白云之中。虽然她和尹绎认识不久，但尹绎真是这个世界上夸她夸得最多而且最好听的人。他帮了她这么多次，或是无意或是有意，每一次都帮得恰到好处，真是上天派来拯救她的天使。

温西西觉得再这么下去，自己这辈子都别想找男朋友了。

有了尹绎的转发，温西西的票数真像是刷出来的一样，很快就突破了二十亿。

晚上，温西西上传了给尹绎做的晚餐。

尹绎的粉丝都很温暖，不但点赞，还会评论。评论清一色都是夸奖温西西并且让温西西加油的，特别积极阳光。能有尹绎这样的偶像，粉丝们自然也差不了。温西西刷着评论，浅笑一声，弯了眼角。

在温西西刷评论时，微信有一条提示信息，她点开一看，是许久不曾联系她的如者。

昨天从餐厅回来后，如者就联系了她，先发了一条语音，温西西没有听，接着他又发了一句："西西，在吗？"

温西西盯着聊天框，并未回复，如者等了半分钟，然后又发了一句。

如者："我主要是想跟你说声对不起，昨天餐厅的事，我刚问了服务员。琳琅说话太难听，我想和你道个歉。"

温西西看着这一长串字，直接回复了一句。

西西："我希望琳琅小姐能亲自道歉。"

如者那边半晌没动静，过了一会儿，发来了一条语音。琳琅的声音传了出来，温西西不知道琳琅是什么表情，但听语气还算不错，温西西勾了勾嘴角。

如者："昨天是我说话难听，西西，对不起。"

态度很诚恳，但是否真的很诚恳就另说了，温西西倒挺佩服琳琅，能屈能伸。

如者："能原谅她吗？"

西西："好。"

如者找她，显然不是为了道歉而来，温西西并未紧抓着不放，只想让他把剩下的话说完。果然，她回复了"好"之后，如者就把话题扯到了厨艺大赛上。

如者："年会那天你走得比较早，有些事可能不知道。这次厨艺大赛，郁总在年会上提过，我从年会回来后就一直在准备。厨艺 App 内集结了国内大多数的厨师，参加这场比赛并获得胜利的话，对我来说至关重要。我有一家餐厅，这次比赛若是获得成功，会是一次很好的宣传。所以我想，你可不可以在你的空间里给我一个推荐位。"

温西西冷笑一声。

如者："我和白楷、知溪的票数相差不多，若是能放上，无论是获得了第二名还是第三名，我所得到的奖金都归你。另外，我再付你五万元做酬谢，可以吗？"

在如者看来，这是一笔很划算的生意。对温西西她们三个来说，参加厨艺大赛为的不过就是奖金。他获得了名次，也不要奖金，还另外付给温西西五万元，也就是说，温西西若是按照他说的做，至少会获得二十万元。

不仅对温西西，对任何人来说这都是一笔很划算的买卖。

如者发完以后，耐心地等待着温西西同意和他合作。然而，半晌后，温西西发来一段话，让如者脸色一沉。

西西："我不会和您合作。一来，我不会背叛我的团队，二来，希望您也感受一下被人用手段压在头顶，却无计可施的挫败感。"

接着，温西西又补充了一句。

西西："如果您没有其他的事情，我就要把您拉黑了。我不想留一个怂恿我背叛队友的人做我的朋友。"

温西西说完，直接将如者删除，删除过后，她顿觉心情舒畅，一身轻松。

比赛刚开始时，她找营销号推她的微博，谁知营销号都被如者收买了。当时她有多焦灼，也让如者和琳琅好好体会一下吧。

如者今晚和她的聊天，并不是全无益处。他说这次厨艺大赛对林语餐厅是一个很好的宣传，温西西和白楷她们说了自己的想法，决定建几个微信群，将粉丝"圈养"起来。

她现在没资金，无法开私人餐厅，但她要先把这次的人脉留住，日后开了餐厅，也好做宣传用。

四月的最后一天，比赛完满结束。温西西带领白楷和知溪包揽前三，白楷兴奋地在群里大声说："从小到大我还没得过前三名呢！西西抱着尹绎的大腿，我们跟着沾光了！"

知溪平时话不多，这次回复了一句："厨宝公司特定的那套餐具不错，可惜前三名拿不着。"

白楷说："对哦，不过咱们有钱，想要就买呗！西西，你干吗去了？"

温西西从厨艺大赛比赛界面回过神来，回复道："我也看中那套餐具了。"

白楷："那这么说，我们还不如得个优胜奖了。"

听着白楷开玩笑的话，温西西发了个表情，也笑了起来。

厨艺大赛结束，一周内，扣掉税费后的奖金就到了温西西的卡上。温西西收到银行到账的信息时，正和尹绎对词。她打开手机一看，忍不住笑弯了眼角。

"厨艺大赛的奖金到账了。"温西西对尹绎说，"我是第一名。"

"第一名奖金多少啊？"尹绎垂眸笑看着她，问道。

"十万，扣掉税后还有八万。"温西西兴奋地说。

尹绎双眸一敛，失望地说："郁泽也太抠了，第一名奖金才给十万，还要扣两万的税。"

听了尹绎的话，温西西笑起来。十万对尹绎来说不算什么，但对她来说可是一笔不少的钱，这不仅是她用来开餐厅的第一桶金，也是她向梦迈出的第一步，她现在真的非常高兴。

不过，喝水不忘挖井人，温西西始终记得自己能获得第一名，百分之八十的功劳都是尹绎的。

"尹先生，真的太谢谢您了，要不是您转发了我的微博，我肯定连前三都进不去。"温西西眼里闪着星光，充满了感激。

见温西西这么高兴，尹绎眼中也带了些笑意。他拿着剧本对着温西西一敲，温西西小声地"哎哟"了一声，脸上依然笑着。

尹绎薄唇微勾："不要妄自菲薄，你能拿到第一名，是因为你有实力。其他没实力的，就算我帮她一把，也依然不会成功。"

尹绎这话似乎意有所指，温西西一愣，一时没反应过来。她还沉浸在尹绎的夸奖之中，感觉自己自信了不少，揉着脑袋"嘿嘿"傻乐。

尹绎拿着剧本，凑到温西西身边，指着台词说："到你了，念台词。"

温西西看着台词，傻笑僵在脸上，随即一红。

温西西："你是神，我是妖，你能帮我很多很多，我却无法报答你，只能以身相许了呀。"

"可以。"尹绎笑着应了。

温西西一下愣住，伸手去拿剧本："我记得你说的台词不是这句……"

尹绎举起剧本，温西西伸手去够却够不着，她有些无奈地看着尹绎："那我不看了。"

对完台词，温西西洗漱后就爬上了床，然后给槿然发了两条消息。

西西："槿然槿然，厨艺大赛的奖金到账了，八万！"

槿然似乎在忙，一会儿后才给了回复。

槿然："恭喜恭喜，回来请我吃饭！我也告诉你一个好消息！"

西西："嘿嘿，好呀。什么好消息啊？"

槿然："今晚我们台录制《橙光少女》，温妍妍得了第十九名，止步十八强。她是已经签约禾辰娱乐的选手中唯一一个被淘汰的。"

　　温西西看着槿然发来的消息，脑海中不自觉地想起尹绎说的话："不要妄自菲薄，你能拿到第一名，是因为你有实力。其他没实力的，就算我帮她一把，也依然不会成功。"

　　抱着手机，温西西满足地感叹了一声，躺在床上看着天花板。她真的好高兴啊，她在尹绎的帮助下得了第一名，而温妍妍就算有尹绎的帮忙也被淘汰了。

　　她是比温妍妍强的，她现在真的一点都不自卑了。

第四章
西西这样的宝贝疙瘩，就我这里独一份

01

温妍妍落选十八强，李娇竟没有找温西西的麻烦。

温西西有些诧异，但很快就把这件事忘了。给尹绎做好晚餐，温西西接到了剧组副导演的电话，说是有个尹绎的快递。温西西和尹绎说了一声后，就跑下楼去拿了。

尹绎在剧组能收到不少快递，都是粉丝寄的。尹绎把那些快递堆放在房间里，等回 S 市的时候就带回去。粉丝寄的都是些小玩意，要么是玩偶，要么是书信，有时会是些吃的，都不重。所以，当温西西带着十分轻松的心情跑到酒店前台，看到前台那里放着一个大木箱时，一下就呆住了。

"您好，请问这是尹先生的快递吗？"温西西跟前台确认了一遍，并且得到了肯定的回答。

酒店前台小姐有些抱歉地看着温西西说："不好意思，温小姐，现在正好是换班时间，没人帮您拿。"

"没关系。"温西西低头看着木箱上面的快递单信息，确认没什么问题后，便俯身将大箱子抱了起来。

温西西弓着背，脸憋得有些发红，用大腿抵着箱子，迈着小碎步疾步往电梯走去。在她马上就要坚持不住的时候，一个男人的声音从后面传来："我帮你吧。"

她一走神，手上的箱子差点滚下去，那人伸出一只手，稳稳地将箱子托住了。温西西连声道谢，起身看着来人。来人很强壮，穿着一身黑色的休闲装，皮肤是古铜色，五官硬朗帅气，浓眉大眼，像个军人。

那人说了句"不用谢"，便搬着箱子进了电梯，温西西赶紧跟上，按了她所在的楼层后，询问那人："先生，你去几楼？"

"和你一样。"那人笑了笑，露出洁白整齐的牙齿。

"您是剧组里的工作人员吗？"温西西按了关门按钮，笑着说，"我是尹先生的助理。"

"好巧。"那人眼睛一亮，上下打量了温西西一番，说，"我是白茵小姐的保镖，许尧。"

许尧自报家门，让温西西想起一件事来。前些天，白茵去 B 市参加一个活动的时候，被疯狂的男粉丝扑倒在地。那次活动带给白茵的惊吓不小，她还专门开了新闻发布会警告疯狂粉丝。

电梯很快就到了，许尧抱起箱子，问道："你住几号房间？"

"前面。"温西西赶紧出了电梯，带着许尧到了房间门口。许尧将箱子放下，温西西又是一番道谢，许尧笑笑后也没说什么，转身去了白茵的房间。

温西西拿着房卡开了门，抱着箱子往里面挪。挪了两下后，尹绎走过来，将箱子抱起来，搬进了客厅。看着尹绎搬着箱子毫不费劲的样子，温西西再看看他的身板，虽然比许尧清瘦，但力气毫不逊色啊。

"这么大一箱，你就挪着回来的？"尹绎将箱子放下，大气不喘地坐在沙发上，抬眸看着累得直不起腰来的温西西。

"不是，我上来的时候碰到白茵小姐的保镖了，是他帮我搬到门口的。"温西西倒了一杯水，喝了一口后，问道，"明星聘请的保镖都是退役军人吗？那个保镖看起来好强壮，搬着箱子大气都不带喘的。"

温西西说完，转身将水杯放下。尹绎听着她的话，目光落在她的后背上，棕眸微眯，透着些意味不明的情绪。

"力气大的是装卸工。"

温西西没听出尹绎话里的意思，勾着嘴角一笑，说："装卸工也做不了保镖啊。女明星真是个高危职业，上次白茵被那变态男扑倒，肯定还有心理阴影。"

"不光女明星。"尹绎低头看着手机，边玩游戏边说，"像你这种长得好看、性格温顺、厨艺又好的女生，平时也要多注意点。"

尹绎连夸了她三句，温西西的心像是坐过山车一样，跳得越来越高，越来越高，差点就要下不来了。她脸微微一红，温声说："我倒还好，毕竟天天和你在一起。"

尹绎眼神微动，嘴角一扬，侧眸看向温西西，棕眸中带着些玩味。后知后觉的温西西在觉察出尹绎目光中的异样时，才发现自己刚才说的那句话有多暧昧。她将眼神别到一边，顾左右而言他："看，这么大一个箱子，里面是什么东西啊？"

尹绎眼中的笑意还未敛去，他盯着温西西说："我帮厨艺 App 做宣传，郁泽给我的回礼。"

还是厨艺大赛的事情，温西西想起来就觉得好笑。

厨艺大赛结束，如者得了第四名，琳琅得了第五名，两人都没拿到奖金，只得到了一套由厨宝公司提供的精美餐具。琳琅给餐具拍了照，专门发了一条微博，大致意思是说她参加比赛就是为了好玩，有没有奖金无所谓，得了一套有钱都买不到的餐具已经很满意啦。

这条微博表面上云淡风轻，内里却透着一股酸味，也就忽悠忽悠什么都不知道的粉丝。

白楷讽刺了一番之后，将琳琅发的图放大后发到了三人讨论组，说了句："这套餐具是真好看，真是可惜了。"

厨宝公司是做餐具起家的，定制的餐具确实不错，温西西看了一眼，也挺喜欢的。不过，这套餐具既然是厨艺大赛专门定制的，自然不会出现在市场上。温西西想想，也觉得有些遗憾。

"要拆开看看吗？"温西西问。

"拆了吧。"尹绎侧身坐在沙发上，看着温西西将箱子拆开。

温西西将箱子打开，首先是一层牛皮纸，牛皮纸下是好几层泡沫，将泡沫拿开后，里面的物品轮廓看起来像是餐具。温西西手指一抖，眼睛微微睁大，心情渐渐激动起来。待她将外包装扯掉后，眼睛立马直了——厨宝公司定制的餐具！

这套餐具是高级定制，比做奖品的那套更精致，因为用料是骨瓷，在灯光下如白玉一般，质地细腻透明，格外漂亮。

"这……这……这是……餐具……这个！"温西西举着盘子，有些语无伦次。

尹绎将胳膊搭在沙发背上，笑道："喜欢？"

"喜欢！"何止是喜欢，简直是爱不释手啊，温西西看着餐具，脑海里已经出现了无数道菜、无数种摆盘。

"送给你吧。"尹绎将视线收回，轻描淡写地说了一句，"反正是你做饭。"

尹绎这句话，让温西西觉得自己简直像拥有了全世界。

"真……真的？"得到尹绎的回应后，作为餐具狂热爱好者，温西西迫不及待地将餐具拿了出来，然后发现里面还有两套餐具。

"尹先生，我自己留一套就行了，其他的两套我可以送给我的朋友吗？"温西西望着尹绎，试探着问了一句。

"你的东西，你随意处置。"尹绎说完，温声问了一句，"有新朋友了啊？"

"嗯，这次厨艺大赛中认识的。"温西西高兴地说。

看着她高兴的样子，尹绎笑了笑，低头继续看剧本。

温西西拍了餐具的照片发在讨论组里，并让白楷和知溪把地址发来，说要给她们寄过去。白楷发了一连串"跳舞"的表情，并对尹绎表白。

白楷："你家尹绎真是太好了！"

西西："不是我家的……"

白楷："不是你家的，为什么对你这么好？"

温西西被问得一愣，半晌没反应过来。白楷只是顺口反问了一句，下一刻就换了一个话题。

白楷："我要拍照发到微博上去气琳琅！"

温西西发了个"哈哈笑"的表情。

知溪："我的不用寄了，我过段时间去Ｓ市做'星空杯'厨师大赛评委，到时候见个面，我请你吃饭。"

"星空杯"厨师大赛是Ｓ市举办的一场比赛，知名度挺高的，Ｓ市的各路厨师都会参加。

白楷："哇，知溪，你竟然都做评委了！"

温西西也很佩服知溪，知溪在厨艺 App 上放的菜品类不多，但每道菜都十分精致，而且看得出来都很难做。知溪比她这种半路出家的半吊子要厉害得多。

知溪："替我爸去的。西西，你那天要是没事，也可以过来观看比赛。这次参赛的选手很多是私人餐厅的厨师。"

西西："好的好的！"

两人确认了一下时间，温西西心中便充满了期待。提前去看看私人餐厅厨师的水平，对她未来开餐厅也有帮助。

第二天一大早，温西西先给白楷寄了餐具，然后回去给尹绎做饭，之后便和他一起去了拍摄现场。

到了拍摄现场，尹绎便去化妆了。白茵来得比较早，正坐着看剧本，阿珂和许尧分别坐在她两侧。许尧看到了温西西，冲着她笑了笑。许尧笑起来的时候，两颊一边一个大酒窝，挺有特色的。

温西西礼貌地回了一抹笑。

白茵将手上的剧本放下，冷冷地看着温西西。经过长时间的接触，温西西也渐渐了解了白茵的脾气。白茵人很冷，脾气却很火暴，经常骂阿珂，有时还会骂剧组里的一些新演员。

相较于白茵，尹绎简直太好了。

被白茵这样看着，温西西心里一抖，有些害怕。

"你过来一下。"白茵冲着温西西道。

确认她是叫的自己，温西西硬着头皮走了过去。

"温妍妍是你妹妹？"白茵喝了口水，淡淡地问了一句。

温妍妍虽然签约进了禾辰娱乐，但只是个不起眼的小明星，白茵竟然认识她？

"同父异母的妹妹。"温西西说。

白茵挥挥手："去忙吧。"

温西西赶紧走了。

白茵看着温西西逃跑一般的背影，冷笑一声说："姐妹俩的脾气倒是截然不同。"

一天拍摄结束，尹绎和温西西回到酒店。吃过饭后，两人依然是坐在沙发两端，抱着剧本对台词。随着剧情的推进，神仙爱上了荷花妖，却因此遭了天谴，下凡历劫。来到凡间后，神仙忘记了荷花妖，荷花妖却不离不弃地跟在他身边，只求他能再次爱上她。

"睡醒后能第一眼看到你，睡着前能最后一眼看到你，对我来说，就是最幸福的事情了。"

温西西红着脸说完，尹绎正准备开口时，查雯突然走了进来。尹绎显然不太高兴，对查雯说："我刚刚酝酿好情绪。"

"得，我说完就走。"查雯说着，一屁股坐在沙发上。

她是为了尹绎参加的综艺节目过来的，六月份，Z市电视台和禾辰娱乐合作了一档明星真人秀的综艺节目，第一期要求尹绎去参加。

"根据台本，第一期你分到的房子是最差劲的。我会提前去看看，要是没法住的话，我会和节目组沟通的。"

其实明星真人秀里的房子虽然看着差，但也不至于到没法住的地步。六月就是夏季了，也不怕冻感冒，只要防好蚊虫就可以。

尹绎听完，说："我住的房子差点倒没什么，主要是西西也随我一起住，条件不要太差了。"

正拿着剧本看台词的温西西猛然抬头，结结巴巴地问："我们要住……一起吗？"综艺节目不都有专门的地方给助理住吗？

听出温西西语气里的慌张，尹绎抬眼望着她，玩味地说："你刚刚不还说睡醒后能第一眼看到我，睡着前能最后一眼看到我，是最幸福的事情吗？"

温西西腹诽：那是台词啊！

查雯将台本递给温西西，然后看了一眼尹绎，说："尹绎还没和你说吧，这次参加的综艺节目叫《我和助理的田园生活》。最近明星真人秀节目太多了，大家都审美疲劳了，所以旧坛装新酒，推出了这个综艺节目。你们不是常驻嘉宾，只参加第一期，互动要多一点啊。"

温西西翻看着台本，上面详细介绍了《我和助理的田园生活》这个综艺节目的梗概。节目有两个固定嘉宾，名嘴主持栾真，还有老牌歌手林宇。两个人在娱乐圈内均行事低调，以厨艺好著称。仔细看下来，《我和助理的田园生活》算是个美食类节目。

嘉宾们白天种地摘瓜，一日三餐均以地里的农作物为原材料，明星和助理做好后，交由栾真和林宇品鉴，然后评出优胜来。

这种节目，温西西还挺感兴趣的，可是她又怕自己不能帮助尹绎获胜。

"第一期的嘉宾是新晋'小鲜肉'车辕和女星阮笙，车辕不知道，不过阮笙让节目组专门给她邀请了一个美食博主。"

温西西闻言，顿时紧张起来。

尹绎拿过温西西手里的台本，云淡风轻地说："我有西西就够了，有西西就如虎添翼，不怕他们。"

查雯头皮一麻，忍不住捏了捏眉心。尹绎这么挑食，很多食材便做得没有原来的味道了，这肯定影响成绩。他去就是拖后腿的，他竟然说是如虎添翼，还能不能要点脸了。

"温西西是翼我承认，你哪有点老虎的样子？"查雯无奈地说

尹绎摆摆手，谦虚地道："我是翼，西西才是老虎，可爱的小老虎。"

温西西："……"

周末，尹绎回 S 市参加私人活动，温西西得了一天的空闲，立马联系了槿然。

两个人这次吃饭的地点定在天闱大厦。天闱大厦在 S 市属于高档商务区，消费水平很高，两人以前上大学时经常来逛，不过从来不买。这里有家法国餐厅，菜品精致，价格高昂。大学时槿然过生日，吹蜡烛许愿的时候说想来这家餐厅吃一次。温西西现在虽然也没多少钱，但满足槿然的这个愿望还是没问题的。

商务区的餐厅之所以价格昂贵，是因为租金和装修成本高，菜品只是辅助。这家法国餐厅不仅装修有格调，服务到位，菜品也比一般法国餐厅要美味。

主菜吃完，甜品上来，是槿然点的舒芙蕾，吃了一口后，她攥着甜品叉高兴得直点头。温西西见她吃得开心，忍不住轻笑一声，也尝了

一口，眼睛随即一亮。

"好吃吧？！"槿然瞪大眼睛说。

"嗯。"温西西又吃了一口，甜品甜而不腻，口感酥软，带着淡淡的奶香，比这家的其他菜品更胜一筹。

"贵也有贵的道理啊。"槿然边吃边感慨，然后张望一下四周，笑着说，"也不知道等咱们月薪多少，才能经常来这里吃。"

温西西还未开口，背后就响起一个女人的声音："反正不是你们能吃得起的。"

见槿然神色一敛，温西西回头，发现站在她身后的是温妍妍。

真是冤家路窄。

看到温妍妍，温西西才想起来，自从十八强落选后，这母女俩还没来找她呢。她以为两人消停了，没想到最终还是找来了。

温妍妍化着浓妆，穿了一件红色吊带小礼服，娇艳动人。她一脸轻蔑地看着温西西和槿然桌上的甜品，嗤笑道："来一次就点最便宜的舒芙蕾啊？吃不起就别吃啊。"

"你！"槿然一拍桌子想站起来理论，温西西一把拉住了她。

在温妍妍看来，温西西的动作就昭示着她和往常一样胆小。她冷笑道："对了，告诉你一个好消息，我马上就要进《峥嵘》剧组拍戏了，是白茵推荐的我。有了这次机会混个脸熟，以后拍戏我爸都给投资，我马上就要红了，而你……"

温妍妍垂眸看着桌子上那可怜的甜品，笑道："而你，一辈子都是吃着最便宜甜品的明星小助理，一辈子都没出息。"

槿然的暴脾气在听到温妍妍这番话后，彻底压不住了。她"噌"地站起来，大声说："温妍妍，你别太过分了！"

温妍妍冷笑一声，转身就要走，但还未走出一步，就被温西西拉住了。温西西从座位上站了起来，她比温妍妍高一些，但温妍妍穿着高跟鞋，温西西还要抬头与她对视。

"昂贵的法国料理，是你爸妈赚钱给你买的。你和禾辰签约，是你妈低三下四地从我这里求来的。签约后连十八强都进不去，现在不过是得了个小角色就在我面前耀武扬威，温妍妍，最没出息的其实是你。"

温西西语调平缓，声音淡淡，不疾不徐，却透着一股难以言说的压迫力，句句都戳中温妍妍的痛脚。这下不光温妍妍震惊了，连槿然都吓了一跳。

　　温妍妍随即愤怒起来，美眸一瞪，扬手就要打温西西。槿然刚想护着，就听温西西淡淡地说："你打。这里这么多人，你若是不要你的明星形象了，你就打。"

　　扬起的手像被一根绳子拉住了，温妍妍气得浑身发抖。温西西拉着槿然坐下，说："咱们吃咱们的。"

　　槿然闷笑一声，吃着舒芙蕾，看着温妍妍，还冲她挤眉弄眼。温妍妍气得倒吸了一口凉气，铁青着脸看着温西西说："温西西，不管你现在怎么说，我以后一定会很红很红的，你给我等着！"说完，她踩着高跟鞋气急败坏地离开了。

　　"哈哈哈！"槿然抱着肚子笑起来，竖起拇指夸温西西，"你这张嘴太厉害了！"

　　温西西淡淡一笑，不置可否。

　　槿然笑完后，凑到温西西面前，问道："白茵和温妍妍是怎么认识的？她还推荐温妍妍去演戏？白茵太出名了，要是有她带着，温妍妍说不定还真能混出点名堂来。"

　　将最后一口甜品吃掉，温西西满足地叹了口气，抬眸看着槿然，温声说："白茵的脾气没那么好。"

　　和槿然告别后，温西西坐公交车回到白琴别墅，尹绎已经回家了。他换下了出去聚会时穿的衣服，只穿着白T恤和家居短裤，看起来干净清爽。

　　听到楼梯有动静，尹绎抬眸，冲着温西西一笑："玩得开心吗？"

　　时间越久，温西西觉得自己对白琴别墅的归属感越强。尹绎一声平淡的问候，都能将她今天看到温妍妍时产生的不快吹走。温西西心情变好，眼角一弯，笑着说："嗯，我去给你做晚餐。"

　　她边说着边往厨房走，顺手将包放在沙发上，对尹绎说："我今天吃了份甜点，味道不错，我做给你尝尝。"

"好啊。"尹绎捏着剧本问道，"里面没有我不爱吃的东西吧？"

温西西神秘一笑，闪身进了厨房。她也会做舒芙蕾，而且是她自己研究的方子。但她今天吃到的舒芙蕾，配方明显不同。她按照记忆里的味道，在自己原先做的舒芙蕾的基础上做了微调。

温西西端着舒芙蕾出来时，尹绎已经把剧本放下，他抬头看一眼，香味扑鼻而来。舒芙蕾安安静静躺在杯子里，酥皮焦黄，香气沁人。

尹绎拿着甜品叉，抬眸看着温西西，勾唇一笑："怎么会有这么厉害的小姑娘，我都不想带着你参加节目了。节目播出后，肯定会有很多人想聘请你做美食助理。"

温西西脸一红，反驳道："我不厉害，不会有人想聘我做美食助理的。"也就只有尹绎这么看得起她。想到这里，温西西心里甜丝丝的，像刚刚折断的甘蔗冒出来的甜汁。

"那要是真有呢？"尹绎紧盯着温西西，带着笑意问道。

温西西没有仔细想，脱口而出："那我也不去。你帮了我这么多，只要你需要，我肯定一直跟在你身边。"

温西西后知后觉地反应过来自己又说了一些暧昧的话，她拍了拍额头，懊悔地嘟囔了一句。尹绎看着她的小动作，嘴角的笑意更深了。

为了缓解尴尬，温西西拿起甜品叉，对尹绎说："尝尝吧。"说完，她先吃了一口，眉头却不自觉地一皱。

尹绎随着吃了一口，口感和味道都很好，也不知道温西西为什么不满意。

"不如我今天吃到的好吃。"温西西叹了口气，"我改了方子，可还是不行。今天我和槿然去吃的那家，虽然价格高，但是真好吃啊，果然有钱就是好。"她垂头丧气地看着舒芙蕾，又吃了一口，皱着眉头思索方子哪里出了问题。

"不对。"尹绎说。

"啊？"温西西不明所以地看着他。

"有钱并没有多好。"尹绎用甜品叉敲了一下甜品杯，发出一声脆响，然后他抬眸看着温西西，棕眸中带着熟悉的笑意，"世界上比我有钱的人多了去了，但在这个时候能吃到你做的舒芙蕾的，只有我。"

02

　　《我和助理的田园生活》预定六月份开播，所以五月中旬就开始录制了。录制当天，温西西起了个大早，先去楼下给节目组的人开了门，而后上楼去叫尹绎起床，并帮尹绎收拾行李。

　　录制节目的除了摄影师，还有幕后主持人。尹绎换衣服时没法接受采访，温西西就成了被采访的对象。

　　幕后主持人问道："温小姐是尹先生的私人助理，那温小姐平时做饭吗？"

　　"会做一些。"面对着长枪短炮，温西西小声地回道。

　　幕后主持人没听清，拿着话筒凑近温西西，温西西整个后背都贴到了沙发上。幕后主持人刚要说话，他手上的话筒就被人拿走了。他抬眼一看，发现尹绎站在沙发后面，一只手搭在温西西的脑袋上揉了两下，一边对他说："她很腼腆，你别吓到她。"

　　幕后主持人会意，接过尹绎递过来的话筒，笑着说了句"抱歉"。尹绎坐在沙发上，所有的摄像机便对准了他。他神色未变，云淡风轻地接受着采访。温西西看着，只觉得这样的尹绎格外有魅力。

　　采访完尹绎，工作人员帮忙拿着尹绎的行李箱，温西西随着尹绎上了车。真正的拍摄从到Z市下飞机后开始，所以车上只有尹绎、温西西和司机。

　　摄影师扛着摄像机上了另外一辆车，温西西扭头看着他们上了车，才舒了口气。但她转头又想起查雯交代的事情，让她和尹绎多点互动，打响头炮。

　　尹绎正埋头玩着手机，他参加过几次综艺节目，圈了很多粉。他脑子灵活，玩游戏时得心应手，属于游戏霸主。

　　"尹先生。"温西西犹豫再三还是开了口，"抱歉啊，我太怯场，我应该多说点话，和你互动互动。"

　　尹绎从手机屏幕上抬起头来，不以为然地说："你只要负责做饭就好，其他的事情，不是有我吗？第一次在镜头前都这样，不用拘束，放开点就好了。"

温西西心里一暖，脑海中浮现出尹绎刚才接受采访时的自然洒脱，她一脸羡慕地说："那你第一次面对镜头的时候怯场了吗？"

"没有。"尹绎认真地说，强调了一句，"我是天生的明星，怎么会怯场？"

温西西："哦……"

到达机场时，粉丝们已经等在那里了。尹绎一到，他们就沸腾了。尹绎如他自己所说的那般，是天生的明星，他笑容亲和，非常自然地与粉丝们打着招呼。他走过的地方，粉丝们一拥而上，温西西跟在他后面，差点被挤散。

温西西从人墙中往外挤，没有行李箱开道，显然不那么好追。眼看温西西和尹绎就要被挤散了，走在前面的尹绎一回头，神色一紧，后撤一步，拉住了温西西的手。

"你们挡住我助理了。"尹绎笑着说，"大家先让一下。"

男人的手掌干燥而有力，带着他身体的温度，温西西的心跳顿时乱了，差点没站稳。男人的手微一用力，人群散开，温西西一个趔趄，扑到了尹绎怀里。尹绎一只手扶住她的腰，躬身在她耳边轻声说了一句："小心。"

尹绎这句"小心"是用气声说的，微微带着沙哑，温西西只觉耳边拂过一阵热气，耳朵登时红了。心里小鹿乱撞的她赶紧站稳，然后松开尹绎的手，连声说："我没事，我没事。"

"尹绎，你助理好可爱呀！"粉丝中有个小姑娘笑嘻嘻地喊了一句。

温西西听到有人夸自己，心里一热，刚要走，肩膀被尹绎扶正，就听他冲着粉丝说："我也觉得她很可爱。"

温西西脑海里有一束烟花"轰"地炸开了。

从 S 市到 Z 市不过一个小时的航程，节目组派了专车来接，温西西随着尹绎上了车，车上安装着大大小小的摄像机。副驾驶座上坐着负责采访尹绎的幕后主持人，温西西和尹绎坐在后排。

既然是田园生活，那拍摄的地点自然是在依山傍水、景色宜人的地方。车子行驶在高速公路上，从中午行驶到了傍晚，终于拐进一座山坳。山坳之下是一方江水，江水两岸是绵延的青山，青山之上水雾缭绕，金红色的夕阳穿透水汽，投射到江面上，泛着粼粼清波。

不仅温西西，尹绎也被这片景色吸引，他第一次来这种地方，不自觉地笑了："这里景色挺美。"

幕后主持人也感慨了一句，然后便开始采访尹绎："现在常年拍戏，很少有时间出来玩，对吗？"

"嗯。"尹绎笑起来，"你们节目不错啊，过会儿我联系我经纪人，咱们再签两期吧。"

幕后主持人被尹绎逗乐，笑着说："可以啊，我们巴不得您来呢。美景就要配美男……前段时间网上有个'最像漫画人物的花美男'投票，您是得票率最高的。"

尹绎闻言，轻笑了一声："美吗？"

"挺美的。"主持人笑着说。

尹绎扭头盯着趴在车窗上看美景的温西西，浅浅一笑，说："不美吧。你看我助理，从上车后就一直在看风景，都没看过我。"

温西西还沉浸在回忆中，听到"助理"两个字，茫然地回过头看了尹绎一眼，以为他有什么吩咐。

尹绎眸中笑意更深，他揉了揉她的头："继续看风景吧，你以后能天天看我，风景可就未必能天天看到了。"

录制的地方虽然很偏僻，但公路修得很好。车子进了山里就停了下来，迎面出现了一个世外桃源一般的小山村。村子依着青山，晚饭时分炊烟袅袅，透着非常清淡而缥缈的烟火气。

下了车，工作人员将尹绎的行李箱拿下来，温西西连忙接过来。节目组的导演和其他两组明星已经到了。村口搭了个台子，各个机位都已经摆放好了摄像机，将台子围了个严严实实。

车辕是新晋"小鲜肉"，童星出身，目前正在电影学院读大一。他前段时间和尹绎搭过一次戏，所以两人早就认识了，见尹绎到了，他笑嘻嘻地招手打招呼，显得青涩又阳光。另外一组的阮笙是模特大赛冠军出身，她虽然五官一般，但脸型特别好看。她出道比尹绎还早几年，虽然今年已经三十五岁了，但脸上几乎没有皱纹，看上去很年轻。

见到尹绎和温西西，她只是微微颔首，算是打了招呼。

她自己助理做饭不好吃，就专门请了美食助理，看上去胜负欲很强，应该不太好相处。她聘请的那个美食助理，温西西一眼就认出来了，正是上次和如者、琳琅一起参加厨艺大赛的骨峥。骨峥个子不高，穿着十分朋克，戴着棒球帽，脖子上挂着大项链，手指上还戴了四五个戒指。他的面相有些凶，不笑的时候看起来就像在生气。

"你们来晚了。"车辕对尹绎和温西西说了这么一句，然后歪着身子和温西西打招呼，"嘿！"

温西西冲着车辕一笑，腼腆地说："你好。"

"怎么晚了？"尹绎随口问了一句。

他话音刚落，节目组的导演就说了一句："注意注意。"

尹绎和温西西回神，看向导演。

"今天的房子是按照三组明星进村的先后顺序来分配的。其他两组明星均已选了房子，尹绎，这是你的。"

"好。"尹绎应了一声，温西西赶紧跑过去拿。她记得查雯之前就说过，他们今天住的房子比较差。

她将信封递给尹绎，尹绎拆开看了，里面只有一张照片，照片上的场景挺阴森的，好像是在雨夜里拍的，老旧的瓦片上滴着水，看着有点恐怖。

"我们住这儿？"尹绎抬眼看着导演问。

"对，因为你们来得最晚。"导演说道。

"机票是你们订的，车子是你们赞助的，我来得早还是晚还不是你们说了算？"尹绎逻辑清晰地说完，在导演的脸色快绷不住时，扭头问车辕，"你给导演塞了多大的红包？"

众人原以为尹绎要和剧组闹起来，谁知他最后说了这么一句话，所有人都笑了起来。车辕无辜地说："没给钱，我哪有哥你有钱啊！"

尹绎收起信封，对导演说："你们也就是只签了我一期，要是多签我几期，我就要自己订机票、自己开车了。"

众人又是一阵哄笑，导演拍拍手，笑着说："行了行了，大家先去住处放行李，然后按照地图的指示到田园之家吃饭。大家舟车劳顿，

113

今天不用你们开火，栾老师和林老师正在准备晚饭，七点准时开饭。"

尹绎和车辕、阮笙告了别，带着温西西朝着自己的房子走去。温西西拿起房子的照片又看了看，尹绎回头看了她一眼，安慰道："查雯来看过，住的地方不会太差。"

温西西倒不觉得住房条件差，只是觉得这个房子有些阴森。

很快他们就到了住的地方，屋子里都安装了摄像头，看着像是古时候的老宅。灯光都是日光灯，照得亮如白昼。地面由泥土铺就，木门光滑，带着岁月的痕迹。

地方确实可以住，打扫得干干净净，也能遮风挡雨，唯一的不足就是，这里只有一个房间，其他房间都因为年岁已久无法住人了。两张床中间隔了一个人的距离，算是标准间待遇。尹绎进门前说了一句"不错"，看到两张床时，回头说了一句："副导演，你们找块隔板把两张床隔开吧。"

副导演有些为难："只是住一晚，而且现在这么晚了，隔板也不太好找。"

"不太好找也麻烦出去找一下。"尹绎的语气明显认真起来，神色也变得有点严肃，他看了看温西西，道，"女孩子家的清白可不能随随便便开玩笑。"

副导演明白过来，赶紧吩咐下面的人去办。尹绎的脸色这才缓和了，他回头对温西西说："咱们得抓紧去抢饭吃。"

"好。"温西西笑着说。

按照地图的指示，田园之家距离他们住的三号房最近。两人按照路线指示，几分钟后就到了。

田园之家装修得颇有田园乐趣，木头扎的栅栏围成了一个院子，打开柴门后，左右两边都是菜园。在院子最西边有一个小棚子，里面养着鸡鸭。鸡鸭旁边卧着一条小狗，正吐着舌头看着来来往往的人。院子中间是葡萄架，葡萄架下面摆了一张长桌。长桌上已经摆放好了几个菜，温西西看了一眼，尹绎不吃的占了三分之二。

一个身材微胖、五官清秀的男人走了出来，他脖子上挂了一条白毛巾，见到尹绎后，笑着叫了一声："尹绎。"

"林老师。"尹绎冲着对方一笑，伸手接过盘子。

这时，栾真也走了出来。栾真比林宇要清瘦，个子高高的，看着很儒雅。

尹绎和栾真、林宇都认识，栾真是主持人，尹绎参加过他主持的节目，而林宇则为他演的电影唱过主题曲。

寒暄过后，车辕和阮笙也到了，最后的收尾工作后，大家便开吃了。温西西看着尹绎，见他没怎么动筷子，这些菜里确实没他喜欢吃的东西。

温西西尝了林宇和栾真做的菜，两人的厨艺确实十分精湛，她吃得两眼不禁冒光，实在是太好吃了，而且做法也难以寻味。

这一顿温西西吃得有点撑，跟在尹绎后面摸着肚子往回走。尹绎走在前面，温西西跟过去问道："尹先生，你今晚吃饱了吗？"

"饱了啊。"尹绎回道。

听到尹绎的回答，温西西颇为诧异，同时又松了一口气，今晚不用给尹绎开小灶了。她吃得有点撑，还真不想做饭了。然而，待两人回到三号房，洗漱完关灯睡觉的时候，尹绎敲了敲隔板，小声道："西西啊。"

温西西头皮一紧，将睡虫赶走，十分了解地问道："饿了吗？"

"嗯，还是西西懂我。"尹绎起身穿上了外套。窸窸窣窣的声音响起，温西西也起来了，套上了外套。

此时工作人员都睡了，只有几个摄像头在转。外面的灯还是开着的，两人出去后对视了一眼，然后朝着低矮的厨房走去。温西西打开手机的手电筒照了照，然后对尹绎说："有调料，但没材料。"

因为节目是要两人去田园里摘今天所需的材料，然后再做饭，所以厨房里只备了做饭所需的调料。

尹绎许是饿急了，他将手机掏出来，挽了挽袖子，说："你等一会儿，我去林老师的院子里偷点。"

温西西："……"

尹绎很挑食，但若是对着镜头说自己不喜欢吃，未免不太礼貌，所以等工作人员都睡了以后，他才起来说饿了。

现在是晚上十点，尹绎决定去摘两根黄瓜，摸两个鸡蛋，让温西西做个黄瓜炒蛋就行了。

　　尹绎打开院子门，田园之家的狗竟然没有叫。他猫着腰进去，找到黄瓜架子，打开手机手电筒，就准备摘黄瓜。这时，旁边突然传来一声清脆的咬黄瓜的声音。

　　尹绎扭头一看，心脏差点被吓得跳出来。车辕蹲在黄瓜架子下，手里拿着一根黄瓜，双眼炯炯有神地看着尹绎，轻声道："哥，你怎么来了？"

　　尹绎一巴掌拍在车辕肩膀上，然后顺手摘了两根黄瓜，问道："你呢，你在这儿干什么？"

　　车辕咬着黄瓜，揉了揉肚子，说："我饿了，就来找点东西吃。"

　　尹绎想起吃晚饭时，车辕一直吃到别人都放下筷子了还在吃，他这么能吃，还这么瘦。

　　"你今天吃了那么多，还饿？"

　　车辕摸着脑袋，不好意思地说："我正长身体呢，吃得多长得高。哎，哥，你也饿了？"

　　"嗯。"尹绎说着，又摘了两根黄瓜，思索半晌后说，"要不你跟我回去再吃点？我助理做饭。"

　　车辕一听助理做饭，立马摆手，说："得了吧，助理就是助理，哪会做饭。我家圆哥做的饭能把我毒死，还不如啃黄瓜呢。"

　　"你以为我家西西只是助理？"尹绎将黄瓜往怀里一揣，认真地道，"她可是个小厨娘。"

　　车辕立马信了，两眼一睁，格外天真地问："真的？那我要去。"

　　尹绎上下看了他两眼，说："你去也行，去掏两个鸡蛋，让西西做黄瓜炒蛋。"

　　"好。"车辕听从指挥，弓着身体朝着鸡窝走去，走了两步又退回来，头上还挂着黄瓜叶子，"哥，咱们就吃炒黄瓜吧，鸡窝旁边有狗，我害怕。"

　　"那就啃你的黄瓜吧。"尹绎毫不留情地说。

　　车辕："……"敢情请他去吃饭就是想让他去掏鸡蛋啊！

啃黄瓜是啃不饱的，肚子饿得咕咕叫，车辕无法，只得偷偷摸摸走到鸡窝前。鸡窝是用木栅栏围成的，晚上鸡都在顶端的木架子上睡觉。车辕站在距离鸡窝不远的位置，盯着正在呼呼大睡的小狗，心都提到嗓子眼里。

　　这狗的听力挺一般的，尹绎和车辕进了院子它都没有叫。车辕一狠心，摸到鸡窝的柴门，打开后溜了进去。他找到鸡窝，大气不敢喘地掏了两个鸡蛋出来，再摸就摸不着了。车辕心里一急，掏出手机将手电筒打开了。他刚一照亮蛋窝，尹绎就急急地叫了一声："关掉！"

　　车辕又看到三个蛋，摸出来后茫然地看了尹绎一眼。这时，看到亮光的鸡扑腾起来，"咯咯咯"地从木架子上跳下来，一时间鸡毛纷飞，车辕拿着鸡蛋抱住头，大喊一声："别啄脸！"

　　鸡窝外的狗被惊醒，扯着铁链子狂吠起来。车辕在鸡窝里差点被来回闹腾的鸡绊倒，屋子里的人听到外面的动静，打开了灯。

　　尹绎进去拉住车辕就跑，然后两人朝着各自屋子的方向跑。尹绎跑了两步，回头看着车辕，压低声音喊道："这儿！"

　　车辕抱着五个鸡蛋，"哦哦"两声后，撒丫子追着尹绎跑去。

　　温西西还在厨房等着，看到两个气喘吁吁的人影跑进来，她急忙抬起手机手电筒看了一眼。跑在前面的尹绎抱着几根黄瓜，后面的车辕抱着五个鸡蛋，一头鸡毛。

　　"那条狗好可怕，我差点被咬到。"车辕定下神后，冲温西西甜甜一笑，"小姐姐，我来蹭饭了。"

　　车辕笑起来时露出洁白的牙齿，一张瓜子脸格外萌。温西西的心被俘获了，她赶紧接过他手上的鸡蛋："好的好的，你们稍微等一会儿。"

　　黄瓜炒蛋做法简单，温西西将黄瓜清洗切片，油烧热之后，鸡蛋直接打入锅中翻炒，不一会儿就炒好了。

　　"没有餐具。"菜做好了，温西西才发现没有餐具。

　　"好香好香。"车辕伸着头往锅里闻着，双腿抬高蹦了蹦，一副很兴奋的模样。

　　车辕只想着吃，恨不得直接用手，尹绎一把拦住他，从厨房架子上拿了一把铁勺，递给他。他自己接过温西西手里的铁铲，说："就这样吃吧。"

尹绎接过温西西手里的锅，往地上一放。两个一米八几的大高个子，就势蹲在地上，一人拿铁铲、一人拿铁勺吃了起来。对于两个丝毫没有偶像包袱的人，温西西真是不知道说什么好。

车辕吃饭的时候，眼睛也闲不住，四下打量着厨房，问尹绎："哥，厨房用具都挺齐全的，为什么没餐具？节目组不至于这么抠吧？"

尹绎头也不抬，拿着铲子从车辕的勺子边抢鸡蛋，抢过来后端着勺子吃一口，云淡风轻地说："八成没拉到赞助。"

尹绎这么一说，车辕也觉得靠谱，尹绎不愧是娱乐圈的常青树，什么都懂。车辕心满意足地往嘴里塞着黄瓜，对温西西赞不绝口："小姐姐，哥说得没错，你的厨艺真的很棒。"

"谢谢。"车辕吃得开心，温西西就已经很高兴了，听到夸奖后，她心中一暖，笑着回了一句。

将最后一口咽下去，车辕将铁勺放下，问道："哥，你从哪儿找的助理啊，我也想找一个。"

尹绎接过温西西递过来的水，安静地喝了一口："你找不着。西西这样的宝贝疙瘩，就我这里独一份。"

温西西听得脸一红，赶紧说道："不是……"

谁料车辕叹了口气："还真是，想起我家圆哥，我就羡慕你。"

温西西心里暖融融的，尹绎不仅当着她的面夸她，还在别人面前夸她。这真是给自卑的人最温暖的帮助。

半夜加了一餐，虽然也没多饱，但好歹能撑到明天，车辕心满意足地走了。临走之前，他问温西西："小姐姐，你留个地址给我吧，等节目录制结束了，我给你寄饼干，算是报答你这一餐之恩。"

"寄给我就行。"尹绎正在刷牙，电动牙刷"嗡嗡"响，"西西一直和我在一起。"

车辕摸摸鼻子："我不想给你吃，你让我偷鸡蛋，偷得一身都是鸡窝味，回去还得洗澡。"

温西西："……"这两人到底干了什么？

尹绎刷完牙，笑着对温西西说："我先前说的没错，你这个宝贝，谁见了都惦记。"

知道尹绎这是听到车辕的话有感而发，温西西笑起来："车辕只是随口说说吧。"

尹绎轻笑一声，抬眼盯着温西西，双眸中带着淡淡的笑意："我可不是随口说说。"

温西西端着水盆的手微微一顿，浅笑着应了一声，将盆子放在尹绎面前。

03

等第二天录制开始，温西西才明白车辕为什么这么想换助理了。

上午的录制计划是明星与助理去所选房子分配的菜园给蔬菜浇水，到达菜园有三种交通工具，即拖拉机、单车和小推车。拖拉机的发动机可以用来做浇水的机器，大家都想得第一。

游戏名叫长筷夹西红柿，就是明星用五十厘米长的筷子夹着西红柿投放进助理面前的竹筐。助理将西红柿切片，最终切的西红柿最多的队伍获胜。

车辕一开始信心满满，因为他先前参加的综艺节目玩过这个游戏。但作为游戏黑洞，圆哥成功地变领先为落后。他慢条斯理地切着西红柿，切得又厚又丑，车辕开始还乐，后来急得直冒汗："圆哥，你快点啊！"

"很快了。"圆哥笑着说，慈祥得就像弥勒佛，手上的动作仍旧慢慢悠悠的。

围观的村民见状，忍不住哈哈大笑。车辕看竹筐里还有那么多西红柿，知道这场游戏获胜无望，索性一屁股坐在地上，带着倒数第一名的心态，从框里拿了个西红柿，边吃边看尹绎和阮笙比赛。

阮笙胜负欲很强，全程神经紧绷，拼尽了全力。她快速夹着西红柿，打扮嘻哈的骨峥双手飞快地切着。

相比他们两组，尹绎就闲散多了，温西西手上的西红柿切完，他才将另一个递过去。最终，阮笙第一，尹绎第二，车辕第三。

阮笙得了第一名，上了拖拉机，骨峥载着她"突突突"地走了。尹绎推着单车，拍拍后车座，叫了一声："西西，上来。"

温西西听话地上了单车，尹绎说了一句"走咯"，双脚一蹬，单车就缓缓地动起来。村庄里的路很平整，清晨空气清新，沾着点点雾气，沁在皮肤上，清凉舒爽。

环境影响心情，温西西的心情也变好了。她扶着车座，斟酌了一会儿后问尹绎："做游戏的时候，您是不是放水了？"

尹绎夹西红柿很稳，就是故意放慢了速度。他应该是看阮笙比赛时那么卖力，所以才故意让她的。

"放了些。"尹绎承认得十分坦荡，他慢悠悠地踩着脚蹬，道，"切西红柿多累啊，单车挺好的。"

温西西一愣，才明白过来尹绎的用意。他并不是因为阮笙，他是不想让她切西红柿累着。心里怦然一动，温西西脚尖微微一抬，扫过路边的青草。

"小姐姐，哥……"后面传来车辕的声音，温西西回头，一下笑了出来。

车辕跟只小猴子似的坐在小推车上，圆哥扶着车把，笑眯眯地推着他。少年玩得起劲，脸被晒得红中透粉。

"圆哥推着车辕呢。"温西西笑着对尹绎说，心想尹绎骑得可真够慢的，竟然被圆哥推着小推车赶上了。

这样想着，温西西边冲车辕招手边说："是不是应该我骑车载着你啊，哪有让明星载着助理……哎！"

温西西正说着，平稳的单车突然趔趄一下，温西西心神一收，一把抱住了尹绎。她的手抓在尹绎的腰上，触手坚硬而温暖，她的心猛地一跳。稳住身体后，她赶紧将手抽回，却被尹绎握住了，他拉着她的手环在自己的腰上。

尹绎头也不回地说："抱紧点，我骑车技术不好，摔了可别赖我。"

温西西："……"刚才不是还说自己车技挺好吗？

浇完菜园，已经到了午饭时间。吃过饭后，大家便去菜园采摘蔬菜。

上午浇菜园的时候，温西西就把菜单定了下来。她要做番茄肉酱奶酪焗饭、菠菜虾仁蒸蛋和烧椒茄卷。尹绎吃其中两个菜就够了，菠菜虾仁蒸蛋她是专心做来参加比赛的。

确定了菜单，采摘就有了目的性。尹绎去摘茄子、西红柿和辣椒，温西西则去拔菠菜。菜园里的蔬菜都没有打药，菜叶上有被虫子咬过的痕迹，温西西拔菠菜拔得胆战心惊。

所谓怕什么来什么，温西西拔到一半的时候，手指碰到了软软的东西，那东西还蠕动了一下。温西西当即眼前一黑，双腿一软，一屁股坐在了地里。尹绎赶紧抱着一堆茄子走了过来，眼中带着关心。他将茄子放在一边，把她从地上扶起来，眉头一蹙，问道："怎么了？"

听尹绎这么一问，温西西觉得自己挺没出息的，刚直起身来，一低头就看到脚边有一条蠕动的虫子，当即尖叫一声，后退两步，一下子跌到尹绎怀里，带着哭腔喊道："虫子，虫子！"

女孩神色慌乱，刘海都散到了耳边，因为一直别在耳后，有了耳朵轮廓的弧度，微微翘着，俏皮可爱。她躲在尹绎怀里，丸子头顶着尹绎的下巴，搔得尹绎的心都有些痒。尹绎垂眸看了一眼地上，双臂揽住她，沉声说："没事，有我在，怕什么虫子。"

尹绎知道温西西怕虫子，每次抱他的毛毛虫时，神色都会僵一下，但没想到她这么害怕。将温西西安抚好，尹绎看着他讨厌的菠菜，对温西西说："你坐在那儿等着，我来拔。"

温西西连拒绝的勇气都没有了，想着虫子爬过手指的触感，又起了一身鸡皮疙瘩。

"怎么这么怕虫子？"尹绎一边弯腰拔菠菜，一边笑着问。

"嗯。"温西西应了一声，"我上学的时候，同学恶作剧喜欢往我书桌里放虫子。"

温西西从小没有妈妈，父亲对她不闻不问，她从小就遭受校园暴力，被人塞虫子、撕书本，还有人用墨水涂黑她的课桌。虽然她学习好，老师都护着她，可是护不周全，放学回家的路上还是会有调皮的孩子拿着虫子往她脖子里塞。

温西西对虫子有心理阴影，她现在最害怕的就是虫子。

听了温西西的话，尹绎的笑容消失了，温西西就坐在菜地边，脸色惨白，唇色都有些发白。

"你怎么不早跟我说？"尹绎就势蹲下，手上捏着两把菠菜，棕眸中是复杂的情绪。

温西西以为他是在自责他睡觉时抱着的毛毛虫也是她收拾，赶紧说："你睡觉抱着的毛毛虫我不怕的。"先前确实有些怕，但后来就习惯了，毛绒玩具的触感和真的虫子截然不同，她不会害怕。

尹绎的神色并未缓和。

温西西揣摩不透尹绎的心思，只得将话题岔开："你睡觉为什么要抱着毛毛虫啊，以后也要抱着吗？"

尹绎目不转睛地看着温西西："不。"

"啊？"温西西疑惑不解，他抱着毛毛虫睡觉应该是多年的习惯吧，难道还真能说不抱就不抱了？

见温西西一脸疑惑的模样，尹绎一笑，低头拔了一根菠菜，语气慵懒地说："以后有女朋友了，谁还抱着毛毛虫啊。"

跟拍的摄影师听到后都笑了。温西西也随着笑了一声，笑过之后，心里又有些酸楚。对啊，尹绎是要找女朋友的。他这么好，女朋友肯定也很优秀。若是尹绎有了女朋友，自己会替他开心吧。

正在她胡思乱想的时候，头顶的阳光突然被遮住。温西西一愣，抬头一看，原来尹绎摘了一片大大的南瓜叶子给她遮阳。没有太阳光的照射，温西西觉得凉爽了许多，心里也舒服了不少。

"我给你遮。"温西西说着就要站起来，刚起到一半，就被尹绎压下去了。

看着温西西被晒得通红的小脸，尹绎拿着叶子调整角度，让阴影将她的脸全部遮住。他把手上的菠菜往菜篮里一扔："以后不带你参加这种综艺节目了，晒死了。"

温西西心中一暖，笑着说："我很喜欢这个节目，我好久没出来玩了，还认识了新朋友。"

"你高兴就行。"尹绎一笑，弯腰提起菜篮子，毫不费力地举高给温西西遮阳，"走吧。"

"好。"温西西应声，随着尹绎起来，朝着他们所住的房子走去。

圆哥不会做饭，甚至连热油都不会，车辕再次以倒数第一名的姿态来到尹绎家。而他赖在尹绎家不走，被来找温西西讨论厨艺的骨峥看到。骨峥自认为赢不了温西西，以至阮笙的胜负欲被激发出来，说不能这么玩。最后，节目组协调了一下，大家带着所有的东西去田园之家，一起做饭一起吃。

林宇看着温西西做菜，一直赞不绝口，且不说这些菜品比较麻烦，温西西还有自己独特的想法，能将整个菜品的色香味至少提升一个度。后来，大家都不做菜了，都跑去看温西西做菜。温西西被看得有些害羞，红着脸看向尹绎，尹绎冲她一笑，说："加油。"

仅仅两个字，温西西心里就充满了自信，继续埋头做菜。

栾真看着温西西，感叹她的厨艺绝非一般厨师能比。

等尹绎和温西西互动完，栾真笑着问道："尹绎，你这个助理上哪儿找的？我也想找一个。"

车辕浇了一上午菜园，中午也没怎么吃，现在饿得肚子咕咕叫。他边啃着西红柿边对栾真说："找不到的，尹老师说了，这样的宝贝就他那里独一份。"

这话说给车辕听，车辕这傻孩子是听不懂的。他说出来后，几个人交流了一下眼神，异口同声地打趣道："哦哟，宝贝……"

温西西正在收尾，怕大家误会尹绎，赶紧说："不是那个意思。"

"哈哈！"阮笙笑着说，"西西害羞了。"

温西西嘴笨，手上又忙着，她求助地看向尹绎，希望尹绎赶紧解释一下。然而，尹绎并未多说，只是冲她一笑，棕眸中带着淡淡的鼓励，温西西的心瞬间就安定了下来。

最终，比赛成为温西西的厨艺秀，大家都等着吃，温西西又多做了五道菜。车辕吃得嗷嗷叫，大喊："好吃到舌头都吞掉啦！"

而骨峥在没开饭之前，就偷偷摸摸地挨个给菜品拍了照片，发了微博。

阮笙一边说着"好好吃"，一边说"这个教我"，手忙脚乱的同时，嘴巴也没闲着。

温西西看着大家吃得这么开心，心里也格外高兴。对厨师来说，吃她做的菜的人开心，这就是对她最大的褒奖。

"阮笙姐姐不是让你教她做饭吗？教得怎么样了？"车辕吃完不想走，坐在厨房里和温西西、尹绎聊天。

"她学会了。"温西西说，"挺简单的菜。"

"小姐姐你真厉害啊！"车辕又夸了一句，随即将话题扯到了阮笙身上，"阮笙看上去挺难相处的，没想到跟个傻大姐一样，和白茵完全不一样，白茵脾气太差了。"

听到白茵的名字，温西西突然想起来，车辕好像也在《峥嵘》剧组，演的男三号。

"我在剧组的时候，几乎天天看到她训新演员。"车辕说完，像想起什么来一样，说道，"哦，对了，今天有个女演员被她打了一巴掌，然后封杀了。"

"封杀？"温西西有些吃惊。白茵在禾辰娱乐的地位不低，封杀个小明星应该很容易。可是，在《温言》剧组里时，她只听白茵训斥过几个新演员，倒没听说过封杀谁啊。

"对啊，也怪那个女演员吧。"车辕和温西西扯着八卦，"她在剧组里也挺横的，撞上白茵，那还得了。对了，她名字和你的很像，好像叫什么……温……温妍妍！"

听到温妍妍的名字，温西西心里一紧，不敢置信地说："她不是白茵介绍进剧组的吗？"

一直没说话的尹绎突然开口说道："是我介绍的。"

温西西抬眼看着尹绎，想起他先前和她说过的话来——白茵最喜欢调教新演员，也最喜欢打压新演员了。

第五章
做我女朋友

01

《我和助理的田园生活》录制结束，温西西跟着尹绎回了S市。"星空杯"厨师大赛已经开始，她带着一套餐具，打车去了举办比赛的酒店。

接到温西西电话后，知溪在休息的空当出了比赛现场。温西西等在酒店门口，知溪推门出来，见到她后微微一笑，颊边露出两个梨涡。

"东西我让酒店工作人员先搬到我房间，你先看比赛。"知溪是标准的江南女子，吴侬软语，声音温柔。

在厨艺App年会上，温西西并没怎么关注知溪，现在一看，发现她长得很漂亮。知溪穿着主办方发的评委专用黑色套裙，身材姣好，五官柔美。这么漂亮的姑娘，还是蒋氏菜系的传人，年纪轻轻就可以做这么高级的厨师大赛的评委，温西西对知溪不但有喜欢，还有钦佩。

"好。"温西西温声应道。

知溪给前台打了电话，前台很快就派了工作人员过来搬餐具。将事情安排妥当后，知溪便拉着温西西去了比赛现场。

比赛在酒店顶层的吊顶大堂举行，温西西一进去，就被观众的热情吓了一跳。今天来比赛的厨师不少是微博上的美食博主，那些加油助威的都是他们的粉丝。

"餐具的事，谢谢你啊。"知溪见温西西不怎么说话，便笑着和她闲聊，"我从家里带了些特产过来，在我房间，比赛结束后，你去我房间拿一下吧。"

"你也太客气了。"温西西有些无措，"我就只给了套餐具……"

"餐具就是我最喜欢的。"知溪笑着说，"我家还有很多收藏，有时间你去 C 市，我带你参观。"

知溪说话柔声细语，神色认真，不像是假客气的人。

"好。"温西西放下拘谨，浅浅一笑。

知溪见她不再紧张，便拉着她去了第一排。第一排是 VIP 专座，知溪和工作人员说了一句："这是我的好朋友。"

工作人员赶紧做了登记，并给了温西西一张出入证，安排她坐在中间的位置。厨师大赛马上就要开始了，知溪拍了拍温西西的肩膀，指了指台上，温西西笑着挥了挥手，知溪这才上了台。

评委席一共八个人，知溪是其中最年轻的。她虽然年轻，但毫不怯场，有前辈和她交流，她就笑着回应。看前辈们的神色，多是赞赏，可见知溪在厨艺方面造诣颇高。

看了一会儿知溪后，温西西就将注意力转移到了比赛上。舞台中央坐着评委，评委左右共分配了两组厨师。今天的比赛是决赛阶段，能站在台上的厨师厨艺都不差。

到了厨师推荐菜品时，温西西看到了一个熟人。如者是四号选手，镜头一拉近，场上尖叫声四起。相比其他厨师，如者的外貌很出众，他的雕花和摆盘在十六位厨师中也是最为出色的。

可做菜不只是要好看，温西西看着场上评委们的表情，觉得如者要进总决赛有些难。然而，在十六进五的比赛中，如者以第五名的成绩堪堪挤进了决赛。

看着没能进入决赛的几个厨师垂头丧气，温西西觉得有些可惜，这些人的水准不见得就比如者低。然而，这场厨师大赛录播后要在电视台播放，留下如者，可能是为了保证收视率吧。

谁知道呢，反正如者跟她已经没什么关系了。

知溪从台上下来，两人一起往外走，等走出大厅，知溪才对温西西说："如者也来了。"

温西西之前没有对知溪她们说过如者要挖墙脚的事，现在自然也不会说。她只是点点头，说："开始没发现，后来厨师端着菜上去介绍时才看到他。"

知悉笑了笑，问道："你觉得怎么样？"

"我没尝，所以不清楚，而且每个人的口味不一样。不过，他和三号、五号比的话，我更倾向于五号。"温西西说，"我比较关注厨师的用料和做法，五号厨师挺有心思的。"

听温西西这么一说，知溪微微愣了一下，赞扬道："你真厉害！"

温西西被夸得有些不好意思，脸微微红了。电梯一到，两人正准备进去时，工作人员叫住了知溪，说是评委们要提前开会。

怕温西西久等，知溪便将房卡给了她。

不等温西西拒绝，知溪就笑着说："房间里最值钱的就是你给我的那套餐具，你跟我拘束什么？"

得到别人的信任总是一件高兴的事，温西西没再拒绝，拿着房卡进了电梯。

电梯下行到二十楼，温西西出了电梯后便去找知溪的房间。待找到房间号时，有人从背后叫了她一声。这声音太过熟悉，温西西脚步一顿，最终还是回过头。

如者没想到会在这里碰到温西西，他笑着走过去："好巧，你是观众吗？我没在选手中看到你。"

别的不说，比赛结束后，知溪过去找温西西，如者应该看到了。温西西不想和如者打哑谜，礼貌地说道："我来找朋友。"

"知溪吧？"如者顺着杆子往下爬，"真没想到她会是评委。"

"嗯。"温西西浅淡一笑，并未多说。

如者似乎有很多话要说，又似乎说不出口。温西西等了半晌，见他仍没开口，便说："没事的话，我先进房间了。"

"哎，西西。"如者一着急，伸手抓住了温西西的胳膊。他的身体一靠近，温西西就浑身紧绷，胳膊不小心蹭到了他的胸膛。温西西赶紧后退几步，眼中闪过一丝反感。

"我没和知溪说上次的事情，你放心。你这次比赛有什么结果，她都会公平公正地对待。"温西西说完，就准备走。

如者想拉住她，温西西闪开了，她被纠缠得有些不耐烦，但嘴上只是说："你还有什么事吗？"

见温西西这么反感自己，如者眉头一皱。他突然想起，刚开始和她聊天的时候，她的语气软软的，带着些怯懦，像一只受过伤的小动物，让人忍不住生出怜惜。

"西西。"如者知道现在翻旧账也没什么意思，但还是想要确认一下，"刚开始的时候，你喜欢过我吗？"

温西西被问得一愣，随即神色恢复如常，她抬头看着如者，他帅气依旧。若是第一次见他，不知道他是什么样的人，温西西仍旧会被他吸引。

"喜欢过。"温西西承认了。

喜欢了就是喜欢了，这没什么丢人的。见如者眼露雀跃，温西西一句话就将他的幻想打碎："但是现在不喜欢了。"

说完，温西西拿着房卡打开门，进去后又反手关上了门。

温西西并没把这件事当回事，一直待在房间里等着知溪回来。知溪回来后，两人在房间休息了一会儿，下午温西西继续跟着她去看比赛。

比赛最终的结果出来，如者虽然撑到了下半场，却止步三强。三强赛结束时已经是下午五点多了。温西西向尹绎请了假，决定带着知溪去她大学时最喜欢的一家淮扬菜馆吃饭。

两人正在聊天，白楷突然在群里发了一条消息。

白楷："出事了，西西你快看微博，你被琳琅挂了！"

温西西点开琳琅的微博，看到琳琅发的置顶微博时，只觉脑子里"嗡"的一声。

琳琅："厨艺App'大V'西西！不知廉耻做小三勾引我男朋友！"

琳琅显然是有备而来，因为她配了三张图，其中两张是温西西和如者站在房间门口的照片。如者拉着她，她肩膀被蹭到，从摄影的角度看过去，就像是两人抱在一起。而第三张图的配图，则是如者在和琳琅说分手。

如者说他已经不喜欢琳琅，两人各自天涯。琳琅问到底是因为谁，如者回复了一句："我爱上西西了。"

其实仔细分析，就会发现证据很模糊。然而，网友们先入为主，一边倒地支持琳琅。

温西西喉咙发紧，眼前一片黑暗，她的账号上，消息通知已经超过了九百九十九条，除了评论和点赞，还有数不清的私信。温西西一点开消息通知界面，全是匿名私信骂她的人，她看得浑身发抖。

她还从未被人这般侮辱过。就算因为她母亲的事，她被父亲无视，被继母威胁，被妹妹看不起，甚至被同学捉弄孤立……都没有这件事给她带来的打击大。

知溪眼看着温西西脸色苍白，牙齿咬着下唇，马上就要咬破了。

"西西……"知溪知道温西西是什么样的人，自然不信这些，她抱住温西西，感受着她的发抖，想安慰却不知道如何开口。

"你别怕。"温西西轻声道，反倒安慰起知溪来。

温西西拍拍知溪的肩膀，说："身正不怕影子斜，我没做的事情，她颠倒不了黑白。"

她沉下心，开始编写微博，思维清晰到她自己都觉得有些不敢置信。温西西将微博编写好后，点击了发送。

厨娘西西："针对琳琅小姐的微博，回应如下——一、我与如者先生从未有过亲密关系，连朋友都算不上；二、酒店为'星空杯'厨师大赛比赛用地，房间号是2032，开房者是知溪小姐；三、造谣成本低，请大家理智判断；四、我不需要琳琅小姐的道歉，我将保留法律追诉的权利。"

发完之后，温西西对知溪说："我现在得去处理一下这件事，今天不能和你一起玩了，抱歉啊。"

"你打算怎么办？"再淡定的人被泼这么一大盆脏水，也会有些不知所措，知溪十分担心温西西。

"我要先回家。"温西西顿了一下，补充道，"然后让我老板给我找律师。"

温西西拿着包就往外走，出了酒店后招手打了一辆车。刚上车，手机铃声就响起，她焦躁地将手机拿出来，一看来电显示，心就平静了下来。

"喂，尹先生。"温西西的声音有些颤抖。

"你在哪儿？"尹绎的声音依旧慵懒，但没了以往的闲散，带着些认真。

听到尹绎的声音后，温西西在知溪面前强装的坚强瞬间土崩瓦解，眼泪顺着脸颊滚落下来，她伸手抹了一把眼泪，带着哭腔说："我在出租车上，正在回家的路上。我……我出了点事，您能帮帮我吗？我需要律师。"

"可以。"尹绎温声道，"微博上的事我已经知道了，除了找律师，我还有更好的方法，你先回家。"

"嗯。"温西西的眼泪又滚了出来。

"别哭。"电话那边传来窸窸窣窣的声音，尹绎的声音变得大了些，带着以往所没有的正经，"不是还有我吗。"

尹绎挂掉电话，翻开手机通讯录，找到薄衍的电话。他坐在客厅的沙发上，查雯就坐在另外一边。

查雯深吸了一口气，让自己冷静下来，然后看着尹绎问道："你听到我刚才说的话了吗？"

尹绎抬眸看着查雯，问道："什么？"

太阳穴突突跳了两下，跳得查雯头疼，她将手上的剧本摔到桌子上，深吸一口气说："炒CP，要么是你合作的新剧里的女主角，要么是合作过的女主角，你今天必须给我选一个出来。"

在娱乐圈里，花花公子不在少数，有的一年公布好几场恋情。尹绎出道五六年，除了媒体捕风捉影报道的几个绯闻女友，公开曝光的一个都没有。

查雯皱眉，叹气道："再这样下去，不仅媒体和粉丝质疑你有问题，连我都要怀疑你了。"

查雯的眉头皱得很紧，似乎颇为苦恼。尹绎垂眸看了一眼剧本，拿到手里来回翻动两页："炒CP也不是不可以，但我要选自己喜欢的。"

"你选你选！"查雯看到了希望，忙不迭地点头。

将剧本往桌子上一放，尹绎嘴角一扬，笑道："我选温西西。"

温西西回到白琴别墅的时候，查雯和薄衍都在。尹绎坐在沙发上，手上卷着一册剧本。听到脚步声，他抬头看到温西西，棕眸中带着浅淡的笑意，冲着温西西招了招手："西西，过来。"

温西西想起她被徐峰猥亵，尹绎开车等在派出所门口，她出去后，他对她说的也是这句话。

在她的生命中，尹绎就像一个神，查雯和薄衍则是他的左膀右臂。有他在，她什么都不用担心，他就是她最坚实的后盾。

"查姐，薄先生……"在出租车上还惴惴不安的心安定下来，温西西和查雯与薄衍简单地打了个招呼，然后坐在了沙发的另一边。

薄衍见她坐下，也没啰唆，将他了解的情况一一与温西西说明。

"微博我已经看过了，若是您和如者确实没有关系，那琳琅就是诽谤，酒店监控和知溪小姐入住酒店的登记信息都是证据。不过……即使定了罪，可能还是会对您的名誉有影响。"

温西西眸光一紧："那……那有办法吗？"

一直没说话的尹绎突然开口："做我女朋友。"

温西西耳内轰鸣，眼里闪着光，像是刚刚炸开了一束烟花。

"咱们俩炒CP。"见温西西呆住，尹绎神色微动，解释道，"若我是你男朋友，你犯不着还要去找如者，并且插足他和琳琅的感情。"

温西西沉默了。

尹绎微抿双唇："炒CP对我其实也有好处。查姐说我必须得有段恋情，不然连她都怀疑我有问题。"尹绎看着查雯，笑着问道，"是不是啊，查姐？"

查雯皮笑肉不笑地冲他扯扯嘴角，压下了想抽他一耳光的冲动。

其实算起来，两人炒CP也不是不可行。温西西是尹绎的生活助理，两人平时肯定会很亲近，若是被记者拍到，定然又是一番炒作。此外，温西西作为助理能和尹绎谈恋爱，这在某种程度上也算是灰姑娘梦想成真，会让粉丝觉得尹绎很亲和。

薄衍和温西西没来时，查雯和尹绎这样分析，尹绎反驳道："西西可不是灰姑娘，她是公主。"

"那……那我要怎么做？"温西西询问道。若是两人炒CP，平时肯定有要注意的地方。她现在还是自卑，怕自己不能胜任尹绎"女朋友"

这个角色。此时，她的心像是要跳出来一样。虽然是假的，但是在和尹绎谈恋爱啊，温西西的少女心都要炸了。

"咱们本来就住在一起。"尹绎示意温西西别紧张，"不必做什么。"

温西西紧张忐忑的心缓缓地落了下来。

所有的事情都安排好后，温西西彻底松了一口气。查雯去联系公关，薄衍去酒店找知溪调取证据。两人一走，白琴别墅里就只剩下尹绎和温西西。

温西西定下心来，想着这件事怎么也是自己的事情，查雯和薄衍都在外面忙，而她却在这里闲着，这样不太好。于是，趁着尹绎端着水杯喝水的工夫，温西西问道："需要我干点什么吗？"现在这样坐着什么都不干，她心里更慌。

尹绎刚想说"不用"，抬眸看到温西西眼中的焦灼，他略一思索，说："还真有一件事需要你去做。"

温西西双眼一亮。

尹绎放下剧本，从沙发上站起来，朝着阳台走去。阳台上开着灯，亮如白昼，两把懒人椅被海风吹着，发出"嘎吱嘎吱"的声音。温西西跟着尹绎来到阳台，在两把懒人椅前站定，问道："做什么？"

"拍张亲密点的照片。"尹绎说着，拿出手机，点开了摄影模式，"过会儿查姐做好了准备工作，就要发微博公布我们的恋情了，拍张照片做配图。"

温西西微微红了脸，她低头看着自己的脚尖，不好意思地说："怎么亲密？我没和别人拍过。"

听温西西这么说，尹绎眸中的笑意更深了。他走到温西西身边，对她说："抬头看我。"

温西西顺从地抬起头，尹绎笑起来帅得让人挪不开眼。

女孩的双眸中带着羞涩与紧张，像一朵含苞待放的花。尹绎心里一动，双手托住温西西的脸颊，微一低头，吻在了她的额头上。男人的唇很软，带着他身上的温度，像烙印一样烙在了她额头上。温西西脸红到发烫，双唇都在发抖。

尹绎吻得很绅士，也格外温柔，温西西觉得自己快要窒息了。就

在她说不出话来的时候，尹绎突然"啊"了一声。温西西抬头看了尹绎
一眼，尹绎距离她不过几厘米，他垂眸看着她，浅浅一笑："刚才亲的
时候没拍下来，要再亲一次了。"

尹绎一只手拿着手机，一只手托着温西西的脸颊，笑着说："我
要找角度，只能多亲你几下。"

"好……"虽然脸红得快滴出血来了，温西西还是乖乖地应了一声。

尹绎轻声一笑，他沉沉的笑声让温西西浑身发麻。尹绎摸着她的
脸颊，在她的额头上、鼻间、下巴上亲吻着，最终将吻印在了她嘴角。

在这天半夜的时候，尹绎发了一条长微博，微博内容有三：第一
是公布与温西西的恋情；第二是心疼女友被无故诽谤且遭到网络暴力；
第三是追究诽谤者的法律责任，并给对方发了律师函。

在这条微博中，尹绎少见地配了一张图。

照片中，尹绎捧着温西西的脸颊，轻吻在她的鼻尖。女孩嘴角噙
着幸福的微笑，微微仰头闭着眼。男人垂眸看着女孩，眼中是浓浓的爱
意。照片的背景是海边的灯塔，无尽的黑暗中，灯塔的光芒只有一点，
却十分耀眼。

就像尹绎的眼里，只有温西西一人一样。

02

第二天，两人的恋情全面发酵，各大网站头条都被尹绎和温西西
的恋情占据。温西西早上起来，发现微信和微博都爆了。一夜之间，她
多了几百万粉丝。

对于尹绎的这份恋情，娱乐圈里大部分明星送上了祝福。阮笙发
了一张自己做的焗烤番茄鸡蛋盅的照片，配文："谢谢尹绎你女朋友教
我做的菜，我老公可喜欢啦！"

除了阮笙，车辕也在第一时间发了一条祝福微博。他配的图片是
录制《我和助理的田园生活》时，尹绎骑单车载着温西西的照片。

照片中，温西西抱着尹绎的腰，微微低着头，脚尖掠过丛丛青草，
嘴角带着浅淡温婉的微笑。

车辕配文："祝福哥和小姐姐，小姐姐，我以后想吃你做的菜直

接去我哥家就行啦！"

因为阮笙和车辕都是《我和助理的田园生活》中的嘉宾，所以很快两人的微博就成了尹绎和温西西在一起的铁证。

在厨艺大赛的时候，温西西就知道了尹绎的粉丝有多暖。这次，尹绎的粉丝依然如故。在她新发的那条微博下，已经有了三十多万条评论。看到热评的几条，温西西差点没出息地哭出来。

粉丝一："小姐姐不用害怕，我们六千多万的意大利粉给你力量！"

粉丝二："小姐姐你就这么把我男神拐走了，一定要幸福呀！"

⋯⋯⋯⋯⋯

温西西心里暖融融的，像是沐浴着春日里正午的阳光，她刷着评论，最后笑了出来。

至于琳琅最终如何，温西西并没有关注，薄衍是律师，他会处理得很好。只是她没想到，自己还能得到经济赔偿。

"蛋糕店？"温西西惊讶地道。

琳琅来S市后，在市中心盘了一家店，客源稳定，员工也将蛋糕店打理得很好。

"嗯。"薄衍说，"她有五年的租用权，可以独立经营，你甚至不用过去，让它自己盈利，获得的利润是你的。"

她不用自己经营就有利润，获得的利润她可以攒起来，用作未来开私人餐厅用。想到这里，温西西激动得说不出话来。

"谢谢您。"温西西对薄衍道，"我要付您酬金，还有查姐⋯⋯"

这件事情能处理得这么圆满，离不开他们两人的奔波。虽然他们是替尹绎工作，但温西西还是要付酬劳。

薄衍刚要拒绝，坐在一旁看剧本的尹绎突然抬头，笑道："你就收了吧。"

温西西看向他，尹绎浅笑着说："不然西西攒了很多钱，就不愿意做我的助理了，我还没吃够她做的菜呢。"

"不会的。"温西西忙说，"只要您需要我，我随时都在。"

温西西不知道该怎么评价尹绎，若世界上真有救世主，那尹绎就是她的救世主。他给了她工作，他帮她得到了她一直住着的房子，他帮她赢得了厨艺大赛第一名，他帮她解了危机，还白白得到了一家蛋糕店……温西西现在拥有的，都是尹绎给她的。

听到温西西的话，尹绎收起剧本，笑着说："那我可能会需要一辈子。"

温西西腼腆地笑了笑，微微红着脸，说："行。"

薄衍觉得自己有点多余，他看看时间，问道："你们是几点的飞机？"

一句话惊醒了温西西，她一看时间，惊得睁大了双眼，边往尹绎卧室跑边说："完了完了，快赶不上了，我去收拾东西！"

手忙脚乱地收拾好东西，司机刚好赶到，两人紧赶慢赶地到了机场，正准备下车时，温西西却胆怯了。

她和尹绎公布了"恋情"，那现在她就是尹绎的"女朋友"。作为尹绎的女朋友，遇到机场热情的粉丝，该怎么做？

温西西紧张得想打嗝。

尹绎下车后，见温西西还愣在车里，他将墨镜一摘，一眼看穿了温西西的心思："不用害怕，我的粉丝你都见识过，挺暖的。"

被尹绎这么一提醒，温西西想起先前看到的评论来，紧张的心情随即放松下来，下了车。

"不过……"尹绎突然道。

正准备下车的温西西急忙刹住了脚，心一下又悬了起来，紧张地看着尹绎。

尹绎心里暗笑，说道："不过，也难免遇到不暖的粉丝。"他将手伸到温西西面前，"来，我拉着你的手，这样别人就欺负不了你了。"

事实证明，就算没有尹绎拉着，温西西也不会被人欺负。只不过在人山人海中，两人有可能会被挤散。两人一进机场，粉丝们就不断尖叫，挑食大明星和呆萌小助理的组合很戳粉丝们的萌点。

尹绎气定神闲地牵着温西西的手，温西西尽量配合着往尹绎身边靠，脸笑得有点僵。

等上了车，温西西喝了口水，长舒一口气，瘫坐在座位上。尹绎看她一眼，眼中带笑，问道："累了？"

"不是累。"温西西仔细地想了想，说，"扮演假情侣比真情侣难多了，要时刻表演，还要注意自己演得好不好。"

不但要控制五官和表情，还要控制肢体动作，想想尹绎不但要和她演假情侣，工作拍戏的时候也要演，温西西越发佩服起他来。

"您会累吗？"温西西问。

"不累。"尹绎回道，接着反问她，"我什么时候在演了？"

温西西一愣，突然想起上一次拍摄《我和助理的田园生活》时尹绎说过的话。

"我天生就是明星"的意思跟"我天生就是演员"差不多吧，想到这里，温西西真觉得演技确实也是一门天赋，怪不得有因材施教、术业专攻的说法。想明白后，温西西觉得心里舒服多了，她的专攻就是厨艺。给尹绎做好吃的饭菜，让尹绎好好演戏赚钱，然后给她发工资。

想到这里，温西西心里有些乐，眼里亮闪闪的。尹绎见她心情不错，眸中的笑意也不自觉地加深，他道："既然假扮情侣，就得有个昵称才行，这样大家才不会怀疑。"

尹绎这么一说，温西西觉得确实应该如此，但她实在想不出该叫尹绎什么，于是道："您想叫什么啊？"

"叫我'东东'怎么样？我叫你'西西'，你叫我'东东'，叠字比较亲昵，也蛮好听。"

"还……还蛮合适的。"温西西脸一红。

"叫一声。"尹绎说。

"东……东……"温西西深吸一口气，一字一顿地叫道。

尹绎收回目光，说："你不喜欢就算了，叫得这么勉强，打鼓似的。"

温西西以为尹绎生气了，心里有点紧张，刚要继续叫，谁料尹绎突然回头，冲她一笑，说："打得还挺好听。"

温西西："……"完了完了，她真的要找不到男朋友了。

尹绎这次拍的戏是一部现代都市爱情剧，名字是《百里香》。尹绎自然是男一号，男二号又是周然。

温西西跟着尹绎去了剧组所在的酒店，电梯到了两人所住的楼层，刚好碰到了周然和他的助理。再次相见，周然比上次看上去清瘦了些，五官轮廓也更加深刻，脸色似乎不怎么好。

周然看到尹绎，心里自然一堵，但礼貌没有少，笑笑后打了招呼。他身后的助理是个男人，也冲两人打了招呼。

寒暄过后，周然看着温西西，语气里带着钦佩说："我是你的粉丝，你的微博我先前就看过。"

"谢谢。"温西西受宠若惊。

周然哼声一笑，抬眼瞧了瞧尹绎，笑道："不看微博还不知道，尹先生原来这么挑食，挺难为人的。"

听了周然的话，温西西并没有往细处琢磨，但她自然而然地维护着尹绎："没有，为他做饭，我心甘情愿的。"

周然神色一僵，本不打算搭理周然的尹绎突然笑了。温西西听到笑声抬头，尹绎伸手揉了揉她的头发，拉着她的手说："咱们去房间吧。"

整个过程，尹绎都没正眼瞧他，周然气得不轻。

被尹绎拉着手，温西西又觉得心如擂鼓，小心脏乱跳个不停。她找了个别的话题，想要掩饰自己的紧张和害羞。

"周先生的脸色看上去不太好，像是减肥过度。"温西西说，"拍戏太累了，还是要好好吃东西。"

"他也想吃。"尹绎说，温西西抬头看他，男人眸中盛着笑意，"但是没有心甘情愿给他做饭的人。"

温西西的脸腾地红了。

她刚刚说的都是什么话啊！

第二天一大早，查雯赶了过来，刚在沙发上坐下，就将台本扔了过来，说："《佳人有约》的台本，你和西西一起参加。"

两人既然决定炒CP，那就要给公司带来比以前更大的利益。其实除了《佳人有约》，还有几个综艺节目也给尹绎发了邀请。尹绎出道六年没有恋情，一公布无异于铁树开花，大家都对他背后的女人充满了好奇。

《佳人有约》是一档明星夫妻秀节目，大致就是明星带着自己的另一半接受主持人采访，从而满足观众们的好奇心。

"台本上的问题没有答案吗？"温西西看着几个问题，怕自己说错话，心里没底。

"都是普通问题。"查雯说，"你照实说就行。"

虽然查雯这么说，但温西西还是很谨慎，她准备今晚熬夜将答案整理一下，千万不能给尹绎招黑。

尹绎看出了她的紧张，他从沙发上起来，走到她身后，大手放在她头上一压："随便说，别紧张，录播而已，说错了可以掐掉。"

温西西被压着头，渐渐放松下来，笑了笑。

为了蹭两人公布恋情的热度，《佳人有约》将两人访谈的录播时间调整到了周四下午。尹绎和温西西一同在化妆室化妆，温西西很紧张，她还在打着腹稿。

化妆师见她紧绷着脸，便笑着说："温小姐真年轻啊，脸上一点皱纹都没有。"

温西西被说得有些慌张，尹绎笑着说："对，小娇妻。"

温西西："……"

录播开始，温西西和尹绎进了录制大厅。大厅里，主持人还在看台本，见到两人进来，自然地一笑，说："欢迎欢迎，先坐下吧。"

尹绎拉着温西西的手坐下，场下观众看到这一幕，瞬间热情高涨，尖叫鼓掌不断。

主持人做了开场介绍后，开始按照台本走流程，既然是夫妻类节目，免不了询问两人为什么会在一起。

尹绎："其实也没什么特别的原因，就觉得她长得漂亮、性格好、厨艺棒，细心、耐心、温柔、体贴……怎么说呢，你让我夸我可能夸不出来，就是特别喜欢她。"

主持人："这还叫夸不出来？"

尹绎一笑，场下观众一片尖叫。

录制到了最后，问题也问了个七七八八，主持人临时加了一个问题。她笑着问温西西："在少女时期，你对恋爱的幻想是什么？"

突如其来的问题将温西西问住了，她思路卡了一下，回头求助于尹绎。尹绎冲她一笑，说："照实说，这是真实情感访谈节目。"

主持人和场下观众都在笑，温西西陷入了沉思。

少女时期的事情，已经很久远了啊。

说实话，那时候她遭受着校园冷暴力，没有朋友，只有学习，还真没想过这种事情。她属于开窍比较晚的。

"其实挺老套的，就是能和喜欢的人一起坐摩天轮、旋转木马……"温西西笑了笑，眼里闪烁着憧憬，她有些害羞地说，"我还没有去过游乐园。"游乐园这种场所，小时候父母会带着去，长大了恋人会带着去，而温西西从未去过。

录播结束后，两人回到车上，查雯见两人神色不错，看来是没有出差错。查雯跟温西西说着下一周尹绎的通告，尹绎也在旁边听着。

"金晶奖颁奖典礼怎么不去？"尹绎问。

查雯一愣，说："只是入围了，这次竞争比较激烈，获奖的可能性不大，你……"

"去吧。"尹绎说，"我很久没去 H 市玩了。"

查雯："……"敢情是为了公款吃喝啊！

听着尹绎和查雯的谈话，温西西的心思也飘远了。她记得，H 市有国内最大的游乐园。她住的地方是富人区，邻居家的孩子都去过，每次回来都带着一堆东西。小时候她比较爱玩，每次都眼巴巴地瞅着，但往往会被保姆拽回家。

大学毕业后，班里的人组织一起去玩，她当时还要还助学贷款，也没钱去。现在，她有了工作，等闲下来的时候，一定要去玩一次。

"那行，我陪你去。"查雯说。

"不用。"尹绎说，"这次我谁都不带，就带西西。"

温西西听到自己的名字，回头看了尹绎一眼，略带歉意地说："带我干吗？刚刚没听到。"

尹绎伸手揉了揉她的头，清浅一笑，棕眸迷人好看："不告诉你。"

03

H 市在最南边的岛上，电影业在圈内独树一帜，长盛不衰。岛屿四面环海，环境优美，也是购物旅游天堂，怪不得尹绎想公款去吃喝玩乐。温西西做了尹绎的助理后，尹绎就没休过假，更没出去玩过，是该好好放松一下了。

临去H市前，温西西和槿然聊天，随口提了这么一句。说者无心听者有意，再加上前两天《佳人有约》播出，槿然自然想象出一场浪漫言情剧来。

"尹绎真是太宠你了，你说你没去过游乐园，他就准备带你去！"

温西西听罢，笑着说："我们是去参加金晶奖颁奖典礼，不是去玩的，而且我和尹先生的恋情是假的啊。"

当初尹绎发完微博，槿然就给她打了电话，温西西待她平复了心情后，才把两人假恋爱的事情告诉了她，打碎了槿然的CP粉丝心。

"唉。"槿然忍不住叹了口气，"要是真的该多好。"

对啊，要是真的该多好。

温西西也忍不住想了一下，但又及时拉回了思绪。尹绎这样的人可遇而不可求，她能做他的助理，已经是上辈子修来的福气，怎么能肖想更多。

金晶奖颁奖礼在七月初，正是天气炎热的时候。颁奖典礼的红毯设在了海边，南方的天气潮热，温西西跟着尹绎一下车，顿时觉得热浪扑面而来。温西西穿着一身小礼服都快热得不行，她看了一眼尹绎，他额头上已经出了些汗。

温西西不走红毯，工作人员领着她提前入座。等尹绎走完红毯过来，温西西看着他额头上的汗，心里一拧，从包里拿出了纸巾。

"把领口解开一下吧。"温西西说着，拿了张纸巾替他擦汗。看尹绎这么辛苦，要是他能获奖还好，要是没拿到奖，温西西都替他觉得难受。

"镜头会扫过来。"尹绎轻声说，他面上保持着微笑，扭头看了温西西一眼，笑道，"心疼了？"

温西西擦着汗的手一顿，随即淡淡一笑，说："我是你的粉丝，你这么辛苦，我当然心疼。"

尹绎眸光微动，将手伸到她面前："你摸摸。"

温西西伸手一摸，发现他手心里全是汗。温西西握着他的手，给他加油："你一定会获奖的。"

"我来不是为了获奖。"尹绎轻笑着说，"你想知道我来干什么吗？"

温西西被问得一愣，配合着说："想。"

"过来。"尹绎勾勾手指，示意她靠近一些。

温西西深知尹绎的套路，笑着问道："你是想说不告诉我吗？"

棕眸中掠过一丝惊讶，尹绎伸手在她鼻子上轻轻刮了一下："变聪明了。"

鼻尖被指关节搔过，痒痒的，温西西伸手摸了摸，说："不能再刮了，本来就塌……"

尹绎往她身边凑了凑，温西西抬眼，正好对上男人好看的双眼，只见男人笑着说："那你刮我的，我的挺。"

不但挺，而且直，眉弓连接着山根与鼻梁，支撑起了整张脸的框架。温西西心里很羡慕，又被他刺激到，真的伸手刮了一下，刮完之后，她的手指微微蜷缩，小心翼翼地收回，双唇抿起一抹笑，像偷了腥的小猫。

尹绎鼻尖还留有温西西手指的触感，她这一下不像是刮在了他的鼻子上，更像是刮在了他心里。

"尹绎，你们小两口在做什么呢？"台上的主持人突然问了一句。

温西西心里一慌，抬头看到她和尹绎的影像投映在大屏幕上，登时红了脸，紧张又局促。在她不知道手往哪儿放的时候，旁边一只手伸过来，掌心带着淡淡的湿意，稳稳地将她的手握住了。

温西西一下定了神，抬眼看着尹绎，尹绎正笑着，拿着工作人员递过来的话筒和主持人对话："说悄悄话。"

一阵笑声响起，主持人也笑着问："说什么悄悄话？"

尹绎犹豫了一会儿，为难地道："还是不说了吧，这么多单身的朋友在呢。"

一句话，引得场上一阵鼓掌声和爆笑声传来，主持人笑着说："我们不怕！"

"我怕。"尹绎也笑了，"西西对我说的话，我才不会说给你们听。"

温西西听着尹绎的话，十分佩服他的应变能力，两句话就将场面圆过去了，还能将她撩得面红耳赤。

工作人员收了话筒，温西西的紧张渐渐消失，也把注意力放在了颁奖上。颁奖典礼进入尾声，压轴奖项是"最佳男主角"，尹绎也入围了。颁奖嘉宾上台，说了几句场面话，便开始揭晓。场上放出细密的鼓点，温西西的心跳也渐渐加快，心都提到嗓子眼里。

最终，颁奖嘉宾念出了获奖人的名字："徐宇哲。"

尹绎没有获奖，温西西眼里的光芒渐渐黯淡了下去。

镜头从入围的五个人身上扫过，最终投射到徐宇哲身上，聚光灯打了过去，众人的视线全部聚集到他身上，掌声响起，大家都在恭喜着新晋影帝。就连尹绎也抬头看着那边，他脖颈线条好看，额头上又冒出了一层细密的汗。

温西西十分沮丧，但她没有表现出来，而是伸手给尹绎擦了擦汗，鼓励道："你也很棒，今年竞争太激烈了。"

尹绎看上去心情挺不错的，听到温西西的话，他先是一笑，然后说："心情不太好怎么办？"

"我也不知道。"尹绎说心情不好，温西西的心情也变得有些差，她绞尽脑汁想了半天，才说，"要不明天我不做你讨厌吃的东西了？"

"不行。"尹绎说，"那营养不均衡怎么办？"

其实一天不吃没什么要紧的……温西西有些苦恼，她也不会安慰人，听着台上徐宇哲在发表获奖感言，想着尹绎穿着这么厚的衣服待了半天，更觉得心疼。

"陪我出去散散心。"尹绎见温西西不开窍，主动说道，"咱们去坐摩天轮吧。"

慌张的心蓦地一震，温西西抬眼看着尹绎，一时间心情十分复杂。

尹绎看着她的模样，浅淡一笑，问道："不愿意？"

"没有。"温西西眼眶酸涩，她摇摇头，又将头低下，掩饰着自己的神色，"那就去坐吧，我还从来没坐过呢。"

"等急了吧。"尹绎拉着她的手，轻轻握了一下，"我现在就带你去。"

尹绎很熟悉从酒店去游乐园的路，颁奖典礼结束后，他就开车带着温西西往游乐园而去。两人到游乐园的时候，游乐园已经关门了。

这个游乐园是国内占地面积最大、设施最齐全的游乐园，每年接待游客无数。尽管如此，游乐园仍旧到点关门，晚上是维护时间。

坐在车里，看着只有保安室亮着灯的游乐园，温西西有些沮丧和着急。她扒着车窗，不知该怎么办。

尹绎下了车，走到副驾驶座这边，将门打开，温西西盯着他说："都关门了。"

"嗯，我包场了。"尹绎笑着说。

温西西瞳孔一缩，从车上跳下来，有些结巴地问："什……什么？"

尹绎通过朋友与H市游乐园的高层商议了一下，颁奖礼这天闭园后，整个游乐园仍然会为他开放。

尹绎一过去，保安室就有人出来，似乎已经等了一些时候，见到尹绎后，便领着两人进了园区。

直到站在摩天轮前，温西西还觉得有些不真实。路边只开着一盏还算明亮的灯，她扭头看着尹绎，站在灯光下的男人五官轮廓更加深刻，帅气逼人。

"看。"尹绎冲温西西一笑，指着摩天轮说，"灯亮了。"

温西西回头，就见硕大的摩天轮上，粉色的灯光像天上渐渐出现的星星一样，顺着摩天轮的轮廓，一盏一盏地逐渐亮起，最后点亮了整个摩天轮。

温西西深吸了一口气，心情激动到无以复加，这也太梦幻了！

尹绎拉着她，说："走吧。"

两人上了摩天轮，温西西左看看右看看，眼里满是新奇。待门关好，摩天轮动起来，温西西冲尹绎一笑，笑得眼角弯弯。

"喜欢吗？"尹绎笑着问。

"喜欢。"温西西应道，完全忘了自己是陪尹绎来散心的。随着摩天轮越转越高，温西西都看不过来了，索性跪在座位上，俯瞰着整个H市。

霓虹闪烁的H市犹如银河倒扣在地面上，璀璨迷人。

"我终于明白为什么大家都喜欢坐摩天轮了。"温西西回过身来坐下后，对尹绎说，"俯瞰大地的感觉真不错。"她眼里盛着亮光，脸上满是雀跃。

"其实坐摩天轮也没什么意思。"尹绎俯瞰着夜色下的 H 市,说道,"重要的是和谁一起坐。"

"嗯。"温西西点头承认,笑着说,"电视剧里都是这么演的,和喜欢的人一起坐摩天轮,会觉得特别浪漫、特别开心。"

尹绎笑意一深,问道:"电视剧里还演什么了?"

温西西脱口而出:"接吻。"

尹绎哼笑一声,温西西瞬间脸红了。

"那个……"温西西刚要解释,就被尹绎打断了。

"想接吻吗?"

没料到尹绎会突然这么问,本该直接拒绝的温西西竟然犹豫了。她抬眼望着尹绎的唇,心里一紧,捏紧了手指。对于自己的犹豫,温西西有些心慌,她低下头,不敢看尹绎,小声地说:"我不是……"

尹绎从座位上站起来,他本就很高,粉色的灯光将他的身影拉得很长,覆盖住了温西西。温西西的心都跳到了喉间,瞳孔微缩,下意识地往后躲。尹绎慢慢俯身,距离她越来越近,只听一声细微的轻响,尹绎的手撑在她耳边的玻璃壁上,温西西睁大眼睛,脸瞬间红透了。

温西西有些局促,这里瞟瞟,那里看看,最后明亮的双眼对上尹绎的棕眸,待看到尹绎脸上的笑意时,温西西彻底呆住了。

她靠在玻璃上,尹绎就在她面前,她只觉得耳鸣阵阵,几乎控制不住自己了。尹绎轻笑一声,说:"我们好久没在微博上发亲密照了,亲爱的。"

"亲爱的"三个字像鼓点一样敲在温西西的心口上,她的心脏都快要被敲炸了。所有的自我约束与控制全部消失了,温西西双唇一抖,小声地说:"那……那我应该怎么做?"

两人从开始炒 CP 时就决定,要定期拍摄、定期上传亲密照。尹绎是为了帮她摆脱困境才和她炒 CP 的,后期需要她做的事情,她一定不能拖后腿。

所以,只是为了拍亲密照才亲的,并不是出于其他原因,温西西这样安慰自己。她抬眼望着尹绎的双唇,竟下意识地想凑上去咬一口。

"小点心"丝毫没有即将被吃掉的危机感，反而一脸想被吃掉的表情，尹绎心里一动，将手机拿了出来，对温西西说："你主动亲我。"

脸烫得像火球，温西西茫然地看着尹绎，轻咬一下下唇，问道："亲……亲哪里？"

男人眸中带笑，帅气迷人，他凑到温西西耳边，声音低沉地说："你想亲哪儿就亲哪儿。"

温西西心跳混乱，思绪不受控制，听尹绎说了一句"开始吧"，她就鼓起勇气，伸手抓住了尹绎的领口。尹绎被温西西拽得往下一低，两人的唇差点就撞到一起，尹绎心里一惊，垂眸看着温西西。后者眼神复杂，似乎在努力说服自己，一双大眼睛盯着他的唇，就差临门一脚了。

尹绎的情绪也被调动起来，他看着温西西，朝着她的唇靠了过去。

所谓一鼓作气，再而衰，三而竭，温西西一鼓作气后，直接三而竭了。见尹绎的脸凑过来，温西西心里大叫一声，下意识地往后退。在她身体完全贴靠到玻璃壁上时，尹绎轻笑一声："还跑吗？"

温西西看着尹绎的美色，结结巴巴地说不出话来。她瞪大眼睛，双唇发颤，尹绎一把抱住她的腰，往怀里一带。

身体贴靠在尹绎胸膛上的一瞬间，温西西脑子里一片空白。她眼睁睁看着尹绎俯身，双唇落在了她的唇上，柔软温柔的触感像一粒火种，引燃了她胸腔内的那颗炸弹。

"砰"的一下，炸得她什么都不知道了。

温西西没有反抗，她似乎被吓呆了，像被抢走了瓜子的小仓鼠，抱着瓜子皮发呆。尹绎嘴角微勾，双唇微微一动，怀里的温西西一个哆嗦回过神来，脸上的表情十分精彩。

她刚刚……她刚刚和尹绎接吻了。

这是她的初吻。

温西西只觉眼前炸开了一片烟花。

尹绎离开了她的唇，但仍旧抱着她的腰，见她渐渐回过神，才不舍地将她放开，垂眸看着她。

男人眼中似有一片星海，温西西看得有些呆住了，心中闪过一丝甜蜜。她舔舔唇，坐在座位上平复了好半晌。喉咙有些发干，温西西不敢看尹绎，只问了一句："拍……拍好了吗？"

两人可是为了拍亲密照才接的吻，正事别耽搁了。

"没有。"尹绎轻笑着将手机递过去，照片中两人的脸糊成了一片，尹绎叹气，遗憾地道："看来，得重新拍一次了。"

温西西："……"平时拍戏的时候，也没见尹绎卡过吻戏啊。

再拍的时候，温西西依然没有控制好自己的情绪，她紧张地抓着尹绎的衣服，仰头望着他。尹绎垂眸看着她，眼神中带着她从未见过的深情与宠溺。温西西呆了一下，回想着尹绎平时演戏时的样子，还未想明白，尹绎就低头亲了下来。温西西浑身一抖，闭上了眼睛。

04

温西西与尹绎在第二天晚上回到了 S 市，当天是农历的五月十五，月亮正圆，悬挂在天上，映照着漆黑的海水，格外明亮。

旅途劳累，温西西回到房间准备休息，手机却突然响了。来电号码是座机号，熟悉的数字让温西西心里一凉。她按了接听，手机里传来李娇的声音。李娇的声音不咸不淡，像是完成任务一样地说道："明天你奶奶生日，你爸让你回家一趟。"

奶奶的生日她从未参加过，她甚至没怎么去过老宅。整个温家的人都讨厌她，现在怎么突然让她回去给奶奶庆祝生日了？

温西西勉强算个富三代，温家在苏北 H 市做服装贸易起家。后来大伯继承了家业，温作延带着分到的家产来到 S 市打拼，有了现在的工厂。温西西还有个姑姑，但精神状况不太好，一直住在老宅。

温西西只是听保姆偶尔说起，才知道家里的大致情况。她不怎么受她父亲的待见，自然不会受温家待见。她没有上赶着用热脸去贴冷屁股的习惯，对于亲情，她早就看透了。血缘关系在温家根本算不得什么，他们既然不在乎，她也不必放在心上。

"我还有工作。"温西西说。

"工作也推掉嘛。"李娇的话里带着些酸意，"你现在都和尹绎这种大明星谈恋爱了，还需要什么工作啊。"

"我没有被别人养着的习惯。"温西西想起了上次和槿然在法国餐厅遇到温妍妍的场景，不着痕迹地嘲讽了一下，"以后没什么事就不要给我打电话了。"

听到温西西这么说，李娇似乎松了一口气，她没有坚持，只是说了一句："小张收拾仓库的时候发现了一本日记，我看了两页，好像是你妈妈写的，我没敢给你爸看。"

正准备挂断电话的温西西手一抖，停住了动作。

李娇知道温西西在乎这些，又说："你找时间回来拿一下吧。"这次，没等温西西挂断，李娇先把电话挂了。

将手机放在一边后，温西西躺在床上，思索着李娇说的那本日记。日记里八成没写什么东西，不然李娇要么把它焚毁，要么交给温作延，而不会交给她。可那本日记或许是她妈妈留在这个世上的唯一一件东西。她妈妈到底做了什么，让温作延那么讨厌她？温西西想弄明白，不然这么不清不楚地活了这么多年，确实挺恼气的。

温西西挑了尹绎没有通告的一天，趁着他午睡的时候，打车去了温家。温家也在别墅区，距离白琴别墅不远，十分钟的工夫就到达目的地，温西西下了车。

别墅区的绿化都很好，温家也是如此，现在是夏季，院子里都是花草树木。温西西按了门铃，保姆来开门，一看是温西西，眼里已没了往日的鄙夷，反而带着些惊喜和敬畏。

"先生，太太，大小姐回来了。"

温西西活了二十多岁，还没有被人叫过大小姐。若过着这种日子的她是大小姐，那温妍妍就该是仙女了吧。温西西心里一笑，面上并没有表现出来。

"进来吧。"李娇的声音传了出来。

"快进来，天挺热的。"保姆关切地说，并给温西西拿了一双崭新的拖鞋。

温西西换上拖鞋，道了声谢后，便进了客厅。

客厅里有四个人，除了温家三口，还有一个陌生男人。四个人正在打麻将，见到温西西，四个人的表情各不相同。

温西西开门见山地说："李姨，我回来拿一下东西。"

李娇没想到温西西会今天过来，愣了一下，但随即恢复如常，冲着陌生男人笑笑，解释道："这是你叔叔前妻的女儿，一般不在家住。"

陌生男人看着温西西，点了点头。

李娇似乎不想让温西西在这里久待，看温妍妍靠在陌生男人身上，两人的关系一目了然。温西西觉得自己果真是不受人待见，挑个日子回来拿东西，还撞上了温妍妍带男朋友回家见父母。

李娇上楼拿了笔记本给温西西："拿去吧。"

这句话就是在送客，温西西也没有啰唆，转身就准备离开。这时，那个陌生男人突然问："你是不是尹绎的女朋友？"

温西西脚步一顿，没想到她和尹绎的绯闻连这个陌生男人都知道了。她并不准备和他们久聊，只是点点头，冲他笑了笑。

"什么女朋友？都是假的。"温妍妍冷笑道，"温西西，你也太虚荣了吧，炒作 CP 而已，别人这么说，你还真这么应了，要不要脸？"

男人听了温妍妍的话，心里起了疑惑。他和温妍妍刚刚开始交往，没少听温妍妍说她同父异母姐姐的事。在温妍妍的话里，温西西集合了世界上所有女人的缺点。他本来对温妍妍的姐姐没什么好印象，看到温西西时觉得有点眼熟，在温西西走时，看着她的背影才想起来，她就是尹绎连发三条微博确认的正牌女友。

温妍妍的男朋友叫宋明亮，是一家软件公司的 CEO，长相一般，但能力很强，而且家境优渥。温妍妍和禾辰娱乐签约，被雪藏后因违约金而解约无望。李娇母女不甘平凡，凭借着"橙光少女"名头的加持，还有温作延的人脉，让温妍妍攀上了宋明亮这根高枝。

温妍妍敢这么说，是认定了温西西性格软弱。上次有槿然在，温西西才敢那么呛她，现在在温家，父母和男朋友都站在她这一边，她倒要看看温西西敢不敢跟她对着干。

温西西倒没想着呛她，她还在想温妍妍说的话——她和尹绎把能做的都做了，为什么温妍妍还认为他们两人只是在炒作？

"妍妍，你别胡说。"李娇轻声呵斥了一句，"每个人都有自己的活法，真的假不了，假的真不了，你不能这么说你姐姐。"李娇说话很有水平，明着是为温西西说话，实际上是在嘲讽她。

温西西不是反驳不了，只是懒得费口舌，她捏紧了手里的笔记本，抬脚就往外面走。

她刚换好鞋子，外面就传来一声惊雷，她吓了一跳，抬眼看向门外。天阴了下来，眨眼的工夫，豆大的雨点就落了下来。

"下雨了吧。"李娇从客厅过来，看着窗外，对温西西说，"西西，你先在家里躲躲雨，夏天的雨来得快去得也快，过会儿再走吧。"

"不用。"温西西说着就往外走。不过，她心里也有些没底，现在的雨就像瓢泼一样，一出去全身便会被淋湿。

"小张，把门关上。"李娇拉了温西西一把，温西西眉头一蹙，将她甩开，但门已经被关上了。

"这也是你家，你这么客气干什么？"李娇说着，拉着温西西就往客厅走。

笑话，好不容易找到了温西西的弱点，不好好挖苦讽刺一番，怎么能放她走？刚才温妍妍说温西西和尹绎的恋情是假的，看温西西的表情，倒还真像。之前因为温西西和尹绎谈恋爱，一向对她不闻不问的温家都让她参加奶奶的生日了。按照这个势头发展下去，温西西这是要争夺家产啊。

"你出来，尹绎知道吗？"李娇问温西西。

温西西见雨势越来越大，想着没必要自己虐自己。李娇她们也就是嘴巴毒了点，但不会说得她感冒。她又不是像以前那样被讽刺两句就自卑到说不出话来，更不会因为她们的话而伤心。

见温西西没说话，李娇看了一眼温妍妍，温妍妍冷笑一声，说："知不知道有什么关系，你以为尹绎会来接她？温西西，你都多大的人了，别做白日梦了，早点找个人嫁了吧。"

温西西抿了抿唇，没说话。

"哎哟。"李娇见温西西不说话，就当她默认了，故作惊讶状，"真是炒作啊？"

温西西刚要反驳，手机就响了，是尹绎的电话，她突然想起临走时阳台的落地窗没关，尹绎八成是被吵醒了。温西西按了接听，手机里传来尹绎慵懒的声音，他像是刚睡醒，带着些迷糊的沙哑。

"你去哪儿了？"尹绎问，"醒来没见到你，有些慌。"

温西西的脸微微红了，她抿着嘴角笑了笑，说："我出来办点事，下雨了，过会儿我就回去。"

"听到了。"尹绎说，窸窸窣窣一阵声响，他像是翻了个身，声音也清亮了些，"我去接你。"

李娇见温西西的电话像是一时半会儿打不完，于是接过刚才的话茬，对宋明亮说："你们公司应该有不少青年才俊吧，记得帮妍妍的姐姐介绍几个呀。"

李娇这句话本是说给温西西听的，谁料却被电话里的人听了去。

尹绎从床上坐了起来，打断了温西西的话："你在那里等着，我现在就过去。"没等温西西拒绝，尹绎直接挂断了电话。

温西西叹了口气，掐算着时间，准备提前去外面等尹绎。雨渐渐小了，花园里的绿植被洗刷过后更加翠绿欲滴。

温西西并未和李娇他们说有人要来接她，李娇跟着她走出去，边走边说："要不我派家里的司机送你，你住在哪儿？还是先前那套房子吗？"

"不是。"温西西说着，走到了大门前。

李娇刚要说话，就见一辆车停在了门前，车身漆黑，线条流畅，她认出是一辆幻影。温西西刚准备跑过去，车窗突然打开，尹绎的脸露了出来，他说："别动，我过去接你。"

"好。"雨还在下，只是没之前那么大了，温西西老老实实地在门口等着。这时，温妍妍和宋明亮也出来了。温妍妍看到从车里下来的尹绎，嫉恨得脸都绿了，但随即一想，他只是来接温西西，也不过做戏。

温西西不想在这个地方多待，见尹绎过来，就迫不及待地跑过去。

尹绎见状，温声道："小心。"

他伸出手，温西西自然而然地握住。他胳膊一用力，温西西一下就撞进了他怀里。

"你不用过来的，其实不远。"温西西从尹绎怀里抬起头，心里还是挺高兴尹绎来接她。

尹绎揉了揉她的头发，冲着门口站着的几个人笑了笑，轻声说：

"来还是要来的，你出嫁前，我总要来认认门，才知道怎么来接新娘。"

温西西像是一下掉进棉花糖里，甜得有些找不着北。她愣愣地看着尹绎，尹绎牵住她的手："先回家。"

临走前，尹绎像是突然想起什么一样，回头冲着脸色铁青的李娇和温妍妍说："刚才是您要帮我女朋友找相亲对象吗？"

李娇浑身一僵，尹绎的话虽说得温和，但不知道怎的就让人后背发寒。她着急解释，然而还没开口，尹绎又道："我这人挺记仇的，今天这次，我先给您记在小本上了，以后一起算账。"

尹绎说完，又是温和一笑，撑着伞为温西西打开了副驾驶座的门，随后将雨伞收起来，放在了车上。

温西西还在想着尹绎刚才说的话，好一会儿才反应过来，她望着气急败坏的李娇和温妍妍，说："我不会从这里出嫁的。"她虽然在这里长大，但这里的回忆全是黑暗的，她永远都不想再跟这里有牵扯。

尹绎发动车子，轻笑一声："哦？你决定嫁给我了？"

温西西脸红心跳，结结巴巴地解释道："我……我不是这个意思。"

车子平稳地行驶在路上，车厢内气氛安宁。尹绎叹了口气，颇有些遗憾地说："下次不能这样说了，我会当真的。"

温西西望向开车的尹绎，他的侧脸轮廓深刻而帅气，她看得出了神。半晌后，温西西收回目光，看向窗外，车子行驶在沿海公路上，浪花卷到海岸上，发出闷响。

温西西心底有股冲动，她很想接着问问尹绎，他为什么会当真？而他当真了，又会如何？但思绪一转，温西西想起了李娇和温妍妍。她们两个人的心态应该代表了大部分人的心态。

她和尹绎的这段假恋情，虽然有粉丝认可，但他们两个人终究还是不相配的，她配不上尹绎。就算两人现在是真的在一起，她也会因为自卑而觉得没有安全感。倒是现在这样的状态最好，既能满足她的少女心和虚荣心，也不用担心失去他。

因为从未得到过，所以也就不必害怕失去。

第六章
住在他心里就好了

01

《百里香》拍摄完毕时，已到了九月初。主角的戏份杀青后，整个剧组也随之杀青。导演和制片人决定，今晚就在剧组里举办杀青宴。

拍完最后一幕戏，尹绎将身上的厚外套脱掉，他们在拍冬天的戏，最近几天都穿得很多，尹绎热得后背上长了很多痱子。温西西在场下等着，看到尹绎过来，赶紧将冰水递了过去，眉心蹙了一个疙瘩，边给尹绎擦汗边说："终于拍完了。"

正和工作人员说话的导演听到了，看着温西西，笑着调侃道："温小姐这是心疼了？"

温西西被问得心里一颤，以为自己说错话了，毕竟演员就是干这行的，导演们最讨厌演员不能吃苦了。脸上一冰，温西西一哆嗦，尹绎将冰水贴在了她脸上。他拿着毛巾擦了一下汗，刘海都被汗浸透了，擦过之后，干净清爽。

"我受苦，她当然心疼。"尹绎笑着回了导演一句，"西西可是我女朋友啊。"

《百里香》的导演叫李京，是一位资历颇深的老导演，他导演的都市爱情剧基本上能大火。尹绎出道后拍的第一部戏就是李京导演的，那部戏也算是尹绎的代表作。

李京和尹绎的关系不错，虽然工作的时候两人都很严肃认真，拍完戏后，却能很随意地开玩笑。

152

见小两口关系亲密，李京心里也替尹绎高兴。尹绎是个宁缺毋滥的性子，要不然也不会出道这么多年，在诱惑这么多的娱乐圈里，最终选择了温西西。这个温西西必然有其过人之处。李京仔细瞧了瞧温西西，模样清秀俊俏，一双眼睛明亮清澈，什么心思都藏不住，紧张的时候就看着尹绎向他求助，可爱得紧。

为了缓解温西西的紧张，李京主动对她说："温小姐是美食博主，平日里也只做菜给尹绎吃。怎么样，趁着今天杀青宴，露两手？让我们也尝尝你的手艺。"

温西西正担心刚刚得罪了李京，闻言颇为爽快地点点头。在《百里香》剧组，工作人员和主创们对她都很友好，她也想做点什么，以还大家的人情。

"可以啊。"温西西看着李京，微微一笑，"只要你们不嫌弃就好。"

没想到温西西会答应，李京刚要说话，却被一边的尹绎打断了。

"不可以。"尹绎说。

温西西看着尹绎，眼中满是疑惑。尹绎伸手搭在她肩膀上，转身看着李京："李导，我们家西西只做饭给我吃。"

温西西："……"做饭又不是吃苹果，做完一顿就没下顿了。

"你小子。"李京指了指尹绎，也没继续追问，笑着和旁边的制片人说话去了。

尹绎跟着化妆师去卸了妆，温西西在他后面欲言又止。等卸完妆、换好衣服，他低头瞄了一眼温西西，问："怎么了？"

"我可以帮忙做点菜。"温西西赶紧说，"李导他们平时都挺照顾我的，我也该表示一下感谢，而且……"

尹绎一笑，问道："而且什么？"

温西西抿了抿唇："而且我可以做些你喜欢的菜，不然我怕你又不吃东西。"

尹绎闻言，笑着问："我不吃东西会怎么样？"

温西西诚实地道："你不吃东西，晚上回去我还得给你做一次。"

尹绎被噎得说不出话。

看着尹绎的表情，温西西一下笑起来，说："我跟你开玩笑的。"

她跟尹绎待在一起久了，倒学会尹绎那一套了。

尹绎勾了勾嘴角，伸手在她的头发上揉了两下，说："杀青宴在剧组吃，做饭什么的都是在露天，现在天气这么热，我怎么能让你去那儿做饭。"

在尹绎解释前，温西西就知道他一定是为了她着想才不让她去做饭的。但当他摸着她的头发说出来时，温西西还是心里一动。她压抑着心跳，低头说道："做厨子的哪有怕热的。"

"哦？"尹绎眉梢一挑。

温西西的声音很小，但还是被尹绎听了去，他微微俯身，凑到她脸颊边，她往旁边躲了躲。

"你不怕热？"尹绎问道。

温西西现在就有些热，但她咬牙顶住，故作轻松地说："不……不怕热啊。"

话音一落，脸颊上就贴了个软而热的东西，温西西一僵，心差点跳出来。

尹绎将脸贴在温西西的脸颊上，怀里的女孩已经僵硬得像一块石头，尹绎心里痒痒，将唇凑到了她耳边，轻声说："确实挺凉的。"

男人的声音轻柔而沙哑，透着难以言说的魅惑，温西西的脸瞬间充血，她完全无法思考。尹绎轻轻地磨蹭了两下，似乎在找舒服的位置，找了半天，才无奈地叹了一口气："现在怎么又热了？"

温西西满头大汗，他这么诱惑她，她能不热吗？她现在快爆炸了！

尹绎占够便宜后，将脸移开，接过温西西手里的冰水贴在了脸上。贴了一会儿后，他又将冰水贴在了温西西的脸上："你也该降降温了。"

经过尹绎这番"降温"处理，温西西没再往厨房跑，而是老老实实地待在他身边。

李京是尹绎入行之后接触的第一个导演，对他来说，李京有着非常特殊的意义。两人都是认真负责的人，工作中虽然会聚餐，但一般不喝酒。今晚杀青，李京拉着尹绎，表示一定要喝个不醉不归。

温西西就坐在尹绎身边，她还从没有见过尹绎喝酒，也不知道他的酒量好不好。但酒喝多了对身体总是不太好，于是温西西偷偷地在桌子下拽尹绎的衣服。尹绎握住她的手，扭头看她，眼神宠溺而温柔，看得温西西又是一阵脸红。

他轻声安抚道："我没醉。"

怕打扰他们的兴致，温西西也就没有再提。倒是尹绎，一直握着她的手，再也没放开。

等杀青宴结束，其他人都喝高了，被工作人员扶着走了。而尹绎果然与自己说的一般，屹立不倒。

司机到达后，两人便上了车。平日多话的尹绎这下也没了话，只是安静地坐着，盯着前面的司机，也没怎么搭理温西西。到了酒店，两人进了电梯，尹绎全程无话，温西西心里有点紧张，于是问道："东东，你没事吧？"

"嗯？"尹绎侧着身体看了她一眼，看到她眼中的担心，不禁轻笑一声。他伸手捏了捏温西西的脸蛋，触手的柔软与温暖让他心里格外安宁。

"没事，再来两瓶你家东东也不会有事。"

见他还能这么平静地说话，温西西悬着的心才放了下来。等回到房间，温西西走到床前，边给尹绎收拾床铺边说："我去给你放洗澡水，你要不要喝醒酒汤，我……"

话还没说完，温西西只觉得有个千斤重的东西一下扑到了她背上。她承受不住这个重量，朝着床趴了上去，而那个千斤重的东西就直直地压在了她身上。

还说没喝醉？温西西被压得五脏六腑都要被挤出来了。

"东东？"温西西叫了一声。

身上的人没回应，温西西费力地翻了个身，将尹绎掀到了一边。

她爬起来，看着躺在床上的尹绎，他双眼紧闭，眉头微微皱着，似乎不太舒服。

温西西打湿了毛巾给他擦了擦脸，床头灯光很暗，尹绎的五官在灯光下显得格外柔和。温西西拿着毛巾，擦过他的眉眼，心跳也渐渐快了起来。

待擦干净以后，温西西准备从床上起来，手腕却被抓住了。她以为尹绎醒了，刚要说话，却觉得手腕被一股大力拉扯，她一个踉跄，趴在了床上。尹绎干净利落地将她往怀里团了团，双臂紧紧地箍住她。

温西西愣了一会儿，反应过来后，感受着尹绎在她颈窝间的呼吸，瞬间软了下来。

尹绎现在是喝醉了，她不能这样占便宜。温西西面色潮红，挣扎着想起来，但以她的力气哪里是尹绎的对手。

她低头看着尹绎，男人还睡得一脸安静，她无奈一笑，放松身体，盯着尹绎的脸，轻声问："你知道我是谁吗？"

"嗯。"尹绎闭着眼睛慵懒地应了一声，"西西味道的毛毛虫……喜欢。"

温西西心里骤然一松，像是积蓄了足够力量的花瓣，在一瞬间绽放开来。

尹绎将她紧紧抱在怀里，当成平时睡觉时抱着的毛毛虫，温西西自知挣脱不开，索性不再挣扎。温西西听着尹绎越来越平稳的呼吸声，想起了先前他说的话——有女朋友了，谁还抱着毛毛虫啊。

所以，他以后就是这样抱着他的女朋友吗？

想到这里，温西西心里有点酸涩，又有点高兴，既矛盾又复杂。酸涩是因为想到尹绎会有女朋友，高兴是因为现在他的"女朋友"是她。能提前感受到尹绎作为男朋友的体贴和温柔，温西西觉得自己一点也不亏。

在尹绎呼吸声的催眠中，温西西的眼皮也越来越重，最终意识模糊地睡了过去。

秋日的早上，空气中透着清新与舒爽，怀中抱着毛毛虫，尹绎这一觉睡得格外踏实。他酒品挺好，喝醉后不怎么说话，睡一觉就行了。

尹绎动了动身体，感受到了怀里"毛毛虫"那非同一般的重量。他低下头看了一眼，看见了怀里正熟睡的温西西，原本因宿醉而皱起的眉瞬间舒展开，棕眸中泛起笑意。尹绎全身放松下来，安安静静地看着怀中的人。

温西西睡得安稳香甜，整张脸都窝在尹绎怀里。她睡觉时和平日一样没有防备，全身放松，像一只趴在树上抱着松果的小松鼠。尹绎心里一软，伸手想要戳她一下，但又怕把她戳醒了。只是听着她软软的呼吸，尹绎的心情就愉快起来。

被盯着看了半个小时，温西西眉头微微皱了一下，轻哼一声后睁开了眼。她眼里迷茫一片，眯着眼看了一眼头顶的男人，确认是尹绎后，她嘴角一抿，伸出双臂将尹绎搂住，轻轻地蹭了两下。

做梦梦到和尹绎睡在一起，这么好的美梦，她不要醒过来，她要再做一会儿。带着这些小心思，温西西快激动得睡不着了，自己怎么会做和尹绎睡在一起的梦？就算平时对尹绎有所觊觎，也不能做这么不害臊的梦啊。

温西西迷迷糊糊地笑出了声，这时头顶也传来一阵轻笑声。温西西又蹭了两下，然后在电光石火间清醒过来，她一激灵，迅速从尹绎的怀里弹开了。尹绎抱着她的力量很大，温西西没能挣脱，她惊恐而慌乱地望着尹绎，也不知道怎么想的，先将自己嘴角的口水擦了擦。

"东东。"温西西欲哭无泪，昨晚她怎么就在床上睡着了，不是想着占会儿便宜就走的吗？

"放开我。"温西西嗫嚅着，有些心虚。

尹绎不但没放开她，反而抱得更紧，两人的身体更加亲密地贴在了一起。温西西面红耳赤，脸红得都快要滴出血来了。

"我的床是你想上就上、想下就下的吗？"尹绎淡淡地问。

温西西一下慌了，觉得尹绎说的"想上就上"是在暗示她占他便宜。温西西晃了晃神，将思绪捋清楚，解释道："昨晚你睡着了，把我当成了毛毛虫，抱着我不撒手，我没办法……一不小心就睡着了。"

"我不撒手，你就不走了？"尹绎语气平静，眼中带着宠溺的笑意，"那我现在也不撒手。"

尹绎说完，没等温西西说话，轻轻地翻了个身，将她带到平躺着，他双臂撑在她身侧，腾空趴在了她身上。

温西西瞪大了眼睛，看着尹绎嘴角带笑地慢慢朝着她靠近，心慌意乱地发现她根本抵抗不了。

尹绎并未在她身上趴多久，他伸手将她旁边的手机拿过来后，重新侧躺在了床上，还不忘将准备趁机溜走的她重新卷进怀里。

"我看看今天的娱乐新闻。"尹绎说着，打开了娱乐新闻的客户端。

温西西哪里还有心思去关注什么新闻，她应了一声后，对尹绎说："那……那你先看新闻，我去给你做早餐。"说着，她又是一番挣扎。

尹绎游刃有余地圈着她，盯着屏幕说："出来了。"

温西西感觉自己的心都要跳出来了，"咚咚咚"地敲着她的胸膛，她自己的耳膜都要被震破了。不能让尹绎感觉到，温西西努力地平复着心跳。

这时，尹绎突然大声一喊："惊！"温西西被吓得一哆嗦。

尹绎轻笑着念了出来："可口小助理竟在半夜爬上明星的床。"

怀里人僵硬了一瞬，才吞吞吐吐地辩解道："不……不是爬的。"

"哦。"尹绎淡淡地应了一声，随即说道，"那……惊！"

温西西真的快被尹绎吓出心脏病了，只听他又念道："明星半夜留宿可口小助理，睡醒圈住不让走。"

温西西眨眨眼，看着尹绎说："标题是不是太长了？"

这次换尹绎无语了，他将手机放到一边，垂眸对上温西西的目光，半晌才道："这是重点吗？"

温西西眨了眨一双无辜的大眼睛，尹绎看得心痒，将手松开后，捏了捏她的鼻子，温声说："去做早餐吧，再不做早餐，我怕是要吃你了。这小耳朵，这小脸蛋，这小鼻子……肯定很可口。"

"好！"温西西赶紧从尹绎怀里滚了出去，在尹绎动口吃掉她之前，跑出了尹绎的卧室。

望着"小松鼠"仓皇逃跑的背影，尹绎躺在床上轻轻地叹了一口气——等她一点点熟透，一定要把她吃得骨头都不剩。

02

《百里香》进入后期制作阶段后，主创们便一起参加电视剧的宣传。最后一个宣传是一个访谈类综艺节目，主创们一起参加，访谈与游戏结合，是《百里香》首播卫视的王牌综艺。

在录播之前，尹绎化好妆，带着温西西去了休息室。《快乐消消乐》

他都通关了，现在负责给温西西收尾。温西西玩两天都过不了的，他就帮她玩一下。在休息室里，看着尹绎十分轻松地过关，温西西既钦佩又崇拜——尹绎不仅长得帅，双商高，游戏还玩得这么好。

将手机递给温西西，尹绎自然地接受着温西西的膜拜，笑着说了一句："你数学这么差。"

温西西接过手机，看着下一关游戏的界面，应声说："对啊，从小到大我数学都差。不光数学，物理和化学也很差。所以我才学的中文，本想着考研不用考数学的。"

上大学的时候，温西西也曾想过考研究生。但是后来，上学的学费贷款她都快还不起了，也就打消了考研究生的想法，老老实实地找了一份工作。

尹绎没有问温西西为什么没考研，其实不用问他心里也清楚。抬眼瞧着温西西，尹绎突然问了一句："你中秋节去哪儿过？"

尹绎最近工作不多，有两部电影都是中秋节后开拍，另外还有三个代言正在谈。节前工作少，尹绎准备给自己放几天假，他好些年没在家过中秋节了，他妈已经不乐意很久了。

中秋节本就是个团圆的节日，尹绎想，温西西会去哪儿，会不会在自己的小屋子里闷一天？想想她以前都是这么过来的，尹绎心中像是过了一下电，有一丝心疼。

"不知道。"温西西说。

"你们家的饭桌是什么样子的？"尹绎突然问。

"啊？"温西西茫然地看了尹绎一眼，"圆桌。"

"我家吃团圆饭用八仙桌，我爸、我妈和我各坐一边。"尹绎眸中带着一丝轻笑，伸手捏了捏她的脸，笑着问道，"你要不要去坐剩下的那一边？"

温西西愣了一下，脸悄然变红。尹绎说这话，就好像两人是真情侣，现在要带着她回家见父母一样。

温西西还未说话，导演派人过来叫人了："尹绎准备上场了。"

尹绎从座位上站起来，温西西起身给他整理了一下衣服，两人跟着那人一起进了录播厅。尹绎一上场，引起粉丝一阵尖叫。摄像师也给了温西西一个镜头，尹绎随着镜头看过去，眼神温柔得能掐出水来。

温西西与尹绎对视，想起尹绎刚才说的话，心里泛起丝丝甜意。刚才两人的谈话被打断，她都没仔细体会尹绎那句话到底是开玩笑还是真心。

若是开玩笑该如何，若是真心该如何？温西西望着认真做着访谈的尹绎，思绪像是被一个小发卡卡住了。

访谈结束，接下来是中场休息时间。尹绎朝着场下走了过来，温西西的心微微提起，有些粉丝已经跑了过来，想要找尹绎签名或合影。

"大家坐好。"现场工作人员维持着秩序。

尹绎冲着大家笑了笑，然后牵着温西西的手进了休息室，准备将刚才没有说完的话说完。

谁料两人前脚进了休息室，周然后脚就跟了进来。尹绎回头看到周然，眉头几不可察地皱了一下，将温西西拉到了身后。

温西西不明白尹绎为什么将她藏在身后，她从尹绎身后探出头来看了一眼，当看到周然的神色时，顿时就明白了。

比起在剧组的时候，周然的脸色更差了。他的皮肤本来不是特别白，但是现在他脸上透着病态的白，化妆都有些掩盖不住。

此时，周然气愤地看着尹绎，似乎与他有不共戴天之仇。在《百里香》的宣传中，两人虽然不说有多友好，但也一直客客气气的，周然今天这是怎么了？

周然脸色紧绷，看着尹绎，既气愤，又有些绝望。

尹绎不太喜欢他，客气地道："这是我的休息室，周先生您的休息室在隔壁。"

"尹绎。"周然打断了尹绎的话，他的声音都在颤抖，似乎是气愤极了，"你以为自己很牛是吧？你这么牛，自己去找代言接剧本啊，凭什么老是截和我的东西！"

周然现在虽然已经迈入一线的门槛，但与尹绎相比还是有些距离，尹绎再怎么闲也不可能去截和他的东西。周然是不是误会了？还是他的精神……有些问题？

休息室里气氛紧张，温西西想要打圆场，对周然说："周先生，您是不是误会了？尹绎的剧本和代言都是公司签……"

温西西还未说完，就觉得自己跟玩偶似的被尹绎拎起来放到了一边。

工作人员来通知演员准备录节目，刚进休息室，就脸色一变，立刻关上门往外跑："尹绎和周然打起来了！快叫救护车！"

温西西觉得周然有些不太正常，不管是精神还是身体。他眼神狂乱，出拳虚软无力，尹绎几乎毫不费力便将他制服了，他还想打，尹绎也没再忍，回了他两拳。谁料尹绎两拳下去，周然跟跄倒地，再也没有起来。

温西西被吓了一跳，急忙过去想看看，却被尹绎拉住了。不一会儿，外面进来了人，除了最开始那个工作人员，还有周然的经纪人和助理。

周然的经纪人叫陈友，是拍摄完《竹峰》后才换的。陈友先前带过不少明星，处理事情干净利落。进门后，他和助理扶着周然，二话不说就往外走。

那个工作人员见周然没了意识，随即拦住他们，劝慰道："我刚叫了救护车，还是送医院吧。"

陈友本就烦躁无比，现在被拦住，更是无名火起，冲着工作人员大吼道："滚！"

工作人员是个小伙子，刚上班不久，被吼了后，尴尬得脸一下就红了，随即让开了些。

现在这番场景，若是让陈友将周然带走，那尹绎真是跳进黄河也洗不清了。温西西追上去，喊了一句："还是等救护车来吧，去医院检查一下。要是我们家艺人的责任我们不推卸，不是我们家艺人的责任，我们也是要讨回公道的，因为是周先生先动的手。"

温西西站在陈友身边，神色不乱，逻辑清晰地说完。站在她身后的尹绎看了她一眼，眼中带着些笑意。

陈友本想吼开温西西，但在看到尹绎后，终究还是压下了怒火。他组织了一下语言，最后说道："是周然的错。他最近压力太大，容易动怒，精神也比较容易崩溃。今天他先动了手，真是不好意思了，我在这里先给你们道个歉。等他身体好些了，再亲自向您道歉。"

陈友的态度让温西西觉得有些奇怪。按理说，周然今天明显已经碰瓷成功，陈友为什么会迫不及待地想走，就像是怕救护车来将周然拉走一样。周然现在处于昏迷状态，难道不应该看医生吗？

她刚要发问，尹绎就拉住了她，陈友和助理架着周然横冲直撞地离开了。

温西西回头看着尹绎，心里有些慌乱，几个工作人员看着他们，然后识趣地走了。

温西西叹了口气，担忧地道："好多人都看到了，周先生他们就这么走了，要是有人煽风点火、添油加醋地乱说一通，到时候肯定会有人说你仗着名气大欺压同公司男演员。"

尹绎伸手揉了揉她的头发，笑着说："你帮我解释就行了。"

被尹绎这么一说，温西西便觉得自己刚才没发挥好，她低着头说："我嘴巴笨，解释不好。"

尹绎将胳膊搭在她肩上，男人的气息一下子笼罩着她。温西西心里一抖，就听尹绎温声说："不笨，我们家西西聪明着呢。"

温西西笑了笑，问尹绎："你是怎么知道的？"

尹绎眼睛微眯，目光在她的双唇上流连，他身体轻轻压下去，与她平视，一双棕眸性感迷人："我亲了好几次，你说我是怎么知道的。"

温西西："……"她就不该多嘴问。

节目录制完成，两人回了家。查雯知道录制过程中发生的事情后，便从公司跑了过来。事情发生时，只有台里的几个工作人员在场，比较好封口。尽管如此，查雯还是生气了。她一到，就先劈头盖脸地把尹绎骂了一顿。

"你为什么跟周然打架？打架上瘾了？别做明星了，你扛着大刀混社会吧，大侠。"

查雯神色冰冷，温西西直犯怵，但想着尹绎没错，还被这么骂，她咬咬牙，叫了一声查雯。

"查姐，是周然先动的手。"温西西不说话还好，一说话，就把火力引了过来。

查雯立马将枪口对准她："周然先动手，也不能打架。周然先动手，你就上去让他打你。助理不但要保护艺人的安全，还要保护艺人的形象。

这些你都做不到，算什么助理？"

查雯这么一说，温西西越发觉得内疚，尹绎却微微变了神色："查雯，别这么说话。"

查雯一记眼刀飞过来，尹绎毫不在意。他知道查雯是为了自己好，所以在查雯说他的时候他没搭腔。但牵扯到温西西，他就不能沉默了。

见尹绎维护自己，温西西更内疚了，赶紧说道："不是的，查姐说得对，我是助理，这是我的工作。"

尹绎见她被吓得不轻，也内疚得不行，便笑道："什么助理？你是我女朋友，也是我的小公主。"

查雯气得七窍冒烟，这个尹绎该不会把这段感情当真了吧？

　

这件事就这样不咸不淡地过去了。中秋节前两天，尹绎和他妈叶一竹通了电话，确认第二天回家。挂掉电话后，尹绎起身去了厨房，温西西正在为他做晚餐。

厨房里，锅内蒸汽顶着锅盖，发出细微的声响。温西西穿着围裙，简单地扎了个丸子头，露出光洁的额头。她正在切着蔬菜，听到蒸汽顶锅盖的声音后，便跑过去看了一眼，确认无误后，又继续切蔬菜。

在她准备将晚餐装盘时，兜里的手机突然响了。温西西用厨房纸巾擦了擦手，将手机拿了出来。看到来电显示时，她神色复杂地笑了笑，随即接通了电话："喂，干爹。"

站在门口的尹绎眸光一动，朝她走了过去。

电话里，有个声音低沉的男人在交代着什么，温西西轻声应着，然后道："好，那明天见。"

这时，蒸汽顶锅盖的声音更大了，她神色一慌，刚要跑过去，就发现尹绎站在那里，将火关掉了。

见尹绎进了厨房，温西西冲他一笑，眼角弯弯。以为尹绎是饿了才来厨房，温西西加快手上的速度，并说："马上就好了。"

"嗯。"尹绎轻声应道，然后走到温西西身后。温西西刚要转身，突然觉得肩膀有些重，微一侧脸，对上了尹绎的脸。

温西西刚要说话，尹绎却先问了一句："你干爹是谁？"

温西西继续切手上的菜，笑着说："我高中的时候，我父亲公司出事，差点破产。我继母找的算命先生说我命里克我父亲的财运，所以他们把我送到Y市的干爹那里寄养。我高一下学期就去了Y市。"

尹绎心里一疼，双手伸到温西西的腰间，身体渐渐站直，双手扣住，从背后将温西西抱住了。

温西西切着菜的手一顿，心一下提到嗓子眼里，她努力平复着呼吸，半晌后说："怎……怎么了？"

"安慰安慰你。"尹绎说着，将温西西搂得更紧，下巴搁在她头顶上，轻轻地蹭了两下。

温西西有些哭笑不得，她将刀放下，把菜装进盘子，轻声说："其实我干爹对我挺好的，去了Y市的高中后，我还认识了一些朋友，他们都不知道我妈……"

说到这里，温西西顿了一下，擦了擦手后，抬手摸了摸尹绎的脸，笑着说："真不用安慰我。"

尹绎将脸往她手里凑了凑，边凑边说："我安慰我的，你不用管我。"

温西西一噎，那她怎么做晚餐？

待尹绎安慰够了，温西西将最后一个菜做好，两人一同去了餐厅。

温西西最近做的饭菜都挺合尹绎的胃口，她现在也不会特定地放尹绎不喜欢的东西，反正只要营养均衡就行。

看尹绎吃得开心，温西西心里也挺愉快。等尹绎吃完，温西西边收拾碗筷边说："你这次回家待几天？"

尹绎一年回不了几次家，刚好现在有时间，就想着多待几天。但想想这几天看不到温西西，尹绎也不知道自己会待几天，只是说："怎么了？"

温西西冲他笑了笑，说："我不在你身边，你别太挑食了啊。"

尹绎淡淡地应了一声，然后看着温西西，没再说话。

温西西被他看得心慌意乱，连忙拿着碗筷去了厨房，再出来时，发现尹绎正低头看着手机，神色比起刚才似乎更不开心了。按理说，尹绎这么久没回家，回家应该挺高兴啊。这几天，他妈妈一天打来好几个电话，尹绎每次都和他妈妈聊得挺开心的。

温西西切了些水果,端过来放在桌子上,问道:"你怎么不太开心?"

尹绎将视线从手机上抬了起来,温西西一晃眼,看到尹绎正在看机票。尹绎回家的机票早就订好了,他是要自己订回来的机票吗?

温西西刚要询问,尹绎先开了口:"团圆的节日要和你分开,开心不起来。"

温西西眸光一动,话卡在嗓子眼里,心里泛着丝丝甜意,望着尹绎笑了笑。

怎么办?好像还没分开,她已经开始想他了。

03

第二天,司机将温西西和尹绎送到了机场。尹绎家在 B 市,温西西回 Y 市,一南一北。温西西的机票是尹绎让工作助理订的,跟着尹绎福利是真的不错,飞机都坐头等舱。

温西西睡了一觉,再睁开眼时飞机刚好落在 Y 市机场。她拿着行李下了飞机,到了出站口后,刚一开机,就看到了干爹发来的短信。

她一抬眼,就瞧见了前面站着的人。

那人四十多岁的年纪,清瘦俊朗,穿着一身样式简单的单衣。他长相颇为出众,虽也能看出些沧桑,却更添了魅力。

温西西将手机收起,走到他身边,闻到了一丝中药味,她笑着叫了声:"干爹。"

温西西的干爹有个非常好听的名字,叫乔亭南。乔亭南在 Y 市一个风景宜人的小镇上开门诊做中医。他性格寡淡、沉默少言,温西西与他的关系不好不坏,甚至现在也还带着些客气。

高一下学期时,尽管遭受着校园冷暴力和家庭冷暴力,但温西西仍对来 Y 市上学有所抵触。后来得知乔亭南的妻子是她妈妈生前的好友,在只有这一丝丝的联系中,温西西到了乔亭南家。

乔亭南的妻子安鸾确实是温西西母亲的好友,可在温西西来之前不久去世了。刚经历丧妻之痛的乔亭南比以前更加寡言,温西西带着行李找到镇上的诊所时,他正在坐诊。他只抬眼瞧了瞧她,说了句:"房间收拾好了,在二楼,你先上去吧。"

温西西有些害怕，局促不安地站在原地。

诊所里的病人看着温西西，问乔亭南："这个小姑娘是谁啊？"

乔亭南边给病人把脉，边道："我干女儿。"

这么一句话，就确定了两人之间的关系。温西西现在想想那时候自己也是心大，就因为乔亭南这么一句话，她便拎着行李上了二楼，并且住了下来。

当时的温西西对坏人并没有什么印象，她只觉得乔亭南坐诊时沉着温和、耐心妥帖，比温作延更有父亲的样子。而且医者仁心，做中医的人心不会太坏。

听到温西西的声音后，乔亭南回头看了一眼，面上没露出明显的笑意。他伸手接过温西西手上的行李，说："走吧。"

两人平时相处的模式就是这样，几乎没什么对话。乔亭南话不多，但照顾人很细心。温西西在这里生活了两年多，从没提过要求，但同学们有的东西，乔亭南都会给她准备一份。上大学时，乔亭南还给她转过学费，但温西西还了回去。

上大学时，温西西在寒暑假会来乔亭南这里住些日子，帮忙打打下手。工作后，每逢节假日她也会回来。因为买不起机票，她只能坐绿皮硬座，从 S 市到 Y 市要十二个小时。

对于她的到来，乔亭南表现得很平静。温西西知道自己是无家可归的孩子，乔亭南肯收留她两年半已经是仁至义尽。所以，她其实不太想来麻烦他。但这次，乔亭南主动打电话给她，温西西心里觉得诧异的同时，也感到很温暖。

毕竟，除了白琴别墅和在 S 市的那套房子，她最有归属感的地方就是乔亭南的小诊所了。

"您不用过来接我的，我可以坐大巴回去。"温西西边说边系好安全带。

"和他们预约了两点。"乔亭南说完，看了一眼时间，"不晚。"

温西西"哦"了一声，没再说话。

乔亭南的诊所所在的小镇位于 Y 市的郊区。一个小时后，车子离开繁华都市，进入了景色宜人的镇子。小镇四周开阔，有几座丘陵。Y

市四季如春，青山绿水，蓝天白云，不染纤尘，犹如桃源仙境。

再次回到这个地方，温西西呼吸着新鲜空气，心情也好了不少。

小镇的建筑风格很统一，均为白墙灰瓦，边上是一条长河，河上有个堤坝，现在这个时间，有妇女在堤坝上洗衣服。

乔亭南的门诊在小镇的外围，就在河边，是三层独栋小阁楼。一楼是门诊，二楼居住，三楼放杂物，整个阁楼的装修格外简约，看着有些陈旧。

两人回来得还是稍微晚了些，一开门就有病人来了，乔亭南没随着温西西上楼，将衣服换好后，就坐下开始看诊。

温西西回到房间放下东西，床上是简单的被褥，床头的木柜上放着洗好的被罩和床单。把带来的东西简单地收拾了下，温西西就下了楼。

乔亭南正在给一个病人做推拿，他穿着白大褂，额头上出了些汗，袖口处露出一截手腕，关节十分漂亮。

趴在床上的病人看到温西西，"哎哟"了一声，热情地和她打招呼："西西回来了。"

"嗯。"温西西温和一笑，去盥洗池洗了手，然后对另外一个病人说，"我来帮您吧。"

乔亭南是推拿高手，温西西跟着他学了个七七八八，虽然不如他技术好，但也能准确到位。病人见是温西西，也没客气，直接躺下了。

温西西刚来的时候，和乔亭南一天说不了几句话。不过，乔亭南待她确实不错，虽然精神上没什么抚慰，但物质上从没有短了她。她知道自己是个吃闲饭的，也没什么本事，有时候见乔亭南忙不过来，就想着跟乔亭南学些手艺，也能在他忙的时候帮上一把。

温西西要学手艺，乔亭南也没拒绝，偶尔她放学回来，他就不咸不淡地教一些。好在温西西学得快，很快就能帮上忙。

温西西照顾的病人是个四十多岁的女人，乔亭南很注意这一点，不会让温西西给男人做推拿。他是医生，男女不用避讳，温西西只是帮忙的，又是小姑娘家，还是要避讳这些。

"好久不见，西西，出落得越发标致了。"病人趴在床上，夸了温西西一句。

温西西被夸得抿唇一笑，羞赧地说："没变样。"

病人又是一笑，抬头对乔亭南说："乔医生，西西年龄不小了吧，该给她找个婆家了。"

温西西闻言，激动得手一抖，瞪大眼睛看着那个病人。

乔亭南淡淡地看了一眼温西西，眸中闪过些什么，但终是没说话。他平时就不怎么说话，没回答病人也没觉得冷场。

"爸爸都不急着找老婆，着急女儿出嫁做什么。"乔亭南手下的病人笑着打趣道。

说起来，乔亭南的妻子安鸾去世后，他就一直鳏居。他人长得好，手艺也不错，还开着诊所，找他提亲的人多的是，但乔亭南都没有同意。

乔亭南脸上也没露出笑容，只是看着温西西手上的活干得差不多了，对她说："你上楼休息，过会儿我去做饭。"

作为一位中医，乔亭南平时很注重养生，晚饭吃得较早，一般在下午四点到五点左右。

温西西听了乔亭南的话，将手上的活干完后，就拍拍手去盥洗池洗手，说："我去做吧，您先忙着。"

诊所后面有个小庭院，院子里种着当季的蔬菜，今天温西西回来，乔亭南已经提前把菜都摘好了。温西西看了一眼后，就着手开始做饭。给乔亭南做饭要比给尹绎做饭轻松得多，乔亭南不挑食，对他来说，味道是其次，营养一定要均衡。

一进厨房，温西西就想起了尹绎。看看时间，尹绎应该已经到家了。她回来后没有给他打电话，不过他也没联系她，估计现在正忙着吧。

正在煲汤的时候，尹绎的电话打来了。

尹绎回家后，被叶一竹拉着聊了一会儿，刚腾出些时间，就给温西西打电话。听到手机铃声，温西西赶紧擦了擦手，拿出手机看了一眼，随即一笑，按了接听。

"喂。东东。"温西西的声音里带着笑意。

叫完之后，温西西自己都愣了一下，她能感受到自己语气里的期待，心随即一慌，赶紧问："有什么事吗？"

尹绎给她打电话，应该是工作上的事情吧。

"嗯。"电话那端，尹绎淡淡地应了一声，"我来查查岗。"

温西西一愣，她现在在休假，还要做什么工作吗？

"什么岗？"温西西茫然地问。

沉沉的笑声从听筒传进耳朵，刺激着耳膜，尹绎说："查女朋友的岗，分开的这几个小时，你有没有好好想我？"

尹绎的声音清亮，带着慵懒的磁性，像是在她心上浇了一层水，她心口上有一株小草，破土而出发了芽。

温西西站在厨房里，想着尹绎的脸，听着他说话。她抿唇笑了笑，低头盯着脚尖，说："嗯，兢兢业业地想着。"

电话那端又是一声轻笑。

温西西的心在飘，被尹绎笑得嘴角都压不下去，她盯着锅，听尹绎问了一句："在做什么？"

她将锅盖掀开看了一眼，然后调小了火，答道："做饭呢。"

"做的什么？"尹绎问。

温西西看着厨房的菜，说："菌菇汤和清蒸鳜鱼。"

报完菜名，温西西以为尹绎会说她，却没料到尹绎只是淡淡地笑了一声，说："都是我讨厌吃的菜，但只要是你做的，听着菜名就想吃。"

这是对她厨艺的褒奖啊，温西西被夸得心里喜滋滋的，说："那我回去给你做？"

"嗯。"尹绎笑了笑，"我随便说说，你别当真。"

"哈哈。"温西西笑了出来，"你呢，今天有没有好好吃饭？"

"嗯。"尹绎应道，"你说的话，我都好好记着呢。"

"五好男友？"温西西问完，脸随即一红。虽然之前她和尹绎经常开玩笑，但没想到自己竟然脱口而出这么一句话。

她正慌张，尹绎开了口："我喜欢这个名字。"

温西西抿抿唇，一抬头看到乔亭南站在外面，她一慌，对尹绎说："我们要吃饭了，吃完饭再跟你说。"

尹绎轻声应了，温西西挂断电话，对乔亭南说："马上好了。"

乔亭南脱了白大褂，只穿着衬衣，他站得笔直，身材颀长，身形挺拔，犹如一棵大树。

"不急。"乔亭南挽了挽袖子,说,"我来帮忙。"

乔亭南鳏居日久,做得一手好菜,但比起温西西来还是差了些。吃过饭后,温西西将碗筷收了,乔亭南则下楼继续看诊。

温西西见尹绎没再打来电话,便也下楼去帮忙。这么一帮,就忙到了晚上。太阳落山,炊烟渐起,乔亭南关了门,和温西西一起回了二楼。

明天就是中秋节了,温西西想着明天的团圆饭菜式,以及明天发一条微博,艾特(@,网络上呼叫他人的方式)一下尹绎,不知道尹绎会不会回复她。回过神来后,温西西立刻甩了甩脑袋,心里有些慌——若只是粉丝对偶像的喜欢,不会到朝思暮想的程度吧?

从与尹绎在一起的环境跳脱出来,温西西的思维也开阔起来。她回忆着两人平时的相处,想着尹绎对她说的话,对她做的动作……总觉得有什么想法马上就要跳出来。

就在这时,手机铃声响起,温西西拿过手机,见"尹绎"两个字在屏幕上跳动。

从她回来后,尹绎已经打来两个电话了,不是问工作,而是与她闲聊,就像情侣之间那样。闲聊是想缓解思念,可听着对方的声音,更加思念。

手指在屏幕上来回动着,温西西正要接的时候,门外传来敲门声。她停下动作,抬头看着门。乔亭南沉静如水的声音在门外响起:"西西,方便吗?我有些东西要你看一下。"

"哦,来了。"温西西放下手机,起身去开了门。

乔亭南没在房门前等她,温西西出去时,就见乔亭南坐在客厅,他面前的木桌上摆了个方形盒子。看得出盒子有些年岁了,乔亭南将盒子打开,见温西西过来,便冲她说:"我前些天收拾阁楼时找到了这个,里面有些关于你母亲的东西。"

温西西走到桌子前,乔亭南把东西拿了出来,解释说:"我以为是我妻子的东西,所以打开看了。"

温西西一愣,随即说道:"没关系。"

乔亭南看着她,没再说话。温西西接过他手上的东西,看了一眼。盒子里是两张照片,还有几封书信,封面上写的是"安鸾收"。

关于温西西的母亲，乔亭南知道得不多，他只知道是安鸾的好友，后来嫁到了S市，两人的联系就渐渐少了。

"是书信。"温西西看着封面上娟秀的小楷，心里出奇地平静。她从记事起就没见过母亲，现在看着她的书信，也生不出多少感慨。

"能打开看看吗？"这是与他们两人都有联系的东西，乔亭南和她客气，她也和他客气。

"可以。"乔亭南说。

温西西打开书信，几封信都很简短，看得出她母亲的性格与她差别很大。书信内容多是诉说对对方的思念，以及最近做的事情，看时间已经是将近三十年前的事了。

最后的落款是温西西母亲的名字，曾冉。

"我刚知道我妈叫曾冉。"温西西觉得有些不可思议，抬头冲乔亭南笑了笑。她将另外几封信也拆开看了，然后想起李娇先前给她的日记来。

"若是你问我，我会告诉你。"乔亭南说，"这些我还是知道的。"

温西西将书信收好，盒子里还有一些小玩意，多是手工做的。乔亭南垂眸看着那些小玩意，神色温柔下来，眼神中带着些思念。

"这是我妻子给你母亲做的，她也有。"乔亭南说，"她说你母亲喜欢这些小玩意，但性子太急没学会。她学会了，就会做两个，一个自己留着，一个给你母亲。"

由此可以看出，安鸾真的很珍惜曾冉这个朋友。

"你虽是曾冉的孩子，却与阿鸾的性子差不多，很温暾。"乔亭南第一次提起他去世的妻子，话里带着思念和温柔，平日没什么表情的脸上也多了些柔和的神色。

"我妻子是在福利院长大的，从小没有安全感，非常胆怯自卑。你母亲与她性子相反，自信大胆，而且喜好出头。自卑的人往往崇拜和自己截然相反的人，一来二去，两人也就成了朋友。"

温西西接过话："安阿姨的性格确实与我差不多。"

乔亭南看着温西西，眼神微动，随即将目光收回。他将盒子推到温西西面前，说："你留着吧。"

这些是她母亲写给安鸾的，但乔亭南应该也想留作纪念吧。温西西没动，只是看着那个盒子说："您留着吧。"

剩下的话，温西西没说，乔亭南自然明白。他笑了笑，笑起来时更显斯文，嘴角微微一弯，眼神也柔和下来。

"我没怎么用心保留过我妻子的东西，只在心里记着她就行了。"

乔亭南今晚和温西西说的话，比她高中两年半里说的都多。温西西有点诧异，可她对乔亭南的好奇心也不是一天两天了，便顺着这个话题说了下去。

"您很爱您的妻子。"温西西温声说，"你们在一起时很幸福吧？"

"嗯。"乔亭南的话又变少了，似乎陷入了回忆。

"所以才一直没有再娶吗？"温西西羡慕这样的爱情，不自觉地想起尹绛来，随即甩甩头，不让自己思绪跑偏。

乔亭南望着温西西，眸光微动，半晌后轻声说："一辈子爱一个人就足够了。"

对上乔亭南的目光，温西西心里一动，刚刚从脑海中甩出去的尹绛又回来了。

乔亭南站起身，看了一眼时间，说："早点睡吧，明天中秋节，要一起去买月饼吗？"

经过了一晚的谈话，两人的关系似乎亲近了一些。温西西笑着说"好"，乔亭南嘴角微抿，回了房间。

温西西则带着盒子回了自己房间。

她将盒子放在书桌上，然后将床上的手机拿了过来，上面显示尹绛的电话只来了一个。脑子里还有些乱，温西西没有给尹绛回电话，而是给他发了一条微信消息。

西西："刚才在和干爹聊天，没听到手机响，有工作吗？"

尹绛："没有，闲聊罢了。"

温西西想起今天做饭时那通闲聊的电话，还有现在这通闲聊的电话，心里有个念头悄悄萌芽，但她默默地将它掐断了。刚听了乔亭南和安鸾的爱情，脑子里的想法无限地接近爱情，温西西觉得自己应该过一晚再去思索这些事情。

04

第二天吃过早饭后，乔亭南被一个病人绊住了。温西西闲来无聊，便去了附近的河边。清晨的河里透着森森的凉气，上面笼罩了一层雾，薄薄的青石板上，清澈的水流缓缓流过。

因为纠结于对尹绎的感情，温西西的脑子仍旧有些不清醒。她看着清澈见底的河水，随即将鞋袜脱掉，蹚着水玩。河水冰凉，包裹着她的脚，刺激得她一个激灵。她笑了笑，抬起脚撩着水，河水从脚腕流淌而过。她望着河面上自己的倒影，发了一会儿呆。

因为自卑，温西西不怎么照镜子，平时也只是简单地化个妆，没怎么好好捯饬。河面上的她，高鼻梁、大眼睛，确实比一般人要好看些。想到这里，温西西愣了一下，随即脸一红，将目光从河面上移开，不知不觉中自己竟然变得这么自恋了。

是因为谁呢？自然是因为尹绎。

尹绎喜欢夸她的长相、性格、厨艺，以及一切她自己都没有意识到的东西。不知不觉间，她竟然像被他洗脑了一样，觉得自己确实很好。温西西抿唇笑起来，和尹绎在一起后，她变了很多，尹绎知道怎么待她好，像是潺潺的溪水，缓缓地流淌而过，虽不留痕迹，但将石头打磨成了鹅卵石。

相比对待她，尹绎待其他人显然敷衍得多。他是个真诚的人，喜欢的人就待他好，不喜欢的人就待他不好。温西西显然是他喜欢的，但是，是哪种喜欢呢？温西西的脑子里又乱成了一团。

"西西。"河沿上，乔亭南轻声唤了她一声。

"来了。"温西西收回思绪，应了一声后就往河边走，然而还没走两步，就觉得脚的拇指和第二指间骤然一痛。她一个趔趄，跌坐在了青石板上，衣服湿了一大片。

脚趾抽筋了，温西西反应过来后，伸手去掰脚趾，刚想抬头和乔亭南说一声，却见乔亭南从河沿上走了下来，他鞋子也没有脱，直接蹚水走了过来。

"你的鞋。"温西西提醒道。

"没事。"乔亭南淡淡地应了一句，蹲在她身边，拿着她的脚揉捏了两下。

脚趾归位后，温西西赶紧起身说："我自己来吧。"

乔亭南抬眼看了看她，沉声道："先回家换衣服，我给你捏两下。"

脚趾在凉水中抽筋实属正常，温西西也没在意，任凭它抽着，刚要起身，乔亭南却将整个背留给了她。

乔亭南身材清瘦，后背也显得瘦窄，温西西一愣，乔亭南回头道："上来。"

"没有大碍，我自己可以走。"温西西拒绝了，但她心里很感动，冲乔亭南笑了笑。

"怎么这么任性？"乔亭南拉过她的胳膊，将她背了起来，"和你安姨一样。"

到了河沿，乔亭南拿了温西西脱在那里的鞋袜。路过的人看到两人，打招呼说："怎么都湿了？"

"孩子淘气。"乔亭南回道，"玩水脚趾抽筋了。"

"那您最会治疗抽筋了。"那人笑着说了一句。

乔亭南回了抹笑，然后背着温西西回了诊所。

到了二楼，乔亭南拿了温西西的拖鞋，才将她放了下来。看着温西西湿了的衣服，他叮嘱道："先擦一下。"

"哦。"温西西懵懵懂懂地应了一声，便回了房间。换好衣服后，回想起乔亭南说的"孩子淘气"，她心中像是有一阵风吹过，起了一层波澜。

现在的两人倒有些父女的样子了。

乔亭南给温西西揉捏了半晌，他的技术很好。待温西西的脚趾舒服了些，两人便出了门，乔亭南开车，带着她去了市里的超市。

其实乔亭南不太吃甜，尤其是月饼这种甜到发腻的食物，但每年乔亭南都会买一些，因为温西西喜欢吃。这么多年过去，乔亭南还记得温西西的口味。

买好之后，乔亭南推着购物车，温西西跟在后面，走到蔬菜区。

"有想吃的吗？"乔亭南停下脚步问。

"啊？"温西西回过神，嘴角还带着回忆里的笑，"没有，都可以。我老板很挑食，平时我走到菜场附近都会去看看。"

看看哪种菜要怎么做才能更有营养，怎么做才能让尹绎吃下去。两人的斗智斗勇，简直是一部血泪史。后来，有时候温西西都能尝出些尹绎不喜欢的味道，但尹绎从没说过，每次都吃得干干净净。

只要是她做的，就算是他不喜欢的东西，他也想吃。

这是尹绎对她说过的话。

温西西又开始发呆了，乔亭南推着购物车去结账。结完账后，两人上了车，温西西刚系好安全带，就接到了查雯的电话。

温西西立即接了电话，查雯的语气很焦急，一句话就扔给了温西西一个炸弹，炸得温西西半晌没回过神来。

"周然自杀了，遗书上写是因为尹绎抢他角色，压力太大才自杀的，你现在立刻去找尹绎。"查雯说完，就挂了电话，忙音震得温西西一阵耳鸣。

她还没反应过来，尹绎的电话就打来了。温西西心里一颤，立马接了电话，焦急地说："你没事吧？"

她很担心尹绎。她现在不用上网，也知道舆论肯定一边倒地偏向周然。

"嗯。"相较于温西西的紧张，尹绎则淡定得多，他应了一声后，和电话那边的人小声说了一句什么后才对温西西说，"事情有薄衍和查雯处理，这些天你不要出来。你是我女朋友，大家的怒气有可能会转移到你身上。等事情结束后，你再回来。这些天，你好好陪陪你干爹。"

"我不。"温西西几乎脱口而出，然后她低声道，"我想去找你，我是你女朋友，更是你助理，我要回去帮忙。查姐刚打电话让我回去，肯定有我能帮得上忙的地方，即使帮不上忙，我也不会添乱，我不能做缩头乌龟。"

温西西连珠炮一般说完，尹绎听得笑了起来，然后静静地问了一句："你不听话？"

温西西心里一荡，抿抿唇，认真地说："那你不想让我去吗？"

"挺想的。"尹绎说的是实话，他现在很想温西西。现在不管是电话还是视频，都只能看只能听，既摸不着，也感受不到。

"但是，我更不想让你受到伤害。"尹绎温声说。

"我不会受到伤害。"温西西觉得尹绎把她保护得太好了，"我这个模样，没人认得出来。"

尹绎与电话那端的人说了几句话，然后才同意道："那你到S市后，从商务VIP出口出来，我派人去接你。"

和尹绎确认完毕，温西西挂断电话，对乔亭南说："干爹，我老板出了点事，我现在必须回去。"

乔亭南看了她一眼，眼中波澜不惊，只是发动车子，说："我先带你回家拿证件，再送你去机场。"

温西西心不在焉地应了一声后，就把心思放在了周然自杀一事上。

周然自杀了，可到底多大的仇恨才能让他最后也把尹绎往地狱里拉了一把？现在是不是有很多人在骂尹绎？他们会不会认为这件事情跟尹绎脱不开干系？这么大一口锅盖在尹绎的头上，会不会毁了他的前途？

自卑的人往往很消极，温西西总把事情往最坏的方向想，把自己吓坏了。

回到家，温西西拿上行李就下楼上了乔亭南的车。车都没有熄火，乔亭南又开车载着温西西直奔机场。

到了机场，乔亭南将车子一停，温西西下车时觉得有些晕头转向。乔亭南拉了她的胳膊一下，温西西茫然地抬头，眼中满是焦急。

"跟着我。"乔亭南说完，温西西就像找到了方向感一样，赶紧拽着他的衣角跟着他。

两人朝着电梯的方向走去，这时另外一辆车上下来两个女人。温西西跟着乔亭南进了电梯，那两个人也跟着进来。其中一个女人疑惑地看了温西西几眼，然后拽着另外一个人的衣服说："这不是……尹绎的女朋友吗？尹绎把周然逼死了，她怎么在这儿？"

另外一个女人点点头，刚要再看一眼温西西，结果视线就被乔亭南挡住了。温西西抬眼，乔亭南只留给她一个清瘦的背影，就像今天早上一样，虽然清瘦，但足以给她安全感。

将温西西带到休息室后，乔亭南去给她买了机票。温西西接过机票，勉强一笑，说："谢谢干爹。"

乔亭南拿了瓶水拧开，递到温西西面前，沉声说："不必和其他人辩解，现在要先保护好自己。"温西西眼神一颤，心中的无力感和担心更重了。

乔亭南又开了一瓶水，慢条斯理地喝了一口，然后看着温西西说："我平时不上网，你有男朋友了，我竟然都不知道。"

话题突然转换，温西西愣了一下，微微低下了头。她又不能告诉乔亭南，她和尹绎的关系其实是假的。

"我挺喜欢他的。"温西西抬头看着乔亭南说，"但是不知道他喜不喜欢我。"

乔亭南盯着她，半晌后说："喜欢就在一起，不喜欢去追便是。若是追不上，干爹还在。"

温西西冲他一笑，一时不知道该说什么好。

乔亭南拧着瓶盖，漂亮的手指来回转动，沉思一会儿后说："我希望我们两个人能亲近一些，别太客气了。我和你说我的事情，你和我说我的事情。我没有孩子，不会做父亲，你也要教教我。"

温西西头一次听乔亭南说这么长一段话，长到她品完每一句话时，已经到了登机的时间。

直到她的背影消失，乔亭南才收回目光，转身离开了。

温西西被人护着回到了白琴别墅，刚下车，她便心急如焚地跑上了楼。她行李都没拿，跑得额头上沁出了汗。一上楼，她刚要叫尹绎，就发现尹绎正在和薄衍说话。他坐在沙发上，依旧是一副慵懒散漫的模样，但棕眸中是少有的严肃和认真。

薄衍拿着一份文件，说："事情正在调查，叶女士说要派人来帮忙。"

"你处理得了吗？"尹绎垂眸盯着文件，"尽量别麻烦她吧。"

这本就是一口黑锅，砸在了他身上，若他现在就慌了，那岂不是有些此地无银三百两的意思。而且，他都这么大了，自己能处理的事情，绝对不麻烦妈妈。

尹绎刚说完，就瞧见了温西西，棕眸中的严肃和认真被温柔取代。他看着温西西，笑着说："西西，你回来得正好，我饿了。"

温西西心里的担忧和害怕瞬间消失了，看，她也不是全无用处嘛。现在，尹绎饿了，等着她做饭呢。

"好。"温西西应了一声，直接进了厨房。

事情处理完后，尹绎走进厨房，温西西正在试味，见到尹绎后，她将勺子一放，关了火："已经好了。"

尹绎看着做好的菜，惊讶地说："怎么做这么多？"

温西西将围裙摘掉，说："今天是中秋节。"

经她提醒，尹绎似乎才想起来今天是中秋节，他温和一笑，说："今天也不全是坏事，最起码我能和你一起吃一顿团圆饭。"

"团圆饭我每年都可以和你一起吃，这种事情还是不要再发生了。"温西西随口说道，说完后，脸一红，抬眼看着尹绎，见尹绎笑得自在，她抿抿唇说，"吃饭吧。"

两人一起将菜端到桌子上，尹绎拿着筷子开始吃。温西西时不时抬头看他两眼，后来尹绎将筷子一放，笑着问道："看不够吗？"

温西西收回目光，摇摇头说："看不够，把前些天没看的都补回来。"

尹绎棕眸微动，他被这个不甘做缩头乌龟的"小乌龟"撩了一下。看着"小乌龟"紧张地盯着自己，尹绎心里一动，说："那我吃完你再看，我吃饭的样子不太好看。"

"好。"温西西听话地将目光收了回来，也开始吃饭，动筷之前还说了一句，"今天没有你不喜欢吃的东西，你可以随便吃。"

"嗯。"尹绎应了一声，眼里盛了些笑意。

今天发生的事情虽然没有让尹绎乱了阵脚，但无辜被扣了这么个帽子，说不生气是假的。他今天窝着一肚子火处理着这件事情，温西西的出现却像两盆兜头浇下来的温水，火灭了，他心中的不快也消失了。

周然的事情对他影响很大，若是处理不好，他很有可能成为国民公敌。想到这里，尹绎将想说的话咽进肚子里，低头专心吃饭。

吃过饭后，尹绎去卧室接了个电话，餐厅里只剩下温西西。将碗碟收起来后，温西西便去客厅沙发上坐着。忍了半天，她终究没忍住，将手机掏出来，打开了尹绎的微博。

尹绎最新发的一条微博，还是前些天参加节目录制时和《百里香》剧组的互动，现在评论数已经达到了五十多万。

温西西点开评论，热门的几条已经从支持《百里香》变成了让尹绎偿命，她看得触目惊心的同时，心中又满是愤慨。

电话是查雯打来的，和尹绎商量是否请公关先转移矛头。查雯觉得他虽然无辜，但大众认为他有罪，现在的舆论完全是一边倒地指责谩骂他，若是不转移舆论焦点，那很有可能以后即使他做了澄清，也没法将舆论风向扭转过来。

尹绎打开小号看微博评论，他的评论是按照时间先后顺序排列，刚刷新出来，最新的一条与下面几条的"画风"截然不同。

一个人被讨伐的时候，其他认识的不认识的人都喜欢去踩两脚。除了第一条评论，其他几条全是骂他的。第一条评论是一个ID叫"西方归来"的人发的，内容是："请大家向尹绎道歉，他并没有做错什么，你们没有资格骂他。"

尹绎笑了笑，点开"西方归来"的微博，里面空空如也，可见是个刚刚申请的小号。他又刷新了一下，发现"西方归来"更新了一条微博，微博内容无非也是"尹绎是无辜的"之类。

尹绎留意了一下微博ID下的"小尾巴"，显示了所用的手机型号。他嘴角噙起一抹笑，切换"2525"之外的一个小号，跟"西方归来"聊起了天。

爱惜："你相信尹绎是无辜的吗？"

西方归来："他本来就是无辜的。"

爱惜："你这么做没用的，现在微博评论数都上百万了，根本没人看得到你。"

西方归来："你是谁？"

爱惜："我是尹绎的粉丝，你看我微博，全是点赞的他的微博。"

过了一会儿，"西方归来"才回复："那怎么办？我想帮帮他。"

爱惜："花钱请危机公关，把舆论风向扭转过来。"

"西方归来"很久都没有回复，显然是在纠结。半晌后，"西方归来"

才问了一句："你是骗钱的吗？"

尹绎笑出了声，他刚要回复，却看到"西方归来"又发过来一条消息。

西方归来："你要是骗钱的，我不会给你钱；你若不是骗钱的，我把我所有积蓄都给你。"

尹绎瞬间乐开了花，然后起身出了卧室。

听到开门声，温西西赶紧从沙发上站起来，她看着尹绎，小心翼翼地问："尹先生，查姐有雇危机公关吗？"

尹绎没有直接回答，他走到沙发前，捏住温西西的下巴，低头吻了上去。

男人的唇贴在她的唇上，温西西的思绪便渐渐飘远了。尹绎现在正是心烦的时候，说不定只是想吻一下求个安慰。她现在也做不了什么，但只要是尹绎要求的，她都会去做。

温西西睁开双眼，见尹绎闭着眼睛吻得轻柔而深情，她沉醉其中，觉得自己终于把感情的事情捋清楚了。

干爹说得没错，喜欢就去追，喜欢尹绎的人多了去了，追不上的人也多了去了，多她一个又怎么样？再说了，万一能追上呢？

良久，尹绎将温西西松开，嘴角微微扬起，伸手捏了捏她红彤彤的耳垂。

看着尹绎的笑容，温西西轻咳一声，觉得有些丢脸。她觉得自己不能毫无表示，于是抬头对上尹绎的双眸，坚定地说："没事，正义终将战胜邪恶。"

她小脸红扑扑的，眼神中明明带着紧张和害怕，却佯装出一副坚强的模样，还安慰他人。她的抗压能力不强，但她会假装很强。虽然心里很恐惧，但她让尹绎放心。

尹绎的心像是被小猫爪子挠了一下，又轻又痒，他将温西西往怀里带了带，担忧地说："那若是正义战胜不了邪恶呢？若是这件事情无法扭转，我被封杀，被大众唾弃……"

尹绎的话还没说完，温西西猛地抬头亲了上去，尹绎都吃惊于她的勇气。温西西回过神来后，也震惊于自己的大胆，她磕磕绊绊地说："我……我……你不能乱说。"

她是为了堵住尹绎，不让他乱说，才亲他的。温西西觉得这个理由虽然牵强，但好在也算个理由。

小乌龟说不做缩头乌龟，但总是往壳里缩，好不容易钻出来叼了一块糖，吃了一半后又缩进乌龟壳里。

真是可爱死了。

尹绎将她圈在怀里，道："正义战胜邪恶那天，我有件事要告诉你。"

他现在面临的危机实在不小。他刚刚说的虽然是最坏的情况，但谁也不能保证不会发生。若是发生了那样的事情，他就不可能和温西西在一起了，他不能因为自己伤害到她。

若是事情有转机，结果得以扭转，那怀里这只小乌龟的壳他都能扒了。住什么壳子，住在他心里就好了。

第七章
你想要我的命我也不给，因为我的命就是你啊

01

查雯和薄衍没有让尹绎等很久，两人来回奔走，一个跑派出所，一个跑娱乐媒体，压制住了舆论的同时，等来了周然是他杀的消息，警方给出了通告：周然为其经纪人所杀，遗书系伪造。

尹绎微博下的评论几乎在警方通告出来后的一瞬间就变了风向。查雯让公关编辑了一条微博，发布在尹绎的微博上。

在周然出事后，几家原本伸出橄榄枝的代言和几部电影的邀约都没了消息，现在又重新找上了尹绎。尹绎却对查雯说："先将剧本往后拖拖，我想出去放松两天。"

按理说，现在正是怒刷好感度的时候，查雯心里不太同意，可想想这几天尹绎的煎熬，确实也该休息休息。她将剧本和文件收起来，说："行，不过你得保证手机畅通，我随时能联系上你。"

"嗯。"尹绎说，"好，谢谢查姐。"

"我倒不想让你谢。"查雯怒目圆睁，但很快又将怒气收起，问道，"准备去哪儿玩？"

尹绎翻着手上的书，书中画了一只大熊猫，圆滚滚的，躺在竹林之间，格外憨傻。瞧着这股劲儿，和厨房里忙前忙后的温西西倒有几分相似。

"去个能谈恋爱的地方。"

温西西做好饭出来时，查雯已经走了。事情迎刃而解，温西西心

里自然高兴。尹绎能不被别人谩骂、误解，她也不用花上自己所有的积蓄给尹绎请危机公关了。

吃饭的时候，温西西接过尹绎手上的书，看到尹绎正在看的那一页，兴奋地说："大熊猫。"

尹绎安静地喝着汤，随后笑着问道："想去看熊猫吗？"

"想啊。"温西西盯着书说，"但是接下来工作会很忙，等抽出时间，我再去。"

"我带你去。"尹绎看着她说。

温西西盯着熊猫看了两眼，尹绎的话在她耳朵里打了个转，才钻进她的脑海，她抬起头说："真的？"

"真的。"尹绎擦擦嘴角，"我刚和查姐请了假，想出去玩，就去C市看熊猫吧。"

C市不但有熊猫，还有各种好吃的，温西西觉得那里简直是天堂。

"这……这助理的福利也太好了！"温西西感慨道，真想一直做下去啊。

"不是助理的福利。"尹绎认真地说，"是女朋友的福利。"

温西西心里一荡，脸微微一红，笑眯眯地说："我是真助理，假女朋友。"

尹绎双手交握撑在下巴上，饶有兴趣地看着温西西："要不要做真女朋友？"

温西西差点被嘴里的那口汤呛到，她睁大眼睛看着尹绎，似乎没有听清楚他刚刚那句话。

对上温西西探究的目光，尹绎嘴角微勾，用拇指擦了一下她的嘴角，笑着说："先吃饭吧。"

吃过饭，收拾了餐桌，温西西便开始给尹绎收拾去C市要带的东西。现在是十月，C市还不算太凉，温西西收拾了一些衣服后，又去床上将毛毛虫拎过来，塞进行李箱。跟着尹绎这么久，温西西已经习惯了毛毛虫的触感。

尹绎从外面进来时，温西西已经塞了半条毛毛虫，另外半截身子在外面，她塞得颇为轻松，可见箱子里还有空间。

"我还有东西要带。"尹绎淡淡地说。他拿来放雕刻刀的工具箱，递给温西西。

温西西蹲在地上，抬头看着工具箱，突然想起他上次为她雕刻的蜗牛来。木雕是尹绎的爱好，他出去度假，肯定要带着这个。

"好。"温西西接过工具箱，将毛毛虫抽出来，把工具箱放进去，然后继续拿着毛毛虫往里塞，却又被尹绎打断了。

尹绎看着行李箱，说："还有东西要带。"

尹绎进了衣帽间，半晌后，拿了件羽绒服出来。

温西西一脸无语。

尹绎看到温西西的神情，问道："怎么？"

温西西看着羽绒服都觉得热，她揉了揉鼻子，说道："C 市现在的天气还用不着穿羽绒服。"

"我怕冷。"尹绎大气不喘地说，"要是变天，我就冻感冒了。"

他盯着温西西，勾唇一笑，说："不怕我感冒？"

"怕怕怕！"温西西连声说，尹绎是她的老板，给她发工资，她怎么能让他感冒呢。不过她怎么记得刚来上班的时候，二月的天气，冷得要命，他一身单衣跑步，一点也不怕冷？

放了工具箱和羽绒服，毛毛虫是彻底没有地方放，温西西拿着毛毛虫，对尹绎说："要再带一个箱子了，不然放不下。"

"我们轻装简行去玩，带两个箱子不方便。"尹绎说。

"那怎么办？"温西西嘟囔了一句，看着行李箱，为难地说，"毛毛虫没法带了。"

尹绎对毛毛虫绝对是真爱，没有它，他就睡不着觉。他睡不好觉的话，还算什么度假啊。

"对啊。"尹绎摸了摸下巴，看着毛毛虫和行李箱，没有说话。

"我抱着吧。"温西西勉勉强强地说道。

虽然现在能将毛毛虫轻松地放进行李箱，但后面要一路抱着它，她还是有点接受不了。没等她开启自我安慰模式，这个方案就被尹绎否决了。

"不行。你最怕虫子了，怎么能让你抱着。"尹绎关切地说。

温西西有点感动，但想起刚才尹绎三番五次地让她拿着毛毛虫往行李箱里塞时，又觉得似乎哪里不对。

没等她想明白，尹绎就好似灵机一动地说："不如换个东西抱着睡吧。"

温西西扫了一眼房间，说道："换什么？"

她抬眼看着尹绎，等着他的回答。然而尹绎并没有说带什么，而是上下看了她两眼，随即眼神一眯。

温西西心里一抖，还未等她说话，尹绎已经开口了："什么都行，只要软一点，好看点，做饭好吃点……"

抱着睡觉跟做饭好吃有什么关系？

温西西暂且将尹绎刚才说的那个"东西"想成自己，她刚要回绝，尹绎突然说："这几天为了周然的事情，我心力交瘁，已经好久没有睡个安稳觉了。"

温西西立马将拒绝的念头压了下去，支支吾吾地道："那……那抱着我？"说完后，温西西都觉得自己真是太自恋了。

她觉得自恋，尹绎倒不觉得。听到温西西的"毛遂自荐"，尹绎摸着下巴沉思了一会儿，才说："我试试。"

尹绎是个行动派，说试试就试试。话音一落，他就朝着床边走去。他本就穿着棉质的家居服，脱掉拖鞋后，直接躺在了床上。

他侧躺着看向温西西，拍了拍自己手臂和身体圈起来的一小片天地："过来。"

温西西有些焦虑，她已经认定自己喜欢尹绎了，那么现在两人就是狼和羊的关系——她是大灰狼，尹绎是小绵羊。偏偏"尹绵羊"还毫无危机感，在她犹豫不决时，还诱惑她："上来啊。"

既然尹绎不怕，温西西也没有客气，她起身走了过去，将鞋子一脱，然后躺在了尹绎的怀里。感受着从男人身上传来的热度，鼻尖嗅到男人身上清爽的沐浴露味，温西西的心跳开始加速了。

为了转移注意力，她小心翼翼地动了动："合适吗？"

"嗯。"尹绎淡淡地应了一声，语气中带着犹疑，手臂微微动着，似乎还在调整着最佳角度。在温西西被他来回磨蹭得面红耳赤时，尹绎放开了她，笑着说，"可以，比毛毛虫抱着舒服。"

第二天上午到了Ｃ市，两人在酒店略作休整，主要是给尹绎全副武装后，便直奔熊猫基地。

温西西是真的非常喜欢大熊猫，大熊猫毛茸茸的，憨态可掬。她甚至想过，尹绎晚上抱着大熊猫玩具睡也比抱着一条毛毛虫强啊。

看了一天大熊猫，两人一直很小心，所以尹绎没有被人认出来，温西西的心情和胃口都格外好。尹绎领着她去吃了Ｃ市的美食，撑得她肚皮滚圆。

回到酒店后，尹绎回了自己的房间。桌子上摆着雕刻工具，旁边是一堆已经完成的小动物木雕。

温西西看了一天大熊猫，尹绎也观察了一天，动态的大熊猫比静态的大熊猫要更好观察。尹绎动手开始雕刻，正刻得投入时，突然听到客厅里"咣当"一声响。

他手一抖，急忙将雕刻刀放下，走了出去。

客厅里，温西西躺在沙发前的地板上，蜷缩着身体，满头大汗地抱着肚子。

尹绎赶紧跑过去，紧张地将她抱在怀里，急急地问："怎么了？哪儿疼？"

被尹绎抱在怀里，温西西的眼泪再也憋不住了。她"哇"的一声哭出来，边哭边说："我肚子疼，我不应该……不应该吃那么多的，可是……可是钵钵鸡……太好吃了！"

尹绎又好笑又心疼，眼见着温西西疼得满头大汗，他略作思考，便将她往怀里圈了一下，手臂一用力，打横抱起她往外跑。

进了电梯，尹绎将温西西往上抱了抱，低头吻着她的眼角，轻柔地安慰道："现在就去医院，很快就没事了。"

腹内像是开了绞肉机一样，绞痛感让温西西几乎昏厥，她疼得眼冒金星，心里恐慌不已："我是不是……要死了？"就多吃了几口钵钵鸡，应该不会这么严重吧？

尹绎听得眉头一皱，恨不得伸手捏着她耳朵不让她乱说。可看着她那么疼，他又心疼得紧，终究是舍不得。电梯到了一楼，尹绎出电梯前亲了她一下，说："你死了，我怎么办？疼就哭出来，别忍着。"

　　温西西没了声音，已经疼晕过去了。

　　尹绎抱着温西西出了电梯，酒店的工作人员见状马上赶了过来，连声问："怎么了？怎么了？"

　　"派辆车去医院。"尹绎吩咐一声，几个人四下散开，着手安排。

　　上了车后，尹绎看着躺在他怀里疼得晕了过去的温西西，想着她说的是不是要死了，虽然理智告诉他这不大可能，可关心则乱，他无法保持冷静。

　　去医院不过几分钟的车程，尹绎却觉得像过了一个世纪，脑海中不断闪现着和温西西在一起的种种，思绪乱成一团。

　　到了医院，医生已经推来担架车，将温西西移到车上后，便推着往手术室跑。

　　在这个过程中，有个女医生给温西西做了检查，检查完毕后，她松了一口气。

　　"急性阑尾炎。"医生说完，便开始着手安排手术。

　　跟在后面的尹绎身上先是冒出了一层汗，而后又悬起了心，他问医生："手术不会出什么意外吧？"

　　阑尾炎不算什么大毛病，医生被他逗乐了，说："没事，你放心。"说着，医生就进了手术室。

　　手术很快就结束了，温西西随即被推了出来，转进了病房。尹绎坐在病床旁边，看着沉睡着的温西西苍白的脸，伸手捏了捏她的鼻尖。温西西皱了皱眉，尹绎这才完全放下心来。

　　经历了一场手术，温西西的气色差了些，唇色都有些白。她五官清秀，闭上眼睛后，睫毛很长，双唇微微抿着，看起来软软的。尹绎盯着看了一会儿，低头亲了上去。

　　偷吻这种事情，尹绎从未想过有一天会发生在自己身上。他是天之骄子，外貌出众，事业有成，从未爱慕过谁。可到了温西西这里，事情就不一样了。

爱情本就是这样，喜欢上一个人后，在别人面前再大的骄傲，在爱的人这里都算不得什么了。

尹绎轻轻吻着，像在爱抚着一只受伤的小动物，不带丝毫情欲，就像在舔舐着温西西的伤口，缓解着她的疼痛。

温西西觉得嘴角有些痒，半晌后睫毛一颤，睁开眼，对上了尹绎的目光。

她眨了眨眼，身体往后退了一些，尹绎抬头看着她笑，她好一会儿才反应过来，尹绎在亲她，在偷偷亲她。

温西西脸微微一红，眼神游离地看了看四周，结结巴巴地问："这……这是医院？"

"嗯。"尹绎淡淡地应了一声，"阑尾炎，不是绝症，你还活着。"

温西西："……"

她隐约记得自己说过这句话，被尹绎重复一遍，清醒着听到，顿时觉得十分窘迫。温西西干咳一声，扯着伤口有些疼，她解释道："我当时太疼了，难免胡思乱想。"

小姑娘窘迫得脸红扑扑的，一个劲地往被窝里缩，尹绎看着她，越看越觉得可爱。他轻笑一声，伸手戳了戳她的脸，温西西被戳得一抖。

"嗯，不但胡思乱想，还胡说八道。"尹绎垂眸盯着她，说道，"你说你卡里还有好几万块钱，让我取出来，密码都告诉我了。"

温西西心里一惊，瞪大眼睛看着尹绎，结结巴巴地道："真……真的？"温西西觉得这事自己还真能做出来。

"真的。"尹绎笑起来，"密码是……"

"我信我信。"温西西赶紧打断了尹绎，沉默半晌后道，"等我出了院，就去修改密码。"

"等你出院的时候，钱都被我取了。"尹绎说，"要不，礼尚往来，我把我的也告诉你？"

礼尚往来不是这么个往来法吧？

温西西认真地道："我那算是自愿告诉你的，跟你没关系。"

"我也是自愿的。"尹绎说。

188

温西西眨眨眼："为什么？"

"我想买个老婆。"尹绎微微俯身，棕眸略带笑意地看着温西西，神色认真又温柔。

"我这里不卖。"温西西一僵，低下头轻声说。

她有些害怕，尹绎似乎是往前踏了一步。可是越到关键的时候，她越是拿不准，似乎就算尹绎走到了她身边，她也总能理解成别的意思。

"你不就是吗？"尹绎伸出食指挑着她的下巴，微一用力，让她抬头看着自己。

温西西眼神躲闪，但最终还是定格在了尹绎的脸上。她没有说话，尹绎笑着问："卖吗？"

温西西揣摩着尹绎的意思，过了半晌，她也没有勇气确认，但也不想错失。她抬头看着尹绎，说："我不太懂。"

尹绎眼角一弯，低头吻上她，一触即离。他伸手托住她的脸，笑着说："小傻瓜，我爱你啊。"

心里像是点燃了一根窜天猴，温西西眼睛一眨，窜天猴"嗖"的一声上了天，在漆黑的夜空里炸开了。

温西西动了动肚子，疼痛感袭来，确认自己不是在做梦。

她双唇发抖，心肝乱颤，伸手想去抱尹绎，又将手收了回来，小心翼翼地确认道："真的？"

尹绎拉着她的手放在自己脸上，然后捏着她的鼻子说："真的。"

"那我以后想亲你都可以亲你了？"温西西问。

尹绎笑起来："对。"

温西西恍惚了一下，扭了扭头，抬眼看着尹绎，眼里盛着笑意："怎么办？我好像做了一个怪梦。"

她猜测过尹绎对她做那么多亲密的动作是因为喜欢她，但他喜欢她的概率在她看来只有亿万分之一，而如今这亿万分之一被她猜中。这种中奖的事情，一般只会出现在梦里。可是梦里她不会这么疼，也不会有这么明晰的触感。所以又是梦又不像梦，她才觉得有些奇怪。

"我说等周然的事情结束，就跟你说一件事情。"尹绎凑到温西西跟前，鼻尖抵住她的鼻尖，嘴角微勾，"我想说的就是这个。"

温西西茫然地看着他："可是你一直没说。"

"嗯。"尹绎应了一声，"我在做准备，我不想让我的告白显得太平淡。"

心里泛起丝丝甜意，温西西抬眼看着他，说："那现在准备好了吗？"

"没有。"尹绎伸手摸了摸她的脸颊，"你今天吓到我了，为了惩罚你，所以没有隆重的告白了。"

温西西闭上眼，抑制不住地想笑，笑着笑着，又睁开了眼。她认真地看着尹绎，抬头吻了吻他的嘴角，这个吻和以前小心翼翼的吻不同。现在，她真的要和尹绎在一起了，像是实现了一个梦想。

"你只要和我告白，就很隆重了。"温西西说，"我好喜欢你啊，又觉得自己配不上你。"

"哪种喜欢？"尹绎问。

温西西一愣，脸微微一红，往被窝里缩了缩，瓮声瓮气地说："就异性相吸的那种喜欢……"

两人各自心下欢喜，都想将对方拥入怀里，空气中都是绵绵爱意。

02

尹绎出门时太急，也没顾得上躲着人，他大晚上抱着温西西去医院的消息很快就被人知道了。在众人关心温西西到底得了什么病的时候，尹绎发了一张温西西抱着碗喝粥的图片，底下评论炸翻了天。

粉丝一："吃好喝好睡好，西西有东东宠着，没事，大家都散了吧！"

粉丝二："不，我要在这儿吃'狗粮'！"

粉丝四："大家就不思考一下，西西为什么住院吗？住院以后，还这么能吃……"

粉丝五："楼上，我也在思考这个问题，莫不是西西怀了小东东？"

…………

温西西喝完粥，抬眼瞧着尹绎，还在犯花痴。说实话，她甚至觉得自己现在还没醒，这个梦好长。

尹绎盯着手机屏幕，神色有些复杂。温西西望着他，问道："出什么新闻了吗？"

见温西西喝完了，尹绎凑过去，说："嗯，他们说你怀孕了。"

温西西："……"

尹绎捏着下巴，叹了口气："我这是被诬蔑了啊。"

温西西还没跟上尹绎的思路，下意识地问："那怎么办啊？"

"你真怀上就不算诬蔑了。"尹绎一笑。

温西西羞红了脸，眼神躲闪着，半晌后说了一句："未婚先孕不太好吧？"

"确实不太好。"尹绎点头，"那咱们先结婚？"

温西西："啊？"

她愣了半天才回过神，一时间心里惶惶然，也不敢抬头看尹绎。

尹绎看着手机，似乎是在回复邮件。他虽然休了几天假，但工作一直没停。现在假期即将结束，剧组开工后不等人，他也快要进组了。此时的他神色安宁，漂亮的手指在屏幕上滑动，认真的模样十分迷人。温西西掐了自己一把，虽然疼，但仍然觉得像做梦。

查看完文件，尹绎放下手机，抬头时对上了没来得及收回目光的温西西。温西西似乎被吓了一跳，赶紧将目光瞥向了一边。

尹绎微微歪了歪头，直视着温西西的双眼。温西西瑟缩了一下，又将眼睛瞥向了另外一边。尹绎一乐，拉长声调叫了一声："西西啊。"

温西西心里一跳。

尹绎起身，双手撑在温西西的身侧，低头亲了一下她的嘴角。温西西抿了抿唇，抬眼看着尹绎，勾起一抹笑。

尹绎看着怀里的小家伙，伸手刮了刮她的鼻子，柔声说："想看就看，我整个人都是你的，看两眼怎么了。"

一句话说得温西西身体酥了半边。尹绎长相完美、性格完美，什么都是完美的。这么个万人迷，现在属于她呢。温西西觉得自己快要幸福死了。

她突然想起网络上说的她怀孕的传言，也不知道怎么回事，脑子一短路，就说了出来："你长得好看，希望咱们的孩子像你。"话音落下，温西西才反应过来自己刚刚说了什么，脸腾地变得通红，又磕磕绊绊地说，"我……我没想怀孕。"

尹绎看着她羞窘的模样，心里觉得痒痒，低头在她脸上轻轻咬了一口："我倒希望长得像你。"

"为什么？"温西西有些吃惊，尹绎的颜值比她高了很多啊。

"长得像你，我才会更喜欢他啊。"尹绎垂眸轻笑，认真地道，"因为我喜欢你比喜欢我自己多得多。"

最后一句话一下击中了温西西的命门，她差点就窒息了。原来谈恋爱是这种感觉啊，周遭都是粉红色泡泡，身心内外都是糖，甜得温西西什么都不知道了。

毕竟刚做完手术，尹绎让温西西早点休息，他则睡在旁边的床上。温西西侧着身子，抬眼盯着床上的尹绎，在心里想，他怎么这么好看，怎么看都看不够。

尹绎刚闭上眼，似乎就察觉到了温西西的目光，他又睁开眼，温西西立马闭上；他闭上眼，温西西又睁开。

这样来来回回几次，尹绎这次没闭眼，温西西再次睁开眼，正对上他的双眸，眸中宠溺的笑意让温西西的心高高悬起，又重重落下，急速地跳动起来。

"睡不着？"尹绎凝视着她，笑着问。

"睡得着。"温西西说，但是她不想睡。

尹绎从床上爬起来，两人没确立关系的时候都曾在一起睡，现在竟然要分床睡。尹绎想着轻点或许没事，他掀开温西西的被子，在温西西的震惊中，躺在了她的床上。

温西西全身都僵硬了，一时不知如何是好。

麻醉似乎还未退去，温西西竟真的被催眠了一样，窝在尹绎的怀里，既安心又激动。尹绎身上的味道干净清新，她蜷缩着身体，往他怀里窝了窝。

"尹绎。"温西西轻轻叫了一声。

"嗯？"尹绎下巴抵在她头顶，微微压了一下。

"现在我想亲你就能亲你，想抱你就能抱你吗？"温西西闷声问。

心像是被针尖扎了一下，又痒又疼，尹绎拍了拍她的背，说："嗯。任何你想做的事情，都可以做。"

温西西做的是微创手术，三天后就出院了，回到了 S 市家中。尹绎有家庭医生，每天会定时来给温西西挂点滴消炎。尹绎也不去工作了，就天天在家里陪着她，陪得温西西都有点惶恐。

她知道尹绎的通告，接下来的两天，在 Q 市有部新电影开拍。尹绎似乎无暇工作，平时除了亲她抱她，就是做木雕。在温西西犹豫着如何开口时，急脾气的查雯风风火火地来了。

"在家安胎啊？明天《清秋山》开拍，你不去会耽误整个剧组的进度，自己掂量着办。"查雯竹筒倒豆子似的说完，顿了一下后，又说道，"你以前不是自诩最有契约精神吗？合同都签了，开拍时你不去，你这算什么契约精神？"

温西西听着查雯语速飞快地说了一通，一时插不上嘴。

查雯也发现了温西西的存在，先前尹绎出去玩就带着她，她做完阑尾炎手术后，他还用上了自己的家庭医生，查雯早就觉得两人的关系不对劲。

"西西，你说对不对？"查雯问她。

温西西最容易被人带跑思路，查雯一问，她怕回答慢了，忙不迭地应了一声："对的。"

她刚说完，尹绎就向她射来两道目光。

温西西小心翼翼地瞟了他一眼，尹绎无奈地看着她，看得温西西有些心虚。

"我明天过去。"尹绎也没有推托。一来，温西西现在恢复得差不多了，不用时刻陪着。二来，他也不想让查雯来回奔波，让她难做。

得到了尹绎肯定的答复，查雯看了眼时间，道："你的戏明天下午开始拍，我和剧组协调一下，你保证明天中午之前到位就行。"

警告了尹绎后，查雯就风风火火地走了。

《清秋山》的拍摄地点在 Q 市，Q 市海拔高，拍摄环境恶劣，去那里拍戏其实挺遭罪的。尹绎当时接这部戏，主要是看中了剧本，倒没觉得有多苦。本来演员就是什么戏都该演，不然算什么演员。

查雯一走，白琴别墅就只剩了他们两个人。

尹绎看着温西西，温西西好似知道自己说错了话一样，连忙站起来，边往他房间走边说："我去收拾行李。"

温西西先去了阳台，将尹绎的家居服收起来。她找了一会儿，没找到撑衣竿，伸手去够的时候，腰突然被两条手臂抱住，身体一轻，腾空而起，她"哎呀"一声，回头看了一眼。

尹绎从背后抱着她，抬头看着衣服说："我要那件白色的。"

温西西收回心思，赶紧将那件白色的取下来。她扭了扭身体，想让尹绎放她下来："我太重了。"

尹绎果然将她放了下来，并且在她去找撑衣竿的时候，双臂伸直，双手按在玻璃窗上，将她圈在了怀里。外面是一片碧海蓝天，温西西贴靠在大大的落地玻璃上，似乎能感受到海浪的气息。

"有契约精神，嗯？"尹绎一副秋后算账的模样，额头抵住温西西的额头，让她直视着自己。

温西西想要开口说话，却被尹绎一个轻吻堵住了。小可爱眼睛睁得溜圆，尹绎笑着离开，继续问道："帮着别人对付你男朋友，嗯？"

温西西心如擂鼓，手里攥着白色的T恤，双腿微微一弯，为自己辩解："工作不能耽误啊。"

"工作干什么？"尹绎笑着问。

"赚钱……"温西西脑子卡壳了，"给我们发工资。"

刚说完，温西西就觉得自己脑袋真是坏掉了，脸红到脖子根，盯着脚尖动了动脚趾，又补了一句："我也不能耽误工作。"

鼻间溢出一声轻笑，尹绎说："你不用去。"

"啊？"温西西抬头看着尹绎，突然就不太乐意了，"我是你的生活助理，也是你……女朋友，你干吗不让我去？"

没想到她还会闹小情绪，尹绎心里一乐，手滑落到她后背，微一用力，将她抱了起来。温西西一下又高兴了，她觉得自己真没出息，尹绎一哄就好了。

尹绎抱着温西西进了房间，十月的天气已经渐渐转凉了，将窗户关好后，他将温西西抱上了床。温西西躺下后就要起来，被尹绎按了下去，温西西挣扎不开，扭头看着他。

"你老老实实在家挂点滴消炎，等医生说你好得差不多了，我再派人来接你。"

尹绎之所以拖了两天没去，就是想在家多陪陪温西西。温西西做的手术虽然不大，但去Q市还是有些勉强，他可不想让她受罪。

听了尹绎的话，温西西心里一暖，憋了半天才说出一句话："那……那算我旷工吗？"

尹绎无奈一笑，伸手捏了捏她的耳垂："算。"

温西西："啊？"

小可爱瞪大眼睛的模样真是太可爱了，尹绎低头亲了亲她嘴角："算女朋友的旷工。"

第二天，尹绎和查雯一同坐飞机去了Q市。查雯一大早就来找尹绎，温西西做了早饭，看着尹绎吃完，然后目送着他离开。

尹绎离开时颇为不舍，抱着温西西亲了两下，看得查雯目瞪口呆。温西西红着脸戳了戳，尹绎这才笑着捏了捏她的脸，随着查雯离开了。

查雯真不明白，怎么一场假恋爱都能被尹绎谈得这么甜腻。她思绪飘忽间，尹绎上车后拿过剧本，对查雯说："Cartier（卡地亚）秋季出的新款手镯你有图吗？"

"干吗？"查雯收回思绪，将手机文件夹打开，她的手机里全是关于尹绎工作的文件，整理得整整齐齐，她将手机递给尹绎，"白茵只签了一个季度，上次你拒绝和她戴情侣款后，她好像就没有续签。"

说起白茵，尹绎好像有意与她疏远，两人已经很久没有合作过了。

尹绎的心思全在查雯的手机上，压根没有听她说白茵的事。男人一脸认真，修长的手指滑动着图片，来来回回仔细斟酌之后，便将手机还给了查雯。

"这一套买两件。"尹绎说道。

"你要戴？"查雯问，反应过来后更吃惊了，瞪着尹绎说，"你要和温西西戴？"

见惯了娱乐圈里的大风大浪，一向宠辱不惊的查雯竟然如此吃惊，尹绎忍不住挑了挑眉，说："我和西西现在是情侣，不应该戴情侣手镯吗？"

"应该是应该。"查雯很快消化了这件事，还不忘反讽一句，"但我记得先前还有人说什么情侣就情侣，非要戴什么情侣款来证明，这是对感情多不自信。现在……啪啪啪！"

尹绎丝毫不觉得脸疼，垂眸看着剧本，嘴角微微漾着笑意："那时候年轻嘛。"

查雯："……"一年都不到的时间你能老多少？

尹绎对温西西这么上心，倒让查雯看出一些不对劲来。她抱臂看着尹绎，眼睛一眯，眼神凌厉："你该不会真的喜欢上温西西了吧？"

尹绎神色一凛，抬头瞄了一眼自家经纪人，然后翻了一页剧本，说："刚开始就喜欢了，你对我是多不关心，现在才看出来。"

查雯眼皮一抖，一时间竟不晓得说什么。过了好半晌，她才问道："那温西西也喜欢你？"

如果两情相悦的话，那两人算什么假情侣，根本就是真情侣啊！不过"刚开始"是什么时候？做假情侣的时候，还是他钦点温西西做生活助理的时候？

尹绎眉头一皱，颇为不满地看着查雯，说："当然喜欢我，我这么优秀，她不喜欢我喜欢谁。"

查雯翻了个白眼，心想温西西真是瞎了眼了。吐槽归吐槽，查雯还是乐了一下，想想尹绎这么多年都没个女朋友，她还以为他要孤独终老了。

"西西这个小姑娘，怎么说呢……"查雯犹豫一会儿后说，"你俩是不是一开始就认识？"

在查雯，甚至大部分人看来，温西西虽然不错，但尹绎完全可以找到更好的。尹绎却偏偏喜欢上了她，说不定两人先前就认识。

尹绎继续低头看着剧本，剧本上男主人公的台词是："分开即是重逢，重逢即是分开，张扬，我们又要重逢了。"

"嗯。"尹绎应了一声，他眉眼低垂，敛去了眼里的情绪，"挺久了，但她应该不记得我了。"不过不记得也没有关系，他记得她就行。

温西西目送尹绎离开后，偌大的白琴别墅就剩下她一个人。

尹绎安排了保姆过来做饭、收拾房间，温西西还能和阿姨说说话解解闷，等阿姨收拾完了房间，她挂完了消炎点滴，就又重新陷入孤独之中。

一个人的时候，更容易思念人。

温西西躺在沙发上，想着尹绎抱着她、亲着她的画面，想得面红耳赤，心中酸涩难忍，拿着手机想给尹绎打电话，但这个时间，尹绎八成还在飞机上。她从来没有觉得这么无聊过，为了避免自己相思成疾，她收拾了一番，决定出去溜达溜达。

她去了市区里先前琳琅的蛋糕店。蛋糕店名叫"甜耶"，装修高雅精致，从中可以看出琳琅当时是铁了心要在 S 市扎根的。温西西不知道最后的判决结果，不过琳琅奋斗了这么多年，算是重新归零了。

想到这里，温西西唏嘘不已。倒不是说琳琅可怜，只是觉得有些不值得，她做这一切都是为了如者，而如者如今好好的，她却什么都没有了。

温西西推门进了"甜耶"，入口处是烘焙产品橱柜，正中央是圆形橱柜，中间圈着一棵人造大树。店员们正在忙，她一进门，所有人都看了过来。温西西被看得脸一红，淡淡一笑，说："你们先忙。"

她平时不怎么来"甜耶"，"甜耶"有专门的店长，是个二十多岁的胖乎乎的小姑娘，脸上有高原红，大家平时都叫她"小苹果"。

几个顾客似乎认出了温西西，眼神时不时飘过来，温西西被看得有点不自在，便上了二楼。二楼有办公室，还有一个小包间。小包间装修得典雅大方，有大大的落地窗、懒人椅，还有一张大理石圆桌。圆桌上摆着一些书，温西西随便挑了一本，坐在懒人椅上看了起来。

过了一会儿，小苹果"咚咚咚"地跑上楼，一进门就笑着叫了一声："西西姐。"

小苹果将这个月的账本递了过来，温西西简单地看了一眼，说："最近营业额一直在增长，做得不错。"

"大家都是冲着尹先生来的。"小苹果也不邀功，诚实地说。

温西西一怔，想起刚才顾客看自己的眼神。明星效应能产生很大的经济效益，尹绎对她的影响实在是太大了。不知不觉又想起尹绎，温西西不禁勾了勾嘴角。

"甜耶"所处的位置很不错，本就生意兴隆，一个月的收益去掉员工工资能净赚三万。这样算下来，不到三年的时间，温西西就能成为百万富翁。

这是槿然说的。

温西西看账本的工夫，槿然打来电话，她今天休息，问温西西在不在S市。两人好久没聚了，温西西让她来"甜耶"。

槿然来了之后，将包一放，喝了口咖啡，笑看着温西西一副老板娘的派头。等温西西看完，槿然往前一靠，焦急地说："从实招来。"

槿然这样说，还是因为上次温西西被尹绎送去医院见诸报端的事。槿然吓了个半死，当时就给温西西打电话，但打通已经是手术结束之后的事情了。槿然没想到自己有一天竟然会从报纸上看到温西西的行踪，直夸温西西比以前有出息了。

温西西大致说了一下两人在病床上互诉衷肠的事。槿然听得津津有味，浑身冒粉红泡泡。温西西觉得自己虽然被表白了，但当时自己的反应挺没出息的。

槿然不管这些，她摩挲着咖啡杯，问温西西："你现在会不会觉得配不上他？"

温西西仔细想了一会儿，手指摸着书脊，豁达地说："会，但是我会努力变得更好，以后就不会这么觉得了。"

尹绎的高度，她是达不到的。

她不会横向去做比较，她可以纵向比较。尹绎做到了他的最好，她也做到了她的最好，这样两个人就般配了。

槿然讶异于温西西的回答，她眼神微动，半晌后歪着脑袋说："你现在没那么自卑了。"

"嗯？"温西西轻声问道，"怎么说？"

"若是以前，你早就因为自卑而没有安全感了。"槿然说。

槿然的话让温西西一愣，而后思索了一下。她所有的改变都是因

198

为尹绎的帮忙。她现在和尹绎在一起不自卑，也是因为尹绎平时经常夸她。她能有安全感，不只是因为她不再像以前那么自卑，更是因为尹绎值得她信任。

以前的她总是觉得得到的会失去，但是现在她得到的，她要紧紧攥住，再也不松开，而本应该属于她的，她也不会放手。

和槿然分开后，司机来接温西西回家。刚上车，她就发现后座上有一个快递箱。

"尹先生寄回来的。"司机边开车边对温西西说。

温西西神色一柔，轻声说："谢谢。"

她拆开快递盒子，看到里面装在塑料盒子里的一个红丝绒小盒子。塑料盒子是固定快递箱用的，里面除了丝绒小盒子，还有一张卷起后用麻绳拴着的白纸。

温西西先将丝绒小盒子打开，里面静静地躺着一个小仓鼠木雕。小仓鼠抱着一颗瓜子，正睁着一双小眼睛盯着温西西。小仓鼠可爱的模样，让温西西看到后就笑出了声，心里泛起丝丝甜意。她将小仓鼠握在手心，木雕是尹绎雕刻的，这样握着小仓鼠，就像是握着尹绎的手一样。

接着，温西西将纸拿了出来，解开麻绳打开，只见上面用签字笔写了几个字："与小仓鼠分开的第一天，想你。"

字的旁边还画了两只小仓鼠，一只正在啃瓜子，另外一只低头看着它，伸着小爪子搭在它脑袋上。虽然是简笔画，但两只小仓鼠画得格外生动，生动到温西西一眼就认出来一只是她，一只是尹绎。

头顶仿佛被尹绎摸了一下，温西西心里一跳，对尹绎的思念越发浓烈。

03

从这天开始，每一天，温西西都能收到尹绎寄来的快递。

第一天是小仓鼠，第二天是小猪，第三天是小乌龟，第四天是小熊猫……

Q市的环境确如地理书中说的那般恶劣，剧组里的大部分人产生了高原反应。尹绎自认体质不错，但偶尔也会水肿。所以即使他真的很想温西西，也一直拖着没让她过来。

虽然拍摄环境恶劣，但好在住的地方是 Q 市最好的酒店，这是唯一聊以自慰的地方。

拍摄了一天，尹绎被司机载着回了酒店。现在 Q 市已经很冷了，他拍了一天在湖里的戏，回到车上才暖和过来。剧组拍落水戏，其实可以用替身，但尹绎没用。做演员这一行，能演的都要自己亲力亲为，才不辜负演员这个职业。

尹绎坐在车上，休息了一会儿后，才开始和温西西聊天。

尹绎："我现在回去准备明天给你寄过去的东西，你猜猜是什么？"

他这些天给温西西寄的东西，都是他本来准备用来告白的。后来，温西西住院，他匆忙告白，这些东西就缺了个给温西西的由头。不过好在现在两人分居两地，也算有了个借口。尹绎雕了很多小动物，都是他心里觉得像温西西的。

明天是分开的第一周纪念日，他让查雯买的手镯也到了，准备一并寄过去。情侣嘛，就要戴情侣款才像情侣样子。

想着明天温西西收到快递时开心的样子，尹绎勾起嘴角，笑了起来。小家伙高兴时，眼角弯弯的，像月牙。他好想亲一亲、摸一摸，这么多天没碰她，真的好想她。

尹绎想着温西西，更加期待温西西的回复。等了一会儿没等到，尹绎便闭上眼睛休息。突然，手机微微一振，他立马将手机屏幕解锁，然后就看到了温西西的回复。

西西："你到时候一起给我吧，别一天一次地寄了，偏远地区快递费好贵啊。"

尹绎被温西西这句话气笑了，合着他天天这么用心地给她准备惊喜，她想到的就只有快递费？真是不知道该说什么好，尹绎现在就想狠狠地亲她，亲得她喘不过气来。

到了酒店，尹绎下车，进了电梯。电梯里没有信号，尹绎也一直没有回。等到了住的楼层，他才回了一句："不给你。"

"为什么不给我啊？"不远处响起了温西西的声音。

尹绎脚步一顿，以为自己产生了幻听。他抬起头，看到站在他房间门口的温西西，沉寂了一天的心瞬间加速跳动起来。

温西西穿着短款羽绒服，头发扎在耳后，脸颊红扑扑的，一双眼睛晶晶亮。她嘴角微微抿起，眼神有些躲闪，带着些羞窘。见尹绎看过来，温西西低头盯着脚尖，嘟囔道："为了省快递费，我都自己跑来拿了。"

心像是被吹起的气球，"砰"的一声炸开，炸得尹绎嘴角微扬。他几步走了过去，温西西笑嘻嘻地抬眼看他。尹绎心里酥麻，一把将小家伙抱了起来。

"来了可就跑不掉了。"尹绎喉结微动，警告道。

"不跑。"温西西被尹绎抱起来，双脚都是腾空的，她紧紧搂住尹绎的脖子，抿着唇小声说，"我才不跑。"

《清秋山》的男主角是尹绎，女主角是辛桑梓。说起这个辛桑梓，自从出道后，资源就没有断过。国内的一线男明星都和她搭过戏，而一线女明星到了她这里，都只能做配角，因为每次她都是带着雄厚的资金进组，只是至今没人知道她的背景。

资源不错，搭配的明星又都是一线……辛桑梓带红了一批又一批的演员，她自己却怎么也红不了。尽管如此，她每进剧组仍带着几千万的投资，简直是一只肥得不能再肥的羊。

温西西和尹绎刚到拍摄地，辛桑梓一看见尹绎，就拿着剧本跑了过来。她穿着长款的黑色羽绒服，扎着道姑头，巴掌大的小脸上一双眼睛闪闪发亮。

"尹先生，这段戏该怎么演啊？我琢磨不透。"辛桑梓个子不高，站在尹绎面前像个邻家小妹妹一样。

她说完之后，看到了旁边的温西西，话题骤然一转："哎呀，你是西西对吗？我是你的粉丝，你做的菜都好好看啊，我好想学啊。"

话题突然转到自己身上，温西西不禁愣了一下。但被人夸奖，她还是有点羞涩。尹绎笑看着两人，将剧本接过来，边看剧本边说："你先把演技练好再说吧。"

辛桑梓"啊"了一声，想起自己的主要目的来，冲着温西西吐了吐舌头，走到尹绎跟前，耐心地听他讲戏。

尹绎坐在座位上，拿着剧本，垂眸看了一眼后，抬头和辛桑梓说话。他讲的是辛桑梓接下来要演的一幕戏，这幕戏里满是少女的遐思，辛桑梓不知道该怎么演，尹绎倒讲得头头是道。

他讲戏时颇有老师的派头，神色平静，语调平缓，有着身为师者的温和与威严。直到尹绎讲完，温西西都没回过神来。

让辛桑梓自己找个地方先练习着，尹绎回头找温西西，恰好对上她的目光。小家伙正盯着他，眼神里带着惊讶和崇拜，这让尹绎心里一甜。尹绎伸出手指敲了敲桌子，温西西眸光一动，就见尹绎冲她招了招手。

"啊，哦。"温西西赶紧将目光收回来，嘴角带着一抹笑，急匆匆地走了过去。

"入迷了？"尹绎拉着她的手，将她拉到自己膝盖前。

温西西垂眸看他，他棕眸含笑，也仰头看着她。尹绎长得高，少有地从这个角度看人，温西西对上他的目光，又是一阵脸红心跳。

"嗯。"温西西抿唇一笑，老老实实地承认了，"能和你谈恋爱，我觉得我占了大便宜。"

"那是从你的角度。"尹绎伸手捏了捏她的脸颊。

两人现在还在剧组，人来人往间，尹绎丝毫不避讳对温西西的宠溺，看得旁边的人一脸羡慕。

"从我的角度看，占大便宜的是我。"尹绎伸出手指数着，"我不过是个演戏的，但你是生活助理，是小厨娘，是蛋糕店老板，是厨艺App'大V'……"

"哎呀。"被夸上了天，温西西自己都不好意思听下去了，周围有人听他俩说话呢，她急忙伸手捂住了尹绎的嘴。

尹绎轻笑一声，伸手抓住温西西的手，在她手背上印了一个吻，笑着说："好好，不说了，咱们回去偷偷说。"

这句话带着隐隐的暧昧，温西西被说得心一痒，干咳一声，她抬眼瞧了瞧旁边认认真真试戏的辛桑梓，问道："你经常教他们演戏吗？"

尹绎顺着温西西的目光看向辛桑梓，然后收回目光，说："别误会，我想去电影学院当老师，教授表演课，现在先拿她试试水。"

温西西刚要解释她没有误会他和辛桑梓的关系，随即反应过来他所说的话，吃惊地睁大了双眼："你要去做老师？"

当老师代表着退居幕后，以前的光鲜亮丽随着时间会渐渐被人遗忘。娱乐圈更新换代那么快，很快就会有新的一线男星顶替他的位置。尹绎以后要是去做老师，那就代表他放弃了自己的事业。

温西西虽然知道尹绎有他自己的想法，但还是焦急不已："为什么啊？"

副导演过来通知尹绎拍摄，尹绎应了一声，将手上的剧本递给温西西。他从座位上起身，瞬间比温西西高了半个头，男人身材修长高大，温西西像是被完全保护着一样。

"我的梦想是做演员，演了七八年过足了瘾。现在，该轮到你实现自己的梦想了。"

温西西动了动唇，所有的话都堵在喉咙里说不出来。

"你想开一家餐厅吧？"尹绎伸出手搭在温西西肩膀上，嘴角微勾，眼神宠溺，"开了餐厅，你就没法陪着我世界各地跑着拍戏了。我要是在Ｓ市内当老师，你就可以安心做你的事情，出了事，我也能帮上忙。"

他放弃自己的事业，是为了实现她的梦想？温西西心里五味杂陈，她就站在那里，抬头看着尹绎，眸光微动，半晌说不出话来。

"你可以另外雇一个生活助理。"温西西嗓子干涩，轻声说道。

正准备去拍戏的尹绎一听，停下脚步转过头，垂眸看着她："小傻瓜哟。"他敲了一下温西西的脑袋，笑着说，"我最忍受不了的不是你不能做我的生活助理，而是和你分开。这次拍戏分开一周，我都受不了了。以后常年分开，你是想要我的命吗？"

尹绎捏着温西西的下巴在她唇上印下一吻，这个吻轻而淡，但带着他浓浓的爱意。

"想要我的命我也不给。"尹绎轻轻地揉了揉她的头，笑着说，"因为我的命就是你啊。"

尹绎上午戏份较多，拍摄完毕后，下午的戏份被推迟了，所以他有足够的时间回酒店休息。和导演告别后，尹绎拉着温西西，一前一后地离开了剧组。

"辛桑梓真的好努力。"吃完午饭，温西西看着正在勾画剧本的尹绎，对他说。今天上午辛桑梓的戏份拍完后，她也没回酒店休息，就坐在那里观摩尹绎演戏。

"你也很努力。"尹绎笑着抬头，手上动作没停。

"我说辛桑梓努力，是因为她原本可以不用演戏，但她还一直演，并且勤奋好学。"温西西八卦心起，又问，"你知道她是什么背景吗？"

小家伙双眼闪闪发亮，像刚从水里冒出来的小水獭。尹绎觉得好笑，双手搭在剧本上，身体微微后仰，说："想知道？"

温西西立刻点了点头。

尹绎将脸凑过去，笑着说："不能白让你知道。"

温西西眨眨眼，笑起来："那要怎么着？"

话音刚落，温西西就看到尹绎的脸在自己面前放大，她突然就明白了，脸一红，凑上去亲了一口。

被她主动亲了一下，尹绎眸光中带着甜意，将小家伙抱在怀里，揉着她的头发说："她家是做房地产生意的，最近市中心新建的'云水听澜'就是她家的。"

提起"云水听澜"，温西西觉得有些耳熟，思考了一会儿，就想起来了。她上次和槿然一起喝咖啡后，看过摆放在桌子上的报纸，"云水听澜"因为地段极佳，供不应求，尤其是一楼二楼的商铺，早被各大商家抢购一空。

"那儿租金好贵。"温西西感慨道，"租金贵是一部分，最重要的是现在已经卖完了。"

温西西有些遗憾，她很想在那个地方开一家私人餐厅。

"开发商手里有余房。"尹绎伸手刮了刮温西西的鼻子，狡黠一笑，"资金不是问题，你现在先和她搞好关系，让她帮忙要一间商铺。"

温西西看着尹绎，心中酸酸甜甜的。以尹绎的能力，要想得到"云水听澜"的房子很简单，但他没有大包大揽，而是放手让她去做，让她参与这件事，并且从中得到自信。

尹绎已经为她铺了一半的路，如果她不能自己铺下去，那她也就不用开餐厅了。

"好。"温西西应了一声，从沙发上站起来，走到尹绎那边坐下。

尹绎不明所以地看着她。小家伙凑过来，胸都撞在了他的胳膊上，软软的，让人心猿意马。

温西西在尹绎脸上亲了一下，笑着说："要公平，一边亲一下。"

"小心肝。"尹绎伸手捏了捏她的脸，说，"你可真是萌死我了。"

休息了一个小时，尹绎和温西西就出发去拍摄现场。

尹绎刚到现场，辛桑梓就哭丧着脸跑过来，看她颓丧的样子，明显是受了委屈。

"尹先生。"辛桑梓犹豫半晌，咬咬牙说，"导演不允许借位。"

辛桑梓这么一说，尹绎瞬间明白过来。他垂眸看了温西西一眼，温西西抬眼看他，尹绎冲她努了努嘴，说："你先陪她一会儿，我去和导演说。"

温西西会意，赶紧应声："好。"

尹绎去找导演沟通的时候，辛桑梓一脸担忧地看着那边的情况。虽然她之前拍过很多戏，但从来没有拍过吻戏。她今年才二十出头，恋爱都没谈过，一时间真的过不了这道坎。

"尹先生能说动导演吗？"辛桑梓问。

"能。"温西西回道。

其实温西西心里也不确定，她只是想着安慰辛桑梓。

"你对尹先生真有信心啊，你们感情真好。"辛桑梓一脸艳羡地道。

温西西："……"

等尹绎回来，辛桑梓和温西西迎了上去，尹绎说："搞定了。"

"啊？"没想到尹绎三两句话就搞定了，辛桑梓赶紧问道，"你怎么和导演说的？"

"借位肯定不行，需要真的接吻。"尹绎说，"不能真人上，可以找吻替。"

辛桑梓倒是替身一大堆，听尹绎这么说，赶紧叫来经纪人，并对尹绎说："我马上叫我替身过来。"

"不用了。"尹绎拦住辛桑梓，拉着温西西说，"你看看这个吻替怎么样？这是我女朋友，除了她，我不亲其他人。"

猝不及防地被塞了一嘴"狗粮"的辛桑梓愣了愣，才道："行啊，哎呀，还多亏了西西。"

反正只要事情解决了就好，辛桑梓感激涕零，抱着温西西说："有你在真的太好了，我欠你一个人情啊，到时候有需要帮忙的地方直接找我！"

事情就这么顺利解决了，温西西抬头看着尹绎，男人正低头看她，右眼一眨，电力十足，还带着狡黠。

让温西西做吻替，尹绎是带着私心的，可也没有耽误正事。温西西和辛桑梓个头差不多，从背后看，身形也算相似。刚才尹绎和导演提议时，导演二话没说就同意了。

男女主角要拍的这一吻，在剧情中是分离的吻，吻要带着决绝和破裂的意味，没有丝毫甜蜜感。温西西只要给一个背影和侧脸，整场表演都是尹绎撑下来。

换上女主角的服装和妆容，温西西站在尹绎身边，还有些紧张。她神色紧绷，尽量让自己表现完美，因为要是她不好好表现，尹绎有可能会亲别的吻替，那怎么能行呢？

温西西抬眼看着尹绎，尹绎正在走位，和导演交流着什么。他抬头望着温西西，眼神中的决然和心碎还没有散去，就这样直直地投射过来，让温西西心里一震。

下一秒钟，尹绎的眸光柔和下来，手指插入温西西的发间，勾着嘴角，格外迷人。

"害怕了？"他柔声问。

温西西确实害怕了，因为在那一瞬间，尹绎完全不像在演戏，而像是真的在和她告别。温西西心中惶然，不安像嫩芽在心底滋生，但在下一瞬间，温西西就将它掐掉了。

她要自信，不是对自己自信，而是对尹绎对自己的感情自信。

"不怕。"温西西对上尹绎的目光，随即微微低头，小声说，"我是很优秀的。"

尹绎微微讶异了一下，随即轻声笑起来，低头轻轻吻了她一下。

一天的戏份拍摄完毕，温西西跟着尹绎回到酒店。她给尹绎做了饭，两人吃过后，尹绎坐在沙发上看剧本，她坐在旁边陪他。闲来无聊，她刷了一下微博。将关注的微博和热搜刷完以后，温西西又开始刷热门，热门微博与她平时关注的圈子相关，也多是美食微博。刷了一会儿后，温西西的目光定在了一条微博上。

微博是如者发的，发了一张图片，图片上两只手紧紧地握在一起，夕阳斜照，无限美好。

这张图片的配文是："等到你。"

他又公布恋情了，在琳琅为他受到惩罚的四个月后。

温西西点开评论，清一色的祝福，她心里有些硌硬，虽然琳琅有错，但她为琳琅感到不值。琳琅太傻，为如者做了那么多，最后如者却以一副受害者的姿态，将自己摘得干干净净。他的粉丝在增加，餐厅规模在扩大，琳琅好像从未来过 S 市，如者仍旧活得自在潇洒。

其实温西西还是在心里记了如者一笔。毕竟琳琅会做那件事，归根究底还是因为如者心思摇摆不定。这个念头刚产生，温西西自己就吃了一惊，她向来是个不惹事的缩头乌龟，现在竟想起"复仇"来。

没在如者的微博逗留太久，温西西点了"再也不推荐此人微博"。

04

辛桑梓的戏份在温西西做完吻替后的一周内就结束了。这部戏是以男主角为主，女主角的戏份只集中在前半部分。

辛桑梓的戏份杀青的时候，剧组专门为她在酒店举办了杀青宴，自助餐形式，大家举杯感谢完毕，就各自忙着吃各自的去了。尹绎忙于应酬，温西西便拿了些东西，坐在一个角落里吃。

因为这是为辛桑梓举办的杀青宴，剧组工作人员便排着队要签名和合影。一套应付下来，辛桑梓腮帮子都笑僵了。在下一批粉丝还没来之前，辛桑梓赶紧朝着温西西走去。温西西留了个位置给她，她一笑后，坐在了温西西身边。

辛桑梓累得不轻，脸都是潮红的，透着些汗意。温西西拿了东西给她，辛桑梓摇摇头，说："这些东西不值得我吃。"

低头看了一眼盘子里剩下的东西，温西西眨了眨眼。

"我没有别的意思啦！"辛桑梓哈哈大笑起来，对温西西说，"我们都要控制体重，一般不吃晚饭。只有真正好吃的，我才会吃，因为那些值得我长肉。"

辛桑梓冲温西西眨了眨眼，继续道："比如你做的，给我多少我吃多少，不怕长肉。"

温西西被夸得有些不好意思，笑着说："一个人一个口味，我做的你未必爱吃。"

"看着就想吃啊。"辛桑梓嘟囔道，"尹先生那么挑食，你都能拿得准他的口味，这已经很不容易了。"

在温西西来之前，尹绎在剧组跟着吃了一个星期，辛桑梓就发现尹绎几乎不吃东西。她还以为他和她一样要控制体重呢，后来想起温西西的微博，才知道他的挑食果然名不虚传。

"他的味蕾比一般人要敏感。"温西西解释道，"把他讨厌的东西去掉原本的味道就好了。"

厨房黑洞辛桑梓也不明白温西西说的这些，她一脸遗憾地说："你要是能开家餐厅就好了，我也想尝尝你的手艺。"

今天杀青宴后，她就要飞去别的地方拍戏了。平时拍摄强度大，她也没机会让温西西给她做一餐尝尝。而且，就算有时间，她也不敢让温西西做，尹绎护温西西护得紧，她可不敢在老虎头上拔毛。

辛桑梓提到了餐厅，温西西心里一动，顺着这个话题道："我的确有开私人餐厅的想法。"

辛桑梓双眼一睁，又惊又喜地道："真的呀？什么时候开业，到时候我要先去吃一顿。那你要给我打折呀。"

想着辛桑梓家的背景，她应该也不在乎那点折扣，可她还是开了口，温西西觉得她十分可爱。

"还在选址。"温西西说，"地方不能太偏僻，也不能开在闹市区，一开始想开在'云水听澜'，但是好像已经没商铺出租了。"

说起来，辛桑梓对自己家的产业一点概念都没有，但听温西西这么一说，她隐约有些印象。要是温西西的餐厅开在她家的地产项目中，那也不错啊。辛桑梓雀跃起来，掏出手机对温西西说："你等一会儿啊，我帮你搞定。"

　　辛氏集团的大小姐出手，自然没有搞不定的事情，一个电话的工夫，辛桑梓告诉温西西："那是我家的，我帮你打过招呼了，等你有时间，直接去'云水听澜'签合同就行。"

　　辛桑梓被保护得太好，对金钱好像完全没什么概念，天真无邪得像个孩子。她这般纯真，倒让温西西觉得自己一开始没和她挑明想租"云水听澜"的门面有些不真诚。但让她直接开口找辛桑梓帮忙，一来会觉得不好意思，二来会让辛桑梓觉得她的目的性太强。

　　不管怎么样，事情终于解决了。温西西很感激辛桑梓，既雀跃又兴奋。待辛桑梓继续去给粉丝签名的时候，温西西小跑着到了尹绎面前。

　　尹绎喝了些酒，但他酒品很好，意识还很清晰，只是脸微微透着红。他穿得很随意，因为剧情需要，头发剪短了些，刘海下露出光洁的额头，神清气爽，帅气迷人。

　　看着小跑过来的温西西，他眸光渐渐柔和下来，伸手拉住了她的手。小家伙的手心出了些汗，有些湿润感，凉凉的。

　　"'云水听澜'定下来了。"温西西兴奋地说，"辛小姐帮的忙，选址定好了。"

　　"云水听澜"要到明年开春才会交房，新的一年新气象，她也要在今年将手续和其他需要办的事情办好。到时候，房子要装修，要干这干那，她就彻底驻扎在那里了。虽然只是房子定下来了，但温西西觉得梦想已经实现了一半。万事开头难，她已经开始了，剩下的事情随着程序一点点走就是了。

　　"你自己谈的？"尹绎眼中闪过一丝惊讶。

　　"没有。"温西西诚实地说，"我说要开私人餐厅，没有地方……"

　　"好聪明啊。"尹绎夸了一句。

　　温西西一愣，随即笑着说："这算什么……"

　　"她想吃你做的饭，你抓着这一点和她谈，她立马就帮你办妥了。"

尹绎轻笑一声，"你现在都懂得揣摩人的需求去提要求了，不是聪明是什么？"

她……她有这么厉害？

温西西正准备否认的时候，尹绎挑起她的下巴，在她唇上印了一吻。

他眸色沉沉，笑意浅浅，道："小老板娘，真棒。"

在拍摄《清秋山》的过程中，温西西随尹绎回了一趟 S 市。尹绎要回去参加一个活动，活动结束后，他又去了 S 市的表演学院谈工作。温西西得了半天空闲，便去了"云水听澜"。

"云水听澜"已经有了大体的轮廓，也果然如广告所说，占据天时、地利与人和，所以求租者络绎不绝。"云水听澜"旁边的那栋写字楼也属于辛氏集团，"云水听澜"的办公区暂时设在那里。

温西西到达后，便给经理打了个电话，约好地点后，她坐着电梯去了十三楼。合同早已谈好，只等温西西去签字。

因为经理很忙，温西西也没有久坐，签完就离开了。在电梯门快要关上时，有人喊了一声"等等"，温西西赶紧按下开门键。进来的两个人，她看了个一清二楚，原本的笑意也凝固在脸上，随即眸色一沉。世界真的好小，她竟然碰到了如者，还有他的现任女朋友。

如者看到温西西，神色僵硬而尴尬，但他最会做表面功夫，轻笑一声后说："好巧。"

说完，他就要带着女朋友出电梯。而他女朋友显然不想出去，强行推着他进了电梯。

温西西懒得搭理他们，于是又将合同打开看了一眼，想着等开业的时候，要专门请辛桑梓吃一顿。

"邻居。"一道声音响起，温西西笑容一顿，抬眼瞧了过去，话是如者的女朋友说的。如者也因他女朋友的突然出声而有点惊讶，小心地示意了她一下，谁料她竟然甩开了胳膊。

"小元。"如者声音一沉。

"干吗啊？"小元不理会如者，笑着说，"又不是不认识，那么尴尬干什么？你看，她手上的合同上写着 A 区 1-5，我们想要签的分店不是 1-6 吗？咱们是邻居。"

合同袋上确实写着地址，温西西心里当即有些硌硬。琳琅现在还被拘留着，如者倒是过得滋润，分店都开起来了。

"既是邻居，也是竞争者。"小元皮笑肉不笑地说。

"叮"的一声，电梯门打开，温西西直接出了电梯，却听到小元说了一句："明星的女朋友还要开餐厅赚钱，店铺还是租的，也太寒酸了吧？"

温西西停下脚步，转身面无表情地看着她："琳琅现在还被拘留着，你若是想和她一起的话，也可以去网上造谣。"

小元一愣，她没想到温西西看着软弱，一开口竟然这么狠。

"好好的一个姑娘，为么一个男人值得吗？太可怜了。"说完，温西西头也不回地走了。

电梯门关上后，小元反应过来，脸上红一阵青一阵，温西西最后一句"太可怜了"，刚好戳中了她的痛处。

温西西带着合同回到家时，尹绎已经在家里了。他虽然没在《清秋山》剧组拍摄，但该背的台词一句也不能落下。他们今晚的飞机，就要飞 Q 市。

"我拿到合同了！"温西西高兴地和尹绎分享这个好消息。

尹绎一笑，招招手："给我看看。"

温西西赶紧递了过去。尹绎接过合同，打趣道："我看看我家小傻瓜是不是把卖身契当合同签了。"

"你之前还说我聪明！"温西西不满意这个新称呼，愤慨地说。

"好好好，小聪明。"尹绎点点头说。

温西西这才心满意足地去厨房做饭了。

厨房灯一开，温馨的灯光洒满了整个房间。厨房装修风格简约，东西一应俱全，摆放得整整齐齐。在没遇到尹绎前，温西西曾经梦想过拥有这么一间厨房。她希望自己开一家餐厅，厨房就是这个样子。

想到餐厅就想起合同，想起合同就想到"云水听澜"，想到"云水听澜"就想起今天遇到的如者和小元。抛开那些仇怨，温西西也有点担忧，毕竟如者是一个很强的竞争者。

他拥有开餐厅的经验，也有足够的人脉，分店一开，肯定生意红火。而她虽然有尹绎名声的加持，但术业有专攻，未必能起很大的作用。

温西西掰了一块西红柿，正发着呆，后背贴了个胸膛上来。男人凑过来吻了她一下后，把下巴搁在了她肩膀上。

"你刚才在想什么？"尹绎转了话题，轻声问。

她情绪的细微变化都躲不过尹绎的双眼。心里泛起丝丝甜意，温西西也没打算瞒着尹绎，将今天碰到如者的事情说了，不过她略过了后面的争执。

"我现在担心，要是真一起开业了，他们会是很强的竞争对手。"温西西担忧地道。

"为什么要竞争？"尹绎问。

温西西一愣，半晌后说："他们在旁边租了房子，开了餐厅……"

"那不租给他们便是。"尹绎说完，摆正温西西的身体，双臂微微用力，把她抱在大理石台上坐好，然后垂眸看着她。

"那不太好吧。"温西西说，"我不想太麻烦辛桑梓……"

"那套房子是我的。"尹绎轻笑一声，说道。

温西西以为自己听错了，眨眨眼后，说："什……什么？"

尹绎低头咬住温西西的脸颊，轻轻磨蹭了一下，然后解释道："整个一楼的商业区都被我买下来了。"

这得花多少钱啊？

"那……那……"温西西"那"了两声，最后闭上了嘴。

她想问尹绎为什么不告诉她，但还没问出来，她就懂了。尹绎是想让她觉得，房子的事情，是她自己争取来的，在无形中给她信心，但又害怕她争取不到，所以才将房子买下，一路为她保驾护航。

被人保护得严严实实的，温西西心中软成一片。她伸出双臂抱住尹绎，感受着男人身体的温度。

"你对我太好了，没认识你之前，我都不知道原来我可以被人这样对待。"

"别急着感动，不觉得应该感谢我吗？"尹绎开玩笑说。

"我什么都没有。"温西西圈着尹绎的脖子说。

"谁说的?"尹绎问,"你不是有你吗?"

温西西一愣:"要以身相许吗?"

尹绎微微点头,觉得这个提议可行,他问温西西:"你户口落在哪儿了?"

"温家……"除了户口,她都不承认她是温家人。

"你能偷出来吗?"尹绎问。

好学生温西西眨眨眼:"偷出来干什么?"

尹绎抬起手指在她额前敲了一下,笑着说:"你不是要以身相许吗?空头支票我可不收,我要有法律效力的,比如,结个婚什么的。"

"你是在求婚吗?"温西西伸出双臂抱住尹绎,尹绎的脖颈修长好看,他微微仰头看着她。他说话时,喉结一动,温西西忍不住想咬一口。

"不算。"尹绎笑起来,眸光沉沉,"向你求婚要很隆重才行。"

温西西笑起来,低头亲了他一下。

第八章
西西，嫁给我吧

01

《清秋山》拍摄结束后，便进入了后期制作，并且定档春节。今年春节较早，在二月初。元旦前夕，《清秋山》的宣传就开始了。

上次尹绎说，要为了温西西的梦想，去 S 市表演学院做教师，他似乎不是说着玩的。《清秋山》拍摄完成后，除了先前已经签订合同的拍摄，他没有再接新的工作。

尹绎这般牺牲，在无形中给了温西西很大压力，但这种压力也是甜蜜的压力，让温西西充满了干劲。如者最后还是没能做她的邻居，他也少有地没在微博上含沙射影。

尹绎最近工作不多，偶尔有活动也有查雯跟着。温西西得了些时间，便约槿然在蛋糕店见面。槿然有个高中同学也开了家私人餐厅，她主动提出带他来和温西西见一面，希望能帮她少走一些弯路。

两人约定的时间是下午三点，温西西提前到了。她查了查账本，顺便算了算自己的存款。她存款不多，交了租金的定金后，只剩下大约二十万。

用二十万开一家餐厅，还是有些困难的。

想到这里，温西西有些忧愁。她喝了一口热可可，这时手机响了。看到来电显示，她眉心顿时舒展开，按了接听。

"干爹。"

电话是乔亭南打来的。

自从中秋节以后，乔亭南果然如他所说的那般尝试着做一个父亲，一个月打来一两通电话。

　　两人都不是话多的人，每次大致问问情况就会挂掉，虽然仍旧有些尴尬，却比先前好了很多。

　　"元旦放假吗？"乔亭南问，"Y市现在天气不错，要回来吗？"

　　"放假。"温西西回道，"好啊。我下周周末回去。"

　　"嗯。"乔亭南沉沉地应了一声，"到时候我去机场接你。"

　　有人接机，温西西的嘴角不自觉地上扬，她趴在桌子上，太阳洒在她脸上，晒得她暖洋洋的。上学时，她就很羡慕别人有父母接送。

　　"干爹。"温西西轻声道。

　　"嗯？"

　　"我能不能把户口迁到你那里？"温西西小声说，"我不想把户口留在温家了。"

　　电话那端沉默下来，在温西西以为乔亭南会拒绝时，乔亭南却突然问："你要结婚了吗？"

　　温西西沉默了一会儿，然后羞怯地应了一声。

　　乔亭南说："可以，迁过来，到时候爸爸送你出嫁。"

　　阳光温暖又和煦，温西西睁开眼，阳光有些刺眼。她眼眶微红，应了一声："谢谢爸爸。"

　　挂断电话后不久，槿然便带着她那个同学来了。那个同学是个胖乎乎的男生，长得挺喜庆的，名叫王维。王维不是厨子，只是经营者。作为一个商人，他有些世故和圆滑。温西西觉得自己未必有这样的头脑。

　　将王维送走后，温西西和槿然又回到包间，槿然边吃着布朗尼边说："钱不够是吧？你也是有骨气，用尹绎的钱又没什么，以后赚钱了再还给他呗。"

　　尹绎确实有钱，但温西西并不想花他的钱，因为她可以花另外一个人的钱。

　　"我要回一趟温家。"温西西看着槿然，用刀叉将蛋糕戳烂。

　　"干什么？"槿然也不吃布朗尼了，瞪大眼睛看着温西西，问道，"想回去被虐啊？"

"我缺钱。"温西西将刀叉放下，抬头平视着槿然，淡笑着说，"我亲爹有钱，我干吗问我男朋友要？"

槿然吃惊于温西西的想法："你亲爹确实有钱，但他未必给你啊！"

"不一样的。"温西西说，"我要是和尹绎结婚，温家必然过来攀附。温家想要攀附，就得拿出点诚意。"

"至于所谓的诚意……"温西西淡淡一笑，"当然是我的嫁妆。"

她若告诉温家人她要和尹绎结婚，一来可以将户口本拿出来，二来可以让温家转变对她的态度，从而"敲"温家一笔。

她先前还十分有骨气地不想要温作延的钱，而之所以那么有"骨气"，其实是她的自卑在作祟，她认为温作延不会给。但是现在不会了，现在的她很唾弃过去软弱的自己。

她和温妍妍都是温作延的女儿，温妍妍能眼睛都不眨地买跑车，那她问温作延要钱又怎么了？上次奶奶生日，温家还让她回去，可见温家对她的态度已经转变了。他们认为尹绎是一条大鱼，不肯放开。从这个角度看，她现在比温妍妍有出息得多。

温西西在心里盘算着，槿然对她竖起大拇指："你真是……没白跟着尹绎。"

温西西笑起来。

温西西忙完的时候，尹绎还没有忙完，司机便载着她去了尹绎的活动现场。活动已经进入了尾声，温西西便在化妆室等着尹绎，等着等着，她就坐在椅子上打起盹来。

不知道睡了多久，温西西感觉自己被人扶正了身体，她睁眼一看，尹绎正冲着她笑。温西西还很困，向他张开了双臂。尹绎见她这副娇憨的样子，索性将她直接抱了起来，像抱小孩子一样。

温西西搂着尹绎的脖子，迷迷瞪瞪地又要睡过去，谁知尹绎一句话把她惊醒了。

"西西，元旦的时候跟我回家吧，我父母想见见你。"

温西西从尹绎身上下来，心跳得飞快，她抬头望着尹绎，见他神色认真，不像在开玩笑，可越是这样，她心中越没有底气。

两人在一起，总是要见家长的，然后结婚，携手一生。

温西西和尹绎在一起后，一直觉得自己像在做梦，说不定什么时候梦醒了，尹绎就离开了，她仍然孤身一人。而她之所以一直坚持待在梦里，是因为就算这只是黄粱一梦，也能给她留下足够甜蜜的回忆。

尹绎提过两次结婚，都提得随意而漫不经心。他平时就是这种性子，所以温西西两次都吓了一跳，可随后又觉得当不得真。

可是现在，尹绎说要带她去见他父母。

尹绎对她是最好的，而且他现在告诉她他会一辈子对她最好。

温西西的心情有些复杂，她应该开心才是，可她又觉得有些虚渺。这种虚渺来源于她的家庭。尹绎能带着她见他父母，她却不能带着他见自己父母。

温西西有自己的想法，所以该说的事情她也要和尹绎说清楚。

"见叔叔阿姨前，我想先回 Y 市办件事。"温西西说。

见温西西答应了，尹绎放下心来，将她往怀里圈了圈，笑道："什么事情？"

"我想把我的户口迁到我干爹那儿。"温西西抬头对上尹绎的目光，解释道，"我妈在我很小的时候就去世了，我爸恨我妈，也恨我，他重组了家庭后，就从来没有管过我。我对那个家也没什么感情可言。"

温西西缓缓地述说着，原来说出来并没有想象中那么难。她抿抿唇，继续道："可我要回家将户口本拿出来才能迁户口。"

"要我做什么？"尹绎问。

"我想带你先去趟我家。"温西西直截了当地说，"我要是说拿户口本和你登记的话，他们说不定就给我了。"

不是说不定，是肯定会给她。

上次回去，温作延那么不在意她，无非还不确定她与尹绎的关系。若是她现在带着尹绎一起回去，温作延的态度她已经可以预见。

"只要户口本吗？"尹绎问。

"啊？"温西西被问得一愣，半晌后，红着脸说出了自己的小心思，"要是……要是再要点嫁妆就更好了。"

温西西说完，自己没忍住，咧嘴笑了起来。她笑起来时，露出了整齐洁白的牙齿，双唇软润。尹绎看得心里一动，低头吻了上去。

在回温家之前，温西西给温作延打了个电话。温作延的手机号，温西西还是让槿然帮忙打听的。两人做了二十多年的父女，他从没主动联系过她，平日有什么事情，也是李娇在联络。

现在的温西西在温作延眼里是飞上枝头的凤凰。他没主动联系温西西，是拉不下自己作为长辈的面子。然而，当看着温西西与尹绎的感情越发深厚时，他的面子就渐渐绷不住了，在他打算找个借口联系温西西时，温西西就主动联系了他。

吃过晚饭后，温西西端着碗碟进了厨房，她站在厨房的落地窗前，望着漆黑的大海，给温作延打了个电话。

"我明天要回来一趟。"温西西开门见山地说，"结婚需要户口本，我想回去拿一下。"

她的话将温作延炸得半天没说话，好半晌才反应过来，问："和谁？"

温作延的明知故问让温西西心里一噎，她平静地说："尹绎，一个明星。"

"你们年纪到了，该结婚就结婚。"温作延说，"但我是你父亲，你的结婚对象我都不了解。"

"您想了解吗？"温西西呛了一句。

温作延怒火中烧，但他忍了下来，只说："我是你爸爸，当然想替你把把关。"

"那我明天带他过来。"温西西说。

"明天可以。"温作延应声，"你奶奶和大伯明天来 S 市玩，刚好可以一起见见。"

温西西其实不太了解温家的那些破事，不过奶奶和大伯不会无缘无故来 S 市。她记得小时候，温作延和大伯经常吵架。因为爷爷将温家的企业交给了大伯，温作延便带着分到的资产来 S 市创业，所以两兄弟之间很早就有了嫌隙。

"行。"温西西也没管那么多，她只要能拿到户口本就行。

温作延见温西西答应得这么痛快，又想以长辈的姿态教育她，然而温西西根本不给他面子，直接挂了电话。

挂断电话后，温西西心里记着这件事，不觉有些沉甸甸的。所谓"狐假虎威"，最重要的还是要有老虎。她出了厨房，见"大老虎"坐在沙发上，正看着电脑打着电话，似乎在处理事情。

"好，明天上午过去。"尹绎沉声道，抬眼看到温西西，他伸手将她拉到怀里，继续对电话里的人说，"几点？"

温西西躺在尹绎怀里，听到那边的人说了声"十点"，尹绎应了一声后就挂断了电话。他将手机放在一边，双手托住她的小脸，先亲了她一下。温西西被亲得笑起来，抬眼问他："明天你有事啊？"

"算是吧。"尹绎应声，"你和温家约的几点？"

"没约，就说明天过去，你忙完后，我们再去就行。"温西西说。

"我可能会比较晚。"尹绎眉心一皱，棕眸中带着笑意，鼓励道，"你先自己过去，可以吗？"

"大老虎"一说不去，"小狐狸"就心虚了。

"啊……"温西西心里有点虚，但转瞬又充满了斗志。这本来就是她的家事，她回去就是要嫁妆的，怕什么？

她在温家软弱了二十多年，她哪儿也不比别人差，凭什么温家人说什么她都得忍着？况且，她现在有了自己的房子，有了尹绎，也有自己的事业，她为什么还要看温家人的脸色，谁又敢给她脸色看？明天要是真被温家人欺负了，她都没脸说自己是尹绎的女朋友。

温西西越想心里的斗志越高昂，最后握着拳头说："我先自己回去。"

"小狐狸"眼中燃烧着斗志昂扬的火苗，神色认真严肃，就像要上战场一样。尹绎心里痒痒，低头亲了一下她的嘴角，笑着说："好。"

02

第二天，尹绎起了个大早，先跑步，后吃早餐，九点时自己开车走了。温西西本想自己打车回去，但尹绎派了司机给她，她也没客气，直接上了车。

"小姐，需要我在这里等你吗？"按照温西西的指示，司机将车停在了温家门口，然后问了一句。

"嗯。"温西西以为自己很快就能出来，应了一声后，说，"我去去就来。"

温西西进了院子，里面就有人走了出来，不是李娇，也不是温妍妍，而是一个二十岁出头的女人。女人穿着贵气，一副趾高气扬的模样，见到温西西后，冲着温西西后面勾了勾手指，娇声说："晨晨，来妈妈这里。"下一刻，一条小狗从温西西身边蹿过去，一下跳到了女人怀里，女人抱着亲了一口，然后转身进了房间，并且将门关上了。

一开始，温西西还以为这个女人是温作延的新任情人，但门一开，保姆叫了她一声"大小姐"，温西西看到里面坐着的人时，才知道那个女人应该是大伯的女儿温优优。

温西西进了门，见客厅里坐了几个人，为首的是一位七八十岁的老太太，打扮得干净利落，长相有些刻薄。她怀里抱着小狗晨晨，旁边是温优优，温优优身边坐着温西西的大伯温作勤，温作延坐在另外一张沙发上，温妍妍趴在他身边。李娇正在厨房切水果。

温西西看着这一群陌生的亲人，心里一笑，只道："我回来拿一下户口本。"

温老太见到温西西后，皱了皱眉头。温西西以前只在照片上见过她，本来以为自己最后也会在照片上送走她，没想到现在竟然见了一面。

"西西，来奶奶这边。"温老太慈祥地冲着温西西招了招手，直接忽略了她的话，"尹绎没有和你一起来吗？"老太太不愧是商人的妻子和母亲，功利心也很强。

整个温家的人，温西西都不喜欢。她并没有走过去，就站在那里说："有事忙，我自己回来了。"

"你这个孩子。"温作延蹙紧眉头，说，"你不是说带他回来给我们看看吗？你自己回来，我们看什么？"

温作勤笑了笑，温优优也随着父亲笑了笑，温作延的脸色不太好看，温妍妍倒有些得意。

"看我啊。"温西西看着温作延，笑着问，"我是您女儿，您看个外人干什么？"

温作延没想到温西西会回嘴，一时没反应过来。温妍妍则笑出了声，抱着温作延的胳膊说："爸，你看看她，不过是找了个明星，尾巴都翘上天了，根本不把你放在眼里。"

"不过？"温西西冷笑一声，"那你倒是找一个啊。"

"你！"温妍妍被戳到痛处，一下子气得脸通红。

客厅里的气氛陡然一僵，温老太赶紧打圆场，她嗔怪地看了温妍妍一眼，说："她是你姐，你都多大了，还没大没小的。"

在温家，温妍妍虽说比着温优优差了些，但温老太一直对她很好。温老太第一次教育她，竟然是因为温西西，温妍妍气得从沙发上站起来，去了厨房。

"妍妍生气了。"温优优清冷一笑，"奶奶，您也别教训妍妍了，是西西自己要说带尹绎回来的，现在她没带回来还不让人说了啊？现在的娱乐圈，假情侣和形婚的太多了，谁知道是不是尹绎不愿意跟她回来呢。"

温优优是一位钢琴演奏家，在 J 市颇有些名气，后来嫁给了 J 市某知名企业家，加上她本人也颇有手腕，因此在温家横行霸道，人人都让着她。她一直是温家一霸，现在横空出了个温西西，最近温家谈论的都是温西西，而冷落了她。这次温作延让他们一家来看尹绎，她也跟着过来了，她就等着看好戏呢，没想到温西西自己一个人回来了，尹绎根本没来。

温西西应了一声："对啊。"

客厅的人都看着她，不知道她说的是哪个对。

"他确实不怎么愿意过来。"温西西说，"妍妍刚才不是说我高攀了吗？"

"她个小丫头胡说八道呢。"温老太说，"咱们温家虽然在 S 市没什么名气，但在 J 市也算得上名门。"

"哦。"温西西轻声一笑，只道，"我要拿户口本。"

温西西这一声笑，虽没有嘲讽，但胜似嘲讽。在座的人都知道温西西是怎么长大的。

"你见过他父母了吗？结婚是大事，我们也要和他们那边谈谈。"温老太说，"结婚的日期、礼金……你放心，咱们不图他家的钱，到时候你出嫁，嫁妆给你备得厚厚的。"

"准备去见。"温西西直截了当地说，"双方父母会谈就算了，我没有妈，爸……我准备让我干爹去。"

"你说什么？"温作延一听，顿时急了，"你当结婚是过家家呢？"

"您不也是过家家一般把我养大的吗？"温西西回了一句。

温作延被呛得说不出话来，温老太倒有些疑惑了，再加上刚才温优优的话，温老太脸一拉，问道："父母也不让我们见，尹绎也不让我们见，你是真和他结婚还是唬我们呢？"

"她肯定是唬你们！"温妍妍和李娇从厨房出来，又添了一把火，"要不然，尹绎呢？优优姐的公婆还是知名企业家呢，当时谈结婚，大伯他们不也去了？尹绎不过是一个演员，顶多算是有点钱，怎么架子这么大？"

温优优闻言，冷笑一声，抚着小狗的毛说："就算二叔在你小时候对你的关心少些，也不至于结婚的事都不经过他的手吧。我还没见过哪个姑娘出嫁的事情让干爹操心的。"

"我啊。"温西西看着温优优，笑着说，"你这次见了我，不就长了见识吗？"

温老太平时最疼温优优，见温西西开口呛她，立马不满地说："西西，你怎么说话的？"

"她怎么说话的？"温西西回道，"我和尹绎结婚，你们爱信不信，我有我自己的安排，你们二十多年都没管过我，现在插什么手？"

温老太被气得发抖，温作延猛然从沙发上站起来，伸手就要推温西西。温西西梗着脖子看着他，冷笑一声："你推我一把试试？上次有人败坏我的名声，她的下场你也知道了。你要是敢推我，别怪我六亲不认。"

温作延竟然真的被她震住了，脸上红一阵白一阵。

温作勤一直坐在一边看着这场好戏，这时笑着说："作延啊，你真是养了个好女儿。"

"什么好女儿，就是个白眼狼！"温老太冷声说。

"白眼狼也是您的孙女。"温西西说，"骨子里也流着您的血。"

"你！"温老太又被气到了。

"你给我滚！"温作延指着温西西的鼻子大骂道。

"行啊。"温西西笑道，"只要把户口本给我，我马上就走。"

李娇闻言，心里一喜，温西西要是将户口迁走了，以后就更没有理由回来了。

"我去给你拿。"李娇将果盘放下，起身上了楼。

温西西并没有想到事情会发展到这个地步，她本想心平气和地和温家人聊一聊，并且要点嫁妆，但没想到自己先呛了起来，嫁妆的事是彻底无望了，但她也不差那点钱，先爽了再说。

李娇很快拿着户口本下来了，只拿了温西西那一页，她看了一眼温作延，温作延理都没理，她便走到温西西面前，客套地说："你不再想想了？真要迁走吗？"

"啰唆什么？给她！温家就当没她这个人，迁走就迁走！"温作延冷声说。

温作延话音一落，玄关处突然传来另一个人的声音，那人声音清亮、语调散漫，隐约带着些笑："迁走什么？"

温西西心里一动，回头就见尹绎带着笑走了进来。尹绎一眼就看到了李娇手里的户口本单页，他挑挑眉，笑着对温西西说："拿着啊，登记时得用。"

尹绎一来，客厅里的气氛一下就变了，每个人的神色都不尽相同，变了几次脸后，才将自己的情绪稳定下来。

上次尹绎来接温西西时说的话犹在耳畔，李娇只抬头看了尹绎一眼，就走到了温妍妍身边。她心里惧惮尹绎的同时，也知道温西西这次定然会敲走温作延一笔钱。想到这里，她对温西西的恨意更深，但当着其他人的面又不好表现出来，只得说了句："尹先生，先坐吧。"

事情马上就办完了，此时尹绎出现，温西西有点诧异。可是看到客厅里的人的态度，她又觉得好笑。

尹绎走过来，伸手揽住她："西西站着，我也站着吧。"他话一说完，在场的人就明白是什么意思了。

"刚才让她坐她又不坐。"温老太打着圆场，笑得脸上全是褶子。看来温西西没有撒谎，要是她真和尹绎结了婚，那真是……

"来。"温老太伸手推了推旁边的温优优，和蔼慈祥地拍拍自己身边的位置，说，"来奶奶这边坐。"

尹绎恍若未闻，低头看着温西西，问道："你想坐在哪儿？"

听尹绎的意思，现在还不打算走。温西西肯定不会坐老太太旁边，她环顾一圈，看旁边的沙发空着，便径直坐下了，尹绎也随她坐下。

温优优被温老太一推，心里瞬间很不爽。平时温老太向着她，也是为了攀附她，现在有更好的孙女了，就把她推到一边。

温西西没有过来坐，温老太按在沙发上的手尴尬地一抬，刚要和温优优说话，温优优就抱着晨晨朝着温作勤的方向挪了挪，整张中间的沙发只剩了老太太一个人，她脸色变了变，但随即恢复如常。

"我听西西说，你们要结婚了。"温老太以大家长的姿态道，"结婚是大事，西西要领证了才告诉我们。唉，这孩子母亲去世得早，比较孤僻，什么事都不愿意跟我们说。"

"说了也没什么用吧。"尹绎淡淡地说了一句。

尹绎一上来就呛，呛得老太太神色一变。她刚要说话，尹绎却淡淡一笑，说道："上次西西在家里差点被李姨叫去看房子的人侮辱了。当时是我去派出所接的她，我还以为西西父母双亡、无亲无故呢。"

尹绎说得云淡风轻，李娇却吓得脸都白了，赶紧解释道："那个人我不认识，我也不知道后来出了那件事……"

"您知道的啊，我当时还回来找您了。"温西西盯着她，突然一笑，"您现在怎么翻脸不认人了？"

"啪"的一声，温老太重重地拍了一下真皮沙发，怒视着李娇，厉声道："都说后母蛇蝎心肠，我说西西怎么委屈成这个样子，原来都是你在使坏。"

"妈……"李娇被吓了一跳，她在温家根本没什么地位，她所有的地位都来自温家对温妍妍的宠爱。

"西西，你没事吧？"温老太想招手让温西西过去，又担心她不给面子，只得摆出一脸心疼的样子，"你说吧，这件事情想怎么处理，奶奶给你做主。"

"别的先不说，李姨还一直没跟我道歉呢。"温西西神色淡淡，温声道，"那人是您的朋友，还是个皮条客，尹绎已经查过他的底细。您当时让他过去，存的什么心思，不用我说，大家也明白。"

李娇吓得面如死灰。

听到这里，一直没有说话的温优优皱了皱眉头，抬眼看着李娇说："二婶，这就有点过分了。"

"我……"李娇用求助的眼神看着温妍妍。温妍妍年纪小，兜不住这么大的场面，她恨恨地看着温西西道："温西西，过去的事情都过去了，再说你现在不也没事吗？抓着这些小事不放手，你到底想干什么？"

"小事？"尹绎轻笑一声。

男人笑起来时嘴角微弯，眼角却丝毫没动，眼神更是让人脊背一凉。

"真不要脸。"温优优睨了温妍妍一眼，"你妈不要脸，你也不要脸。"

温妍妍和温优优的关系一直很一般，温优优看不起温妍妍这个二房生的闺女，温妍妍看不惯温优优的趾高气扬。此时温优优这么说了一句，温妍妍当即火了，骂道："你还不是为了钱嫁给了一个四十多岁的老头，还给人当后妈！"

温优优闻言，将晨晨往地上一扔，小狗痛叫一声，接着一声脆响响起，温优优打了温妍妍一巴掌。温妍妍气得浑身哆嗦，她也不是能忍的性子，当即就要还手。

两个女人纠缠在一起，乱成一团，尹绎和温西西安安静静地看着。最后还是温老太开口，让两个孙女住了手。

"现在是讨论西西的婚事，你们就这样在外人面前打起来，丢不丢脸！"温老太气得不轻，坐下后急喘了两口气，然后对温作延道，"你说说怎么办吧。"

温作延能怎么办？这件事情他也是事后才知道的，当时事情已经过去，他也就没放在心上，没想到今天尹绎会旧事重提。他想起当初是因为房子才出的事，便说："李娇，你先给西西道歉。还有妍妍，你没大没小的，也给你姐姐道个歉。"

李娇知道，今天她和温妍妍绝对是整个温家最没有话语权的，立马软声细语地说："西西，你别怪阿姨了好不好？阿姨给你赔不是。"

说完后，李娇拽了一把温妍妍。

温妍妍恨恨地瞪了温西西一眼，不甘不愿地道了歉。温西西并不在乎她们的道歉，但只是看着两人的模样，她就觉得舒坦。

"当时那套房子已经转到你的名下。"温作延说，"你换了锁，以后没人会去你那里看房子，这也算是实质性的补偿了。"

温作延这话是和温西西说的，但温西西没有搭理他。尹绎突然笑起来，说："伯父可真会开玩笑。"

温作延心里一震。

"那套房子是西西让我帮忙给温妍妍找人，让她和禾辰娱乐签约时，您答应给西西的。"尹绎说，"您这补偿也太敷衍了吧？"

温作延被尹绎说得心里一堵，一时没回过神来。

温优优又是一笑，她看着温妍妍，嘲讽地说："原来和禾辰娱乐签约，还是拿房子换的啊。哈哈！"

温妍妍瞬间来气了，想要和温优优争论，却被李娇拦住了。

"你到底想干什么？"温作延毕竟是个商人，他很快就从尹绎挖的陷阱里跳了出来。

"不干什么。"尹绎看着温作延，淡淡地说，"只是觉得西西委屈，想替她讨公道。"

温老太一听，看着温作延说："你这个做父亲的倒不如做丈夫的贴心。我们对西西确实有亏欠，上次李娇做得不对，不能就空口说声对不起，从李娇名下拿套房子给西西吧。"

李娇一听，立马不乐意了。温老太横了她一眼，虽是看着温西西，其实是说给李娇听的："西西的母亲虽然去世了，但我这个奶奶还在，我看谁以后还敢欺负她。"

温老太到底是长辈，她一说完，大家都没再说话。

"房子我们也不缺。"尹绎说，还没等别人开口，他又补了一句，"但既然李姨诚心给，西西就别推辞了。"

温西西心里窃笑，嘴上勉强应了一声。尹绎握着她的手，捏了捏她的手指："到时候让薄衍和你一起去办理过户。"

"那就这么说定了。"温老太将话题重新引到结婚上，"你父母

226

不打算先与我们见一面？"

"这倒不是。"尹绎笑着说，"其实结婚的事情，我们不想大肆操办。"

"那怎么……"温老太顿了一下，随即一笑，对温作延说，"现在的年轻人不都喜欢隆重吗？尹先生倒是与众不同。"

温作延说："我第一次嫁女儿，不想让她受委屈，你们放心，到时候西西的嫁妆，绝对配得上你们的排场。"

"不是这个意思。"尹绎解释道，"你们也知道，我是明星，如果婚礼办得太隆重，会被人骂作秀。我只想安安静静地和西西结婚，然后平平淡淡地过一辈子。这也是西西的意见，对吗？"

这些事情都是尹绎信口胡诌的，但尹绎肯定是跟她一伙的。温西西想也没想就点点头说："对，我也不想办得太隆重。"

温作延本想让全世界都知道他是尹绎的岳父大人，好以此牟利，没想到尹绎却只想和温西西简单办办，他心里有些不太舒服。

"但你的父母，我们还是要见一面的。"温作延说。

"是我和西西结婚，您何必执着于见我的父母？"尹绎不解地问，"我父母常年住在国外，很少回来。"

温作延觉得这个理由太牵强了，从尹绎的态度可以看出，他对他们真的十分敷衍。温作延心里还存着侥幸，他压下火气，希望能从尹绎那里占些便宜："你到底是想结婚还是想怎么样？"

"我父母已经把聘礼给西西了。"尹绎说着，垂眸看了温西西一眼。

温作延刚才说了，他们给的嫁妆绝对配得上尹绎家的排场。尹绎家给的礼金多，那温家必然也会放点血。

"一……"温西西刚想说一百万，却被尹绎打断了。

"一千万。"尹绎说。

整个客厅陷入了沉默。

"伯父您刚才说，西西的嫁妆绝对配得上我们家的排场……"尹绎顿了一下，观察着温作延的反应。

温作延也不是傻子，尹绎说给温西西一千万的聘礼，他看不见又摸不着，谁知道他们是不是合伙诓他。

"我们家，说实话……"温作延一脸为难，并没有把接下来的话说完。

"哦。"尹绎明白了他的意思，笑着说，"本来也不差那点钱，不过是想着让西西的聘礼多些，带着的嫁妆多些，可以让西西风风光光的。我又不缺钱，以后结了婚就是一家人，伯父家这边要是需要钱，我都可以帮忙。"

尹绎虽然这么说，但都是空头支票，至于兑不兑现，谁也不知道。

温妍妍拍了拍温作延的肩膀，说："爸，你先过来一下。"

两人要去说悄悄话，大家都知道他们会谈论些什么。温家人都有些看不下去，尹绎倒是笑了笑，似乎丝毫不在意，甚至打量起客厅的装修来。

温作延和温妍妍到了厨房，温妍妍抱臂倚靠在门框上，严肃地道："爸，你傻啊？尹绎今天来的目的就是给温西西出气，咱们一丁点便宜也别想占到。你就是一分钱不给温西西，你也是温西西的爸爸，有了这个身份，他们还能撇清关系不成？"

温作延觉得她这话也在理，心里当即做了决定，除了刚才答应给的那套房子，一分钱也不给温西西。

两人从厨房出来，温作延刚要说话，却听到了尹绎和温老太的谈话内容。

"伯父公司的原材料是从 H 国进口的吗？"尹绎问温老太。

这些温老太自然不知道，但温作延一听，顿时觉得有戏，他插口道："不是，是国内产的，进口加税后，成本太高，利润低，不划算。"

"士博集团是从 H 国进口的。"尹绎说，"他们进口有税率优惠，和国内的价格差不多，但品质要好很多。"

温作延没想到尹绎还懂这些，而且尹绎提这件事情绝非闲聊。他压下兴奋，问道："你怎么懂这些？"

尹绎回道："我大学同学是士博集团的少董事，和他一起吃饭的时候聊起过这些。他们税率优惠不少，从中赚取的差价利润不小。"

说到这里，尹绎顿了一下，然后笑着说："伯父你们公司需要吗？我和那个同学关系还不错，如果你们也需要原材料，可以让他们平价卖给你们。"

228

温作延眼冒金光，连声说："好，好……"

见温作延这么上心，尹绎添了一句："西西风风光光嫁到我家，我们就是一家人了，这些忙我还是会帮的。"

他将"风风光光"四个字咬得特别重，温作延会意，又犹豫起来。

"您不信的话，我联系我同学，让他跟您谈谈吧。"尹绎笑着说，"不然，伯父还以为我在说谎呢。"

温作延被说中心事，只得勉强一笑。

"行。"尹绎想着，网已经撒下了，就等着一点点收网了。这个地方温西西不喜欢，他也不喜欢，在这里久留没有意义。

"那我和西西就先走了。"尹绎说着，拉着温西西站起来。

众人还要挽留，尹绎自然没有留下。温西西临走时，冲着温老太说："户口本给我一下。"

刚尹绎来的时候，温老太迅速从李娇手上拿走了温西西户口本登记页。她以为温西西要迁走户口，有些不乐意。尹绎冲着老太太笑了笑，说："奶奶，不给户口本，我们没法登记结婚啊。"

"也对。"温老太这才将户口本递了过去。

温西西接过户口本，头也不回地离开了。门口停着一辆拉风的跑车，司机已经被尹绎打发走了。

上了车，温西西也没管送出来的那些人，只和尹绎说："我要迁户口。"

"迁。"尹绎看了她一眼，发动车子，笑着说，"我人都给你找好了。"

"那你这……"温西西不解地问，"你真要帮忙？"

"不帮。"尹绎说，"但钓鱼的时候，鱼钩上必须放鱼饵。"

温西西眨眨眼，不明白尹绎想做什么。

车子行驶在沿海公路上，阳光洒在湛蓝的海面上，泛着粼粼波光。

"我要温家补偿你。"尹绎说。

"补偿了。"温西西笑道，"一套房子，还有一千万。"

这已经超出温西西想要的嫁妆了。

"他们不傻。"尹绎双眸含笑，像看小傻瓜一样看着温西西。想起刚才温家人丝毫没有考虑温西西的嘴脸，他是又生气又心疼。

"就一套房子和一千万怎么够？我要的是温家的所有财产。"

尹绎开车回家，温西西随着下了车。她订了今晚回Y市的机票，因为元旦还要去见尹绎的父母，迁户口的事必须尽快办好。

其实，她和尹绎结婚，户口早晚是要迁到尹绎那边去的，但她不想从温家迁到尹家，她想让乔亭南做自己的父亲。乔亭南在当地有些人脉，迁户口这种事情一开始就沟通好了，她不用担心太多。

03

飞机是下午六点的，现在才上午，温西西便先给尹绎准备了午饭。尹绎的事情好像还没忙完，回来后就一直在打电话。他把自己关在卧室，电话的内容她听不到。

尹绎从不躲着她打电话，他现在这样，倒让温西西觉得有些诧异。诧异过后，她抿唇笑起来，她是有点想知道尹绎在干什么，不过也仅仅是好奇。

尹绎打完电话开门出来，刚好看到外面站着的温西西，她嘴角噙着笑，似乎在想什么有趣的事情，刚刚在温家受的气似乎都烟消云散了。尹绎觉得挺高兴的，温西西是他的爱人，他不想她有一丝一毫的不开心。

尹绎走过去，伸出手将温西西抱在怀里。

温西西回神，抬头看着他，笑着说："给谁打电话呢？"她语气中带着些许质疑，神色却像在开玩笑。

小家伙现在还学会逗他了，尹绎心里一动，额头抵在她额头上，沉声说："给小红小绿小花小黄……"

温西西哈哈大笑起来。

尹绎搂住她的腰，微微用力，将她抱了起来，一直抱到餐厅，放在座位上，才开口说："我让薄衍和温家联系，房子和钱你也要跟进一下。"

"你不是说他们不是傻子吗，他们会给？"温西西虽然这么问，心里却是相信尹绎的，她随即笑起来，眼角弯弯地道，"我马上就是千万富翁了。"

"会。"尹绎肯定地道，"我说让士博集团的人帮忙进原料，先给些甜头。既然有利益可图，他就会一步步上钩的。"

"你说士博集团的少董事跟你关系不错，你们是朋友？"温西西问。她以为尹绎说对方是他的大学同学是胡诌的，心里猜测他们应该是在饭局上认识的。

"嗯。"尹绎回道，"大学同学。"

温西西一愣，问道："难道他也是电影学院毕业的？"

被温西西问得一乐，尹绎说："表演是我的第二专业，我的第一专业是在国外读的管理。"

温西西："……"

不等温西西说话，尹绎又补充了一句："所以，跟我在一起，你不仅不用担心咱们孩子的长相，更不用担心他们的智商。"

温西西举着筷子说："还不用担心他们的厨艺！"

小家伙神采飞扬、自信俏皮。尹绎温柔地看着她，心里高兴于她的变化，他点点头，笑着说："嗯，不用担心。"

温西西又哈哈大笑起来。

晚上送走温西西后，尹绎没有马上回家，而是去酒吧找薄衍。薄衍是个私人律师，尹绎为他介绍了不少客户，两人算是合作关系，但更是朋友。

进了薄衍所在的包厢，尹绎摘掉口罩和帽子，坐在了卡座上。

闲聊几句后，薄衍将一个牛皮文件袋递给尹绎："查清楚了，你自己看看吧。"

在温西西被徐峰威胁之后，尹绎就开始着手准备报复温家。而在实施行动之前，他让薄衍查了温西西生母的情况。

温西西的母亲去世较早，那时温作延还没有发家，所以资料少之又少。不过可以确定的是，最初夫妻两人的感情还不错，可后来不知道发生了什么事，温西西母亲去世，温作延从此也不再管温西西。

尹绎接过文件袋，打开后一页一页地翻看，文件不多，但尹绎一字一句看得仔细。将最后一张看完后，他收起文件，抬头对薄衍说："这件事情先瞒着西西。"

薄衍点点头："好。"

温西西到 Y 市时已经是晚上八点多，乔亭南早在机场等候了。Y 市四季如春，乔亭南穿着单薄，长身而立，身姿挺拔，气质斯文。

见到乔亭南，温西西小跑到他身边，叫了一声："干爹！"

在温西西跑过来时，乔亭南才回过神，他嘴角微勾，说："回家吧。"

只三个字，温西西就觉得心里暖融融的。点头应声后，温西西随着乔亭南往电梯走去。两人比上一次见面时热络了不少，边闲聊着，边上了车。

"你怎么自己来了？"乔亭南说。

"啊。"温西西被问得有些不好意思，她也觉得自己应该带着尹绎来见见乔亭南，但尹绎忙于工作，而且还要提前回家，她也就没好意思让他过来。

"他工作忙吧。"乔亭南沉声说，同时发动了车子，"不要紧，总会见面的。"

温西西心里很踏实，乔亭南和温作延是完全不同的风格，他从来都是为她着想，从不会给她压力。

"嗯。"温西西说，"我会带他来见您，并且让您给我把把关的。"

似乎是被温西西这句话逗笑了，乔亭南弯了弯眼角，没再说话。

回到家中，温西西和乔亭南一起做了晚饭。本来过了晚饭时间，乔亭南是不吃东西的，但温西西回来，他怕她一个人吃太孤单，就陪着吃了些。

吃过饭后，楼下有病人敲门，乔亭南便忙去了。温西西洗了碗筷，就开始帮乔亭南收拾房间。其实根本不用收拾，乔亭南的卫生习惯很好，家里很干净整洁。温西西收拾了一会儿，觉得实在没什么可收拾的，便坐在客厅等乔亭南。等了一会儿，乔亭南没上来，她觉得无聊，去了乔亭南的书房。

乔亭南的书房不算禁地，刚开始学推拿那会儿，她有不懂的地方不想麻烦乔亭南，就会自己跑到书房找书看。乔亭南知道她翻动他的书，总会将她看过的书放回原位，也不会呵斥她。

以前不觉得怎么样，现在仔细回想，乔亭南真的挺宠她的。

进了书房，温西西没有被书吸引，反而看到桌面上放着一个锦缎盒子。锦缎盒子是打开的，里面安静地躺着几个玉雕，在清冷的灯光下，玉雕看上去十分通透。除了那几个玉雕，桌面上还摆放了一个，已经初见雏形。

温西西走到桌子前，从盒子里拿出一个玉雕，看了半天也没看出是什么东西来。正在她左思右想的时候，乔亭南的声音从门外传来："这是貔貅。"

温西西回头，见乔亭南站在门外，便冲他一笑，然后看着锦缎盒子里的东西说："都是貔貅吗？您自己做的？"温西西突然想起自己房间里的一堆小木雕，觉得乔亭南和尹绎说不定会很聊得来。

"玉是我托朋友帮忙买的。"乔亭南说，"门外汉，做得不太好。"

乔亭南做什么都做得很精致，从玉雕就能看出他的功底。在温西西看来，乔亭南是谦虚了，可见乔亭南对自己要求很高。

"已经很好了。"温西西说，"以前没见您雕刻过。"

"嗯。"乔亭南也没多说。

温西西没在书房久待，很快和乔亭南一起出去了。两人讨论了一下明天去迁户口的事，温西西就回房间睡觉了。

温西西和尹绎正处于热恋时期，一天不见都想得慌。尹绎一直不让她开视频，于是温西西在聊天途中睡着了。

因为睡得晚，第二天温西西醒得也很晚。她一睁眼，就见阳光照射进来，她从床上起来，推开窗户，闻着新鲜的空气，心情格外舒畅。

她换好衣服，洗漱完毕，便看到桌子上已经摆好了早餐。拿了一根油条咬了一口，温西西边吃边下了楼。她还拿了一杯豆浆，咬一口油条，喝一口豆浆。等到了楼下，看到门外站着的两个男人时，温西西一口豆浆没来得及咽，差点呛出来。

两个男人的五官均十分出色，气质一热一冷，一个阳光热情，一个斯文儒雅，光是看着就赏心悦目。

见到温西西，尹绎冲她一笑，招招手说："早！"

温西西一开始还以为自己在做梦，但很快反应过来，拿着油条跑过去，想要抱抱尹绎，但看到乔亭南还站在旁边，她又有点羞涩。

见温西西眼里闪着光亮，全部的心思都在旁边的年轻人身上，乔亭南的眼神柔和下来，他问尹绛："吃过早饭了吗？"

自然是没吃。

乔亭南开门接待病人，温西西拉着尹绛上楼吃早饭。思念浓烈，两人耳鬓厮磨了好一会儿才坐上餐桌。

"你怎么过来了？"温西西问。

他们本来的计划是她今天和乔亭南去迁户口，然后坐第二天的飞机去 B 市见尹绛的父母。

"我睡不着。"尹绛说，"毛毛虫也不顶用，为了我的睡眠，我就过来了。"

温西西："……"

两人吃过饭，温西西收拾了碗筷去了厨房。家里没有保姆，温西西要将碗筷洗干净，她还没动手，尹绛就挽起袖子，说："我来。"

尹少爷十指不沾阳春水，温西西赶紧说："哪有助理让老板干活的啊？"

"现在在家里，我不是你老板，我是你老公。"尹绛说，"哪有让老婆干活的老公啊？"

温西西乐了，索性说："那你洗吧，摔碎了要赔偿的啊。"

两人洗完碗后，便下去给乔亭南打下手。

忙完一批病人，三个人上了二楼，乔亭南进了书房，端着昨天的锦缎盒子出来。温西西眨眨眼，叫了一声："干爹。"

"嫁妆。"乔亭南把盒子递过来。

锦缎盒子打开，六个姿态各异的貔貅安静地躺在里面。昨天的那个半成品也成型了，可见乔亭南昨晚都没怎么休息。

温西西心里一酸，且不说这些玉雕价值不菲，单乔亭南的心意，她就很感动。

"谢谢叔叔。"尹绛诚恳地道谢，心里也替温西西感到高兴。

"我也喜欢做雕刻。"尹绛笑着说，"但喜欢做木雕。"

提到雕刻，乔亭南抿抿唇，神色温煦地道："会做雕刻的性格好，沉得住气。"

被乔亭南夸奖，尹绎很高兴，于是再次道谢。乔亭南看着他，也弯了弯嘴角。

中午吃过饭后，乔亭南和温西西便去办理迁户口的手续。因为前期准备工作已经做完，所以整个过程十分顺利。

办完了迁户口的事情后，乔亭南便载着两人回了家。

现在不过下午，乔亭南望着温西西房间里的床，对她说："你说过要去你男朋友家见他父母，不如今天就去吧。我给你房间定做了一张双人床，师傅做工精细，出活慢，还没送过来。"

乔亭南刚开口时，温西西心里一空，但他后面的话又让她脸一红。

"以后有时间，常回来看看就行。"乔亭南伸手揉了揉温西西的头发，"若是他待你好，干爹心里欢喜。若是他待你不好，不用怕，干爹待你好。"

温西西眼眶一酸，很没出息地掉了眼泪，她揉了揉眼睛，重重地点了点头。

乔亭南送两人去机场，温西西眼中含泪地一步三回头。

"小傻瓜，哭什么，这又不是你出嫁那天。"尹绎拉着温西西的手，安抚着她。

"不是因为这个。"温西西抽噎了一下，说，"干爹好孤单啊，他一个人过了这么多年，我以前应该多陪陪他。"

尹绎没再说话，乔亭南对温西西来说确实是一位好长辈。

到了 B 市，尹家已经派了司机来接。记得刚给尹绎做助理时，温西西还以为他是欠债的少爷，当看到衣着考究的司机和旁边的豪车时，她简直想给曾经的自己一巴掌。

"少爷，温小姐。"司机很有礼貌，打过招呼后说，"叶女士说在德禅山庄等你们。"叶女士就是尹绎的母亲叶一竹。

尹绎淡淡地应了一声，然后拉着还在走神的温西西上了车。坐在车上后，温西西的心跳越发快了，看着这个排场，她真的很紧张。

"我妈很好相处的。"尹绎歪着头看着温西西，笑着安抚她，"你放心，她肯定喜欢你。"

"她都没见过我。"温西西说，仍旧很紧张。

"但她听说过你。"尹绎沉声道，"她每次打来电话，我都会和她聊你。"

"啊？"温西西没想到自己竟然还成了尹绎母子的话题之一，吃惊过后，她脸微微一红，说，"你不会跟阿姨没命地夸奖我吧？"

温西西更紧张了，尹绎看她是情人眼里出西施，她真的没有他说的那么好。

"也没有。"尹绎伸出手捏了捏她的脸，笑着说，"还剩了半条命。"

温西西："……"

04

德禅山庄地处偏僻，但装修颇具禅意，一下车，就能闻到淡淡的檀香味。进了朱漆大门，院子里栽着一片修竹，池塘清澈见底，鹅卵石圆润干净。

踏在石板路上，温西西抬眼瞧见了坐在房间里的叶一竹。儿子肖母，尹绎长得这么好看，叶一竹自然也不差。她的长相很符合东方审美，三庭五眼，端庄清淡。

"妈。"尹绎拉着温西西进门，冲着叶一竹微微一笑。

叶一竹面前摆放着一张小方桌，桌子上是一套紫檀茶具，茶香袅袅。温西西随着尹绎盘坐在叶一竹对面，她只看了叶一竹一眼，能看得出对方并不是很热切的性子。尹绎的性格八成是随了父亲。

想到叶一竹不太好相处，温西西轻声细语地打了声招呼："阿姨好，我是温西西。"

叶一竹美眸轻挑，眼神慵懒地将温西西上下打量了一番，然后从身边拿了一个东西过来。温西西眼睁睁看着叶一竹将一张支票推了过来，然后，叶一竹道："这是一千万，离开我儿子。"

尹绎眉头一挑，忍不住揉了揉眉心，无奈地说："妈，收起你的演技。"

听到儿子的话，叶一竹哼了一声，噘着嘴小声说："讨厌！"

温西西："……"尹绎喜欢演戏，多半是继承了母亲。

叶一竹长得很漂亮，又喜欢演戏，年轻的时候演过几部电视剧。不过叶一竹空有一张漂亮脸蛋，演技实在不行，拍的几部剧都不温不火，再加上家里人反对，也就没有继续演下去。叶一竹每每想到这里都觉得很遗憾，好在尹绎实现了她的梦想。

收起哀怨，叶一竹冲着温西西笑了笑，小姑娘长得挺可爱，看着温顺乖巧，叶一竹很中意。

“我跟你闹着玩的。”叶一竹哈哈笑起来，“这是见面礼，我也没有准备见面礼，你喜欢什么就自己买。”

这真是最实在的见面礼了。

温西西瞪着一双大眼睛，又不敢看叶一竹，只是扫一眼，再扫一眼。尹绎看得一乐，伸手揉了揉她的头发。

虽然叶一竹看着很好相处，但毕竟是长辈，温西西还是有些忌惮。所以那张支票她拿也不是，不拿也不是，只得求助地看向尹绎。

“你刚才吓到她了。”尹绎收起支票，然后将手搭在温西西的肩膀上，将她往自己怀里揽了揽。

叶一竹有点不满，噘着嘴说：“那你是在埋怨妈妈咯？”

“没有。”温西西连忙否认，“我没有被吓到，是我不会说话，阿姨您人真好。”

温西西笑了笑，脸上泛起了红晕。

叶一竹“哎呀”一声，伸手摸了摸她的脸。叶一竹的掌心很暖，而且很柔软，贴在温西西的脸上，显得格外温和慈祥。

“西西真可爱，怪不得我儿子喜欢；连阿姨都喜欢得不得了。”

温西西有些恍然，真希望叶一竹的手不要移开。她低头咬了咬下唇，腼腆地说：“我也喜欢阿姨。”

“哎哟。”叶一竹乐了，爱惜地摸了摸温西西的脸，“喜欢阿姨就赶紧做阿姨的儿媳妇，阿姨还等着跟你一起逛街扫货呢。”

温西西不知道尹家是什么背景，但看叶一竹举手投足之间的从容自信，便猜到他们家应该非富即贵。若是以前，温西西肯定会觉得自己配不上尹绎。但现在，温西西觉得，尹绎的强大，只会让她更加努力地变得强大。

上餐前，叶一竹和温西西解释了一下："你叔叔去国外做学术交流了，明天才能到家，咱们先吃。"

温西西还在想着尹绎的父亲是做什么的，尹绎就补充道："我爸是物理学教授。"

"什么教授，你爸是物理科学家。"叶一竹的语气里难掩崇拜。

见尹绎父母的感情这么好，温西西觉得既高兴又羡慕。

"我物理很差。"温西西就着这个话题说，"所以很羡慕也很佩服物理成绩好的。"

"是吗？"叶一竹笑着说，"那你其他科目肯定很好吧？"

温西西一愣，随即笑着点点头。

叶一竹兴奋起来，笑嘻嘻地说："尹绎从小就理科好，你又文科好，哎呀，生出来的宝宝肯定是个学霸。"

温西西看了一眼尹绎，尹绎冲她一笑，温西西心里一暖，脸微微发烫，点了点头说："嗯。"

既然人已经到齐了，叶一竹便让服务员来点菜。

"这家餐厅是专门做素餐的，现在时候不早了，吃得油腻了对身体不好。"叶一竹体贴地说，将竹简做成的菜谱递给温西西，"尹绎说你是厨师，肯定很会点菜，想吃什么自己点。"

温西西渐渐放松下来，看着菜单点了菜。

"听说你也想开一家私人餐厅，是吗？"叶一竹看着温西西，与她闲聊。

肯定是尹绎告诉她的，温西西点点头："对，想尝试一下。"

"真能干。"叶一竹赞赏道，双手合起撑着下巴，"我在S市有朋友，也是开私人餐厅的，以后你有什么不懂的都可以找他。"说着，叶一竹就把她朋友的电话号码给了温西西。

"你自己的事情，自己做会更有成就感。即使我们想帮忙，能帮的也有限，你自己要加油。"叶一竹笑着说。

从和叶一竹的相处，温西西算是明白了尹绎对待她的方式是继承了谁的。叶一竹对待孩子也是这样。虽然她有能力帮你把事情做完，但她照顾着你的感受，只帮你做一半，剩下的由你自己完成。你若是完成

238

了，她会鼓掌夸奖；你若是完不成，她会暗中帮忙。

这一餐，温西西吃得轻松自在，像是有了一个家一样。

吃过饭，叶一竹便带着尹绎和温西西回了尹宅。

尹宅是一座四合院别墅，外围有一条由鹅卵石铺就的路，车子缓缓驶过，进了大门，经过荷塘与长廊，最后停在正宅面前。整个建筑颇具古风，镂空的格子窗，青砖白墙，红木扶栏，还有铜质的仙鹤雕塑……

若不是亲眼所见，温西西根本不会想到世界上真有人住这样的房子。

此时已经晚上十点，叶一竹看了一眼挂钟，说："你们先去休息吧，有什么事明天再说。明天你爸回来，到时候再见一面。"

"好的，阿姨。"温西西温和地道。

叶一竹看着温西西，越看越喜欢，伸手将她抱在怀里，说："晚安，阿姨很喜欢你。"

"谢谢阿姨。"温西西笑起来，没了开始时的羞怯，"我也喜欢阿姨。"

保姆已经为温西西准备了客房，但温西西还没见到客房是什么样，就被尹绎拉着去了他的房间。

尹绎的房间干净整洁，温西西正四处打量，尹绎就从后面将她抱住了。温西西"呀"地叫了一声，尹绎直接将她抱起放在了床上。

他上床时是自己的后背先着的床，温西西压在他身上，他轻声一笑。将她抱紧后，他翻了个身，将她压在身下。

温西西看着他，眼睛睁得大大的，亮晶晶的，黑白分明。

只是这样看着，尹绎就有些忍不住，低头吻了上去。两人唇舌纠缠，温西西抱住尹绎的后背，尹绎的唇落在她下巴上、脖子上、锁骨上……

"我要洗个澡。"温西西扭开头，轻声说道。

尹绎心里一动，将小家伙圈在怀里，算是答应了。

叶一竹虽然让保姆给温西西准备了客房，但也在尹绎的房间给她准备了浴袍和睡衣。

温西西洗完澡出来，长长的头发湿漉漉地搭在肩膀上，她手里拿着吹风机，说："我要吹头发。"

尹绎应了一声，起身亲了她一下，然后进了浴室。

温西西有些心猿意马，吹风机的声音和浴室里的水声重合在一起。

她时不时地停下来，好听听尹绎洗没洗完。

尹绎从浴室出来时，浴袍半开，紧致好看的身躯露出来，锁骨十分漂亮。他头发也没有干，刘海散在额头上，拍《清秋山》时剪掉的头发还没有完全长回来，现在看起来仍旧有些短。

他径直走到了温西西面前。温西西瞳孔微缩，尹绎一只手接过她手上的吹风机，另一只手搭在她脑袋上，开始给她吹头发。

温西西的头发已经吹得半干，他一下又一下地撩拨着她的头发，她只觉得热风从头顶贯穿了她全身，让她一瞬间热了起来。

将她的头发完全吹干后，尹绎将吹风机放到一边，双手撑在床侧，温西西身体后仰，尹绎与她平视。温西西的心跳得飞快，她看着尹绎的头发，问："你的头发要不要吹一下？"

她刚说完，尹绎就吻了她一下。突如其来的吻让温西西的心猛地一跳，连气息都收紧了。

"不用。"男人的声音低沉沙哑，透着难言的诱惑。

"好吧。"温西西小声地应道。

············

夜已过半，尹绎与温西西和衣相拥而眠，尹绎搂着温西西亲了又亲。温西西哼哼两声，眼皮重得掀不开。她翻身将尹绎抱住，脸埋在他胸口，男人身上有好闻的香草味道，清爽而甜蜜。

"我困了。"温西西嗓音软糯地说。

"睡吧。"尹绎吻了吻她的额头。

等怀里小家伙的呼吸渐渐均匀了，尹绎却怎么也睡不着。他的心痒痒的，透着兴奋和迫不及待。

他又吻了一下温西西，轻声道："西西。"

"嗯？"温西西迷迷糊糊地应道。

"嫁给我吧。"尹绎笑着说。

"嗯。"温西西又无意识地应了一声。

不管她是不是睡着了，反正她答应了。尹绎心里一喜，将小家伙往怀里搂了搂，真的比毛毛虫舒服多了。

因为一些事情，尹绎的父亲尹峤元旦没能赶回来。温西西像是临近期末考试，听到考试推迟了一样，稍稍松了口气。她心里很害怕尹绎的父亲，总感觉他会是一位不苟言笑的学者，而她又是一个物理从来不及格的学生。

两人甜甜蜜蜜地在尹家待到了元旦。元旦结束后，尹绎要进一个新的剧组，新戏名叫《忽而》，是一部都市爱情剧，在C市拍摄，而C市位于祖国的最南端。

C市因其得天独厚的气候环境，成为旅游胜地。从北方的盛寒中来到C市，热浪和热情扑面而来，温西西既好奇又兴奋。

剧组为尹绎订的酒店依然很豪华，海景套房，有独立游泳池。温西西在酒店收拾尹绎的行李，尹绎则去参加剧组召开的会议。

会议内容无非拍摄进度和戏份安排之类的，随着尹绎一起去的还有他的工作助理小陶。等开完会，尹绎和导演、制片人寒暄后，便拿着资料回了酒店。剧本他已经看过，台词也勾画完了，他准备趁着温西西睡觉的时候，先背背台词，最近沉迷于恋爱，工作都耽搁了。

想到这里，尹绎忍不住轻笑一声。

"尹老师。"小陶抱着资料，跟着尹绎到了电梯前。

"嗯。"尹绎淡淡地应了一声。

"制片人刚刚问我，咱们公司的温妍妍是温小姐的妹妹，剧里有个适合她的角色，要不要让她来演。"小陶问。

制片人的意思很简单，就是想通过给个角色，卖尹绎一个面子，或者和尹绎攀个交情。

"不用。"尹绎眼神一暗，道，"你告诉制片人，温妍妍不是温西西的亲妹妹。"

小陶虽然好奇，但他只是一个上传下达的助理，应了一声后，话题就扯到其他工作上去了。

尹绎回到酒店的时候，温西西刚好睡了一觉醒来。她坐在床上发了会儿呆，听到开门声，赶紧跑了过去。尹绎打开门，看到她跑过来，笑着伸出手，一把抱住了她。

"饿了吗？"尹绎亲了一下她的额头，笑着问。

"饿了。"

尹绎看了眼时间，便抱着她出了门："走，吃饭去。"

所谓的饭局，竟然是郁泽组织的。见到郁泽，温西西心里有点紧张，但随即放松下来，和他打了招呼。

"今天就算不请尹绎，也得请你。你可是厨艺 App 上人气最高的'大V'，我现在还得靠着你吃饭呢。"郁泽笑着把菜单递给温西西。

温西西淡淡一笑，点了几个尹绎喜欢吃的菜，然后将菜单递给郁泽："郁总您开什么玩笑。"

"叫我郁泽就行。"郁泽笑嘻嘻地说，"我们两个是互帮互助。"

温西西以为他说的是她依靠厨艺 App，而厨艺 App 也依靠她。她刚要说话，尹绎就介绍了一句："他就是士博集团的少董事。"

温西西一愣，想起先前在温家的时候，尹绎说的原材料的事情来。其实到现在她都有些想不明白尹绎为什么要帮温家。但她又明白，尹绎帮温家，最终目的肯定是为了她。

"对了，西西。"郁泽像是突然想起什么事来，问她，"你准备参加'陶然杯'全国厨师大赛吗？知溪、如者他们都准备参加。"

"陶然杯"全国厨师大赛是全国最高级别的厨师大赛，每年二月份举办，温西西每年都会关注。

作为半个美食圈的人，郁泽自然也知道这个比赛。主办方也向厨艺 App 发了邀请函，他们 App 会推荐相关人员去参赛。

厨师参加厨艺大赛，是为了给自己镀金。一般在某场厨师大赛中能拿得名次的人，在餐厅都能做到大厨的位置，一来是他们的厨艺确实好，二来他们也能给餐厅带来知名度。

"嗯。"温西西点头，"我和知溪讨论过了，会参加。"

温西西其实不太喜欢参加比赛，可为了让自己成长，为了她的私人餐厅，不喜欢的事情她也要做得很好。

尹绎听着两人的交流，看着温西西脸上的自信，嘴角扬了扬，伸手揉了揉她的脑袋。

他的西西真棒。

饭吃到一半，温西西去了洗手间。郁泽看着尹绎，笑着说："真没想到你一直守身如玉，最后还是被西西攻破了，不打算等当年那个让你帮忙做物理题的小姑娘了？"

郁泽一句话，勾起了尹绎的回忆。他淡淡一笑，抬头看着从洗手间回来的温西西，说："不等了。"因为已经等到了。

吃过饭，司机接尹绎和温西西回了酒店。

晚上的C市，空气比S市更加潮凉，出门就能闻到咸咸的海风味道，感觉舒畅又自由。

温西西没来C市玩过，今晚也没有拍摄任务，所以她不想那么早回去。尹绎似是看穿了她的想法，让司机掉头去了海边。

车停在一片无人的海滩，温西西下了车，闻着海风的味道，深深地吸了一口气，然后撒丫子朝着大海跑去。

尹绎见她喜欢，嘴角不自觉地上扬，跟在她身后，说："我要去抓你了。"

温西西"呀"了一声，跑得更快了，边跑边将鞋子甩开，赤脚踏进了海水。

海沙从脚趾间流过，温西西舒舒服服地活动着脚趾，见尹绎跑过来，她拎着裙摆哈哈笑着往一边跑，最终她的小短腿也没有跑过尹绎。尹绎抱起她，低头亲了她一下。温西西搂住他的肩膀，回吻了他。

现在的生活甜蜜又自由，真是让人向往。

"司机师傅真会挑地方。"温西西抱着尹绎，看了一眼四周，几乎没有人，只有不太亮的路灯在漆黑的海面上打了一片亮光。

她从尹绎怀里跳下来，水面溅起了水花，落在她裙摆上。既然四周无人，她也不管了，将裙摆打结系好，专心踩水玩。

"我初中升高中那年，想买个MP3听歌。"温西西沉浸在回忆中，伸手撩着凉水，"温妍妍去我房间看到了我定的目标，就将她不用的几个MP3都弄坏了。

"我生活费不多，也不能问温作延要钱，就每个星期天回校的下午去海边的一家别墅餐厅帮忙。

"餐厅的厨房里很闷，我的脚都闷出了泡。每次回学校前，我都会赤脚跑进海里泡一下，特别舒服。"

温西西是触景生情，并没有想告诉尹绎什么，尹绎听了，却十分心疼。他朝着温西西的方向动了动，温西西"哎呀"一声，就站在了他脚面上。

"最后买到了吗？"尹绎笑着问，亲了一下她的鼻尖。

"买到了。"温西西说，"是餐厅老板给我的。"

说到这里，温西西眼睛一亮，笑着说："餐厅老板才二十多岁，长得特别帅气。他很会做菜，我入门的厨艺都是他教的。"

那时候的温西西正是情窦初开的年纪，她对餐厅老板倒是没有什么想法，只是一直印象深刻。后来，她对如者产生感情，也多半是对那个餐厅老板感情的延续。

不过，温西西并不认为那是初恋，甚至连暗恋都算不上。

尽管这么想，温西西还是瑟缩了一下，毕竟尹绎的醋意她是知道的。她干咳一声，正要解释，尹绎却笑起来。

尹绎虽然从来不说，但他心里一直觉得亏欠了温西西。他总是想，自己怎么不早点遇到她，自己怎么不早点找到她，这样她就可以少受点委屈。如今听她讲了一个过去的故事，尹绎觉得有些安慰——温西西是个很好的女孩，她在温家受到了不公平的待遇，但在其他人那里，她也曾感受到温暖。

这些共同造就了现在的她。

"有人对你好就行。"尹绎说，"我就算把我能力范围内所有的好都给你，也满足不了我想对你好的心。"

男人的脚趾动了两下，好像在给她挠痒痒。温西西双手抱住尹绎，说："人的成长是需要养分的。有的人长得大，需要的养分多；有的人长得小，需要的养分少。"

"那你呢？"尹绎笑着问。

"我很小。"温西西将手指放在尹绎胸口，感受着他的心跳，她又打开手指，将他心脏的位置包住，然后抬头看着他说，"我只要这么多，就够了。"

尹绎给她鼓励，让她成长，使她自信，还给了她最美好的爱情，这就足够了。

尹绎抱住温西西的脸，低头亲了上去。

辽阔的大海，澎湃的海浪，温顺的海风……海边的一切都能让人的心情变得美好。尹绎牵着温西西，两人边走边聊，不一会儿，兴奋劲过去的温西西就有点乏了。

尹绎轻笑一声，蹲下身体说："来。"

温西西抿唇一笑，趴到尹绎身上，尹绎毫不费力地将她背了起来。

"摸着挺有肉，怎么背着没几两重。"尹绎伸手捏了捏温西西腰上的肉，温西西被挠得哈哈一笑。

"好好吃饭了吗？"尹绎问。

温西西无语凝噎，只说："这句话应该我对你说吧？"

"我没有关系。"尹绎轻笑一声，将温西西往上托了托，"我有你就行了。"

两人走了一会儿，温西西觉得时间差不多了，虽然今天没有拍摄任务，但尹绎还要回去看剧本。他是个敬业的人，若不是她想来外面玩，他现在肯定在房间里背台词看剧本了。

温西西指着车停靠的方向，说："前进！"

尹绎笑了笑，背着她就开始跑。温西西的身体被颠得来回晃，她抓着尹绎的衣服，笑着说："坠机了！坠机了！"

听她这么一说，尹绎的身体顺势倾斜一下，同时还跟跄了一下。温西西"哎呀"一声，尹绎从沙滩上捡起她的鞋子，然后背着她边跑边说："走咯！"

小时候看到别的小朋友被父母背着，温西西很羡慕，现在被尹绎背着，也算弥补了当年的缺憾。温西西伏在尹绎的背上，觉得自己的男朋友真是无所不能。

第九章
他要保护好他的小公主，谁都不能欺负

01

在剧组的生活和往常无异。尹绎拍戏时，温西西就等在一边。她提交了"陶然杯"全国厨师大赛的报名表后，很快就收到了参赛准入通知。

厨艺 App 一共推荐了六个人，除了她，还有知溪、白楷、如者，以及两个后起之秀。六个人的照片都展示在厨艺 App 的首页。比赛有网络投票环节，厨艺 App 也在卖力地为他们做宣传。

看着三个熟悉的人和两个新人，温西西不免有些感慨。

不管是什么，都在更新换代，旧的去新的来。若是以前，参赛者中肯定有琳琅的一席之地，现在琳琅被踩下去，其他的烘焙达人就起来了。如者倒是没什么变化，人气只增不减。

温西西发呆的工夫，白楷在群里发了一条消息。

白楷："哎呀，我终于能跟你们见面了！"

知溪："……"

白楷："到时候你们派车来接我啊，姐姐给你们准备了两大行李箱的特产，其他东西都没地方塞。"

"陶然杯"全国厨师大赛的初赛定在元宵节，也算讨个好彩头。半决赛在三月，决赛则在四月。

西西："好，我开车过去接你。"

白楷："哎呀，那你带尹绎不？我能要个拥抱、要个签名不？"

温西西乐了，回道："不行。"

白楷："心酸。"

知溪："咱们这次虽然是代表厨艺 App 参赛，但彼此也是竞争对手啊。"

白楷："我就不跟你们竞争了，我自己几斤几两还是有数的，主要是去找你们玩，嘿嘿。"

西西："我们三个谁得名次都行。"

知溪："就怕有人不让我们得。"

知溪的话让温西西一愣。知溪祖上都是厨师，蒋氏菜系名声在外。上次"星空杯"比赛知溪还是评委，"陶然杯"里面的门道，她肯定也清楚。

白楷："啥？啥意思？"

知溪："'陶然杯'的评委本来是确定了的，但前段时间突然换了两个，新的评委是国外的厨师。官方给出的说法是要和国际接轨，但具体是为了什么，就不得而知了。"

温西西也看过官方微博发的两个新评委的照片，若不是知溪提起来，她还天真地以为主办方是真的想与国际接轨。

西西："与如者有关？"

知溪："不太清楚，我们确实都不认识。"

温西西哼笑一声，打了一串字过去。

西西："若是与如者有关倒好了，这个毒瘤。"

似乎是被温西西的形容词刺激到了，白楷和知溪都没有说话。半晌后，知溪发了一句："你想整他？"

西西："嗯。"

白楷："西西，你一般是被人欺负，怎么这次想要欺负人啊？"

温西西看着白楷的话，想了一会儿，回了一句："我的私人餐厅要开业了，他的'林语餐厅'现在在 S 市很有名气，我要想做大，就得把他拉下来。"

白楷："哈哈哈，西西有想法！"

知溪没再说话。

抬头看到尹绎拍完戏走了过来，温西西刚要起身，手机振动起来，她看了一眼，是知溪发来的微信消息。

知溪："如者要是真的使用了非正常的手段，我肯定会帮你的。"

温西西笑起来，发了个"抱抱"的表情包过去。尹绎走过来，看着她高兴的样子，问道："有什么高兴的事？"

温西西握住他的手，笑眯眯地说："看到你特别高兴。"

尹绎一笑，伸手揉了揉她的头发："嘴这么甜，以后叫你'小甜瓜'吧。"

自从上次尹绎去了一趟温家后，她算是体会到了什么叫"炙手可热"。离过年还有二十多天，温作延的电话就打来了，温西西看着电话号码，等了半晌才接通。

"喂。"温西西不冷不热地道。

"西西，我是你爸爸。"温作延的语气里仍旧带着威严，"今年春节，你奶奶、大伯和姑姑都会来我们家，你到时候别回来太晚。"

温西西眉头一挑，合着这是直接让她回温家过年，他以为她很愿意回去？温西西嗤笑一声，说："再说吧，剧组不一定会放假。我这边还有事，先挂了。"说完，温西西不等温作延再啰唆，直接将电话挂断了。

对于今年的春节，温西西有自己的计划，她准备回Y市陪着乔亭南。以前的春节，她都是自己在那套房子里过。现在和乔亭南亲近了，再想想以前的孤单日子，温西西觉得乔亭南最需要她的陪伴。至于尹绎，他们两人以后还可以一起过很多个春节。

天气炎热，尹绎刚拍完最后一幕戏时出了一层汗，温西西将纸巾递给他，尹绎拉住她的手，让她给他擦。

两人甜蜜得旁若无人，周围的人也见怪不怪。温西西笑着给尹绎擦汗，然后将冰水递了过去。

"刚才谁打来的电话？"尹绎拉了椅子坐下，顺便给温西西也拉了一把。

温西西坐下，将水杯接过来，说："温家，温作延让我去温家过春节。"顿了一下，她问尹绎，"要回去吗？"

她没有直接拒绝，是想着尹绎要是想放长线钓大鱼的话，她现在也该配合他，对温家采取怀柔政策。

"你想去吗？"尹绎垂眸看着她，棕眸中带着浅淡的笑意。

在尹绎面前，温西西不用撒谎，她身体往后靠了靠，揉了揉鼻子说："不想。"

"那咱们就不回去。"尹绎伸手揉了揉她的头发，又问，"你想去Y市？"

"嗯。"温西西点头。

尹绎猜得到温西西的想法，虽然他不想和温西西分开，但他尊重她的决定。

《忽而》赶在大年二十八那一天拍摄完毕，剧组杀青宴也办得马马虎虎，大家都赶着回家过年。

临近春节，机场里也红红火火，到处洋溢着节日的气氛。

尹绎依依不舍地送温西西上了飞机，温西西心里也有些难过。尽管年后就能见面，但相思之苦好像从两人的手分开时就冒出来了。心上像是被插了一根针，刺痛不已，直到回到Y市，这种感觉才有所缓解。

乔亭南依然在机场等她，温西西看到他后，叫了声："爸！"

她叫得响亮而亲密，乔亭南浑身一震，回头冲着她淡淡一笑。他很少笑，笑起来时，是别样的斯文优雅。

温西西在C市买了不少特产和给乔亭南的礼物，满满当当一大行李箱。乔亭南接过行李箱，父女俩回了家。

温西西一向不怎么喜欢过春节。小时候，每逢春节她都是独自在家过，温作延和李娇会带着温妍妍回老家过。因为温家的人都不待见她，所以她只能被留在家里，保姆也不管，她就自己弄点东西吃，然后站在窗前看烟花，听外面鞭炮锣鼓之声。

但今年的春节，她心里很期待。

腊月二十九，温西西和乔亭南一起去祭拜安鸾。安鸾的墓地就在小镇的山上，景色秀美，视野开阔。

墓碑上贴着安鸾的照片，青春洋溢的脸庞上带着暖融融的微笑。安鸾年轻时定然也是个温暖到让人无法忽略的人，否则乔亭南也不会至今仍对她念念不忘。

乔亭南站在墓碑前，静静地看了照片许久，然后才着手收拾东西，并对温西西说："走吧。"

温西西上手帮忙，在收拾东西的时候，她看了一眼乔亭南。乔亭南的脸上带着淡淡的哀思，不重，却足以感染人。

温西西不自觉地想起了她的母亲。两个好朋友，在一起时有着相同的生活与际遇，但在嫁给了不同的人后，便开始了截然不同的人生。

温西西从温作延对她的态度里，隐约猜到当年或许是母亲背叛了他，他才迁怒于她。可当年两人白手起家，既是夫妻，也是合作伙伴，她母亲怎么会做出那样的事情呢？

"你见过你母亲吗？"似乎是察觉到了温西西的心思，乔亭南顿了顿，问她。

"没有。"温西西跟上乔亭南的脚步，山路很窄，旁边都是青草，刚下过一场雨，路上有些泥泞。

"有时间的话，去看看吧。"乔亭南敛眸，沉默半晌后说，"说不定她也想看看你呢。"

温西西一愣，半天没回过神来，等反应过来，两人已出了山口，到了车边。乔亭南打开车锁，冲着温西西一笑。温西西压下复杂的思绪，抿抿唇说："好。"

乔亭南鳏居日久，平日与镇上的人交情都不错。家里的厨房里摆满了镇民送来的年货，镇民大多是出于感谢。乔亭南虽然医术高超，但收费不高，是镇上的活神仙。

回到家后，两人便开始准备第二天的年夜饭。

乔亭南见温西西扎起马尾，一副准备大干一场的模样，便问道："准备大显身手吗？"

"当然。"温西西笑起来，冲着他眨眨眼，说，"两个人过春节，就要热热闹闹的。年夜饭要丰盛，鞭炮烟花一个都不能少。啊，对了，还有春联！"

窗外突然一声响，过了半秒，只听"砰"的一声，烟花炸亮了半边天空。

温西西赶紧跑到窗边去看，乔亭南眸中闪着亮光，看着她的背影，在她回头冲他笑时，说道："热闹惯了，以后该不习惯一个人过春节了。"

温西西的笑容僵在脸上，随后又笑开，说："那我就每年都来陪着您过。"

乔亭南笑了笑，没有说话，挽起袖子，开始准备年夜饭。

将东西收拾完后，温西西便去洗了澡，然后回到房间，给尹绎打了个视频电话。尹绎已经等了很久，立马点了接通。

"我想回去祭拜我妈。"温西西将自己的想法告诉了尹绎，"等年后，我要抽一天时间去温家。"她小时候也曾问过有关妈妈的事，可从来都没有结果，她后来渐渐也就不问了。

在温西西提起母亲时，尹绎的眉心几不可察地跳了一下。

"行。"尹绎说，"我陪你去。"

"我自己去就行了。"温西西揉揉眼睛，说，"又不是什么大事。再说了，现在有你撑腰，温家谁敢欺负我？"

尹绎看着镜头里的温西西，伸手摸了摸，但又摸不到，深深的思念让他恨不得现在就去Y市找她。

"我不高兴了。"尹绎突然说。

"啊？"温西西歪歪头，"你生什么气？"

"温家的人竟然比我先见到你。"尹绎叹了口气，"你说我生不生气？"

温西西被他逗得哈哈笑了起来。

年夜饭，温西西下足了功夫，她将每一道菜都拍了照上传到微博和厨艺App上。吃过饭后，乔亭南便带着她去河边放烟花。

乔亭南长身而立地站在河边，手上拿着一根长长的烟花，温西西站在他身后。等乔亭南将烟花点着，温西西"啊啊"叫着往旁边跑，还未跑开，后襟就被乔亭南拉住了。

烟花在夜空中炸裂，照亮了半边天。温西西听着千家万户辞旧迎新的鞭炮声，感受着身后乔亭南可靠而温暖的胸膛，思念着远方的尹绎。

她双手握住放在胸前，黑亮的眸子中，烟花一直在绽放。

新的一年，她要有新的成长，她不会再自卑，她会更加自信。她要获得"陶然杯"全国厨师大赛的冠军；开一家属于自己的私人餐厅；和尹绎幸福开心地在一起；希望尹爸尹妈还有干爹身体健康、顺顺利利；以及她会保护自己，不再让自己受到伤害。

在保护别人前，她会将自己保护得好好的。

放完烟花，温西西和乔亭南边聊天边收拾了河边的烟花箱，然后一同回了家。

马上就到凌晨了，新的一年即将到来，温西西的手机提示音一直断断续续地响着，往年可没有这么热闹。

槿然发了好几条微信，先是拜年祝福，然后又说了一句："你快去微博上看看，大过年的，年夜饭吃到撑就算了，还要被硬塞一口'狗粮'。"

温西西发了一句"怎么了"，然后立马登录了微博。微博上的提示已经显示了三个点，她点进去看了一眼，看到尹绎转发了她的微博，心里一甜，笑了出来。

尹绎将她发过的美食微博都转发了一遍，每一条微博上都会配上菜名，并且加一句"我喜欢吃的"。

最后一条是晚上发的年夜饭的微博，车辕转发评论："你又不吃土豆，上次去外面吃饭，你把土豆全部挑我碗里了。"

尹绎马上回复："无论西西做什么，我都喜欢。"

尹绎确实想她想疯了，温西西能感受得到。她给尹绎打了个电话，尹绎立马接了，她笑起来，声音里带着欢快："新年第一个电话打给你。还生气吗？"

电话那端传来男人沉沉的笑声，尹绎说："不生气了，你人都是我的，有什么好生气呢。"

以前觉得肉麻的话，从喜欢的人嘴里说出来就是不一样。温西西心里甜丝丝、麻酥酥的，心里已经盘算着，去了温家后，就去 B 市找尹绎。

在 Y 市待到初三，初四那天，温西西带着一堆特产回到了 S 市，她先将东西送回了白琴别墅。

曾经的那套房子，她现在已经鲜少去了。她以前对那套房子的执念那么深，是因为它陪伴了她几年，给了她归属感。然而，她和尹绎在一起后，归属感就留在了白琴别墅。

02

温西西打车去了温家，温家大门开着，能听到里面的声音，十分热闹，李娇每年都会请亲朋好友来他们家玩。

再次来到温家，温西西不再胆怯与退缩，她直接走到别墅门前敲了门，保姆过来开了门。门内的人都听到了外面的动静，把视线投到了温西西身上。

温西西抬眼望去，看到了温老太、温作延、温妍妍……沙发上还坐着一个穿着很素的女人。她的头发简单地挽了个髻，显得沉静安然。

温家的人，温西西能从相册上认得个七七八八。这个女人是温老太唯一的女儿温作柔，她还是第一次见。

温西西的出现，顷刻间将客厅里的热闹打散。温作延和温老太俱是一惊，温西西也没想其他，开口说："我想问问关于我母亲的事。"

温老太的身体一下横在了温作柔面前，温作延和温作勤则起身走了过来。温作延脸上透着焦急，他拉着温西西就往外走："走，去外面说。"

"哥。"这时，温作柔开口叫了一声，声音里听不出半点情绪，却给人一种毛骨悚然的感觉，"我已经看到她了。"

温作柔将温老太拉到一边，抬眼看着温西西，说："过来吧，我知道你妈妈的事。"

温作延一顿，看着温西西，眼神复杂，但转瞬又恢复了往日的威严。

"你叫西西吧？"温作柔不在乎温西西过不过去，她端着茶杯喝了一口茶。

"嗯。"温西西抬眼看着温作柔。

客厅里的气氛十分诡异，大家似乎都想阻止温作柔，然而又惧惮着什么，所以并没有阻止。温西西不在乎这种诡异是怎么回事，她只知道一点，温作柔肯定知道她母亲的事情。

她既然决定来问温家人，那么自然不在乎是从谁嘴里听说的。

沉默了片刻，温作柔突然笑起来，语气中添了一丝扭曲："你母亲该死。"

"我家和你家合作做生意，采购是你妈负责。"温作柔顿了半晌，又冲着温西西招了招手，"你过来，姑姑先抱着你，等你妈回来就会抱你的。"

温西西看着温作柔，身上起了一层鸡皮疙瘩。她算是看明白了，温作柔的精神状态不对，明显是有精神方面的问题。

"我妈已经死了。"温西西开口说，"我就想知道她埋在哪儿，我想去祭拜一下。"

她看了一眼温作延，温老太却开了口："我们也不知道你妈埋在哪儿。当时家里的生意出了很大的问题，很可能会破产，你妈……"

温老太声音一顿，然后说："出了车祸……"

"妈！"温作柔大喊了一句。

温老太被吓了一跳。

温作柔一下站起来，指着温西西说："你还护着她呢？要不是她成天往外跑，大手大脚地花钱，泽然也不会在与她理论的时候心脏病发作去世！"

温西西的心像是被一记重锤砸下，震得她心脏嗡嗡直响。

"不护不护！"温老太赶紧抱住温作柔，说，"我是你亲妈，当然向着你。"

在经过一系列的铺垫后，事情的真相像兜头一盆水，浇在了温西西脑袋上。

温家人都恨她，是因为她妈妈肆意挥霍，害得温作柔家破人亡且精神失常？不会是这么简单，若是这么简单，温家人肯定恨她入骨，怎么可能会将她养大，而且知道尹绎和她的关系后，还让她回家。

温西西盯着温老太，问："出了这么大的事，家里的生意怎么反而渡过难关了？"

温老太眼神游移："因为……"

"车祸后，有个厂家联系了我们，比之前的更好，是你妈找的新渠道，那些钱也是拿去打点各方了。你妈之前什么都没跟我们说……"

温作延突然插嘴。

"泽然心脏病发作后，你妈在开车送他去医院的途中发生了车祸。遗体火化时，作柔的精神已经不正常了，她把骨灰抢走，不知道带去了哪里。我们一问起来她就发病，所以至今不知道你妈的骨灰在哪里……"

温西西眼眶一涩，身体有些软，后背一片麻，她有些站不住，稳了稳情绪后，就地蹲下了。

"你姑姑的精神本来就很脆弱。"温老太说，"泽然死后，她就崩溃了，一直认为你妈是罪魁祸首。"

"谁都是受害者。"温老太想起以前，少有地声音哽咽，温西西的母亲让家里的生意转危为安，可也间接害死了她的女婿，让她唯一的女儿变成了这个样子，再加上……不久后李娇怀孕进门，她不知道该怎么对待温西西，只得视而不见。

温西西抱着双膝，突然笑了起来。她的笑声一开始很小，后来渐渐变大，笑着笑着，眼泪顺着脸颊淌了下来。

温西西抹了一把眼泪，声音平稳地说："我有错吗？"

她的母亲救了温家的生意，还赔上了自己的性命，她从小到大却遭受着温家所有人的冷暴力折磨。

温老太被温西西问得心里一震，她动了动嘴唇，想说什么，最终却没有说出来。

温西西从地上站了起来，她在心里消化着一切，又消化不了。

"我是无辜的。"她抬眼看着温作延和温老太，闷声道，"你们应该好好补偿我。"

若是以前温西西说这话，温家人是不会搭理的。而现在，温西西和尹绎绑在了一起，那温家人自然要和温西西修复关系。

"爸确实对不住你。"温作延沉声说，"我一定会补偿的。"

"空头支票啊。"温西西擦干眼泪，眼神锐利。

没想到温西西的情绪转变这么快，温作延有些愣住了。这个小姑娘要么心大，不在乎自己受了这么多委屈；要么心理强大，在强忍着。

"我在南区有套商铺，地段好，值钱……先给你。"温作延说，"你让上次办理过户的那个律师来找我就行。爸答应你的，绝对不会食言。"

"原来我这么多年受的委屈，就值一套商铺啊。"温西西似笑非笑地道。

　　温作延被温西西这话噎到了。因为那些难言的思绪，这么多年来他一直对温西西不闻不问，如今把话都说开了，他心里正想着补偿一二，更重要的是，他公司的原材料现在还要靠着尹绎的关系。

　　"剩下的以后再说。"温作延说，"你总不至于让我现在就把遗嘱立下吧？"

　　温西西抬眼看着温作延，笑了笑，说："您要是立了遗嘱，说不定我就想撞死您了。"

　　温作延神色一震，温西西又冲他一笑，说："开玩笑的。"

　　温作延的脸色不太好看，他虽然心有愧疚，但他对温西西的感情并不深。

　　"那我先走了。"温西西说着，转身往外走去。

　　温家人在她离开后，俱是松了一口气。温西西再也不是以前那个任他们揉捏的软柿子了，现在光听她说话，就有些惧怕。

　　温老太安慰着怀里还在喃喃自语的温作柔，温作延坐在沙发上想着事情。整个客厅里，除了温作柔的呢喃，听不到任何声音。

　　坐在沙发一角的温妍妍在心里冷哼一声，然后起身上了楼。

　　出了别墅小区的大门，温西西看着路上来来往往的车辆，感觉那些车都像轧在了她心上。疼痛席卷而来，温西西觉得一阵恍惚，她打了辆车，先回了白琴别墅。

　　温西西觉得自己一直在做梦，梦醒了，今天发生的事情就过去了。温家人因为那场变故，漠视了无辜的她二十多年……想到这里，温西西竟觉得可笑。

　　回到白琴别墅后，温西西揉着自己的眼睛，觉得身心俱疲。到了二楼后，一阵海风刮到了脸上，冰凉刺骨，温西西被冻得一个哆嗦。她抬眼看向落地窗，落地窗开着，洁白的窗帘来回飘拂。

　　阳台上的懒人椅上坐着一个人，那人一身白衣，姿势慵懒散漫。

　　温西西紧绷的心弦松开了一些，她朝着窗边走去，看清了懒人椅上的人。男人手上拿着雕刻刀，还有一个圆形的小球，正在刻着什么。

温西西紧绷的心弦彻底放松了，她一直将情绪控制得很好，就算出了温家的门，她也没有哭。可看到尹绎，所有的坚强一瞬间溃不成军。

尹绎察觉到她进来了，转身冲着她一笑，然后将手里的小球放在桌子上，从懒人椅上走了过来。

看着尹绎一步步走过来，温西西紧紧锁住的心一点点解开，等完全解开后，委屈随之迸发。唇一抖，眼泪唰地流下来，温西西飞奔过去，一把抱住尹绎，大声哭了出来。

温西西突如其来的大哭，让尹绎的心差点碎掉。他笑容顿失，伸手揽过她，双臂一用力，将她抱在了自己怀里。

"你是想让我心疼死啊。"

尹绎回来看到了温西西带回来的特产，知道她和自己一样，迫不及待地想见到对方，所以提前回到了白琴别墅。白琴别墅里没有她的踪迹，又结合前几天她跟他说想去祭拜母亲的事情，他还在想她是不是去了温家。现在来看，她肯定是去了温家，而且已经知道了她母亲的事情。

尹绎很心疼，他抱着温西西，亲吻着她的脸颊，将脸贴在她脸上，柔声细语地说："宝宝，不哭了。"

一个人最委屈的时候，莫过于想起爱自己的人对她多么好，而不爱她的人对她多么不好。

温西西哭得声嘶力竭，尹绎手足无措地哄着，抱着温西西来回转圈，像哄婴儿一样。知道温西西的委屈要全部发泄出来，尹绎也没让她憋着，也不再劝她，只是轻声安慰着她。

最后，温西西终于哭累了，她哭得眼睛和鼻子通红。尹绎抱着她去给她倒了杯水。

尹绎一只手抱着温西西，另外一只手拿了杯子，温西西感觉到他松手了，扭头一看，正对上尹绎的目光。

"嗯……我想喝香蕉牛奶。"温西西的嗓子都哭哑了。

"还想喝香蕉牛奶……"尹绎哑然一笑，将脸凑过去，笑嘻嘻地说，"亲我一口。"

"嗯。"温西西扯了扯嘴角，抱着尹绎亲了一口。

尹绎咬了咬她的嘴唇，笑着拿了一瓶香蕉牛奶，放在热水中烫了一会儿，才插上吸管递给她。温西西接过来，抱着尹绎，下巴搭在他肩膀上，开始喝。

"好喝吗？"尹绎抱着她去客厅，笑着问道。

"好喝。"温西西松开吸管，吸了吸鼻子，说，"特别甜，刚才我心里可苦了，现在就只剩下甜了。"

小甜瓜不愧是小甜瓜。

温西西少说也哭了一个小时，尹绎就一直抱着她在屋子里来回溜达，也该累了。温西西朝着沙发的方向动了动身体，尹绎会意，走过去坐下后，将温西西掉转了九十度，公主抱在了怀里。

"我今天去温家问清楚了。"温西西喝着牛奶，抬眼看着尹绎，开始说正事，"温家人欠我的，我要他们还给我。"

她先前还觉得，只要能甩掉温家人，拿了钱她就跑。现在她不打算跑了，她要把温家所有的钱都拿到手。

尹绎垂眸望着喝牛奶的温西西，翘了翘嘴角。温西西察觉到他的目光，想起自己刚才哭得那么凶，一时有些害羞，目光躲闪了一下。

"你不问问我我妈的事吗？"温西西问。

尹绎摇摇头，伸出手指敲了敲她的牛奶瓶，说："好不容易用香蕉牛奶把你安慰住了，要是你再哭，还得给你喝一瓶香蕉牛奶。"

温西西将牛奶瓶子一放，反手抱住尹绎，晃了晃身体，撒娇道："你心疼香蕉牛奶吗？"

"我心疼你难过。"尹绎摸摸她的后脑勺，轻轻吻了一下，"以后别轻易伤心了，好吗？"

尹绎想用自己的全部力量给温西西带来快乐，他不希望温西西伤心。

"好。"温西西点点头，忍着没让眼泪流出来，把尹绎抱得更紧了。

尹绎现在还在休假，他的计划是明天带着温西西回B市的家中。他父亲尹峤也在家，两人可以见一面。

然而，计划赶不上变化。

温西西哭累了，吃过饭后，尹绎将她哄睡了，他则拿了旁边的纸笔，开始画素描。

在尹绎心里，温西西有无数种形象，而她的每一种形象，他都想以木雕的形式雕刻出来送给她。刚才她像个小哭包，尹绎觉得心疼，又想留住她的每一面。铅笔在白纸上沙沙作响，尹绎将一个圆鼓鼓的萌系小哭包勾勒了出来。

尹绎刚要起身去拿雕刻刀，手机突然振动了一下。他眼疾手快地将手机拿起来，起身去了阳台。

这个电话是查雯打来的。

查雯的电话多半是关于工作的。春节前，尹绎说他元宵节前不想工作，查雯同意了。如果不是非常要紧的事，她不会打电话。

"查姐。"尹绎站在阳台上，望着大海，叫了查雯一声。

"西西出事了。"查雯情绪激动地说，"温妍妍找了个小媒体，说要爆料西西的母亲在家族事业的危急关头肆意挥霍，还蛮横无理致人死亡。消息还没发，那家媒体想赚钱，来找我们了。"

"你联系温妍妍，我要见她一面。"尹绎淡淡地说了一句。

"好。"查雯见尹绎不慌不忙，知道他心里有谱，应了一声后，便去联系温妍妍了。

尹绎回到卧室，温西西还在熟睡。他上了床，趴在温西西身边，亲了她一下。小家伙感觉到有些痒，皱了皱眉头，翻过身又睡了过去。尹绎忍不住又亲了她一下，然后抬起手腕看了眼时间，将刚才画好的素描拿过来，在上面给温西西写了一段留言。

写完后，尹绎起身，将素描纸压在台灯下，然后转身出了房间。

他要保护好他的小公主，谁都不能欺负她。

03

温妍妍被封杀后，混得不太好，所以那天她听完了前尘往事后，当即将故事掐头去尾，找人联系了一家媒体，想要报复温西西。

这家媒体在微博和公众平台上掌握着多个"大V"，就靠着胡编乱造明星的花边新闻起家，有一堆不辨是非的拥趸。

查雯将温妍妍约在了一家咖啡厅，温妍妍以为是某家媒体的人约她，才来了。进了包厢一看坐着的是尹绎，她心里顿时"咯噔"一下，知道事情败露了。下一刻，她就冷静下来，既然尹绎都亲自出动了，说明那个爆料对温西西伤害不小，这就是筹码。

"出场费大几百万的尹大明星，我竟然没花钱就看到了。"温妍妍走过去，得意地说，"尹先生找我什么事？"

尹绎抬头看着温妍妍，再一次见到她，他更加不明白为什么温作延会喜欢这个女儿多过温西西。

不过也无所谓了，温作延不喜欢温西西，他喜欢就行了。

"钱还是要花的。"尹绎敲了敲桌子，冲着门外喊道，"进来一下。"

他一说完，包厢门一开，门外站着一排男人，看模样，多是流氓地痞。温妍妍心里一慌，扶着桌子往后退了两步。

"你想做什么？"她恐惧地问。

她之所以恐惧，是因为她上次说温西西被徐峰那样对待，不至于把人送进派出所。当时尹绎看她的眼神就不对，这次……

温妍妍觉得自己上当了。

"我……"温妍妍刚要拿出筹码，就见尹绎从旁边拿了个文件袋过来。

"温小姐怎么了？"尹绎抬头扫了一眼脸色苍白的温妍妍，又看了看外面的人，轻描淡写地说，"他们是我的保镖。"说完，他将文件袋拆开，将里面的文件递给温妍妍。

"我是遵纪守法的公民，和你母亲不一样。"尹绎说。

温妍妍警惕地看着尹绎："那你带这么多人干什么？"

"多带点人，声势大，吓唬吓唬你。"尹绎淡淡地说。

温妍妍瞪大了眼睛。

"看看资料。"尹绎说，"咱们长话短说，西西在家睡觉，醒来找不着我该着急了。"

温妍妍听到这句话后，心里对温西西的嫉妒和愤恨全部被激发了出来。她知道尹绎的目的，无非是想让她闭嘴。但她偏不，她现在什么都不在乎了，什么都不想要了，只想让温西西活得比她更痛苦。她要让全世界的人都知道，温西西的妈妈是杀人犯，所以温西西也不是什么好东西。

"我不看。"温妍妍拒绝道，将资料推回去后，便站起了身，"你们收买了那家媒体，我还会向另外一家媒体爆料。你尹绎本事再大，也封不了所有媒体。"说完，温妍妍拎着包包，冷哼一声就往外走。

她刚走到门口，外面的人就把她堵住了。

温妍妍心里一怵，转头对尹绎说："尹先生，您知道您要是不让我出去的话，是违法的吧？"

"嗯。"尹绎点点头，挥挥手说，"你想爆料就去爆料吧，你找哪家媒体爆料，我也去找那家媒体爆料。西西有我做后盾，温作延可不会再给别人的种撑腰。"

温妍妍僵在了门口。

尹绎拿起那些资料，冲着僵住的温妍妍一笑："要看看证据吗？"

温妍妍常年和李娇待在一起，知道自己父母的婚姻名存实亡。李娇的那些破事她都知道，可她从没怀疑过自己不是温作延的孩子。

"你胡说八道！"温妍妍的声音都在发抖，"我要告你诽谤！"

"嗯。"尹绎也不和她啰唆，慢条斯理地将资料收起来。

温妍妍的心理防线彻底坍塌了。

她冲过去一把夺过尹绎手上的资料，疯了一样看了起来。

看完后，温妍妍眼睛一闭，半晌后，她睁开眼："你想怎么样？"

"闭嘴，老老实实回去做你的温小姐。"尹绎担心温西西提前醒过来，没和温妍妍啰唆。

"好。"温妍妍拿着资料，拎着包头也不回地出了包厢。

回家后，尹绎去了二楼卧室，温西西还没醒过来。他关好门，给查雯打了个电话。

"把温妍妍的资料发给温作延吧。"

查雯应了一声，半晌后，又问道："他信吗？"

"信。"尹绎说，"李娇出轨是事实，温家不欠李娇的，温妍妍是不是他亲生的，他都不会在意。"

"尹绎！"卧室里传来温西西的声音。

尹绎嘴角一弯，对查雯说："西西醒了，我得去哄哄她，你把事情安排好。"

"哎……"查雯还没来得及开口，尹绎就挂了电话。

查雯看着手里传来忙音的电话，不由得腹诽，合着这一切都不如哄他女朋友重要啊。

温西西醒了以后没看到尹绎，就迷迷糊糊地叫了一声。看着推门进来的人，她眼角一弯，伸出胳膊。尹绎会意，将她抱在了怀里。

"你去哪儿了？"温西西呆呆地问。

"打怪兽。"尹绎说。

听到这个回答，温西西哈哈地笑了起来。

两人订了晚上的机票回 B 市，因为要见尹绎的父亲尹峤，温西西有点紧张。到机场后，尹绎拿着行李牵着温西西，手机却突然响了。

尹绎将行李放下，接了电话："嗯。"

"你让她打我电话跟我说。"尹绎眉头一挑，淡淡地说。

温西西正捏着他的手指玩。

尹绎将电话挂断，由着温西西握着他的手。温西西知道他还有电话要打，所以也没催，只是说："你的手真好看。"

"为什么好看？"尹绎问道。

温西西拿着尹绎的手指，从指根捏到指尖，比量了一下后，说："因为长。"

"那我有个地方比手指还好看。"尹绎捏着温西西的手指，笑着说。

"哪儿？"温西西抬眼看着他，问道，"腿吗？"

"除了腿，我哪儿还长？"尹绎垂眸看着温西西，眸中满是笑意和揶揄。

几乎在那一瞬间，温西西便明白了他的意思，心猛地一跳，她整张脸一下就红了。尹绎将脸凑到温西西面前，鼻尖贴着她的鼻尖，温西西一直躲闪，"哎呀"一声，说："我不知道。"

"仔细看看。"尹绎又将鼻尖贴了上来，"我睫毛长吗？"

温西西："……"

尹绎屈起手指，对着温西西的脑袋一敲，淡淡地说："想到哪里去了，小色猫。"

温西西一下窘了，拉着尹绎的胳膊说："你是故意的，色的是你。"

"对啊。"尹绎坦然地道，温西西一下噎住了。

"大色狼和小色猫，我俩绝配。"

上飞机前，尹绎将手机关机，飞机落地后才开了机。

司机拿了行李，尹绎接通不断振动的手机，电话那边立刻传来一道声嘶力竭的声音："你骗人，你说只要我不爆料，你就不告诉别人！你既然一开始就决定告诉我爸，你还找我干什么？"

尹绎抬头，见温西西正和司机闲聊，司机似乎说了什么趣事，温西西温和地笑起来，文静又秀丽。

"告诉你真相。"尹绎说。

"那你为什么要和我交易？"电话那端的温妍妍已经语无伦次了，抓不着重点地乱问。

"骗你，"尹绎为温西西打开车门，并伸手挡住车框以防温西西碰到头。等温西西上车后，尹绎将车门一关，淡淡地对电话那端的人说，"只是让你尝尝提心吊胆又放下心，放下心又提心吊胆，最后彻底崩溃的滋味。"

"西西。"温西西还没下车，叶一竹欢快的声音就传了过来。温西西当即一笑，从车上下来，看到了一身墨色旗袍的叶一竹。

"来阿姨这里。"叶一竹没有出来，只是冲着她招了招手。

"好。"温西西小跑着过去，叶一竹将她抱在怀里，女人身上有着淡淡的梅香，清新又安心。

"新年快乐。"温西西抱着叶一竹，轻声道。

叶一竹笑着说："新年快乐。你叔叔刚才有事出去了，这些天可能都不回来，你先和阿姨玩几天。"

"我喜欢和阿姨在一起。"温西西温和地道，语调里满是轻松。

同样是一个家庭，温家和尹家给她的感觉截然不同，一个没有丝毫感情，另外一个则很温暖。

"我爸是害羞了吗？"尹绎让保姆拿走行李箱后，走过来将温西西抱在怀里，抬头看着叶一竹说，"上次有事，这次还有事。"

"有你这么说你爸的吗？"叶一竹不满意自己丈夫被说，就算是儿子也不行。

温西西笑起来，看着尹绎，尹绎也望着她，棕眸中带着宠溺。

"看到没有，以后也要在咱儿子面前这么维护我。"

"我孙子才不会跟你似的。"叶一竹拉着温西西的手往里走。

尹绎不满地问："我哪儿不好？"

叶一竹刚要说话，温西西就笑嘻嘻地说："在我眼里，你哪儿都好。"

叶一竹和尹绎不约而同地将目光投到温西西身上，温西西的脸微微一红，有些不明所以。叶一竹轻笑一声，尹绎低头亲了温西西一下，说："就是这样。"

尹峤当天没有回来，温西西原本悬着的心稍微放下了一些。她不是害怕尹峤，而是害怕物理老师。她初中时其他科成绩都非常好，只有物理成绩不行，所以一直是物理老师提问的对象，以至于到现在还有心理阴影。

这次温西西来，叶一竹俨然将她当成了自己的儿媳妇，客房都没准备。晚上，叶一竹约了朋友打麻将，本来要叫温西西的，但尹绎想着两人忙了好几天，得好好休息，叶一竹也看到了温西西眼中的憔悴，便没坚持。

"我舅妈约的。"尹绎递了杯热牛奶给温西西，"过年这些天，我妈和舅妈整天在麻将桌上。"

"我不怎么会打麻将。"温西西抿了一口牛奶，甜甜的，身心都放松了下来。

"不会不怕。"尹绎说，"我和你一起，赢了算你的，输了算我的。"

温西西闻言，端着牛奶往外跑，边跑边说："阿姨，我也要去……"

尹绎大笑起来，手臂一伸，一把将温西西揽在了怀里，腾空抱起，然后放在腿上。温西西突然"呀"了一声，说："牛奶洒了。"

温西西说着，赶紧去旁边拿纸巾，手刚伸出去，就被尹绎握住了。温西西回头，就见尹绎握着她的手，双唇落在她的手背上，将牛奶吻干净了。

男人的唇既柔软又温暖，温西西心里一紧，低头看着尹绎，轻声

264

问："甜吗？"

尹绎抬头对上她的目光，棕眸中带着微微的光芒，男人深情而热烈，盯得温西西浑身发热。

"甜。"

温西西抿了抿唇，轻声道："有比它更甜的。"

"哦？"尹绎扬起嘴角，鼻尖抵在温西西的鼻尖上，笑着问道，"哪儿？"

温西西将牛奶杯放下，伸手指了指自己，笑起来："我。"

心尖上像是开了一朵花，尹绎嘴角上扬的弧度越来越大，他抬头轻吻温西西的嘴角，再开口时声音沙哑："我尝尝。"

两人刚洗过澡，温西西换了沐浴乳，是好闻的薰衣草香。尹绎心里一动，对怀里的女人情越深意越浓，他抱着温西西，小声问："你怎么这么甜？"

"因为我苦完了。"温西西抬起头，亲了尹绎一下，"遇到你之后，就只有甜了。"

这句话不是感谢却胜似感谢，尹绎回味着温西西的话，半晌后淡淡一笑。

甜了就好，他就想让她甜，而且甜一辈子。

04

第二天，尹峤仍旧没有回家，尹绎打电话问了，说是去国外参加一个会议，因为中途出了些事情，耽搁了。

看着尹绎挂断电话，躺在一边的温西西微微松了口气。卧室里的窗帘没有拉开，漆黑的空间内，温西西松一口气的声音格外清晰。尹绎听到后，回头将温西西抱了过来。他双臂一用力，温西西"哎呀"一声，整个人都趴在了他身上。

"松了口气？"尹绎压下温西西的脑袋，亲了她一下。

"就像临考试前一周，学校告诉我们，考试推迟了。"温西西笑着说，"能拖一天就是一天嘛，毕竟能多一天时间复习。"

"你见过男朋友的父亲？"尹绎突然问道。

"啊？"温西西被问了个措手不及，随即明白过来尹绎的意思，赶紧纠正道，"不是复习，是学习。"

尹绎哈哈大笑起来。

"丑媳妇早晚都要见公婆，何况你又不丑。"尹绎伸手捏了捏温西西的脸蛋，越看越喜欢，"漂亮媳妇。"

"公婆又不只是看外表。"温西西回道，"还要看其他方面，比如说话做事的方法、性格……"

"你从哪儿看的这些？"尹绎打断温西西的话，捏了捏她的耳垂。

"就是找儿媳妇的标准……"温西西说完，自己都觉得有些好笑，便小声笑了起来。

"那是其他公婆的标准，你公婆找儿媳妇的标准是儿子觉得好就好。"尹绎双手落在温西西的腰上，给她轻轻地揉了揉。温西西舒坦地叹了口气，闭上眼睛，将脸贴在尹绎的锁骨上。

"那你觉得我好吗？"温西西问。

"何止是好。"尹绎说，"那简直是 good（好），great（非常好），amazing（令人惊喜的），excellent（妙极了），unbelievabled（难以置信的）……"

温西西边大笑着边捂住尹绎的嘴，说："你玩《快乐消消乐》疯魔了。"

"要不是你玩不过，我也不会玩这个游戏。"尹绎咬住温西西的手指，轻轻地磨了两下。温西西"呀"了一声，心里痒痒的。

"我以为你真的觉得这个游戏好玩呢。"刚开始那会儿，他天天抱着手机玩这个游戏，每过一关，都会向她炫耀，她都想不出夸他的词来了。

"没意思。"尹绎说，"玩游戏哪比得上和你在一起，在一起随便干点什么，都比玩游戏有意思。"

"那以后就天天在一起。"温西西搂着尹绎的脖子蹭了蹭，又说，"天天在一起，你又该腻了。"

"不会腻。"尹绎下意识地加重力道捏了一下温西西的腰，意有所指地说，"对你永远都不会。"

温西西瞬间脸红了，还好叶一竹的电话解救了她。

尹绎接了电话，温西西赶紧偷偷摸摸地从他身上往下爬，还没爬下去，就被尹绎捞了回来。

"嗯。"尹绎淡淡地说，"舅舅家的人都来吗？好，行，我准备一下。"

尹绎挂了电话后，温西西老老实实地问："怎么了？"

"麻将局子今天摆在我家。"尹绎说，"咱们起床吧，一会儿我舅舅他们该过来了。我舅妈说想看看你。"

尹绎说得认真而严肃，温西西的心一下子绷紧了，她没见到尹峤，倒先见了叶一竹的娘家人，这这这……

在温西西的心越提越高的时候，尹绎亲了她一下，笑着说："一会儿我舅妈肯定会拉着你打牌，你千万不要拒绝。我舅妈牌技很烂，今天咱们好好赚一笔。"

温西西："……"

一个人生活得如不如意，不在于其他人怎么说，而在于自己的感受。琳琅出事后，如者的生活在其他人看来很如意，而他却觉得并不如意。

他得罪了温西西，也得罪了她身后的尹绎，他一直提心吊胆地防备着他们的报复。他是一个目的性很强的人，一开始结识温西西，就是为了让她帮忙推广自己的菜品，从而宣传他的餐厅。现在，他虽然拥有百万粉丝，私人餐厅的客人也是络绎不绝，在美食圈混得风生水起，却给自己树了一个劲敌。

温西西要开私人餐厅一事，美食博主圈里都在传。如果她站稳了脚跟，以他们两人现在的关系，林语餐厅必定会受到重创。他在林语餐厅倾注了无数心血，才让它得以在 S 市的私人餐厅里排上名号，绝不能让温西西破坏掉。

然而，温西西有最为突出的优势——尹绎。尹绎的存在能让温西西底气十足，他没法比。他不能在资源上压倒她，就只能从厨艺上获得优势。

参加"陶然杯"比赛，如者不必夺冠，只要压倒温西西，他就能为自己的餐厅扳回一城，这就是他参加比赛的原因。所以从比赛开始前两个月，他便忙碌起来。

如者能将林语餐厅做大，厨艺上没有两把刷子是不可能的。但从微博上温西西发布的菜品，以及以前两人的交流中，他能感觉得出温西西在做菜方面是很有天赋的，他没有把握能赢她。

　　若想在厨艺大赛上打败一个很有实力的对手，要么提高自己，要么击垮对方。为了林语餐厅，他现在只能背水一战。

　　温西西站在楼梯上，透过楼梯栏杆往下看，能看到如者的后脑勺，还有一个金发碧眼的女人，他们在用法语交流，温西西听不懂。

　　和女人交流了一番，如者和她告别，他的微笑依旧迷人，那个女人微微红了脸。女人离开后，如者抬腿准备上楼，抬头就看到了迎面走下来的温西西。

　　如者的神色一僵，但很快恢复如常。

　　"好巧。"如者知道温西西不想搭理他，便转移了话题，"是来找知溪吗？"

　　"对，电梯坏了。"温西西说，"你也住在这里？"

　　比赛在S市举办，如者的赛程在两天后，他来酒店显然不是因为住在这里。温西西的话音一落，如者便脱口而出一个"是"字。说完后，他后背出了一层冷汗，解释道："我想全心全意准备比赛，毕竟对手都是有名的厨师。"

　　"你怕有名的厨师？"温西西说，"我看你挺胸有成竹的。"

　　如者刚要客气一句，随即品出温西西话里的意思。她是在讽刺上次琳琅搞的那一出。如者的脸色变了变，随即说道："虽然你不想听，但我有必要解释一下，上次的事情我真不知道，我也是……"

　　"受害者？"温西西弯了弯嘴角。

　　她莫名其妙的一笑，让如者心里一沉。

　　他定在那里没再说话，温西西从楼上下来，走到他面前，居高临下地看着他。

　　"让开，否则我把你推下去。"

　　"哦。"如者被震住了，应了一声后，让开了路。

　　温西西冷笑一声，头也不回地下了楼。她穿着平底鞋，踩在台阶上只发出轻微的摩擦声，那声音却在如者的耳朵里无限放大，不断刺激

268

着他的耳膜，像沙子划在地板上的声音，尖锐刺耳。

她刚才听到了？她听得懂吗？她想干什么？

无数的疑问让如者很忐忑，他蹙眉上了楼。

温西西离开酒店后直接去了自己的餐厅，晚上工人下班后，温西西锁好门便离开了。

"云水听澜"现在已经完全开放，各大商家都在紧锣密鼓地装修。路过几家的时候，里面有人冲温西西打招呼。温西西笑着回应，然后听到里面传来小声的讨论声。

"她是尹绎的女朋友？"

"对啊，对啊，她还要自己监工啊？"

"自立呗。"

"尹绎不派个司机过来接她吗？也真是放心。"

对于他们两人的关系，尽管尹绎多方面证实，也还是有人不信。她甚至怀疑，以后即使两人领了证，别人也会以为他们是形婚；到时等她怀了尹绎的孩子，别人也会说她是代孕妈妈。

温西西笑了笑，走出大厅，掏出手机准备打个顺风车，还未点开软件，就听到喇叭声。她抬头一看，只见尹绎推开车门走下来，棕眸中带着淡淡的笑意。他问："要坐顺风车吗？"

心尖上渗出蜜来，温西西一笑，走到车前，看了一眼，问道："怎么收费？"

尹绎伸手捏了捏她的脸，嘴角微微扬起，淡笑着说："按时间。"

"那不行。"温西西道，"你故意拖延，我岂不是要多付钱？"

"你可能不太了解我。"尹绎说，"我很有钱，钱多钱少都不在乎，我只在乎能早点回家抱我家小甜瓜。"

温西西哼笑一声，伸出双臂搂住了尹绎："那小甜瓜先给你啃一口吧！"

双手抱住小家伙的腰，尹绎被她勾得心神荡漾，低头吻了一下，小家伙的唇又软又弹，他完全不想离开。

"一口好像不太够。"尹绎垂眸，轻轻地说，"再来一口。"

温西西勾着他的脖子，主动吻了上去。

一记长吻结束后，两人终于腻腻歪歪地上了车。后座上放了一份文件，温西西扭着身体将它拿在手里，看着尹绎问："新戏剧本？"

　　"薄衍将那套房子的过户手续办完了，一千万也打到了你的账上。"尹绎打着方向盘，轻描淡写地说，"除了那些，李娇财产的百分之八十给了你。"

　　"温作延给的？"骤然暴富，温西西心里美滋滋的，但随即说，"我还要去和温家谈，他们说补偿我……"

　　"让薄衍去。"尹绎说，"你先看看手上的文件，李娇出轨，温作延现在开始怀疑温妍妍是不是他亲生的。"

　　事情一直是尹绎在办，上次尹绎和温妍妍通电话，她并没有多问。现在听到这个消息，温西西半晌没反应过来。等尹绎抬眼看她时，她才缓缓吐出两个字："报应。"

　　温作延的情妇一大把，但也不知怎的，没有一个人怀上他的孩子。目前来说，有他血缘的就只有温西西和温妍妍，而温妍妍……他产生了怀疑，正在偷偷做亲子鉴定。

　　"他现在肯定气死了。"温西西看着手上的文件说，"李娇这么有钱啊。"

　　怪不得当初她能为了女儿以三倍的价钱将房子买回去。说起来，温作延也是有手段，让李娇将财产吐出来她就吐出来。

　　"也不知道温作延是怎么让她吐出来的。"温西西说完后，也懒得理这些，"爱怎么样就怎么样吧，以后所有的事情都交给薄衍，我也不会和他们有交集了。"

　　"还是要有的。"尹绎说，"立遗嘱的时候，你若是受益人，温作延肯定会叫你过去。温家家产传给了温作勤，李娇出轨，温妍妍的身份他不相信，他现在只能指望你。若是指望你，他必然会找个机会和你搞好关系。你到时候只管去就行，薄衍会在那里，不会出事的。"

　　若不是听尹绎这么一分析，温西西都不知道温作延会这么惨。虽然温作延是她的生父，但温西西心里没有丝毫的心疼，他现在遭受的一切还不及他给她的痛苦。

　　"温妍妍呢？"温西西将文件装起来，问道。

"不太清楚。"两人闲聊的工夫，车子进了车库，尹绎将车熄了火，回头望着温西西，笑了笑，说道，"反正过得不好就是了。"

　　温西西笑起来："比我还不好吗？"

　　"你哪儿不好？"尹绎神色一顿，起身下了车，打开副驾驶的车门，为温西西解开安全带。

　　温西西刚要解释说是比着以前的她，尹绎已经伸手将她抱了起来，说："我看你就是快活日子过久了，要求都变高了。"尹绎将车门关好，用鼻尖蹭了一下温西西。

　　"那怎么办？"温西西双臂搂住尹绎，笑着问。

　　"这是病。"尹绎抱着她上了楼，直接推开卧室门，将她放在床上。他伸手拧开床头灯，柔和的灯光刹那间铺洒在两人身上。

　　气氛正好，温西西心猿意马地问："能治疗吗？"

　　"能。"尹绎捧着她的脸，轻轻吻了一下，"但耗时比较长……"

第十章

我想把所有的东西都送给你，只要你要，只要我有

01

"我今天还要去接白楷和知溪。"温西西说。

"哦。"尹绎淡淡地应了一声。

这声"哦"，温西西听出了些不乐意来。她扭过头，对上尹绎的双眼，笑嘻嘻地说："怎么了？"

"委屈。"尹绎伸手将她的刘海撩到一边，轻声说，"我的生活助理给别人当司机也就罢了，我的女朋友还要陪着别人去玩。"

温西西闻言，笑着捏了捏他的脸："这算哪门子委屈，我也要有朋友啊。"

温西西说起了和知溪、白楷两个人在群里聊天的情景，说着说着，自己笑了起来。尹绎耐心地听着，等温西西说完，他捏着她的下巴，仔仔细细地吻了起来。

"嗯。"温西西被吻得心里一跳，抬眼瞧着男人，然后笑了起来。

"我去接。"尹绎说，"活动在下午，我把你们送到酒店，然后你们自己去玩。"

"白楷说想见你，我怕你没时间，都没说你会去。"两人收拾完，上了车，尹绎给温西西系好安全带，她有些兴奋地道，"算是给她一个惊喜吧。"

"我真有福气。"尹绎轻笑着说。

温西西以为他又要夸她，脸微微泛红，说："又怎么了？"

"有这么一个心胸宽广的媳妇。"尹绎说，"我是她好朋友的梦中情人，她带着我去给她好朋友圆梦。"

尹绎说完，叹了口气："世界级的好闺密。"

温西西被逗得哈哈大笑起来："知足吗？"

"知足吗？"尹绎不可思议地反问了一句，打量着比以前放肆得多的温西西，棕眸中带着些不满，"你这还是病没治好。"

温西西："哈哈哈！"

白楷是早上的飞机，温西西先去接了知溪。知溪一上车，看到驾驶座上的尹绎，眉心一挑，又看了一眼温西西。温西西解释道："我身体有些不舒服，就让我男朋友开车带我来接你们。你不要拘束，他就只送我们到酒店。"

尹绎冲知溪笑了笑，同时伸出手："你好。"

知溪回了句"你好"，和尹绎握手后，对温西西说："我放心，我怕你不放心，让他跟咱们一起玩呗。"

温西西："……"

尹绎目视前方，轻轻地唱了起来："我有一个女朋友，嗨，心胸宽广……"

温西西和知溪对视一眼，知溪先笑了起来，也放下了拘束。温西西"哎呀"一声，捏了尹绎一把。尹绎笑着开车，任凭她闹着，很快驱车到了机场。

怕尹绎下车会引起骚乱，温西西将他藏在了地下车库，她和知溪一起去接白楷。两人一前一后进了电梯，知溪按了电梯按钮，电梯应声关上后，她才道："真人比电视上还好看。你俩在一起还蛮搭的，一个是美食博主，一个是挑食大王。"

知溪话里不无羡慕，温西西听着，心里既高兴，又替知溪感到惋惜。知溪有一段恋情，是前些年外出游玩的时候谈的，但知溪家是名门，家里早就为她定了婚事，那段恋情她挣扎了许久，最后还是以失败告终。

"那你和你爸妈安排的人见面了吗？"温西西拉着知溪的手问。

"没呢。"知溪淡淡地说，眼神里难掩伤感，"爱怎么着怎么着吧，我看与不看，最后还是我爸妈说了算。"

以前温西西很羡慕知溪的家庭，父母健在，且有独家菜谱。知溪从小就做着自己最喜欢做的事情，然而到了人生大事上，却被禁锢了。温西西不知道如何劝知溪，只是握紧了她的手，知溪的性格与长相都很好，无论与谁相处，都会好好的。

白楷果然如她所说，带了两大箱子特产。相比去年年会时，她看上去胖了些，头顶扎了个小辫子，胖乎乎的，像只大熊猫。她是北方人，体格健硕，一过来，先将温西西和知溪卷在了怀里。

尤其是温西西，她抱着不撒手了，说："你怀里还有尹绎的气息，我要好好抱抱。"

"你是来见我男朋友的还是见我的？"温西西甩开白楷，佯怒着往后躲。

白楷急了，"哎哟哎哟"叫了两声，说："见你见你！"

北方人的豪爽和耿直在白楷身上体现得淋漓尽致，三人打闹着往电梯走。出了电梯，就见尹绎在车里冲着她们打招呼，白楷惊呼一声，揉了揉双眼。

温西西和知溪怕她的呼声引来旁人的围观，连忙拽着她上了车。冷静下来后，白楷看着前排的两个人，有些后悔地说："我不应该提要求说让尹绎过来的。"

"啊？"温西西回头看着白楷，"我还想给你一个惊喜呢。"

白楷捂着胸口说："惊喜确实有，但'单身狗'受到的伤害更大。"

"若是尹绎的女朋友是别人也就罢了，但是你，你就这么真真实实地站在我面前，我就觉得，我连做梦都梦不到他了。"这是血淋淋的现实啊！

"那要是别的……"知溪说了一半，被白楷打断了。

"什么是别的？"白楷严肃又认真地说，"尹绎的女朋友就该是我们家西西，尹绎是我偶像，西西也是我偶像，两人在一起再好不过。以前我要粉两个，现在粉个 CP 就行了，真是方便省事。"

温西西被夸得有些找不着北，除了尹绎和尹绎的家人，白楷是第一个说她配得上尹绎的人。

"需要什么粉丝福利吗？"尹绎开着车，问后面的白楷。

"什么都可以？"白楷双眼一亮。

"嗯。"尹绎说，"最好是要 CP 福利。"

"比如？"知溪插了句嘴。

几人说话的工夫，车子停在了酒店的地下停车场，尹绎侧眸看着温西西，笑得温柔："对西西亲亲抱抱举高高啊，你提这些要求，她会答应的，毕竟西西心胸宽广。"

温西西和知溪都一脸无语地望着他。

白楷深吸一口气，冷静地问温西西："这是你俩的日常吗？"

"不……"温西西红了脸，急忙解释。

"是啊。"尹绎笑着说，"我俩日常就这样，我喜欢她喜欢得死去活来，她什么都不知道。我想亲她一下，还得找个助攻。"

温西西不由得腹诽：你什么时候找过助攻！你都是直接亲！现在装什么可怜！啊，我要闹了！

四个人一起下了车，这时停车场响起喇叭声，温西西循着声音看看到了司机老周。尹绎吃过午饭后，就该去活动现场了。

"你先走吧。"温西西抬头看着尹绎，说，"别耽误了工作。"

尹绎低头扫了两眼白楷手里的行李箱，白楷自己拿着一个，剩下的那个温西西拿着。他抬腕看了看时间，接过温西西手里的行李箱，说："我送你们上去。"

"坐电梯，没多重。"温西西捏了捏尹绎的手，笑着问，"你干吗非要送我们上去？"

尹绎垂眸，棕眸中透着些笑意："送你上去你还会送我下来，这样，我就能多一点时间和你在一起了。"

白楷听了，真被这两人甜齁了，开玩笑说："等下来的时候，我和知溪也来送，就当电灯泡。"

"好啊。"尹绎淡笑着回道，"你们要是不怕被虐，就跟着吧。"

白楷："……"

虽是为了给温西西减轻负担，尹绎却将两个箱子都接了过来。他这个人就是这样，嘴巴有时候比谁都毒，但心肠其实特别好。

将行李箱放下，返回停车场时，白楷和知溪都识趣地没有跟下来。

电梯里，尹绎伸手将温西西额前的刘海撩到后面，随口说："有时间我带你去理一下头发，有些长了。"

"不好看了吗？"温西西靠着尹绎，小声问了一句。

"好看啊。"尹绎说着，将温西西往怀里一揽，温西西"呀"了一声，然后抱住了他。

"太长盖住你好看的眼睛了。"

两人正你侬我侬时，电梯突然停下，门一开，有人进来。待看清进来的人，温西西抿了抿唇，尹绎双眼微眯，笑了笑。

世界真小。

如者在看到电梯里的人时，神情一僵，往后退了一步，没打算进去。

"进来吧。"尹绎站在温西西身边，垂眸扫了一眼如者手上的车钥匙，显然他也要去停车场。

如者没料到尹绎会这么说，只是笑笑，说："我等下一趟。"

"再等一趟挺不容易的。"尹绎说，"你进来电梯也不超重，为什么非要等下一趟？"

这不是超不超重的问题。

虽然尹绎脸上一直带着笑，如者却感受到了一股无形的压力，他抿了抿唇，心里有点胆怯，但因为不想输了声势，便点点头，进了电梯。

温西西抬眼看了看电梯按钮，如者住在这一层。

电梯继续下行，电梯里的气氛却似乎凝固了。如者神色镇定，只抬头看着电梯显示屏上的数字。

二十九、二十八、二十七、二十六……

"这位先生看着眼熟。"

在如者数到二十层时，尹绎看了他一眼，冷不丁开口。

心中的节拍被打乱，如者说也不是，不说也不是，只是淡淡地笑了笑，企图用这抹笑容将尹绎的话堵住。

"你不是在厨艺 App 年会上见过他吗？"温西西回道，"他上去讲话了。"

"没印象。"尹绎冲着温西西笑了笑,"当时只注意你了,没注意别人。"

尹绎和温西西云淡风轻地聊着天,如者心中却像是被压了一块巨石,但他仍然佯装镇定。

一会儿工夫,电梯已经到了十楼,如者只想赶紧逃离。

"我记起来了。"尹绎一句话,打乱了如者的如意算盘,他的心瞬间提了起来,忐忑地等待着尹绎下面的话。

"琳琅是你女朋友吧?"尹绎说,"她诬陷西西和你有不正当男女关系,被送进监狱了。"

"薄衍当时只和我说了琳琅,倒是把你忘了。"尹绎语气平平,略带着些笑意,"当时调取的监控录像里,你在对我女朋友实施猥亵。"

尹绎平静地说完,电梯也到了停车场。三个人谁都没有动,气氛凝固半晌,如者抬头,眼神不太坚定,只说:"尹先生,我和西西是朋友,当时不过叙叙旧,并没有做什么出格的事情。"

"那你的意思是,当时是西西自己到你身边去的?"尹绎垂眸看着如者,他比如者要高,压迫性十足,"这位先生,您很有自信啊。"

如者脸色一沉,道:"尹先生,您是比我优秀,但也请不要这样侮辱我。"

尹绎盯着他,半晌后,悠悠地问:"我为什么这么优秀?"

突如其来的一个问题,把如者问蒙了。

尹绎冲他一笑,淡淡地说:"我之所以这么优秀,就是为了侮辱你。"

"你!"如者气得脸色铁青,刚要发作,却看到温西西"扑哧"一笑。

"走了走了,别耽误了工作。"温西西推着尹绎往外走。这家伙,嘴巴毒起来谁也扛不住。

温西西将尹绎送上车,然后转身走向电梯。

电梯里没人,如者早已不见了踪影。温西西看着电梯按钮,按了三十层,刚刚如者就是从三十层上的电梯。三十层是套房,高端大气。温西西下了电梯走了两圈,然后又上了电梯去找知溪。

今年"陶然杯"全国厨师大赛除了国内的评委,还请了两位外国的评委。对于那两位评委，选手们心中满是猜疑和忐忑，若是拿不准他们的口味，很有可能会功亏一篑。

知溪的比赛最早，提前进入了复赛。接下来是温西西的比赛，无巧不成书，温西西和如者同天比赛。知溪结束比赛后，就告诉了温西西她自己总结出来的评委们的喜好。对于进复赛，温西西还是很有信心的，就是和如者一同比赛让她有点心塞。

场下一片嘈杂，都是如者的粉丝在给他加油鼓劲。温西西站在如者的正后方，她听着欢呼声，淡淡一笑。

如者转过身来，看了温西西一眼，淡淡地说："小鸟出笼了？"

如者话里的讽刺，温西西还是听得出来的。他分明在说她是尹绎养在笼子里的金丝雀，没有尹绎，她什么都不是。

温西西并没有被如者的这句话激怒，她笑着问："如老板今天来参加比赛，餐厅的人应付得过来吗？"

如者神色一震，心里顿时生出不好的预感，他刚要问，温西西就低头准备起来，没有再搭理他。如者心中蹿起一股无名火，他不知道温西西是故意在比赛前激怒他，还是他的餐厅真的会发生事故。如者焦躁了起来，他抬眼看着观众席，餐厅里有人陪着他一同过来，但现在一眼望去全是粉丝，根本找不到那个人。

初赛的菜品是固定的，就看不同的厨师能做出什么花样来。比赛开始，主持人公布了菜品名称。温西西淡淡地扫了一眼，沉着冷静地开始做菜。

场下一片寂静，场上水烧开的声音、锅铲碰撞的声音和菜品下锅时的哧哧声混杂在一起，碰撞出繁忙紧张的气氛。

初赛时长是一个小时，温西西做完后，按了下旁边的撞铃，撞铃一响，如者的动作明显顿了一下，紧跟着他也按下了撞铃。温西西一笑，抬眼看向场下，只见白楷夸张地冲她比着手势，而知溪在一边看着手机，然后抬头冲着她一笑，点了点头。

"八号参赛选手请将菜品端到评委席给评委品尝。"主持人宣布道。

八号就是如者，听到主持人的安排后，他笑着点点头。

"如者是著名的美食博主，今天来给如者应援的都有谁啊？"主持人笑着热场，场下一片欢呼。

评委试菜的时间很短，大多数时间用来点评，点评后再给出分数。相较于前面几个人，如者的水平确实高一些。评委给的分数都不低，主持人念完分数后，笑着边鼓掌边说："恭喜如者，目前排名暂列第一。"

"谢谢。"如者谦恭一笑，转身走了下去。下去前，他看了温西西一眼，温西西只是盯着自己的菜，并未搭理他。

"来，接下来有请我们的十一号，温西西。"主持人的热情更加高涨，"说起来我还是西西的粉丝，不知道能抓住尹绎胃口的手艺，能否抓住评委们的胃口呢？"

打分过程比较简单，开始几个评委给的分数比较高，就连两个外国评委也给了不低的分数，但到了最后两位评委时，分数骤然降了下来。大屏幕上显示了温西西的最终分数，比如者低了很多。

这是怎么回事？

如者隐隐有些不安，但他的注意力很快就被场下自己餐厅的人吸引了。那人神色焦急，指着手里的手机，看口型好像是让他接电话。

如者瞬间想起温西西刚才的话来，他将手机拿出来，见到好几个未接电话，还有数不清的短信和微信消息。

如者心里恐慌，赶紧点开短信，餐厅的代理店长连续发了几条短信，如者只看了第一条就觉得眼前一黑，脑子里"轰"的一声炸了。

陈程："餐厅被查出存在食品安全问题，目前被查封了，请立刻回电。"

陈程："怎么突然就来查了呢？而且先前也都没有问题啊，你是不是得罪什么人了？"

陈程："速速回电！"

如者眼前漆黑一片，脑子里却是一片空白，怎么偏偏这个时候出了问题？他得罪什么人了？他八面玲珑，和谁都能做朋友，怎么可能得罪人？

猛然惊醒的如者抬头看向站在他前面的温西西。此时，大屏幕上正在滚动着参赛选手的成绩，如者暂列第一⋯⋯

如者的心像是一根绷紧的弦，在场下的知溪大喊一声"等一下"后，他心里的弦断了。

所有人的注意力都被知溪吸引了过去，知溪神色淡淡地看着大屏幕，平静地说："我要举报八号参赛选手如者贿赂评委，我有证据。"

场上场下立马炸开了锅。

听到知溪的话后，如者脑子里只剩下一个念头——他失败了。

他知道她们一直盯着他，所以他努力把她们的注意力引向那两个外国评委，没想到她们不仅没上当，连他与那两个国内评委的交易证据都拿到了。

疲惫一瞬间淹没了他，如者想起餐厅里的烂摊子，突然就什么都不想管了。无视场上一片哗然，他摘下厨师帽，脱下自己的厨师服，下台离开了。

场上一片死寂，主持人赶紧出来圆场，主办方讨论后取消了如者的比赛资格，至于其他选手，则在最后一天重新比一次。

02

闹剧结束，温西西下场和白楷、知溪会合，她冲着知溪笑了笑，知溪眨了一下眼睛，温西西抿抿唇，压下了心中的喜悦。

最后一天，温西西比赛结束，进入了复赛。比赛结束后，她送白楷和知溪去了机场，三个人相约复赛再见，然后她便开车回了正在装修的餐厅。

餐厅的装修差不多快结束了，温西西扫了一眼，工人告诉她马上就要大功告成了。

这个装修队是叶一竹介绍给温西西的人安排的，工人的手艺和素质都很好。工作结束后，工头和温西西打了招呼，温西西应了一声，下去送他们。

"温小姐，您帮我签个名吧。"工头姓辛，大家平时都叫他老辛。

乍听到他这么说，温西西一时没反应过来，过了好一会儿才笑着说："是谁要的啊？"

"我女儿。"似乎觉得不太好意思，老辛摸了摸头，有些羞赧。

"是要尹绎的签名吧？"温西西笑着道，"我回去让他签张海报，明天给你带过来……"

"不不不。"老辛急忙否认，憨厚一笑，说，"是要您的，我女儿是您的粉丝。她从小就喜欢在厨房里待着，您在'陶然杯'的比赛她都看了。知道我是给您的新店装修，所以她托我问您要个签名。"

"啊，这样啊。"温西西恍然大悟，第一次碰到要签名的粉丝，她还有些反应不过来。她浅浅一笑，从办公室的桌子上找了个新笔记本，拿了支笔，签上了自己的名字。

"本子一起带回去吧，可以摘抄食谱。"温西西温和地说。

"哎哟，谢谢了，温小姐您人真好。"老辛受宠若惊。

"这些天你们也辛苦了。"温西西说，"开业前我想请你们吃顿饭，您带着您女儿一起来吧。"

"这怎么好意思……"老辛话还没说完，门外就传来了敲门声。

"咚咚咚。"

"那谢谢您了，我先走了。"老辛说完，转身便往外走。

门一开，尹绎的脸露了出来，见到老辛，他有点诧异，随即笑笑，然后进了门。

"来。"尹绎张开怀抱，对温西西说，"一天没见，想让我亲亲抱抱举高高吗？"

"想——"温西西拉长音调，"嗖"的一下跑到尹绎身边，双臂搂紧尹绎的脖子，双腿一跳，盘在了他腰上。

"哎哟。"尹绎踉跄了一下。

温西西"呀"了一声，双腿死死夹住尹绎，问道："喝多了吗？"

"没有。"尹绎抱着她，走到办公桌前，拉开椅子一屁股坐下，"感情太深了，有点承受不住。"

温西西笑嘻嘻地说："刚才老辛问我要签名了。"

"他喜欢做菜？"尹绎诧异地道，"铁汉柔情。"

"不是，替他女儿要的。"温西西感慨道，"我要红了，我都有粉丝了。"

"我不太爱听。"尹绎说，"你把我放哪儿了？"

温西西身体后靠，双肘撑在办公桌上，看着尹绎，笑着说："你也是吗？"

尹绎将温西西抱坐在办公桌上，然后俯身压下，双臂撑在温西西身侧，眸色沉沉地说："我都有什么头衔？"

温西西望着他完美的脸，笑着说："男神，禾辰娱乐一哥，还有……温西西男朋友。"

"还有呢？"

"不……不知道了。"温西西说着，心里满是甜蜜的喜悦。

"温西西后援团团长，尹绎。"尹绎自我介绍完，在温西西勾起嘴角时，低头吻了上去。

刚从外面进来，尹绎的唇还很凉，冰凉而柔软的唇覆盖在她的唇上，冰火交融间，温西西双唇颤了颤，闭上了眼睛。

"门……"门还没关，温西西心里不踏实。装修工人们应该都走了，但若是有人进来，正巧撞见他们……

"关好了。"尹绎并未继续，温西西乖巧地趴在他怀里，听着他的心跳声。

"过生日你想要什么？"平复了呼吸后，温西西笑着问。

情人节马上就到了，尹绎的生日也要到了。去年他生日时，温西西只当他是自己老板，买了个自己也喜欢的小秋千送给了他。今年两人的关系不同了，她也慎重了，却不知道该送他什么。

"我想把所有的东西都送给你。"温西西看着尹绎，笑着说，"只要你要，只要我有。"

在一起的时间越长，两人的感情越深厚，天天如胶似漆，一点也不腻。温西西不但喜欢听尹绎说情话，她自己也学会了对他说情话。

"有你没有的吗？"尹绎笑起来，抱着她准备回家，"告诉我，你没有的，我都给你弄来。"

耳鬓厮磨良久，两人才出门准备回家。上了车，温西西道："温作延让我回去一趟，说交代一下财产的事情。"

"他那些小三小四，他也懒得去找了。有了温妍妍这个例子，他怕以后生下来的孩子都不是他的。"温西西嘴角一勾，总结道，"现在他把我当成他唯一的孩子了。"

温家偏向温作勤，温作延无法从上一辈那里得到支持，而他自己的家庭又支离破碎。他去做了亲子鉴定，得知温妍妍不是他亲生的后，整个人就颓废了。

温作延说是交代财产的事，其实是想和温西西套近乎。温西西带了薄衍去，能明显看到他眼中的失落。说起来，温作延在五十多岁的年纪沦落到妻离子散，还被外人嘲笑，也确实挺惨的。

但惨归惨，温西西并没有同情他。什么样的因结下什么样的果，这都是他自己一手造成的。

从温家出来后，温西西上了薄衍的车："你去哪儿？如果路过侨城大厦的话，载我一程吧。尹绎和郁泽在那里吃饭，我要过去一趟。"

这顿饭是郁泽做东，温西西代表厨艺App参加了初赛，并且名列前茅，对厨艺App也是一个不错的宣传，所以他一定要请她吃饭。

"郁泽是厨艺App的老板吧？"薄衍笑着说，"我路过，载你过去吧。"

"你认识郁泽？"温西西很诧异，"他是尹绎的大学同学……对了，你和尹绎是什么时候认识的？"

"他进娱乐圈后，我就做了他的律师。"薄衍说，"我是叶女士安排在他身边的。"

"真的？"温西西有些不敢置信。她一直觉得尹绎生来就无所不能，没想到他也需要保护。想到他曾经被叶一竹保护，而现在她又被他保护，她心里竟有些别样的感觉。

"没有人生来就是强者。"薄衍笑着说，"你也是一点点变强的啊，以后也可以保护其他人。"

"我觉得我还是嫩了些。"温西西笑起来，"我开餐厅也是因为有尹绎为我保驾护航……"

"创业初期都会这样。"薄衍安慰道，"你可以向郁泽取取经，他之前也失败了两三次，后来才创立了厨艺App。"

"哦？"温西西道，"我还以为他一创业就成功了呢。"

郁泽有资金，有头脑，有学历，有能力，她一直以为他轻易就能成功。

"我听尹绎聊起过他，他最初开了一家网店，卖小清新和文艺范的餐具。"薄衍笑笑后说，"但是倒闭了。"

"叫什么名字啊？"温西西问道，"厨艺 App 是我上大学的时候创办的，那他的网店应该是在四五年前了。"

"更久。"薄衍说，"大约在你高中的时候吧。"

"啊？"温西西越发起了好奇心，"叫什么名字啊？说不定我还在那个网店买过东西。高中的时候，我刚开始学做菜，特别喜欢逛餐具店。"

"好像有个'泽'字，具体是什么，我也不记得了。"薄衍说完，将车子停下，笑着对温西西说，"到了，你去了直接问他吧。"

温西西却坐在座位上发呆。

薄衍疑惑地叫了一声："西西？"

"嗯。"温西西回过神，解开安全带，冲着薄衍笑了笑，"谢谢你啊。"

薄衍看着温西西的背影，觉得她刚刚好像有些不太对劲，但具体哪儿不对劲，他也说不上来。

他没有多想，发动车子离开了。

郁泽这次选的是一家私人餐厅，老板娘与他私交甚好。这次见郁泽带着尹绎来，老板娘笑靥如花地要了尹绎的签名，并笑道："尹先生来，那必须我亲自下厨。"

"你的意思是他不来，你就不下厨了？"郁泽笑着问好友。

"当然，"老板娘风情万种地一笑，"你可是沾了尹先生的光。"说完，便笑着离开了。

一番对话，让尹绎眉头锁紧。郁泽转头看到尹绎的样子，立马就猜到了原委，笑道："想起你家温老板娘了？"

餐厅老板或多或少要应酬。这家餐厅的老板娘性格豪放，和谁都聊得来，这也是客人络绎不绝的原因之一。温西西未必能和这个老板娘一样八面玲珑，可生意人少不得应酬，该有的沟通交流能力还是要有的。

"做生意嘛，总归要应酬的。"郁泽用小勺搅拌了一下咖啡，然后笑道，"你要摆正心态。"

郁泽说话的工夫，尹绎的眉头已经舒展开。他看着郁泽，问道："你在说什么？"

郁泽哑然，看着尹绎，问道："你不是看着她，想到了温西西……"

"是啊。"尹绎淡淡地说，"刚才我看了一下时间，西西晚了十分钟了，不会是路上出什么事了吧？"

郁泽一时无语，然后闷声笑起来："得得得，是我理解有误。"

"你说的那些，我都想过。"尹绎身体微微后靠，棕眸中带着些慵懒，这家餐厅色调暗沉，衬得人多了一丝厚重的复古感。

"她想做的，都是能让她开心的，她开心了，我也高兴。至于应酬……"尹绎淡淡地扫了郁泽一眼，"我这么帅、这么优秀，没有人能比得上我，所以我非常放心。"

这还真是尹绎式的回答，郁泽和尹绎对视一眼，两人一同笑了起来。

温西西被服务员领到包厢的时候，就看到两人在笑。尹绎还在问郁泽："你说是不是？"

郁泽一副甘拜下风的模样，握拳说："你说得对，你这么不要脸，我担心你干什么。"

她敲了敲门，将两人的注意力吸引过来。

尹绎见到她，眼睛不自觉地一亮，脸上的笑意加深，向她招了招手："西西，过来。"

男人靠在椅背上，一脸笑意。他永远都是这样，姿势放松，像个散仙，带着云淡风轻和漫不经心。

温西西还在想着薄衍的话，她看了一眼郁泽，郁泽冲她笑着打了个招呼，她回之一笑，说："我来晚了。"

温西西在尹绎身边坐下，尹绎自然地将她的手牵了起来，又给她递了杯水，说："先点菜吧，我按照你的口味点了几道，但怕你不爱吃。"

"我不挑食啊。"温西西说。

这话俨然是在说尹绎，尹绎眉头一挑，也不生气，刮了一下她的鼻子，眼神宠溺。温西西被刮得鼻梁一热，她抬头看了看郁泽，郁泽正看着两人笑。温西西脸微微一红，尹绎在任何人面前都不加掩饰。

服务员进来，温西西又点了几个菜，突然"咦"了一声。尹绎凑过去，看了菜单一眼，问道："怎么了？"

"我在厨艺 App 上见过这道菜，这道菜很少见。"温西西指着那道菜说，"不过后来那位博主就没有再发布过菜品了。"

　　郁泽一笑："这家餐厅就是她开的。"

　　温西西恍然大悟，对服务员说："那加上这道菜吧。"

　　"每家餐厅都有自己的特色菜，她竟然直接把这道菜传到了网上。"温西西笑起来，尹绎摊开餐巾盖在她腿上。

　　"因为她自信啊。"郁泽淡淡一笑，"她觉得除了她，没人能做出这道菜的味道。"

　　"是挺自信的。"温西西点点头，"你和她很熟吗？"

　　"厨艺 App 的点子就是她给我出的。"郁泽开玩笑地说，"我当时付了不少专利费。"

　　"她做线下的生意，都不用厨艺 App 或者微博做宣传。"温西西分析道。

　　"前期宣传能吸引来第一波客人。"郁泽谈起了生意经，意有所指地说，"但后期还要靠手艺吸引客人，客户积累到一定程度，在有闲心的情况下可以开分店。她做菜主要是自己的爱好，所以没有开分店，来这里吃饭要预订，否则都没有位置。"

　　"哦。"温西西感激地看着郁泽，"受益匪浅。"

　　郁泽看着她："有些人是为了梦想，有些人是为了赚钱。你呢，西西？"

　　"你说呢？"尹绎将手搭在温西西的肩膀上，笑着说，"钱我赚就行了，她不必赚钱。"

　　一句话将温西西的脊梁戳直了，她温和一笑，将头靠在尹绎肩膀上，笑嘻嘻地说："谢谢我家老爷。"

　　郁泽又是一笑。

　　菜是老板娘亲自端上来的，见到温西西后，老板娘又要了个签名。温西西也挺佩服老板娘的，连忙说："我还要向您取经呢。"

　　老板娘笑眯眯地道："我又不是如来佛祖。"

　　一句话惹得大家都笑起来。

　　"不过，你要是有时间，可以来找我玩。我常年泡在厨房，其实很无趣的。"老板娘说。

"我也喜欢待在厨房。"温西西说。

"那行啊。"老板娘抱着温西西，对尹绎说，"那尹先生可不准来厨房打扰我们俩。"

尹绎淡淡一笑："那也得西西能走出卧室再说。"

老板娘哈哈大笑起来，温西西羞得满脸通红，看向尹绎的眼神中带着急切和嗔怪。尹绎伸手摸了摸她的头发，捏了捏她的脸蛋，说："会让你出来的。"

温西西："……"重点是这个吗？

03

老板娘离开后，郁泽和温西西简单地说了一下她的营运模式。厨艺App的点子确实是老板娘出的，但老板娘开餐厅的资金是郁泽出的。所以两人都在对方最困难的时候帮过忙，现在也关系很好。

"在创立厨艺App之前，我是卖餐具的。"话题不知不觉地转到了以前，郁泽看着温西西道，"你那会儿估计才上高中。"

"高一吧。"温西西不动声色地道，"那时候我刚开始学做菜，打工赚的钱基本上用来买餐具了。你的店铺叫什么名字，看看有没有赚我的血汗钱。"

"一泽。"握着温西西手的尹绎突然一动，笑着说道，然后转头看了她一眼，"你在那里买过餐具吗？"

"一泽"这个名字，让温西西有点恍如隔世之感。

她歪着脑袋看着郁泽，郁泽被看得莫名其妙，茫然地看着温西西："我脸上有东西吗？"

"没有。"尹绎淡淡地说，看了一眼时间，"吃得差不多了，咱们散了吧。"

郁泽点点头，在尹绎和温西西起身时，他像是想起什么来，伸手拎起放在旁边的一个礼物盒，递给温西西："恭喜比赛晋级。"

温西西接了过来，又抬头看了郁泽一眼。郁泽心里有些发毛，笑着问尹绎："你们两口子是不是骗我呢，我脸上到底有没有东西？"

尹绎扫了他一眼，说："没有。我俩先走了。"

郁泽应声，与两人挥手告别。

出了包厢后，温西西手上的礼物盒就被尹绎拿了过去。尹绎掂着重量，说："得，估计又是餐具。他先前开网店囤下的那批餐具估计快送完了。"

"最后没甩卖吗？"温西西问。

电梯到了负二楼的停车场，尹绎没有回答，拉着她上了车。

温西西有些恍惚，觉得挺不可思议的。待尹绎发动车子，她就喋喋不休地说了起来。

"'一泽'的餐具都挺好看的，但是特别贵，我当时根本没钱买。"温西西说，"后来不知道为什么，'一泽'突然搞起了打折满减，然后我就去买了。

"我当时买了不少，算账算得手忙脚乱，买完以后联系客服改价格，客服直接告诉我价格和我算的不太一样，我就说客服算得不对，然后客服将算法列出来，我一看，还真是我算错了。"

尹绎抿唇一笑："那你付钱了吗？"

"没有！"温西西也笑起来，"我当时正为数学题头疼，我就跟客服说，你数学这么厉害，帮我做做题吧。"

尹绎淡淡一笑，耐心地听着温西西讲下去。

"我把题发了过去，他一会儿就做完了，还把公式和过程都列出来了！"温西西现在想起仍旧觉得不可思议。

"那你付钱了吗？"尹绎又问。

"没有！"温西西有些激动，回忆起了当时的感觉，说，"当时我的物理非常差，高一又没有分科，然后我就问客服，你懂物理吗？"

"嗯。"尹绎应声。

"他回了句：略懂。"温西西兴奋地说，"略懂，一看就是高手。所以，我把当时不会的物理题都发了过去。"

"他做了吗？"尹绎问道。

"做啦！"温西西连声夸道，"他真的好棒啊，物理题做得好快，而且还都对，当时他简直就是我的男神，浑身发光那种！"

"那你付钱了吗？"车子上了沿海公路，马上就要到家了，尹绎再次问道。

　　"没有！"温西西再次否认，尹绎听得一乐，温西西也乐了起来。

　　"当时我物理不好，又自卑，不敢问同学和老师。后来，我每次有不会的题，都会去找客服。"温西西说，"不过他有时候好像很忙，好几天不理我，理我的时候，就会把题全做完。"

　　抬眼就能望见白琴别墅了，尹绎说："你这是找了一个免费的辅导老师啊。"

　　"其实不能算老师。"温西西解释道，"我们后来聊过，他只比我大三岁。但当时他已经大四了，我那时候可崇拜他了。"

　　"后来我们闲聊，他问我要照片，我用邮箱发了一张大头贴过去。"温西西说。对当时自卑的温西西来说，那个客服就像她人生中的一座灯塔。她毫无保留地向他倾诉了所有，而他也没有辜负她的信任，给了她很多帮助。

　　"但我下学期就被送去了Y市，手机被没收，后来我也忘记了我的ID，就和他断了联系。"温西西有些遗憾，突然声音又抬高了，问尹绎，"郁泽知道那个客服是谁吗？他是不是就是那个客服啊？"

　　车子平稳地停在车库，尹绎熄了火，靠在椅背上，侧眸看着温西西，问道："你是喜欢他吗？"

　　温西西沉默了半晌，然后往后缩了缩，抿了抿唇，说："可能喜欢吧……"

　　虽然她并不知道那个客服长什么样子，可是他在那个时候给了她温暖，让她感受到生活的阳光，她真的很感激他。

　　温西西有些尴尬地摸了摸鼻子，问尹绎："那个客服是郁泽吗？"

　　要真是郁泽的话，那可就太尴尬了。一个是她曾经的暗恋对象，一个是她的初恋，两人还是好朋友……想到这里，温西西有些窘，刚要开口对尹绎说让他放心，她现在喜欢的只有他，尹绎却突然开了口："那个客服是我。"

　　温西西眼皮一颤，心中思绪乱飞，声音都在颤抖："你……我……"

　　小家伙的眼眶一瞬间红了，声音有些糯糯的。尹绎笑着问："是不是很激动？"

眼泪从眼眶里滚落出来，温西西"哎呀"一声，伸手抹了抹泪水，万般滋味涌上心头。最后，她点点头，小声地说："嗯。"

其实这件事，尹绎并未打算告诉温西西。一开始是怕温西西已经忘了他，后来两人在一起了，他也没有特意提起，是想留些小秘密。

没想到机缘巧合之下，她竟然知道了郁泽的店铺名。看她在餐厅里的表现，八成是把郁泽当成那个客服了。尹绎想起来就觉得好笑。

温西西觉得有些窘迫，她问道："那你一开始就知道我……"

她回忆了一下，尹绎好像还真的说过她数学不好之类的话。先前她并没有在意，现在回想起来，原来尹绎早就表现出来了。

"知道啊，你给我发过大头贴。"尹绎为她解开安全带，顺便亲了她一下。

温西西心头一酸，想说话，又说不出来。

"是不是觉得我很帅？"尹绎笑着问。

"嗯！"温西西猛点头。

尹绎替她擦干眼泪，拉着她的手下了车："那今晚让我……"

正陷在感动中的温西西哭笑不得地拒绝："不……"

尹绎撇了撇嘴，将她抱了起来，边走边说："我好歹是你的初恋，你就不能对我好点吗？"

这个时候，温西西才彻底反应过来，心里除了甜还是甜，她搂着尹绎的脖子，笑嘻嘻地说："我好喜欢好喜欢你啊。"

尹绎直接抱着她进了卧室，然后将她放在了床上。绵长的一吻结束，尹绎将人抱在怀里，眸色沉沉，声音低哑："我好喜欢好喜欢你，不然也不会这么多年后，第一眼就认出了你。"

"真奇妙。"温西西感慨道，"那我第一次来白琴别墅时，你就认出我了吗？"

"时间应该再往前拉一拉。"

"嗯？"温西西回想了一会儿，说，"那我当年没再去'一泽'找你做题，你也没有找过我吗？"

男人轻笑了一声，沉声说："拉太远了。"

温西西抬头望着尹绎，无奈地道："那拉到哪里啊？"

男人垂眸，棕色的眼睛中闪过一丝笑意，他提醒道："咱们重逢的第一面，你就进更衣室看我换衣服，占了我便宜……"

温西西："……"行，一拉就拉到了重点上。

"跟大头贴上的小家伙不太一样了。"尹绎说，"头发长了，留了刘海，气质也温和了许多。"

"我以前不够温和吗？"温西西瞅着尹绎翻白眼。

"以前太怯懦了。"尹绎将她的刘海撩到耳后，淡笑着说。

"那就是说，我长大后变得更好了？"温西西笑着问。

"都不好。"尹绎捏着温西西的耳垂，淡淡地说，"跟我在一起才最好。"

温西西将头埋在尹绎怀里，回想着自己认识尹绎后的变化。

她确实变得更好了。

"你认出我也没跟我说。"温西西突然抬头，望着尹绎说，"你让我代替毛毛虫陪你睡觉的时候，我就喜欢上你了。那时候，我还在想你是只小绵羊，我是头大灰狼，小绵羊把自己往大灰狼嘴里送。现在想想，我才是小绵羊。你什么都知道，然后一步步下套让我钻，现在把我套牢了。"

说到这里，温西西脸红了，她哼了一声，道："我真是太天真了。"

"不能算是我下套让你来钻。"尹绎辩解道，"我喜欢你，所以想要你。你不喜欢我，不想要我吗？"

被他这么一问，温西西还真觉得是这么回事。

"想要啊。"温西西应了一声后，咂摸了一下，总觉得哪里不对劲。但是尹绎很快将话题转开，温西西立马跟着他跑了。

"去电影学院当老师的事已经确定下来了。"尹绎说，"四月以后我就没有工作了，六月去学校报到，从九月开始我就是尹老师了。"

听尹绎轻描淡写地说着这些，温西西心里挺不是滋味的。她还记得尹绎说的话，他的梦想已经实现，剩下的就是实现她的梦想了。

回抱着男人，温西西问："以后不拍戏了，你会不开心吗？"

"虽然我自己不拍戏了，但我教人演戏啊。"尹绎并不在意这些，他伸手挠了挠温西西的下巴，笑道，"你以后做老板娘也要随意些，想开店就开店，不想开店就出去玩。"

说到这里，尹绎摸了摸下巴："《我和助理的田园生活》改版了，现在叫《田园生活》，节目组想邀请我去做常驻嘉宾。"

《田园生活》的模式大抵就是嘉宾们在全国不同省份找小村庄，然后在不同的村庄生活。

"每个月抽几天时间去拍，乡村空气好，蔬菜也新鲜，还能学做特色菜。"尹绎说，"查姐问我的意思，我想先和你协调一下时间。"

"好啊。"温西西一听就兴奋起来，立刻答应了。

安静片刻，温西西又说："你的生日要到了，我还没想好送你什么礼物。"

"生日要回家过。"尹绎抱着她，慵懒地说，"我工作闲下来了，我妈说她和我爸很久没有陪着我过生日了。"

"啊？"温西西立起身，惊道，"叔叔……叔叔也回来了？"

"嗯。"尹绎抬眸看着她，小家伙脸上一半是期盼，一半是惊惧。

"餐厅装修好了，剩下的手续交给薄衍去办就行。"尹绎说着，俯身压下温西西，亲亲她的唇，笑道，"你跟我回家。"

"我有点害怕。"温西西坦白道，"我对与物理有关的一切人和事都害怕。"

"你怕我吗？"尹绎笑道，"我也做过你的物理老师。"

"不害怕。"温西西诚实地道，"你很温柔。"

"我爸也很温柔。"尹绎昧着良心说，"也有些学究做派，你不用害怕。"

"那你跟叔叔又不一样。"温西西嘟囔，"你是我男朋友、未来老公啊……"

温西西的声音虽然小，但还是被尹绎听了去，他勾起嘴角，脸颊贴到温西西的脸边，鼻间抵住她的鼻尖，温声问道："是你的什么？"

温西西头皮一麻，眼神躲闪，连声说："没什么，没什么……"

"西西啊。"熟悉的声音再次响起，温西西后背一僵，抬头看着尹绎，下意识地往后退。

尹绎眸色沉沉，声音低哑："我的听力可是很好的，你刚刚说的话，我都听到了。"

温西西一下窘了，她想挽回，但还没开口，尹绎又说了一句话："不用怕我爸，他早晚也是你爸。"

温西西一愣，呆呆地看着他。

尹绎戳了戳她的脸颊，声音温柔和缓："这次去我家，过生日是次要的，最重要的是咱俩该谈婚论嫁了。"

04

温西西和尹绎两人在二月十三日就启程去了 B 市。到尹绎家的时候正值傍晚，北方的早春依然寒气重重。温西西一下车就被冻得一哆嗦，尹绎伸手揽过她，两人一同进了门。

刚一进门，两人就听到了叶一竹的声音："这个点他们也该到了，晚饭准备好了吗？"

温西西笑起来，叫了一声："阿姨。"

叶一竹听到声音后回头，看到温西西，冲她招招手，说："来，给阿姨抱抱。"

尹绎松了手，温西西笑着跑过去，叶一竹一直在室内，身上带着些兰花的香气，温暖而迷人。温西西一点也不害羞，叶一竹将她抱住，笑着说："你爱吃的东西，我都吩咐厨房做了。"

"那我喜欢吃的呢？"尹绎走过来，摸着温西西的头发，笑着问他亲妈。

"世界上就没你喜欢吃的。"叶一竹深知儿子挑食的毛病，又道，"你爸在二楼书房，你带西西去见见他吧。"

听到要去见尹绎的父亲，温西西原本放松的心情一下子紧张起来。她神色有些不自然，抿了抿唇，抬眼看向尹绎。

看出她目光里的求助意味，尹绎揉了揉她的头发，笑着说："我陪你去，去会会那个'物理怪咖'。"

温西西心想：哪有这样说自己爸爸的，不过被尹绎这么一说，她的紧张感倒是减轻了些。

两人手牵着手，一前一后地往二楼走去。

"我妈一点都不了解我。"尹绎边走边说。

"嗯？"温西西回神，听着尹绎的话，想起叶一竹说他挑食的话来。虽然她也想站在他这边，但叶一竹说的确实是事实啊。

"你有喜欢吃的东西吗？"刚成为他的助理时，查雯就向她交代了他什么不吃、什么不能吃，却没有说过他喜欢吃什么。温西西给他做了这么久的饭菜，也没琢磨出他的喜好来。

"有啊。"尹绎淡淡地应了一声，捏了捏她的手指，"你。"

就知道他会这么说，温西西心里一甜："除了我。"

"嗯。"答案被打了回来，尹绎也没有被难倒，他望着温西西，棕眸中闪过一丝笑意，"你做的菜。"

温西西心里又是一甜，嘴角的笑已经藏不住了。上了二楼，两人站在书房前，温西西拉着他，强调道："跟我无关的。"

温西西这个要求确实让尹绎犯了难。他垂眸看她，半晌后，拉长了声调道："西西啊。"

温西西只觉头皮一麻，抬头看着他。

尹绎伸手敲了敲书房门，笑着道："以前我可没觉得你这么会难为人。"

温西西被尹绎逗乐了，控制不住地笑起来，紧张感都暂时被驱散了，可惜书房里马上传来的声音又让她紧张起来。

"进来。"

尹峤声音低沉，带着一丝不苟的严谨感。温西西心里一跳，尹绎拉着她进了书房。

一进去，尹绎便直奔正题："爸，我带着西西回来了。"

尹峤闻言，将视线从书上抬了起来。

他先看了一眼尹绎，然后将目光投向温西西。温西西察觉到他的目光，赶紧低头叫了一声："叔叔好。"

"嗯，坐吧。"尹峤将书放下，看样子是要和两人长谈。

温西西心里一紧，随着尹绎坐下，然后才抬头打量了尹峤一眼。

第一次见叶一竹的时候，温西西以为尹绎的长相是随了母亲。现在见到尹峤，温西西才明白了什么叫一个模子里刻出来的。尹峤的五官十分深邃，他和尹绎一样有一双漂亮的棕眸。不过，尹绎的棕眸里是云淡风轻和慵懒，尹峤则更多是严肃认真。

温西西看着尹峤，心中的紧张感渐渐消失了，因为尹峤让她想到了几十年后的尹绎。

"老尹，你还要看书吗？"叶一竹也上来了，门也不敲，直接进来问道。

"不看了。"尹峤见到妻子，眼神瞬间放柔了。

尹峤和叶一竹多年夫妻，感情甚笃，虽然岁月催人老，但两人的感情越发深厚，对彼此的热情也并未褪去。

"先去吃饭吧。"叶一竹伸手捏了捏尹峤的脸，叹气道，"你板着脸干什么？怪吓人的。"

"我没有板着脸啊。"尹峤冲着叶一竹一笑，无奈地道，"那你想要什么表情？我演给你看。"

叶一竹微微噘了噘嘴，嘟囔道："你演给我看干什么……走走走，下楼吃饭了。"

尹峤先起身下楼，温西西和尹绎跟在后面，叶一竹负责关门。

温西西见状，松开了尹绎的手，放慢了速度等着叶一竹。叶一竹抬眼瞧着她，笑着拉住了她的手。

"你害怕我老公吗？"叶一竹笑着问。温西西有点窘，但还是诚实地说："不是怕叔叔，而是怕物理老师。"

"你印象中的物理老师是什么样子？"叶一竹笑嘻嘻地问，"死板、拘谨、严肃……你叔叔确实是这样的。"

"不过……"没等温西西开口，叶一竹又道，"不过你叔叔不止这一面，他年轻的时候还组过摇滚乐队，我当年认识他的时候他特别不羁。现在他年纪大了，又搞学术研究，便将放荡不羁的一面收起来了。"

在温西西震惊于尹峤以前竟然还组过摇滚乐队的时候，叶一竹总结了一句："现在就是闷骚。"

"等吃完饭，让他弹吉他唱歌给你听。"叶一竹眼中是藏不住的兴奋与自豪，"我老公可厉害了。"

望着叶一竹，又看了看楼下的尹绎和尹峤，温西西像是卸下了重重的壳，她想自己能嫁给尹绎，嫁入这样的家庭，真是太幸运了。

她和尹绎一定能在这个家里幸福一辈子。

叶一竹所说的尹峤的热情，只是在对待她的时候。

饭桌上的尹峤依旧沉默寡言，一身学者的严肃风范，吃饭也一丝不苟。只有在叶一竹和他说话时，他才回个一两句，而且语气温柔，就像岩壁上的一株仙人草。

或许是叶一竹对她讲的那些，温西西完全听进去了，再看尹峤时，她没有开始时那么紧张了。不但不紧张，她还觉得很好奇，这么严肃的一个人弹吉他玩摇滚，该是多么迷人啊。

在叶一竹和尹绎的陪同下，这顿饭吃得轻松愉悦。尹绎进入娱乐圈后，生日几乎没在家里过过，这次回家，可以看出叶一竹很开心。

温西西突然想起了尹绎和她讨论的未来。尹绎放弃了娱乐圈的生活，一来能和她在一起，二来也有更多的时间陪他的父母。温西西抿抿唇，笑着望向尹绎。尹绎察觉到她的目光，夹了菜放在她碗里，手在餐桌下找到她的手，握住捏了捏，笑着问："傻笑什么？"

温西西将他夹进她碗里的香菇重新放到了他碗里，然后笑眯眯地说："不能不动声色地挑食哦。"

尹绎："……"

叶一竹看到小两口的互动，捂嘴笑了笑。尹绎虽然面有难色，但还是听话地将香菇吃了。

叶一竹哼道："看吧，让你挑食，早晚有人能治你！"

叶一竹话音一落，碗里就多了一些芹菜，她脸色一僵，望着面不改色的尹峤，不满地嘟囔道："我不喜欢吃芹菜。"

"早上就没吃。"尹峤淡淡地扫了叶一竹一眼，"尹绎都把香菇吃了，你也要有点做家长的样子。"

"哎呀。"叶一竹为难地挑了两根芹菜，艰难地吃了下去。

尹绎和温西西看着叶一竹，相视一笑。尹峤见叶一竹吃了两口，也没有再为难她，将剩下的芹菜夹到了自己碗里，然后看着尹绎和温西西，嘴角勾了勾，说："尹绎挑食的毛病是随了她。"

尹峤这话明显是对温西西说的，温西西瞬间感觉她和尹峤之间的距离被拉近了。她看了一眼尹绎，又将目光放在尹峤身上，笑着说："原来如此。"

"哎哟。"叶一竹像是突然想起什么一样，惆怅地道，"那以后他们的孩子是不是也会随尹绎挑食啊。"

突然提到孩子，温西西有些害羞，而尹绎的话让她的脸更红了。

"妈，西西和您不一样，她一手好厨艺，不怕孩子挑食。"

"你妈厨艺也不错。"尹峤接了一句，"但架不住你太挑食了。"

温西西："……"这两个护妻狂魔是在打嘴仗吗？

吃完饭后，叶一竹拉着温西西，说："咱们去书房吧，听你叔叔唱歌。他新写了一首歌，尹绎都没有听过……"

尹峤真是她认识的物理老师里反差最大的了，竟然还是个唱作俱佳的摇滚歌手。温西西当即点头："好啊。"

"尹绎，你也来。"叶一竹笑着说。

"拉这么多人做什么？"尹峤微微蹙眉，可见他其实并不喜欢太显摆。

他不想显摆，但他老婆想，叶一竹拉着尹绎和温西西，望着自家老公说："当然得拉着他们了，不然西西还以为我吹牛呢。"

温西西抿唇一笑，表情轻松了很多。尹峤望着叶一竹，淡淡一笑，一家四口进了书房。

叶一竹自告奋勇去拿吉他，尹峤不放心，跟了过去。尹绎似乎已经习惯了，拿了茶具泡起茶来，绿茶在热水的冲泡下泛起袅袅清香。

温西西捧着茶杯喝了一口，问道："你经常回来听叔叔唱歌吗？"

"没有。"尹绎给温西西续上茶水，淡淡地说，"我爸的歌都是写给我妈的，他一般不会唱给我听。"

温西西惊讶地睁大了眼睛，那模样像极了抱着松子的小松鼠，尹绎被她萌到了，笑着戳了戳她的脸颊。

温西西回神，给了尹绎一抹微笑："叔叔和阿姨的感情真好。"

这句话，尹绎无法否认。从小到大，他最相信的就是爱情，有自己的父母做榜样，他相信自己也会将爱情经营得很好。

尹峤抱着吉他出来，坐在办公桌后的椅子上。他一坐下，温西西的注意力就被吸引了过去。尹峤拥有一股特别正直的气质，但与吉他搭在一起，不但没有违和感，反而碰撞出别样的风情。

尹峤看了叶一竹一眼，然后弹着吉他唱了起来。乐声响起，惊起了温西西一身鸡皮疙瘩，也让她完全放下了对尹峤的惧怕。

一曲终了，几个人纷纷鼓掌。尹峤淡淡一笑，看了叶一竹一眼，似乎是在告诉她，自己的任务完成了。叶一竹却搂着他的脖子，笑着和他讨论新歌是否修改过。

尹绎站起身，伸手握住温西西的手，将她拉了起来，两人离开了书房。出了书房，温西西才从对尹峤才华的震惊中回过神来，对尹绎说："叔叔真是太厉害了。"

尹绎的眼神不自觉地放柔，他伸手揉了揉她的脑袋，问道："现在还怕吗？"

"不怕了。"温西西摇摇头，"我要做他的粉丝！"

尹绎挑了挑眉，抿唇道："那你还是继续怕他吧，他可是教物理的。碰上那种连初中物理加速度公式都不会的学生，就算是他的儿媳妇，我爸也不会手下留情的。"

印象一旦改变，就很难回到过去。温西西笑嘻嘻地说："那我也不怕。"她脸一红，抬眼看着尹绎，小声道，"叔叔物理好，会写歌，那他的孙子肯定也不会差。"

嘴角一勾，尹绎笑着问："他孙子是谁？"

温西西的脸红得更厉害了，她想躲开这个问题，于是打开门进了卧室，但刚进卧室，就被尹绎抱住了。

"是谁？"尹绎将额头抵在她额头上，明知故问。

"呀。"温西西无处可躲，只能硬着头皮道，"是我偶像，我也是他的粉丝。"

过了好半晌，尹绎都没有动静，温西西悄悄抬起头，谁料男人正垂眸看着她。

"西西啊。"尹绎拉长了声调。

"嗯？"温西西也学着他拉长了声调。

"我们尹家三代都是你偶像，你和我们尹家太有缘了。"尹绎说完，双臂一用力，将温西西从地上抱起来。

"哎呀！"温西西身体失重，忍不住叫了一声，随即哈哈大笑起来。

尹绎去洗澡的时候，温西西抱着手机打开了网站，开始给尹绎挑选礼物。物质上的东西，尹绎一直不缺，但她还是决定送一件，可以用作以后留念。看着看着，温西西突然想起来，她还没给乔亭南打电话，看了一眼时间，才晚上八点，乔亭南应该还没睡觉。

温西西拨了乔亭南的电话号码，响了两次后，电话被接了起来。

"喂。"温西西嗓子有点哑，她咳了一声，叫道，"干爹。"

"嗯。"乔亭南应了一声，关切地问，"感冒了？"

温西西被问得脸一红，刚才闹得太过了，她又不能实话实说，只得干咳一声，硬着头皮说："嗯……受了凉，没大碍，喝点热水就好了。啊，干爹，我打电话是想问问，尹绎说要和我谈婚论嫁，我在想你要不要和他爸妈见个面。"

两人虽关系稳定，但结婚终究是大事，双方父母还是应该见一面。

"尹绎的母亲和我通过电话。"乔亭南回道，"我忘了和你说了。"

"什么时候？"温西西翻了个身，合着尹家已经把前期工作都做好了？

"前些天。"乔亭南说，"他们说会找时间过来一趟，他们那边的风俗是先来女方家里定下结婚的日期。"

乔亭南将叶一竹和他讨论过的事情逐一说了，在温西西纠结要不要要求尹家做这做那的时候，尹家已经事无巨细地将她所考虑的事情都提前安排好了。

"你不用在意我。"乔亭南说，"这毕竟是你和尹绎的事情，一切以你为准。"

"好。"温西西应了一声，手指在床单上画了一个圈，"我知道了，那干爹你早点睡觉，晚安。"

她刚挂了电话，尹绎就从浴室出来了，他一副清清爽爽的模样，像极了少年。

尹绎钻进被窝，将温西西抱在怀里，看着手机屏幕上最近通话的记录，问道："干爹的电话？"

男人身上暖烘烘的，被他抱着，温西西觉得从身体暖到了心里。她将头埋在他胸膛上，低低地应了一声。察觉到温西西的情绪有些低落，尹绎眉头微蹙，扶着她的肩膀，垂眸望着她："怎么了？"

"我还没想好明天应该送你什么。"温西西抬眼，可怜巴巴地说。

还以为是什么大事，尹绎听到小家伙的话，淡淡一笑，捏了捏她的脸蛋："你明天买个蝴蝶结，把自己绑好躺在床上就行了。"

"只要这个？"温西西惊讶地问道。

尹绎点点头："只要这个。"

"哦。"温西西挑了挑眉，遗憾地道，"我本来还想附赠个什么东西的。"

尹绎一笑，问道："你想附赠什么？"

"结婚证啊。"温西西说，"要不就不附赠了吧。"

尹绎愣了一下，片刻后高兴地笑了起来："老板娘，生意不是这么做的。"

温西西疑惑不解地看着他，尹绎嘴角一弯，说道："你们餐厅开业大酬宾，每个顾客都送一盒纸巾。既然有这个活动，那只能顾客不要，而不能你们不给。要是不给，我可是要投诉的。"

"是你一开始就不要的。"被反咬一口的温西西一脸悲愤地嘟囔道，"现在还要投诉。"

"我要和你做长期买卖，想着小恩小惠就先不要了，以后总能从你身上赚回来……"尹绎捏着温西西的小脸蛋，眸中满是深情，"谁料不是小恩小惠，而是签订长期合同，那我可不能不要。"

长期合同是什么玩意？

温西西挑挑眉，问道："那我能得到什么好处吗？"

尹绎轻笑一声，道："当然，不能让你做赔本的买卖。"说着，他平躺下来，拍了拍自己的胸脯，歪着脑袋对怀里的温西西说，"来吧，小宝贝。"

热情到不要脸的尹绎让温西西翻了个白眼，她转身背对尹绎："感觉这个买卖我更吃亏。"

05

"该起床了。"尹绎的声音带着刚刚睡醒的慵懒和沙哑，他闭着眼睛伸手将温西西抱在怀里。

"嗯。"温西西应了一声，回抱住他，"生日快乐。"

听到这话，尹绎瞬间睁开了眼，棕眸中带着些许懒散，更多的是柔情。他望着温西西，半晌后闭上眼睛，在她额前印下一个吻。

"我很快乐。"尹绎说，"是时候兑现生日礼物了。"

温西西身体一僵，挣扎着想从他怀里出去。尹绎双臂一伸，将她重新拉了回去。温西西"哎呀呀"叫了两声，赶紧道："不行不行，这是早上……哎！"

她还没有说完，身体就完全腾空，尹绎站起来，扛着她下了床。

"礼物我要留着晚上拆。"尹绎扛着她朝着浴室走去，"但是附赠的我要马上领了。"

"可是……可是我的户口本还在干爹那儿呢。"温西西故意道。

尹绎扛着温西西转了个方向，朝着床边走去："那我现在就把礼物拆了。"

"我骗你的！"温西西双腿来回踢着，急忙解释道，"真的，我早就把户口本准备好了。上次干爹寄特产给我的时候，就把户口本一起给我寄过来了。"

给尹绎的生日礼物，温西西在一开始就准备好了，她要和尹绎领证，打他个措手不及。若是以前，温西西会想，尹绎会不会不想和她领证结婚，她主动送上门，万一尹绎不要怎么办？但现在她有足够的自信，尹绎爱她，比她还想结婚。

尹绎的表现确实如此，温西西心里欢喜得很。

"我不信。"尹绎动作没停，到了床边，直接将温西西扔到床上。温西西翻身想爬走，又被拽了回来。

"你老骗我。"尹绎握住温西西的两只手腕，身体压在她身上，似乎有些不满，"我没办法再信你了。"

温西西挣扎不过，只得无辜地道："我还骗你什么了？"

尹绎垂眸盯着她，突然一笑："刚认识的时候，你骗我你长得不好看，发来照片后，我才发现原来你是个可爱又漂亮的小姑娘。

"第一天去白琴别墅上班的时候，你骗我说初次见面，而你明明前几天刚看了我换衣服。

"跟着我去剧组后，你做的每一餐里都有我不爱吃的东西，却骗我说绝对没有放。

"而现在，明明早就想好了生日礼物，却骗我说什么都没准备。在我生日的前一天告诉我，让我一夜都没有睡好。"

在尹绎的"控诉"中，温西西的身体渐渐放软，她轻轻地搂着尹绎，抬眸对上他的视线，眼睛一点点变弯。

"而今天，你还骗我说没有户口本，没法领结婚证。"尹绎轻轻地捏了捏温西西的鼻尖，"再这么继续骗下去，你都不用害怕鼻子塌了。"

"我本来就不害怕鼻子塌。"温西西搂住尹绎，男人的重量整个压在她身上，她却一点都不觉得重。

"小坏蛋。"尹绎轻笑一声，身体立起来，"去洗澡吧，今天领证的人肯定不少，要先去排队。"

温西西歪着脑袋压在他肩膀上，笑着说："我觉得自己赚了呢。今天是情人节，也是咱们领证的日子，以后我可以少给你准备一份礼物。"说到这里，温西西提议道，"要不，咱们晚一天领证，这样还能错开高峰期，不用……"

"不行。"尹绎抱着她，"晚一天领证就晚一天和你做夫妻，我等不及了。"

男人的话虽然很简短，却甜得她心里像灌了蜜一样。

那就从今天开始做夫妻吧。

洗完澡，两人一起下楼去餐厅吃早餐。

尹宅的餐厅在一楼客厅旁边的长廊里，长廊正中央摆放着餐桌，走廊尽头是一扇圆形的木窗，木窗外是一池水，养着几株睡莲。虽然这个季节睡莲只有枝叶，不过好在墙外有一株梅花正盛开，简约又大方。

叶一竹换了一身藏青色的旗袍,正在帮忙摆放餐具。家里的户口本是叶一竹收着的,尹绎开口问她要,叶一竹愣了一下,随即反应过来,有些激动地瞧瞧尹绎,又瞧瞧温西西,在温西西脸红透后,才笑嘻嘻地说:"我去拿。"

拿了户口本后,两人简单地吃了早餐,便去领证了。这样的人生大事,越到后面,越显得平淡无奇。温西西平静地随着尹绎上了车,两人闲聊了一路,像是一起出去郊游一样。

温西西本以为自己的心情会一直很平静,直到到了民政局门口,看着人山人海排队等待登记的人。

"人太多了……"温西西下意识地想挡住尹绎,他若是在这种场合被认出来,肯定会引起骚乱。

她还没挡住尹绎,尹绎已经下了车。他一下车,就有人看了过来。开始还只是几个人看过来,后来随着那些人的小声惊呼,排队的人的目光全部投到了尹绎身上。温西西没有下车,她试图把他扯上车,尹绎却笑眯眯地看向他的人打了个招呼:"好巧,都是来结婚的。"

众人:"……"

温西西看着齐刷刷投过来的目光,心里"咯噔"一下,心道这下要变成粉丝见面会了。

果然,他们排队时,一会儿过来一个人,一会儿过来一个人,不一会儿,就围成了一个圈,将两人圈住。尹绎今天很亲和,每个过来求签名求合影的人,他都笑眯眯地答应了,还提醒着大家:"不要挤不要挤,大家同一天结婚也是缘分,签名、合照每人都有。"

温西西有些无语,而大家看尹绎这么好相处,瞬间又挤过来了一群人。就算矜持着没有挤过来的人,也掏出手机开始拍照。眼看人越来越多,尹绎将温西西往自己身边搂了搂,同时停下签名的动作,望着面前一个个即将登记结婚的新人。

"大家别挤,签名或合照都可以,但还是要有秩序。还有……"尹绎的目光越过人群,冲着给他拍照的人笑了笑,"后面拍照的朋友,拍照的时候记得选好角度,我的角度无所谓,但我家西西的角度要选好,把她拍得漂漂亮亮的。还有发朋友圈和微博的朋友们,麻烦等我们登记完再发，不然会引来记者……"

"好！"众人异口同声地答应下来。

尹绎温和一笑，一只手拉着温西西，另一只手开始签名。

"不让记者知道，是为了低调吗？"一个扎着马尾的小姑娘笑嘻嘻地问。

"不是。"尹绎抬头看了她一眼，"我要娶西西，恨不得全世界都知道。可这里是民政局，引来记者后会造成拥堵，若是有记者采访，会延误我和西西办理结婚证的时间。"

在场的女生都被尹绎的话暖到不断尖叫。

"温小姐好幸福啊！"几个女生笑嘻嘻地冲着温西西说，并且将刚刚尹绎签了名的笔记本递到温西西面前，"我是你们的 CP 粉，温小姐能不能也帮我签个名？"

"好。"温西西微微一笑，伸手接过笔记本，签上了自己的名字。

尹绎签名的时候，一直注意着温西西。这么多人围过来，温西西仍然落落大方，没有躲闪。有人和她闲聊，她也笑着回应，已没有了开始时怕人的样子。

他的小公主变得越来越惹人爱了。

到了两人登记的时间，给他们办理登记手续的是一位四十多岁的大姐。还未等尹绎和温西西说话，大姐就爽朗地笑起来："外面都说尹绎来了，我还不信，没想到真的来了。我女儿是你的粉丝，整天嚷嚷着叫你'老公'。现在好了，你没法做我女婿了。"

温西西听了一笑，尹绎也笑起来。

"你俩真的很般配。"大姐笑着说，然后将手上的东西递过去，"温小姐嫁得真好，看得出来尹先生很爱你。"

笑着接过结婚证，温西西说："嗯，他娶得也好，我也很爱他。"

尹绎盯着温西西，眼神中晕着柔情，他轻笑一声，揉了揉温西西的头发。

两人登记完毕，谢过大姐后，就出了登记的办公室。尹绎拿着红本本，对温西西说："这倒好，你附赠的结婚证都没花钱，是不是要换个其他的东西附赠一下？"

尹绎这么不要脸，温西西却没有着他的道，她学着他的思维方式，笑眯眯地说："那不行，你来我们餐厅吃饭，有附赠的小礼品。我们赠了就行了，就算我们没花钱，你也不能让我们换其他的给你啊。"

尹绎挑了挑眉，刮了刮温西西的鼻子，说："我倒想知道，你们餐厅以后附赠的不需要你花钱买的小礼品是什么。"

温西西"嘿嘿"一笑，抬头望着男人，眼角弯弯："你的签名照啊！"

尹绎："……"行，小家伙出山了。

尹绎牵着温西西往外走，走到窗台边上时，看到了等在外面的记者。记者们是开着车来的，摄影师和司机都有，已经堵在楼下了。

尹绎刚要出去，一个工作人员从办公室里走出来，对尹绎说："记者都来了，你们想悄悄走，对吗？我们这里还有一个出口。"

"谢谢。"尹绎道谢后，牵着温西西跟着那名工作人员往另一张门走去，"走正门的话，该耽误你们工作了。"

那人笑起来，没再说话。将两人带出去后，那人要了尹绎的合影和签名，然后美滋滋地回去了。

两人上了车，温西西系好安全带后，问尹绎："现在要去哪儿？直接回家吗？"

"不回去。"尹绎的视线还停留在不远处的记者身上，不用想，现在朋友圈和微博肯定已经刷爆了。

他看了温西西一眼，启动车子，说："先去个地方。"

温西西以为只是个简单的约会，没想到尹绎开着车，七扭八拐地到了一片四合院区。这片四合院没有经过改造，看上去既古朴又有韵味。尹绎将车停在巷子口，然后给温西西打开车门。

北方的初春，寒风依旧料峭，吹得温西西浑身一抖，尹绎马上靠了过来，将她往怀里揽了一下："进去就暖和了。"

"餐厅吗？"

"不是。"尹绎淡淡地回道，并没有多说什么，带着她进了院子。

院子十分空旷，有一棵百年银杏树，此时只有光光的树枝。温西西随着尹绎进了房间，屋子里的暖风让她浑身都舒畅起来。她打量了一眼房间的布置，暖色调，十分温馨，很有现代文艺感，从一些细节可见房主精细而巧妙的心思。

门上挂着风铃，尹绛和温西西进来时就响了。房主从内室出来，是个看上去四十多岁的大叔，留着短短的胡须，头发染成了灰色，衣服穿得舒适而考究，并不是多么出众的长相，却有着让人一眼就能记住的别样气质。

"来了。"那人冲温西西打了个招呼，伸出手与她握手，"百闻不如一见，终于见面了。"

温西西笑着和他握手，说："你好，我是温西西。"

"我叫程西。"对方自我介绍后，给两人倒了杯水，然后看着尹绛，笑着说，"他肯定把我藏得很深。"

温西西眨眨眼，看看程西，又看看尹绛……程西后面这句话怎么听起来怪怪的？

察觉到温西西的疑惑，尹绛回头看了她一眼，后者眼里全是戏。尹绛将茶杯放下，屈起手指敲了一下她的额头，淡淡地说："瞎想什么呢？"不疼不痒的一下，温西西抿唇笑起来。

程西看着两人的互动，问尹绛："现在拿出来吗？"

"嗯。"

程西起身进了内室，温西西从座位上站起来，四下打量。

"他是做什么的？"温西西轻声问道。

橱柜里摆放着一些古代的首饰，看上去精致而厚重，带着浓浓的岁月感。温西西一向不懂这些，但心里隐约猜到了些什么。

"我应邀去F国看秀的时候认识了他，他是一位珠宝设计师。"尹绛走到温西西跟前，看着橱柜里的东西说，"这些都是真的，他喜欢收集这些。"

温西西看着尹绛，疑惑地问："所以，你今天是带我来看戒指的吗？"

尹绛眸光一动，视线从橱柜上转回来，他看着温西西，淡淡一笑，说："不是来看，是来拿。"

"对啊。"尹绛话音一落，从内室出来的程西就接了一句。两人齐齐回头，看到程西拿了个小盒子出来，盒子十分精致，里面的东西定然也非常精致。

"这是他一开始就定下的。"程西看着温西西，"他从很早的时候就想娶你了。"

被人深爱着是一件感动又温情的事情，更何况是被这么长久地深爱着。

"过来试一下。"程西将戒指盒子打开，里面静静地躺着一枚设计精巧的戒指。戒指中间的断层，用彩金连接成蝴蝶结，一颗钻石静静地躺在蝴蝶结上。钻石被一圈彩钻围着，彩钻很小，乍看上去像是主钻里浮起的泡泡。

"喜欢吗？"程西将戒指取出来，放在温西西手上。

"喜欢。"温西西由衷地赞叹道，"真好看。"

她正仔细端详着，尹绎伸手将戒指拿起来，牵起她的手，将戒指套了上去。他垂眸看了片刻，然后抬眼对上温西西的目光，说："这样才好看。"

过了生日，尹绎就二十八岁了。明星吃的是青春饭，每每过生日，都会生出一番感慨与怅惘。尹绎则不同，今年他收获了他未来想拥有的所有人和事，他觉得自己的人生很圆满。

去年二月十四日，尹绎在微博上发了个小秋千。今年的微博则发了两本结婚证和一对对戒。照片是温西西拍的，她将戒指和结婚证摆在一起，在柔和而温暖的灯光下，她按下了快门。在她拍照的时候，尹绎也拿起手机，将她拍了下来。快门的声音响起，温西西回头看向他，脸微微一红。

"你拍的什么？"温西西抱着相机，走到男人身边，伸手想去抓手机，然而男人手臂举高，她根本够不着。

温西西将相机放在一边，搂住男人的身体，继续往上去抓手机。殊不知，尹绎身体一转，便欺身将她压了下去。温西西"哎呀"一声，望着上方的尹绎，轻笑出声："你不是说附赠的东西不够吗？"

"那你要附赠什么？"尹绎挑眉，轻声问。

"嗯……"温西西有些忸怩，抬眼看看尹绎温柔的眼神，她有些羞窘地笑了笑，抬手抱住尹绎，脸贴在男人的颊边，"宝宝。"

尹绎身体一颤，垂眸看着温西西，有些不太确定。

温西西咬住下唇，脸红得快要滴出血来，她觉得自己真是越来越大胆了。不过，想起今天遇到的民政局大姐的女儿，温西西觉得自己也算是实现了粉丝的最终幻想——给偶像生孩子。

"你的餐厅才刚刚起步。"尹绎认真地问，"你确定吗？"

温西西抬眸，见尹绎的神情少有的认真，她心里一颤，全身都被一股暖流包裹。她沉浸其中，不能自拔。这种温暖是尹绎给她的。

"确定啊。"温西西笑起来，用力抱住尹绎，轻轻吻了一下他的脸颊，轻声说，"这是我这辈子，最确定的事情了。"

番外

我最爱你

晚上八点，《一片星空》首映礼正式开始。

"尹绎、尹绎！请问在《一片星空》这部电影里，您觉得自己突破最大的是什么？"记者拿着话筒，凑到穿着衬衫和西裤的男人面前。

男人身材颀长、长相清俊，高挺的鼻梁上方，桃花眼中盛着半分星光和半分慵懒。他出道时的形象就是如此，相较之前，现在少了些疏离感，却仍然让人觉得可望而不可即。

尹绎是个很有职业道德的明星，对于电影的宣传，他向来尽心尽力。他身材高大，有些记者够不到，他便抬手拿过后面几个媒体记者的话筒，回答道："里面有几道菜是我亲手做的。"

虽然只是一句简单的话，但从这个男人嘴里说出来，格外动人。有女记者惊讶地"哇"了一声，笑着问道："尹绎果然敬业，是为了拍摄电影专门去学的吗？"

《一片星空》这部电影讲述的是男女私厨之间的爱恨情仇，点映已经取得了不俗的成绩，这次首映更是火爆。

尹绎这张脸就是专门为了偶像电影而生的。

记者问完，话筒又朝着尹绎凑近了些。尹绎身体略微后退，否认道："那倒不是，这几道菜是我学来做给我太太吃的。"

场上不但有媒体记者，还有尹绎的粉丝，他话音落下，粉丝便爆发出一阵尖叫声。

还有人大喊："尹绎，西西好可爱！"

听到温西西的名字，尹绎眼尾微挑，看向声音传来的方向，慵懒地说："可爱，但再可爱也不是你们的。"

男人嘴角一扬，声音不自觉地放柔："是我的。"

场上气氛更为火爆。

采访结束之后，电影也即将开始放映。

电影制作出来后，尹绎便看过，所以电影放映时，尹绎、导演和其他演员便从VIP通道离开了。工作结束，大家各自道别，上了自己的车。

这部戏的导演和尹绎是多年好友，两人交情不错。

一路上，导演和尹绎聊着电影的事情，到了车前，导演笑着拍了拍他的肩膀，道："你还真是吃得透粉丝喜欢什么。那几道菜真是为了你太太学的？"

尹绎非常挑食，但凡和他有过接触的人都知道这一点。在温西西做他的生活助理前，他是宁愿饿着也不吃，更别说自己去做了。让这种大少爷洗手作羹汤，旁人想都不敢想。

尹绎眉梢一挑："还真是。"

导演脸上的笑容僵住，在惊愕间，尹绎已经上了车。

车门关上后，尹绎的现任生活助理冲着一脸惊愕的导演笑了笑，道："尹太太是私厨，做菜给别人吃是她的事业。尹先生做菜给太太吃，是他的责任。这是尹先生跟我们说的。"

受到连番暴击的导演愣在当场，不禁在心里感叹，陷入爱情的男人秀起恩爱来真是可怕啊。

尹绎回到家里时已经晚上九点了。现在正值仲夏，海风清凉，灯塔矗立在悬崖之上，和夜空中的繁星一起将光芒倒映在漆黑的海面上，给夜晚带来了一丝宁静和温柔。

家里只开了一盏夜灯，柔和的灯光与落地窗外的星空交相辉映。尹绎将脚步放轻，换了鞋，去了二楼的卧室。

温西西在套间的小卧室里，刚讲完《盘古开天辟地》的神话，哄睡了儿子尹东尔。

和尹绎在一起后，温西西有了自己的私厨餐厅，近几年做得风生水起。事业蒸蒸日上，家庭她也没有分心，和尹绎结婚后，两人很快有了儿子，今年刚三岁，正是古灵精怪的年纪，好在尹东尔虽然活泼，却是一个听话懂事的孩子。温西西沉浸在事业与家庭的幸福中，每天都过得充实而快乐。

她盘腿坐在地毯上，抬眸看了一眼小家伙，他已经睡熟了。灯光下，小家伙浓密的长睫毛在眼睑下方投下小半圈阴影。他长得像尹绎，一双桃花眼带着孩童的纯真，明亮又好看，即使才三岁，也能想象出日后的俊秀模样。

温西西弯了弯嘴角，小心翼翼地放下童话书，下意识地回头看向门口，就看到了抱臂站在那里的男人。

男人穿着白衬衫和黑色长裤，干净清爽。卧室里只开了一盏小夜灯，在朦胧的灯影下，男人的五官更显深邃，像是一尊精美的雕塑。而在她的视线投过去时，男人立刻鲜活了起来，他的眸光像是平静的湖水被落叶撞破，漾开了一片温柔。

温西西笑了起来，唇边现出两个甜甜的酒窝。

她是独属于他的那颗糖，只能由他品尝，而他也只在品尝她时，才能尝到甜甜的味道。

相比两人第一次见面时，温西西成长了很多，从可爱懵懂变得温婉灵俏，眼底也不再有那不敢直视他人的胆怯。她从心底里自信了起来，周身有了属于自己的星光。

心中像是有蜂蜜化开，尹绎走过去，坐在温西西身边。男人身上带着好闻的薄荷香气，走过来时带起了一阵清凉的风，温西西感受着那阵清凉的风，承接着他滚烫的吻。

良久，双唇分开，尹绎抬手捏了捏她的耳垂，看了一眼床上熟睡的小家伙，笑着问："怎么没等我？"

以往他晚归，温西西总会在客厅等着他回来。

"啊。"温西西有些抱歉，仰头看着他，笑着说，"东尔要睡觉，我来哄他……"

尹绎听着她的解释，眼神慢慢严肃了起来，问道："我问你，在你心里，我重要还是儿子重要？"

这是夫妻间的小情趣，尹绎有时候像个孩子。温西西知道他没有生气，她笑起来，轻声道："当然是你啦。"

答案一成不变，但每次听到，都是一种别样的感觉。尹绎笑起来，灯光下的男人温柔而迷人，他双手搭在床沿，将温西西圈在自己怀里。

按理说，两人在一起这么久，那种悸动的感觉应该已经消失了。然而，和尹绎在一起，看着这张英俊的脸，每天都像是恋爱的第一天，情感和荷尔蒙碰撞，让她心动不已。

温西西的脸庞悄然变红，尹绎低头，眸光如水，嗓音低沉而沙哑："那我信你。"

话音未落，男人的吻已经落下，温西西抓住他的手臂，脸已经红透，嗓音微颤道："儿子还在这里……"很快，她的声音就被吞没了。

尹绎抱着温西西回了卧室。温西西安静地窝在他怀里，身体和心都慢慢打开，她想和尹绎说会儿话，但奈何太累了。

"你今天怎么提前回来了？"她闭着眼睛轻声问道。

尹绎轻轻吻了一下她柔软的头发，道："我当然要提前回来，你不知道我有多想你。"

温西西努力睁开眼睛，看到了男人眼中的笑意和深情，她张开手臂抱住他，这时，卧室门口传来稚嫩的童声："爸爸、妈妈，我要跟你们一起睡。"

温西西登时清醒过来，她赶紧收回手臂，回头看向卧室门口。小家伙站在门口，抬手揉了揉眼睛，小小地打了个哈欠。

"好。"她应声，就要起身下床去抱儿子，却被身后的尹绎抱住了。

"老公？"温西西叫了一声，声音里带了些疑惑。

尹绎耳边微微有些痒，他伏在温西西的肩上，慵懒地说："自己过来。"

能和爸爸妈妈一起睡，尹东尔已经很满足了，听到父亲的话，他小跑着到了床边。

尹绎和温西西在一起时，多半是宠溺和不正经的，和尹东尔在一起时，却很有父亲的样子。他是个成熟的男人，是家里最让她安心的存在。

尹东尔脱掉鞋子爬上床，乖巧地窝在温西西怀里。小家伙身上还带着淡淡的奶香味，而她身后是丈夫宽厚的胸膛和淡淡的薄荷香。

两种味道把她包裹住，温西西感到既满足又幸福。

尹东尔上床以后很快就睡着了，卧室里开着一盏呼吸灯，灯光柔和而温馨。温西西微微回过头，看向尹绎。他还没有睡，在她看过来时，眸光对上了她的，男人的眼中盛着灯光，像夜空中的浩瀚星河。

"你说过最爱我的。"尹绎的声音很轻，带着些委屈。

温西西笑了起来，抬手摸了摸他的脸颊，然后凑过去，在他嘴角轻吻了一下："我最爱你。"

男人微怔，随后如春暖花开、冰河消融，他的鼻尖轻抵着她鼻尖，对着这长夜与她轻道了一声："晚安。"